巷の空

野口冨士男

田畑書店

装幀原案　富本憲吉

目次

巷の空

第一章

一

梅の花が蕾《つぼみ》をむすぼうとする季節である。まだ十分に寒い。明治ももうよほど終りにちかい、三十九年の浅春であった。

朝晩は凍てついて霜柱が立つために、道路は陽の色があるあいだじゅうぬかるんでいる。寒気もことのほか身に沁みるのは、川に沿った石崖の上の道路だからであろう。

板塀は黒塗りで、その上からは見越しの松がのぞいていたが、小粋という趣きからは、はるかに遠いものであった。下見の板はそり反って白い埃を浴びているばかりか、年代に黝《くろ》ずんだ二階の手すりのあたりなど、冬の日のあわい陽光を受けて、いたずらに侘しいばかりである。

江戸川べり、石切橋の橋袂にほどちかい、小石川区（現文京区）の側にある鰻屋である。

二階には四部屋ほど客をあげる座敷があって、二十畳の広間は、多く宴会用にあてられている。そのほかの小間は六畳と四畳半である。階下は調理場を大きくとっていたから、二階の畳数のわりに居間も、帳場も、手ぜまに押しつまっていた。

どこもかしこも掃除がいいので、煤けた感じからはまぬがれていたが、柱や廊下は黒びかりに光って、階段の踏板はまるく擦りへっている。根太はゆるんで、床の間の壁には雨漏りの址が地図をひろげていた。活花がしぼんで、畳にはたばこの燃え址が大きく残っているのも、家人の不精からばかりではない。商売の苦しさから、この家の世帯ではどうにもならなかった。

主婦のお武は、お歯黒こそ染めていなかったが、青々と眉を剃り落して、髪は固くひっ詰めた小さな丸髷に結っている。かくべつ上背があるわけでもなければ、胸を張って歩くという様子もないのに、ちょっと見たところがいかにも恰好のいい女で、三十七、八歳にもなるのであろうか。髪も、衣裳も、実際よりはどれだけか地味に作っているし、老けてみえたから、ほんとうのところはもう二つ三つ若かったかもしれない。

この家の長いあいだのしきたりで、毎夜九時の声を聞くと火を落してしまう。それでもおそくまで居残って飲んでいる客があれば、十二時、一時になることもやむをえなかった。店則ばかりを守っていては、かんじんの来る客がなくなってしまうからである。一にも二にもお客さまさまで、暖簾の手前も沽券も見棄てているありさまでは、客の筋なども、あらかたはしれている。料理屋を飲み屋とはき違えているような意地ぎたない客ばかりであった。床につくのは二時、三時というような時刻になることもめずらしくない。前の晩がどれほどおそくなっても、朝はかならず七時に眼をさましたが、それより早く起きることもないかわりに、寝過ごすこともなかった。これだけはもう習慣になっている。体に応える習慣ではあったが、そんなふうにでもしていかぬことには、一日が四十八時間あっても不足であった。

それが、今日ばかりは五時を打つ柱時計の音を聞くまでもなく眼をさました。トロトロと三時間ばかりしか眠らなかったのに、はっきり眼をさましていた。戸外は、まだ薄明るくなっているらしい気配もうかがえない。いつもより二時間も早いのである。もう一ト寝入りしようかと考えて熱っぽく感じられる瞼を合わせてみても、ふたたび容易には眠りつけなかった。それまでにはまだ四時間もあるのだし、もう身支度というほどのこともなくなっていた。あらましのものは昨夜のうちに整えてしまってあるのだから、すこしも急ぐ必要などはない。そうわかりきっているのに、お武は迎えにくる者があるという心持だけで、おちおち眠ってはいられなかった。今日は息子の伊之吉を、生まれてはじめての奉公に送り出してやろうという日であった。

一と思いに起きてみると、空気は肩先を突き刺すような冷たさで、せっかく温まっていた手先も、たちまちのうちに硬くかじかんでいった。

「……」

努めて音を忍ばせるようにしていたのに、眼ざとい勇吉は眼をさまされてしまったらしい。

「……何時だね」

枕に載せた頭を動かそうともせずに、布団にふかく肩を埋めたままたずねた。

「早いんですよ、まだ五時をちょっと廻ったばかりだから……」

(——何とか言いながら、やっぱり親子なんだねぇ)

お武は夜具の裾のところに立って着替えをしていたが、ふと嫉妬のようなものをおぼえて振返ると、伊之吉だけがすっぽりと布団をかぶって丸くなっていた。せま苦しい一室だから、夜具は部屋いっぱいに敷き詰められているというのに、どこに頭があるのか、どこに足があるのか、見当もつかないような寝相であった。

(——今日から奉公に出ていこうっていう矢先なのに)

神経のふとい子だと思う。この分なら他人のなかへ出してやっても大丈夫だろうと安堵するよりも先に、はじめてお武の眼にも、何か肚の底の知れぬ薄気味わるさがきた。

仙助はと見れば、そのおなじ布団のなかで、これも安らかな寝息を立てている。仙助はつい一年ほど前からこの家に引取られてきている、お武にとっては亡くなった兄にあたる男の遺児であった。伊之吉にくらべれば寝相も見られるにしたところで、五十歩百歩の違いでしかない。

しかも仙助は伊之吉より五歳も年下で、ようやく十歳でしかないのに、もう他人の機嫌取りを心得ているような少年であったから、憎らしいことはなくても、子供らしい純真な可愛げには欠けていて、無心であるべき寝相一つにさえ、この二人の相違はありありと現われていた。

主人の勇吉はいつもきれいに髭を剃って、頭を五厘刈りにしている。もう五十の坂を過ぎているから、さすがに面影は失っていたが、若い時分にさんざん道楽のかぎりを尽しただけのことはある。いまだにほっそりとした体つきのいい男前であった。どうかすると救いがたいまでに陰気で、取りつき場のないほど冷たい男だとの印象をあたえることがあるのは、あながち美貌のためからばかりではあるまい。算盤縞の平絎《ひらぐけ》（細帯）を結びっきりにして、姥目炭（備長炭の最高級品）を入れた鉄架の前に白焼の団扇を使っている時など、そのいなせな姿には思わず惚れぼれとすることがあった。いなせというような言葉を連想させる、ふるい型の美男子であった。

裂いた鰻は、いきなり蒸してタレをつけるものではない。蒸籠《せいろ》に入れて蒸す以前にも、いったん串打ちをしてから焼くが、この場合にはタレをつけずに生地のままで鉄架に載せるから、これを白焼という。俗に「裂は三年、串八年、焼は一生」と言われるくらいで、この前後二回に及ぶ焼きの手ごころは、業者のあいだですら至難とされているところであったが、川勇の勇吉は生まれ落ちたときからこの社会の色に染まって育った人間である。いまさら裂きも焼きもあったものではない。どこへ持っていっても恥かしくないだけの、たしかな、筋の通った腕を持っている。にもかかわらず勇吉が折角の腕を振るわなくなってしまったのは、来る客を頭から軽蔑しているからであった。腕に誇りを持っていたからこそ商売にも味気なさを感じていたのだと言えば、誇張のそしりをまぬかれまい。かつては『江戸前大蒲焼番附』にまで記載されたことのある川勇の店も彼が三代目であったが、落魄をした家業は、勇吉みずからが唐様で書いた運命の文字と言わねばならなかった。

髭の濃い者ほど、えてして頭髪の薄くなるのも早いようである。勇吉がそれを苦にして五厘刈にしているのも、お武が好んで細かい柄の衣類ばかりを選びたがるのも、彼らのあいだにある年齢の差が原因であった。勇吉とお武とは二十歳ちかくも年齢をへだてていたが、お武は二度目の後添いではない。勇吉はそんな年齢になってからはじめて妻を迎えた。それまでは放蕩にばかり身をかたむけて、わが家の行く末などすこしもかえりみようとはしなかった。勇吉の腕をいのちとも魂ともたのむ家業で、肝心の勇吉の気持がそこにないのでは、商売の栄えていく道理があるまい。次第に落ち目になって、いよいよいけなくなろうとする時にすすめる人があって、ようやくお武が迎え入れられたのであった。

財産らしいものは蕩尽してしまっていたが、借金をするまでには至っていなかったし、この家屋を手放す以前に妻帯をすすめてくれる人があったということは、川勇の復興にとってどれほどの幸運であったかしれない。再起はかならずしも絶望ではなかったが、お武がこの家に迎え入れられた時機はすこしばかり遅すぎた。家計の苦しさは、当然の報いでしかなかった。

貧しい家に生まれて、亡兄のほかにはこれという身寄りもなかったが、お武はあくまでも堅気に育った娘で、ちゃんとした仲人があいだに立った。二十歳《はたち》を越えたご新造《しんぞ》でも、それまでが身持ちのわるくない娘であったから、酒席に出て酔客の相手などがつとまるようになったのも、この家に来てから習いおぼえたことにすぎない。馴れぬということほど哀しいものはない。未知の世界に飛びこんできたお武も、はじめのあいだはおろおろするばかりで、自分から自身を辛い立場に落していた。労働の激しさよりも、新しい世界に馴染まぬ自身がずっしりと応えた。家業から一人だけ浮き上ってしまっている自分の体の硬さが、自身にもはっきりと意識されてぎこちなかった。それをどうやら克服したのだから、努力の跡にも涙が滲んでいたことであろう。郷にいっては郷の習慣にしたがって、今ではお武もすっかり素人の垢を洗い落している。

勇吉は、来たその日からでも働いてもらうくらいのつもりで、お武と一しょになった。互いに力となり、互いに助け合いながら生きていってこそはじめて夫婦なのだからと弁明の言葉が用意されていたにしろ、そこには、一抹の愛情すら匂っていなかった。お武はこの家の女主人でありながら、川勇の客座敷に欠くことのできぬ女でしかなかった。勇吉の妻であるよりは家事の切り盛りをする主婦であり、人間であるよりも道具にちかい存在であった。働くための機械のようなものであった。

一人息子の伊之吉は、勇吉が放蕩時代にのこした落し胤で、しばらくは隠し子として育てられていたのを、お武とのあいだに子宝の授からなかったところから、相談の上でこの家に引取られてきた。お武も勇吉の過去の放蕩については、こちらへ来るようになる以前から聞き知らされていたし、まったく予想されぬ事柄ではなかったが、現実にそれを打明けられてみれば、妻の身としていい心持ではなかった。が、隠しておいて陰で妙な小細工をされるのにくらべれば、どれだけ心持がよかったにしたところで、それは比較づくの話である。過ぎた日の、よしんば過失であったにしろ、そうした事実を眼前に突きつけられてみれば、女の感情が承知をしてはくれないのである。お武は怒った。憤怒と嫉妬にしばしば燃え狂ったが、そこには「嫁して三年、子なきは去る」というような、男の側にばかり都合のよい言葉が、待ち構えるように用意されていた。

伊之吉が晴れて勇吉の許へ引取られて来たのは、彼が五歳になってからのことであった。今後は一切の交渉を断つとの一札を入れて、それを離別の条件としたために、正直で哀れな伊之吉の生母は、それきり生死のほども知れなくなってしまった。伊之吉は父親の子として認められると同時に、産みの女親との血縁を跡形もなく断たれてしまった。

子供とはいいながら、五歳にもなっていれば産みの親と育ての親とに対する区別ぐらいはつく。伊之吉もはじめのあいだは生母を慕って、気抜けのしたようにしょんぼりとしながら、何かの拍子にふっと宙を見つめていることなどがあったが、それも一、二ヵ月のあいだであった。忘れたというのではなく、思い諦めたというのでもなかったが、人間の感情は常に流れて、いつか時間に吸い込まれていってしまう。いかなる喜怒哀楽も、けっしてそのままの形態では持続することはありえないのだ。伊之吉も、いつか「川勇の子」になっていった。この家の母親ではない、真の母親はどこか別のところにいるのだと承知しているわりに、かくべつ恋い慕っているらしい様子もなかったのは、ほとんど生母の体臭に追憶の手がかりを喪ってしまっていたからであろう。回想の上以外に、彼の母親は存在していなかった。伊之吉が特殊な性格を持っていたからではない。ことさら冷たい生まれつきだからというわけでもなかった。そこに強いて咎《とが》めるべき対象を見出そうとすれば、いきおい彼自身を育てあげた環境に想い至るほかはなかった。

二

伊之吉は、柿の樹は折れやすくて危険だと聞かされれば、それが川の流れの上に突き出されているような枝へでも、故意に吊り下ってみせる。火見櫓へ昇っていって撞木《しゅもく》を持ってきてしまったために、かんじんの火事の時には半鐘が叩けなくて大騒ぎをしたようなことなどもあった。小火《ぼや》だからよかったようなものの、もうあんなことをしてはいけないとたしなめれば、撞木どころか、今度は半鐘を取りはずしてきて、溝の中へでも投げ棄ててしまいかねないのである。負けずぎらいよりは、意固地というべきであったが、きかぬ気は勇吉の血を引いていたゆえかもしれない。

次第に暖簾の格が下って、商売が左前に傾いていたというのに、折角来てくれる客すら軽蔑して、みすみす卓《すぐ》れた腕を振るわなくなってしまった勇吉にしても、へそまがりでなかったとはいえまい。それを江戸っ子気質だというならば、江戸っ子ほどひねこびて、うそ寒いものもあるまい。我意の強い勇吉は、自分でみずからの身辺をどことなく淋しくしむけていた。

伊之吉は強情なだけに、我慢の強い子供である。一本気で可哀そうなほど裏表がなかったから、直情一途なところが彼の持つ何よりの取得であった。思うに、息子を見る父親の喜びも悲しみも、この一点にのみかけられていた。これを仙助にくらべる時、正直も結構には違いないが、度を過ぎては商売にむく性質であるまいと、そこは真の親子で、勇吉は早くから息子の気質を見抜いていた。

伊之吉は空さえ晴れていれば、朝から戸外に出て、いちにち家には戻らなかった。とんぼや蟬を追い廻すばかりか、鯉や鮒などを釣らせても、界隈の子供仲間には餓鬼大将で通っているくらいであったから、殺生など屁とも思っている様子はないのだ。

けれども、川勇の家計は苦しかった。いつまで遊ばせておくこともならないから、もう手ほどきをしてもいい時分であろうと考えて笊《ざる》の鰻をつかませると、どういうものか、こればかりは気味のわるいような顔をして身をすくませた。裂きから串打へ一ト通りのコツを覚えこませるつもりで調理場に立たせておくと、はじめから欠伸ばかりしていて、いっこうに気の進まない様子であった。鰻も嫌いなのには違いなかったが、それ以上に、この商売を嫌っている様子は、態度や顔色にまではっきりと現われていた。内証は火の車で、屋台骨はひん曲っても、川勇は江戸時代から三代も続いてきた名代の店で、伊之吉は四代目を受継ぐべき跡取り息子であったから、そんな有様では仕方がない。

「お父ッつあんにゃお前《めえ》の肚ン中ぐれぇ読めてるさ。覚えといて損はねえ、教えてやろうてんだから、お前も素直に覚えようてぇ気になったらいいじゃねえか」

自分の跡を継がせようと考えるから、勇吉も穏やかにさとしたが、頑固な伊之吉の態度にはみじんも崩れる様子が見られなかった。こちらが静かに出ても改めようとはしない息子の態度には癇が立って、勇吉もつい腹をすえかねるままに、手近の擂粉木《すりこぎ》を振り上げずにはいられなかった。懲らしめるつもりで思うさま拳骨を喰らわせても、伊之吉は涙一つ見せなかった。

じっと我慢をして口をつぐんでいる。我慢と強情との張り競べならば、こちらは親で相手は息子なのだ。負ける筈はないのだと多寡をくくって、勇吉は伊之助を調理場に閉じこめておいた。一歩も戸外へは出させぬようにした。言うことが聞けなければ、聞くようになるまで待とうという心である。

けれども、この勝負ばかりは、どうやら勇吉の敗北であったらしい。殴られても叩かれても、我慢をして頑張っている伊之吉には、勇吉も半歩を譲らぬわけにはいかなかった。一歩は譲れなくても半歩ならばという考え方だけが、わずかに父親としての面目であった。

どういうものか川勇の店には、以前から洋服屋の客がすくなくない。宴会をする客もあれば、ひっそり二、三人で来て小間に通る客もあったが、神保町にある西脇という洋服店の主人で、鰻を食いにくるばかりか二階への昇り降りのついでに帳場へも顔を見せて、よもやまの世間話をしていく男であった。ちょくな性質で四十がらみの話好きな男であったから、いつの間にか伊之吉の様子も小耳にはさむという結果になっていた。

「えらい。倅《せがれ》さんはえらいね。……そりァお父ッつあんのほうがいけないよ」

鰻ならば一年じゅう毎日食っていても飽きないと、鰻屋に来てまで広言をするだけのことはあって、真冬でも汗をかくような体質だったが、西脇はその折もまた汗を拭き拭きどっかりと帳場へ坐り込んでしまった。洋服の生地も普通の一着分では足りないから不経済だと口癖にしているほど体の大きな男だから、せまい帳場などに坐り込まれてしまっては迷惑であった。けれども、とかく体の大きな男にはありがちの、西脇はいかにも無頓着な性質であったから、こちらの都合など意にも介さなかった。

「嫌いだというものは仕方がないじゃないか。嫌いなものを無理に抑えつけておいたところで、どのみちいいことはないよ。自分から出ていこうと言ってるんだから、結構な話じゃないか」

年少の仙助などと比べるから親の眼にはいっぱしのようにも映じるが、伊之吉など広い世間に出してみればまだまだからきしの子供で、海も山もない。ごく平凡に考えても、昔から可愛い子には旅をさせろという諺があるくらいで、いったん他人の飯を食わせてみることも存外当人のためには薬かもしれないし、奉公に出て辛いと思えばいっそう親のありがたみもわかる。辛抱ができなければ五年、三年はおろか、一年も待っている必要もあるまい。帰ってくるなといっても、かならず舞い戻ってくるに違いないのだ。当人の希望する職業について、その道で大きく育ちあがれば、いやいやこの家に縛りつけておいて小さく萎びさせてしまうよりも、どれだけ結構なことかしれないではないか。

「鰻を食う人間なんか明日にもいなくなるなんて、俺はそんな無茶なことを言っているんじゃないよ。どんな時代になったって鰻を食う人間はいるさ、鰻を食う奴は絶える筈がないけれど、牛肉だの西洋料理どころか支那料理なんぞを食いたがる奴までが出てきちまったんだ。現にこんなゴタクを並べている俺自身にしても洋服を着込んで、洋服屋なんていう商売をしているんだ。……ねえ、今はもうそういう世の中なんだよ、お父ッつあん。倅さんはそういう時代に生まれてきた子供なんだから、そこを考えてやらなくちゃいけねぇや。跡継ぎは、何も伊之ちゃんにばかり限ったことはあるまい。仙助といったかな、すこし小さすぎるようだが、あの子もいるじゃないか。お父ッつあんだってまだ老いぼれるという年じゃない、もうすこし待ってあの子を仕込んだって、この家の暖簾ぐらい張っていかれないことはないじゃないか。なあ、そういう理屈だろう」

西脇は却って同意をうながすように言うのである。

「理屈はそうかもしれません」

と、勇吉はその言葉尻をひったくるように言った。

「が、まあいかにこんな屋台骨だからって、そう理屈のように簡単なもんじゃござんせんね。川勇は蒲焼屋で、あっしらなんぞも、これで自分の腕をいのちに生きている人間の端っくれでさァ。この家も、この家の跡取りも、そういう家業だからこそ、いっそう理屈どおりにはいかねぇんでござんすよ」

勇吉の胸には、この家の暖簾ぐらいならとひどくさげすんだような相手の言葉がキクンと応えたから、必要以上に強くからみかかったが、相手はまことに落着いたものであった。

「それだからお父ッつあんは旧弊だなんて言われなくちゃならないんだよ。それじゃ、だいいち倅さんが可哀そうだ。どれほどあるか知らないけれど、家や財産なんかをめあてにして親のすねをかじろうの、骨をしゃぶろうのという腐った根性なら、自分の倅だもの、誰に遠慮気がねをすることもない、殴ってもいいさ、蹴っ飛ばしても突っ転ばしても、文句をいう者なんぞないだろうよ。……とにかく倅さんは感心だよ、見上げた立派な心がけだよ。すくなくともお父ッつあんなんぞよりは、世の中の移り変りを、どれだけ先の先まで見通しているかもしれないじゃないか」

何にしても相手は客であった。言いたいことは山ほどあって、理屈はこちらの側にあるにしたところで、楯を突くことはできなかった。口惜しくても残念でも、真正面からは突っかかっていくことを許されぬ相手であった。短気でむかっ腹を立てやすい勇吉も、客の前に出ては最後の慎しみを忘れきることのできない立場で、けっきょくその場は微笑にまぎらせてしまったが、心のうちは穏やかでいられる筈もなかった。

(――ヘン、他人のことだと思って安っぽく片づけやがる)

なるほど洋服屋といえば当世流の渡世かもしれないが、お針っ子ではないか。こっちはこう見えても江戸前の、押しも押されもしない板前だ。はばかりながら腕に縒《より》をかければ、今の明治の東京で俺の右に出る者なんぞ十人とあるまい。あったらお目にかかろう。その俺がこの腕を継がせようっていうのに、仙助といったかな、すこし小さすぎるようだが、あの子もいるじゃないかなどと自分勝手な人選びもすさまじい。あの子を仕込んだってこの家の暖簾の張っていかれぬことはあるまいなどとは、大きなお世話を通り越して馬鹿げた言いぐさだ。僭越というものだ。西脇なんぞにとやかくいわれるまでもない。俺が俺の息子を煮て食おうと焼いて食おうと、そんなことは俺の勝手だ。お父ッつあんだってまだ老いぼれるという年でもないなんともぬかしていやがったじゃねえか。いいかげん馬鹿にしてもらいますまいよと、勇吉は西脇の言葉から、却って自分の意志にいっそう拍車をかけられた。勇吉としては、自分が長いあいだの放蕩から手を切って、しみじみと家業のありがたさに気づきはじめていたからこそ、息子には是が非でもこの職業を棄てさせたくはなかったのだ。あれほどの放蕩に耽っていたあいだにも、心のどこかでは、たしかにこの職業に対する感謝の思いを忘れてはいなかった。

それにしても、西脇という男はよほどの世話好きか、それでなければお節介な性質とみえた。それから後もやって来るたびごとに帳場を覗いて、息子さんのことはどうなったとたずねていく。

「その気のないものなら仕方がないけどなぁ、お父ッつあん。倅さんにさえ気があるんなら、ほんとに世話をさせてもらおうじゃないか。……こっちはいつからでもいいんだ。奉公に出すんなら俺んとこへ寄こしなよ。立派に一人前の職人に仕立て上げてみせるぜ」

上客の一人ではあったし、相手欲しさから二階に呼ばれれば、勇吉も仕方なく相伴に出なければならなかった。

「まぁ、あの野郎もどんな人間になってくれますことやら、何分よろしくお願い申します」

頭を下げるには下げても、酒の席のことであった。勇吉はいかに単純な性格でも、さすがに客の上手口などをそのまま鵜呑みに信じるような年齢ではなくなっている。けれども、伊之吉だけはいつの間にかすっかりその気になってしまっていたらしく、父親が調理場へ立っているような折にひょっこり西脇がやって来たりすると、コソコソと忍び寄っていっては、何やら熱心にたずねかけていることなどもあった。伊之吉にしてみれば、自分の名を唇にのせてはくれるし、堂々とした体軀は頼もしく映じたから、子供ごころにも、もたれ甲斐のある人物と頼んでいたのだ。何はともあれ、現在の伊之吉にとって頑なな父親の心を翻してくれる者が、さしあたりこの男のほかにただの一人もあるとは考えられなかったのである。

川勇の内証がトコトンまで落ちていったのは、そのすこし以前のことである。

一時は日清戦争の後に襲ってきた不況を受けて、勇吉夫婦の身の廻りはおろか、伊之吉の筒《つっ》袖《ぽ》に至るまで質入れしてあった。お武は女の身で、客の前へ出るのだと思えばそれも一つの商売道具で、たとえ安物の古着にしろ洗い張りをして、小ざっぱりとした衣類をまとっていた。それだけに、生さない仲だから子供にはかまわないのだと、他人からうしろ指をさされるのが辛かった。義理の仲だと思ったからこそ、いきおいお武の神経もほそくなった。伊之吉の手を曳いて質屋の軒をくぐると、蔵から出してもらったばかりのナフタリン臭くて皺だらけの、けれどもこざっぱり着物に着せ替えてから天長節《てんちょうせつ》の式場へ送り出してやったことなどもある。十一月三日の天長節の朝といえば、もう十分に寒い季節だというのに、受出したものは着物だけで、袴はおろか羽織にさえ手が届きかねたのも、その折の忘れがたい記憶であった。

なまじ客商売などをする家に育てられて、出入りする人びととの対照から、いっそう貧乏の味は身に沁みつけられていても、伊之吉はまだ年端のいかぬ子供であった。日露戦争も終結になり、明治三十九年という新しい年を迎えるとともに、世間にはようやく戦後景気の波音がたかまって、一夜大尽と称される成金が随所に続出していた。それでも株屋になろうの、実業家を志そうのという心持などはなく、ようやく自分の肉眼で見ることのできる範囲だけが彼にとっては世の中の全部であったし、わが家に出入りする客たちのうちでもことに羽振りのいい客は、洋服商に限られているようなものであったから、自分も洋服商になりたいと願った。ただそれだけのことであった。その心持など、頼りないほど幼稚なものであった。しかし、伊之吉はそれだけにまたいっそうひたむきな心を燃やして、いつかそれをみずからの念願にしはじめていた。そこへもってきて、西脇の勧誘にもひとしい言葉までがあった。たとえ横ビンタの三つや四つ喰らっても、擂粉木を振り廻してどやしつけられても、これればかりは父親の意志に従いかねたのである。

強情な子供で腹立たしいとは考えても、そこまで頑張り通しているものを、これ以上縛りつけておいてみたところで、結果は却ってわるくなるばかりであろう。西脇の言葉などまつまでもなかった。勇吉もついには奉公に出すことを内々のうちに心を決めたが、何がさて気に入らないのは洋服屋という職業である。はからずも西脇という人間がいて、その道への橋渡しはつけてくれるというのだから、まともに受けて任せてしまえば手間も世話もなかった。いちばん簡単ではあったが、わが家に来る客のありさまに想い合わせるまでもなく、洋服屋には、折からの好況をいいさいわいに桁はずれの道楽者がすくなくない。道楽の結果はもうさんざん自分が味わって、痛い目をみている。洋服屋ではいけないということについては再三ならず言い含めてあるのだから、まさかそれまでを押し返すということはあるまい。洋服屋でさえなければ自分の主張も通ることだし、何かしらそれに代るうまい職業はないものだろうかと、勇吉がおもとよりより思案をめぐらせていたところへひょっこり現われたのが、ふるくから川勇に出入りしている青物商の八百惣であった。八百惣の細君は播州姫路の人間であったが、両親を喪ってしまった現在では、本郷の赤門前にある津幡屋という靴屋が実家になっている。津幡屋の主人は、内儀《かみ》さんの実の兄だとのことであった。

川勇にとってはかくべつに親しい付き合いというのではなかったが、八百惣はもう久しい出入りで、自分の細君の実兄に津幡屋のような男がいるということは、彼にとってよほど自慢の種であったらしく、そう言われてみれば、これまでにも何度かその店の名は彼の口から聞かされていたように思い出される。それをただこちらでは、自分にとって縁のない商売柄だけに、聞いていながら聞き流してしまっていたのだ。勇吉も、お武も、言われてみてはじめて、そういうこともあったなと気づかされた。

「このごろときたら、ああして立たせておいたって、家の商売なんざぁまるっきり眼中にないんだものね、そうしてもらえりゃ、あたしたちだってどれほど助かるかしれやしないんだよ」

二人の話に耳を傾けていたお武は、勇吉の心が動かされているらしい様子を見届けて、先刻から調理場に立たせてある伊之吉のほうを、そっと覗き見るようにしながら言った。

「そんなに仰言られちゃ却って困りますよ。なにしろ津幡屋はあっしの店じゃねえんだから、先方へ行って要らないとことわられちまえば、それきりの話なんですからね。しかし、まぁ何といったって相手は義理の兄貴ですもの、吊鐘と提灯ほどに違っていたからたって、まるきりの他人にものを頼むのとじゃ少々ばかり訳が違いまさァ、頼むの頼まないのといっても、けっして肩の凝るようなものじゃありません。……ようがす、あっしも明日とは申しません、今夜のうちにでも赤門前へ行ってまいりましょう」

気軽く引受けてくれたから、勇吉もうかうかとその気になってしまった。密閉のしてある部屋にさえ、僅かな隙間風は忍びこむ。固く気持を閉していたからこそ、却っていっそうゆるみもできていたのだったかもしれない。

世間の活況を受けて洋服が飛ぶように売れるというのなら、靴だって売れぬことはあるまい。洋服に靴はつき物なのだからと考えられるのだ。偶然の機会からとはいいながら、靴屋とはいかにも地道な願ったりかなったりの職業だと思い込んだほどであった。靴は直接に土を踏みしめるもので、その靴を造る職業だから地道だと考えるのは、あまりにも穿ちすぎていて微笑ましいくらいのものだ。しかし、勇吉は何事につけてもそのくらいの男でしかなかったからこそ、西脇の言葉や伊之吉の望みにさえ故もなく反発を感じて、みずから不必要なジレンマに墜ち込んでいた。

八百惣という人間は、人のいいだけどこか早飲み込みの軽率なところがある。あんなふうには言っていたものの、さてどうなることかと案じながら結果を待っていると、とにかく連れてきてみるようにという先方からの返事を伝えてきた。何はともあれ幸先のいい吉報である。

「……だけどねえ、お前さん。いくらあたしたちばっかりがその気になっていても、伊之ちゃんは大丈夫かねぇ」

あれほど洋服屋へ入りたがっていたのだから、おいそれとは応じないのではあるまいかというお武の憶測には、

「な、なにを言ってやがんでぇ、子供一人を奉公に出そうっていうのに、いちいち手前の倅にむかってお伺いを立てる親なんぞが、どこの世界にあってたまるもんけぇ」

　まして伊之吉の場合は、自分から奉公に出たがっているのではないかと、そこは亭主の威光で一蹴したが、当の伊之吉を呼び寄せてみれば、果して即座には素直な返事が得られなかった。またしても勇吉の思惑は、みごとにはずれてしまったのである。勇吉のつもりでは、自分の口から許すとさえ言ってやれば、息子は二つ返事で大喜びをするものと決めてしまっていたが、伊之吉はただやみくもに奉公にばかり出たがっていたのではなかった。

　かけがえのない一人息子である。いまここで伊之吉に出ていかれてしまえば、三代から続いてきた川勇の暖簾も、蒲焼をさせては広い東京に十人とはいるまいと自負する腕前も、自分一代をもって完全に消滅してしまうことになる。それを惜しめばこそ、息子を奉公に出してやるという決心も、勇吉にとっては並大抵ではなかった。と同様に、それを振切ってまで別の世界へ踏み出していこうというからには、伊之吉にも尋常一様ではない覚悟が用意されていた。今こそおのれ一生の浮沈が定められる時だと、思わずしらず心が引締まってくる。軽はずみな妥協などはできないぞという覚悟が、日ごろから人一倍強情にでき上っている彼を、頑固な上にもいっそう頑固なものにしていた。

「いやだ。……俺ぁいやだ」

と言いきった瞳は、険しさをふくんで炯々《けいけい》と光っていた。しっかりと肩を張って、力いっぱい両膝にあてがっている両の握り拳は、けっして大きくもなければ逞ましいものでもなかった。けれども、それは梃子でも動かぬ頑強さをひそめて、侵しがたい迫力を示していた。

気まずい一瞬がきて、柱時計の時を刻む音と、湯沸しのたぎる音とが、くっきりと冴えて聞えた。

「……俺は、どうしても、洋服屋になるんだ。靴屋なんて、誰が決めたんだ」

「何っ」

言いざま勇吉は、いきなりもう伊之吉の横っ面を狙って、激しい平手打を喰わせていた。

「あまやかしておけば言うことばっかり生意気になりやがって……」

張り手を喰らわせたばかりでは充たされない、どうしてやろうかと苛立つ心が、さらに次の興奮を呼ぶのだろう。あわてて仲に分け入ったお武が押しとどめたから、ようやく勇吉も坐り直したが、まだ興奮で火鉢の縁に戻した手頸はカタカタと震えて、肩でつく息づかいも波を打つように激しかった。彫りのふかい顔はひきつって、恐ろしい形相をつくっていた。ところが殴られたほうの伊之吉はといえば、打たれた跡に血の気の浮んでいる頬を抑えるでもなく、浩然と面を上げたまま、そういう父親の瞳を射るように鋭い眼ざしでねめつけていた。父親に楯を突こうというのではない。自分の意志を枉げまいとする必死の抵抗であった。

にもかかわらず、洋服を着る者があればかならず靴を履く人間もあるという考えは、この時すでに勇吉にとって、絶対不動のものになっていた。しかも信じたら容易に動かぬ、いったん決めたからにはそれ以外の何物をも認めないというのが、勇吉の済度しがたい性格の本質であった。奉公にいけと許しが出たら、はいと答えて素直に出ていくほかはない。ただいうなりになってさえいれば、機嫌がいいのである。勇吉には、理非の如何にかかわらず、反対されることだけが小癪にさわるのであった。

口ごたえが親子の道にはずれているということなら、伊之吉も十分に承知をしていたが、洋服屋ではいけないと言っておきながら、靴屋ならと許可をあたえたのは勇吉自身でなかったか。自分から洋服屋ではいけないと言っておきながら、伊之吉が靴屋行きに不服をとなえれば、俄かに開き直って商売に変りはないなどと言い張った。どこを突いてみても、苦しさあまっての屁理屈にすぎなかった。それではおのれの言葉にみずから立腹をしているようなものであったから、当り散らされた伊之吉こそとんだ迷惑をこうむってしまったのだ。親らしく言い聞かせるどころか、言うことが自分勝手なのだから、伊之吉としては、まともに受け答えする言葉もない。まして伊之吉は親の気質を受け継いだ勇吉の息子であった。持って生まれた強情な性質の上に、仙助とは違って他人の機嫌を取結ぶことなどつゆほども知らなかった。結果はいたずらにこじれて、お武が仲を取りなすほかにはどうにも仕方がなかった。

「……また後のことは後のことで、いつかお父ッつあんの機嫌がいい時におっ母さんから謝っといてやるからね、お前もいつまで強情を張らずに、ここのところは我慢をして、いったん津幡屋へお行き。ね、そうすりゃ、お父ッつあんだってまたいつどう気が変って、西脇さんのところへやろうと言い出さないものでもないんだから……」

できない我慢を強いられた上に、無理に手を突いて頭を下げろと命じられた。どちらがいいも悪いもありはしない。相手は父親でこちらは息子なのだし、それでなければ今さら八百惣への顔向けがならないのだと、はっきり言い切られてしまった。他人への顔向けのために出される奉公など真っ平ごめんだとさからえば、この上ますます事態を悪化させるばかりであった。息子という自分の立場を考えれば、伊之吉もそれには従わずにいられなかった。いつかまた西脇のところへ行かれるようになるかもしれないなどというお武の空疎な言葉には、十分ふくめられた因果を感じながらも、伊之吉はようやく津幡屋へ行く決心をつけた。決心をかためたというよりは、否応なしに納得をさせられてしまった。

彼が、十五歳の折のことであった。

三

東京中の靴屋という靴屋がそうであったように、赤門前の津幡屋もまた、製造だけでなく小売りをかねた店の一つであった。

表通りには明るく採光の行き届いた飾り窓を備えて、気軽に入ってくる客を待ち受けている。ペンキ塗りの木造であったが、見た眼には瀟洒な感じの小売店であった。

店内に入ると、右側の壁は入口のところから突き当りまで丈の高い陳列棚にふさがれていて、そこにもまたびっしりと靴が飾りつけられている。男物ばかりで色彩には乏しかったが、型やサイズや品数の豊富なことは驚くばかりであった。

陳列棚には大きなガラス戸が嵌め込まれていて、ストックは常に三百足を切らすことがないという。戸外から流れ込んでくる光線を吸って、どの靴の爪先もチロリとにぶく光っていた。規則正しく飾りつけられているために、なにか非常に精巧な機械を見る時のような重圧感があった。高い場所にあるものは梯子か踏台でなくては届かぬほどである。高さはほとんど天井にまで達そうとしていた。

(——俺がこれだけの靴を造るには、何年くらいかかるだろう)

八百惣の案内で、お武にともなわれた伊之吉がはじめて津幡屋の店先に入っていった時、最初に考え泛べたのはそういう言葉であった。こんなに立派な靴が仕上げられるだけの技量を身につけるまでには、どれだけの修業期間を要するだろうかということではない。自分がこの店の人間になって、こういうものを造るようになるなどという実感はこようともしないで、いきなり商品の夥しさにばかり心を奪われてしまっていたのである。働く仕事の内容は、これまでの彼の日常とはかけはなれて、あまりにも遠すぎるところにあった。いよいよ新しい生活がはじまるのだという緊張をおぼえるよりも先に、津幡屋の店頭の光景は、まず何よりも物珍しい世界として彼の眼に映じた。八百惣の言葉から漠然と想像をしていたより、たしかに立派でもあったし、大きな店でもあった。

主人は外出をしているが、もう間もなく戻ると思うからしばらく待ってもらいたいということで、応対に立った店員は、緑色のビロードを張った長椅子のところまで彼らを導いていった。店先は店先でもいちばん奥まった場所にあたる、薄暗い一隅である。空気も一段とヒンヤリしているようであった。ニス塗りの脚のついた箱火鉢は、ちょうど腰掛けたまま手をのばしたあたりの高さになっていたが、豆粒ほどの火種もつがれてはいなかった。もっともその代りに煙草の吸殻一つ突き刺してあるわけでもない。掃除が行き届いて清潔なために、壁の石灰の色が却って白々と寒々しかった。

陳列棚と反対側の壁には何本もの横棒が張り渡されている。横棒にはずらりと何段にも足首の形をした木型が架け並べてあって、そこがもう製造場になっているのだ。仕事場の手前方には高さ二尺ばかりの低い板塀のようなものが設けられていて、木型を架け並べた壁を背に坐った靴工たちは、その板塀の内側で底つけの仕事にかかっていた。八、九人の人数で、一人々々はめいめいの仕事についていたが、みんな自分の手許に注意を集中して、誰も彼もが懸命に働いていた。

伊之吉はそうした職人たちの様子から眼をはなすと、はじめて店内をぐるりと見渡した。ちょうど買物をすませた客が帰っていくところで、それを三人の店員が送り出している。とまた新しい客が入ってくる。三人はすぐにその客を迎え入れる。一人が椅子をすすめると、一人が陳列棚のほうにいって商品の靴を取り出してくる。そのあいだにもう一人は、客の取り出した煙草にマッチをする。誰一人として手をこまねいている者などなかった。

それにしても、この店の主人とは義理の兄弟だといった八百惣の面目は、いったいどこにあるのだろうか。後で聞けば、主人夫婦の住居はそこからすこしはなれた関口台町にあるとのことだったから、八百惣がこの店に足を踏み入れる機会がすくなかったからなのかもしれない。彼と店員たちとの馴染みはいかにも薄い様子であった。さすがに神妙というほどではなかったにしろ、立ち上っていって店員たちを相手に無駄話をする様子もみせずに、じっと素直に椅子へついたままナタマメ煙管をくわえている八百惣のありさまには、所在なげなものが見受けられた。

椅子の脇に伊之吉の身の廻りの物を詰めた信玄袋を置いて、窮屈そうに膝へ手を合わせているお武の様子から察して、店の小僧を連れてきた母親だということが、早くも察されたからなのだろう。店員たちのあいだには、近寄ってきて番茶をすすめようとする気配もうかがえなかった。そして、それはまた八百惣という男が、日ごろからこの店の者たちに粗末な扱いしか受けていないという事実の痛いばかりの証拠に相違なかったが、これからこの店で彼らの下につこうとしている徒弟工とその附添人たちが、当然負わされねばならない待遇の冷たさでもあった。店員たちが愛想を知らぬ人間だからではない。伊之吉たちを置き忘れていたのでもなかった。何よりもの証拠には、次々と入ってくる客たちに対する彼らの応対ぶりを見るがいい。素早く走りよっていく敏捷さはどうであろう。どれほど横柄な態度をもってのぞまれてもけっしてひるむことをしらぬ、商人に特有な執拗さはどうであろうか。こちらの三人連れに対するのとは違って、購買客に接する彼らの物腰には別人のような愛嬌があふれている。あふれてしたたるような応対ぶりであった。じっとそれを見つめていて、少年の伊之吉が教えられたものは、大人の作る笑顔など、実はおそろしく冷たい心裡の表現にすぎないのだということであった。

こういうものが世間なのかもしれないと思った。茫然とは眺めていられないという心持で、何かにしっかりと摑まらせてもらうことができるならば、言葉などかけてくれなくてもよい、黙って、ただぎゅっと握り返してもらいたいと願うほどの心から、そっとお武の掌を求めようとしておきながら、伊之吉は俄かに思い直して中途からその手を引っこめてしまった。何故なのか自分にも納得はいきかねたが、引っこめてしまってから気がつくと、はっと何かに打たれた。淋しい、——そう思って瞳を落すと、その瞬間に、お武の下駄を履いたまま組合せている足の先が眼に入った。くっきりひとすじ紫色の鼻緒を描き出す足袋の白さが、眼底に灼きつけられるような印象であった。

(——おっ母さんは足先なんか組合せているじゃないか)

伊之吉は、天長節の朝、自分の手を曳いて質屋へ連れていってくれた折の母親のことを憶《おも》いだそうとする。あの朝の、お武の掌の平のなかにあったぬくもりを自分の感覚の上に再現しようとしながら、眼の前に見る足袋の白さと鼻緒の紫とが、何としても障碍になった。肉親ではないのだという自覚がコツンとくる。一瞬のたゆとう感傷は、どうにもやりきれぬ後味のわるさを残したまま消えていってしまった。掌なんか握ってしまわなくてよかった、と思った。

(——どうしてもこの店で使ってもらうことにしよう。もう家になんか帰ってやるものか)

伊之吉はその途端に、おのれの心からでた意志を、はじめてしっかりと決めていた。

主人は小一時間ほど経ってから戻ってきた。洋服を着て、歩くたびごとにきゅっきゅっと鳴る靴を履いた五十年配の、瘦せて、眼のギョロリと光る男であった。

今も出入りの邸宅へサイズを取りにいっていたのだと言ったが、赤門前という場所がら店には大学教授などもやってくる。付近の西片町あたりは無論のこと小石川、牛込あたりや、遠くは芝、麻布というような土地の相当な邸宅にも数多くの得意先を持っているのだという。そんな場合に臨んでも物おじせぬ、たくみな応対ぶりが身についている。若い時分は貧乏ぐらしで、妹を八百惣などへ嫁入りさせるほどの身分でしかなかったのに、今では洋服など着込んで、鼻の下には小さな髭をたくわえたりしているから、年齢相応に風格のようなものまでがそなわっていた。生まれながらの貧弱な容貌であっても、さすがに功成り名とげた者の落着きはあらそえなかった。兄妹だと承知していてよく見れば、八百惣の内儀さんとはどこか似たところが見出されなくもなかったが、暮しの相違ばかりは如何ともしがたい。似ているとは認められながらも、他人よりもっと他人が感じられるのだ。まして、寸詰まりのひょうきんな容貌を持ちながら、出る所に出ては冗談口一つきくこともできないくせに、あわてん坊でそそっかし屋の八百惣などと比較されるような人物ではなかった。注文を受けてサイズを取ることには巧者でも、靴工からあがった人間ではなくて、商人の出だということである。

応接は、ものの十分もかかるか、かからぬかというほどの間であった。彼は一と通りの話がすむと、三人を職長に引合わせておいて、自分は店先の客のほうへ歩み去っていってしまった。三人の身にはあっけない心持しか残らなかったが、徒弟工とその附添人とに接する主人の立場としては、それでもう十分に用件が果されていた。いかにも事務的で、根っからの商人だという印象が、あまりにもあざやかであった。

店頭の堅苦しいほどの整頓ぶりが主人の事務的な性格の明らかな反映であったと同様、この店の経営方針ほど、よく彼の気質を物語っているものもあるまい。彼自身はほとんど終日得意先から得意先へ歩き廻っていたし、店頭に姿を現わす客の数もすくないものではなかったが、津幡屋の主力は、あくまでも製造に注がれていた。しかもかんじんの製造のほうはといえば、職人の人事から材料の選択に至るまで一切が職長まかせになっている。絶対にちかい信頼をおいて、職長の采配にまかされているのだ。この店の職長は、単なる職人がしらではない。工場長という名目だけの位置にぬくぬくと坐らされていたのではなかった。職人たちに対しては主人以上の権限をあたえられて、工場の万端に采配を振るっていた。その職長に引渡しをすませてしまえば、主人にとっては、もはや何らの責任もなくなってしまっていた。すくなくとも八百惣に対する義理だけは、もう綺麗さっぱり片づけられていた。義理の兄弟であろうがなかろうが、主人からうとまれているような八百惣に、ましてアカの他人の職長が特別な好意をもってのぞむ筈などはなかったのである。

店先の真上にあたる二階は天井なども低くできていて、職人部屋は陰気で薄暗く、頭を抑えつけられるようであった。室内に立った職長の言葉で、今夜からはほかの職人や徒弟工たちに混って、ここで寝起きすることになるのだと説明されながら三人がその部屋に通されると、白昼から鼠の駆けずり廻る物音が聞えている始末で、プーンと鼻をついてくるのは、そこに寝起きする男たちの不潔な体臭であった。一枚の座蒲団も火の気もなく、部屋の片隅には昨夜あたり食い散らしたらしい店屋物の丼小鉢の類が乱雑に積み重ねてあるのも、いっそう貧寒として味気ない男世帯の侘しさをただよわせていた。

「何かお父ッつあんに言づけはないのかい」

信玄袋の始末などもすませてしまってから、八百惣と連れ立っていよいよ帰っていこうという時に、お武はそっと小声でたずねた。

「……なんにも言うことはないのかい」

今度は瞼の奥を覗きこむようにしてもう一度たずねたが、伊之吉は相変らずむっつりとして、眉一つ動かさなかった。

「じゃ、帰ってもいいんだね。……ほんとにいいんだね」

「ああ」

念を押されると、却って言う言葉が失われてしまった思いで、素っ気なく答えた伊之吉は、もうほんとうに怒ったような顔をしていた。怒ったような顔は何かに抵抗をしている証拠であったが、それほど不機嫌になって抵抗をしているものの対象が何であるのか、それは伊之吉自身にもはっきりとはつかめていなかった。

「もう帰ってもいいよ」

階段の降り口まで見送って出るとぶっきら棒に言ったが、それでもようやく笑ってみせた。唇の端をわずかに歪めただけの、堅い笑顔であった。

(――そいじゃ、まぁごめんなさいよ)

そういう心持をみせて、階段を降りきったところから、もう一度八百惣が人のよい笑顔を見せて振返った。振返ったのは八百惣のほうで、丸髷を結ったお武ではなかった。

(――おっ母さんは、さっきも足なんか組合せていたんだ)

伊之吉は部屋の真ん中まで引返していくと、縁のくたびれて赤茶けた畳の上に尻を落したが、彼の眼底にはお武の履いていた白足袋と紫色の鼻緒の印象ばかりが、いつまでもくっきりと強く灼きつけられていた。

仕事場へ出払ってしまって、ひっそりと人気の絶えた職人部屋の片隅では、またしても鼠の何かをかじるらしい物音がしはじめていた。

四

店先の仕事場に出ている底つけの職人は、津幡屋に働く靴工たちのうちでも腕ききに数えられている者ばかりであった。製甲のミシン職人と年齢の低い底つけの二番職人はこの家のずっと奥まったところにある製造場で働いていて、既製靴の製造や古靴の修繕が、奥にいる職人たちの手に任されていた。したがって店先の仕事場では、高級な注文靴の製造だけが取扱われていた。勇吉の質問に答えて、この店が東京中でも指折りのものであると言った八百惣の言葉も、まったく無根のことではなかった。奥と店先との双方に働く職人を合わせて、その上に見習いの徒弟工まで数えれば、津幡屋の工場は、優に三十人を越す人員を擁していた。

店先の仕事場が美しく整頓されているのに比べれば、奥の製造場はどこからどこまでも雑然としている。取乱した感じばかりがきて、どこに中心があるのかわからない。そこにいる人間たちもまちまちならば、仕事の性質もさまざまで、乱雑の一語に尽きる光景であった。

ミシンを掛けている者もあれば、古靴の修繕をしている者もある。革切包丁の刃を研いでいる者もあれば、曲った釘を打ち直している者もある。坊主頭の子供がいるかと思えば、白髪頭の老人がいた。カネダイにむかってあくびをしている者があるかと思えば、唇に煙草をくわえている者もあった。太陽もここまではその恵みを送ってよこさないためか、薄暗い上に濁った空気が充満して、汗臭い人間の体臭がただよっているかと思えば、物置小屋のように埃っぽいものも感じられる、陰気なくせにガサガサとしているばかりで、いっこうに潤いがない。そればかりか、ここではこの寒空に肌脱ぎになっている者まであるありさまで、話声なども高いのであった。つつましさなど求められる筈もなく、一様に誰も彼も威勢はよかったが、それだけ職人たちの気性は荒っぽくて、突っかかるようにトゲトゲとしたものが撒き散らされていた。肌脱ぎのつけ元気は、すこしでもよけいに自分の存在を認められて、一日も早く店先の仕事場へ出ていきたいという覇気の現われであった。荒々しい気性は、その目的を貫くためにかき立てられる競争心の嚙み合いにほかなるまい。店先の仕事場が舞台であり土俵であるならば、ここは大部屋であり道場であった。メラメラと燃えているものが眼に見えるようで烈しい。誰にもひけを取るまいとする心構えは、それだけ彼らの腕前をみがき上げていくことには役立つが、同時に、自分の持つ技術は誰にも譲ってやらないぞという物惜しみの態度にもならずにはいなかった。いやしい心理であっても、それが人情としては自然のなりゆきであった。

伊之吉が職長の命令によって廻されることになったのは、この奥の製造場での、底つけの仕事であった。

底つけといいミシン掛けといったところで、現在のように洋服や靴が広く民間に普及されていた時代のことではない。伊之吉は自分で実際に靴を履いた経験が一度もなかったから、どちらの仕事を選べばどういう将来がもたらされるのか、およその見当もつけられなかった。また、よしんばこの割り振りに不満を抱いたところで、工場の人事に関しては一切主人に任されている職長からの申し渡しである以上、結果は否も応もなかった。この工場の職長の権限は、想像を越えるほどのものがあたえられていた。

まるっきりの素人から飛び込んできた者が、いきなり釘一本満足に打ちこめるものではない。釘には釘の支え方があって、金槌には金槌の打ち方があった。まして職人たちのあいだには執拗な名人気質ものこされていたし、徒弟工たちに対しては、まだ修業の順序というものが、小うるさいほどやかましくいわれていた時代であった。伊之吉もはじめのあいだは、でき上った製品を仲買店へ届けるために荷車の後押しをさせられたり、製造場にいればいるで、修繕靴の裏にコビリついている泥を洗い落したり、兄弟子たちの手によってできあがった靴に磨きをかけたり、靴紐を通したりしているよりほかはなかった。押切帳《おしきりちょう》（受け渡しの帳面）を腰にぶらさげて、荷車の荷を曳いていくというただそれだけの用事でさえ、はじめのあいだは単独の行動を許されなかった。信用が得られなかったからではない。それだけの資格すらあたえてはもらえなかったのだ。

手をつかねているわけでもなければ油を売っているわけでもなくても、これといってまとまった仕事についているのでもない。何かにつけて用事を命じられるのは当然であったが、新入りの小僧とみれば小突きまわすのが、あたかも自分らにあたえられた特権であるかのように考えて、ありもせぬ雑用を無理にも命じたがるのは、さもしい使用人根性であろう。主持ちの身で他人の工場に働いていれば上から抑えつけられる機会が多いから、自分らはまた自分らで下の者に対そうとする。そして、それはまた住込みの職人ばかりではなく、通勤の職人にもひとしく見出されるごく普通の態度であった。

午《ひる》の時間がきて弁当がひろげられれば、催促をまつまでもなくお茶をついで廻るが、食事のすまぬうちに空になるようなことでもあれば、おいおいと声高く呼びながら湯呑を高く差し上げてお代りを命じられる。煙草を取り出せばマッチ、手を洗えば手拭、それを言われるよりも先に渡してやらなければ機嫌がわるい。立つより返事というのが、彼らの口にするきまり文句であっても、言われて反射的に立っていかなければ尻が重いときめつけられる。自分だけの下僕でも雇っているような気になっているのである。それも一人や二人ならよい。一つの用事をしていれば、かならず次の用事が待っていた。同時に二人、三人の用事をさせられることもめずらしくはない。坐って働く職業であれば、わざわざ腰を上げて物を取ることは面倒に違いないにしろ、顎であしらいたがる者は若い職人が多かった。年長の連中は、ただ見ていながら見ないふりですごしている。彼らも若い時分には、みんな伊之吉と同じところを通ってきていたのだ。

兄弟子たちの手廻りや身の廻りの世話をする一方、その辺の片づけ物をしたり追い廻されたりしているうちには、いつか伊之吉もだんだんに工場の様子を飲み込むこともできれば、仕事の性質や手順なども覚え込んでいった。しかし、それは彼自身が覚えたのであって、教えられたのではない。誰も教えてくれようとする者などはなかった。せっかくその道に入ってきていながら、誰も手を取って教えてくれようとする者がなければ、いやでも自分で考えて、何とか工夫をするより仕方があるまい。あたえてくれる者がなければ、無理に盗み取るよりほかはなかったのだ。

皮革や泥をいじらされるから、手は荒れ放題に荒れてしまってひびはあかぎれになり、皮膚はむざんに破れて、かさぶたができるよりも早く新しい傷口は血を滲ませていったが、落着いて傷をいたわっている余裕はなかった。次から次へと絶え間なくこまかい用事を命じられながら、一日中坐る間もなく働きつづけなくてはならない。激しいというほどの労働でなくても、芯に応える日々であった。

夜は夜で兄弟子たちの寝床までのべねばならない。汚れた肌着を見つければ、言われなくても洗濯をしておくのである。垢によごれたおそい銭湯に行って帰ってくる時分には、疲れてしまって何をする気力もなかった。ぷっくりと紫色にふくれ上ってビリビリに裂け割れている手の甲は、よしんば治療につとめる余裕があっても、翌日にはまた翌日の荒い手仕事が待ち構えている。疲労した体に無理をして、十分なり十五分なり眠る時間を詰めてまで、なまじっかな買い薬を塗ったり包帯を巻きつけてみても、おそらくそれは徒労にすぎなかった。この道に入ってこの道で一人前になるためには、皮革や泥のアクに耐えられるだけの分厚で頑丈な皮膚ができ上るのを待つよりほかはない。仕事を覚えてみずからのものにしていくためには、進んで兄弟子たちの曲ったつむじとも闘っていくだけの決心を固めるほかはなかった。何物にもねじまげられることのないひそかな忍耐の刃を懐ふかく呑みながらも、視線と聴覚は貪婪《ドンラン》に鋭く研ぎすませておく必要があった。

伊之吉が、その工場の分けても不潔な薄暗い一隅に、とにかく一つの席らしいものをあてがわれるようになったのは、もうかれこれ半年にちかい月日が経っていこうとしていた時分のことである。その席についてはじめてあたえられたのは、古靴の直し仕事であった。

古靴の修繕には、時として、小指のあたりに破損の個所があって、そのつくろいをする場合もあるのだが、それはほとんど足裏の、靴そのものについていえば底にあたる部分のつくろいということにかぎられているようなものである。そこで、足の裏を三つの部分に分けて考えるとすれば、つま先と、土ふまずと、踵というふうになる。そして修繕の個所は、もちろんつま先と踵の部分であったから、このナオシという仕事は、踵のすり減ったところにツミアゲ（積上革）をあてがって、ケショウ（化粧革）をつけることと、つま先にハンバリ（半張革）を張ることの二つであるとみても差しつかえなかった。

皮革というものの性質上、それほど部厚なものはのぞめないから、踵の部分をつくるためには、どうしても何枚かの皮を重ね合わせるように積み上げていくほかはない。何層にも積み上げていくから、これをツミアゲと呼んでいる。そして、直接に土を踏むいちばん底にあたる部分には、ツミアゲよりなめらかな皮を打ちつけて、最後の仕上げにすることから、これをケショウという。ハンバリのほうは、カネダイ（金台）の上にのせて釘付けするのである。

しかし、修繕の仕事が出来るようになっても、それはただそれだけのことで、おなじ修練を重ねていけば、おのずから製造の技術までが身についてくるものではない。修繕の仕事をはなれて製造に移っていけば、せっかくカネダイの使用に慣れても、今度はカネダイ無しの仕事が待ち受けている。それは木型というものとのまったく別種の格闘であった。

職人は木型の上に甲皮をあてがって、しっかりと中底を縫いつけていく。そうして、ようやく靴としての形態をあたえられた甲皮は、それと同時に足首が入るための空洞の部分を木型にふさがれてしまうために、カネダイぬきの仕事になるのだが、どうしても、それに代わるべきものが必要で、輪袈裟といって、丈夫な紐の両端を結び合わせて、ただ輪のかたちにしただけの道具で、子供たちの綾取りをする折の紐を想像しておけばよい。この輪のかたちにした紐を職人が使うのは、手許をグラつかせないためにほかならなかった。——あらかじめ膝の上にのせた靴を、輪袈裟の一端にくぐらせると、下に垂らした他の一端は自分の両足の先へひっかけるようにして、指先と膝頭とのあいだで輪袈裟がピンと張り切るような具合に踏んばりながら、膝の上の靴が完全に安定するようにしておいて、釣り込みにかかるのである。けれども、いかに輪袈裟が所期どおりに張り切っていても、かんじんの靴が膝の上に置かれているかぎり、その底を金槌で叩きつければ、衝撃からまぬかれられる筈はあるまい。コンコーンと打ち込む度ごとに、頭の芯にまで響いてくる衝撃で、膝小僧の痛さは飛び上らずにはいられぬほどである。

はじめて輪袈裟を使いはじめたころであったが、伊之吉はあかはだかの古木型を膝の上に置いて、一日じゅう木槌で打ちつづける稽古を強いられたことがあった。理由も何も説明をせずに、いきなり木型と木槌を渡されると、自分の膝小僧を親のかたきだと思えばいいのだと言われた。何でもかんでも、力いっぱい叩きつづけろと命じられた。物を壊すのでもなければ造り上げるのでもなく、一応の形式としては木型を載せていても、事実としては自分の膝頭を木槌で殴りつけているのと変りないのだ。しかもそれ自身にはまったく何の意味もない動作であったから、さぞかし他人の眼には愚かしいとしか映じなかっただろう。誰を相手に言葉を交すのでもなく、仕事場の片隅に腰を据えて、笑うこともできず、かといって泣くわけにもいかぬまま歯がみをしていやいや打ちつづけている当人にとっては、ただ無性に腹立たしかった。羞恥と屈辱とに全身をかきむしられる思いであった。

(——ははぁん、やらされてやがるな)

伊之吉は、そういうさげすんだような周囲の視線を意識させられるたびごとに、またしても小僧泣かせのいたずらをされているのだと憤りをおぼえた。自分の未熟な技術を広告しているようで、卑屈な負い目を感じずにいられなかった。けれども、製造の実際に当ってみれば、そういう空虚に似た膝馴らしの訓練にも、何ほどかの筋道は立っていた。課せられた修練は、腹立たしいと考えたほどには、無用ないやがらせにばかり出ていたことではなかった。

工場の気風はわるかった。待遇は粗末な上に、夜は夜で床に入れば蚤や南京虫に攻めたてられる。朝は早くから叩き起されるし、食物は栄養に欠けているから、発育盛りの伊之吉などにはまったく耐えがたい生活であった。何といっても、川勇の明け暮れとでは一しょになる筈がなかった。

気をつかうことが多いばかりか、過労と睡眠の不足で頬のこける思いを味わえば、ややもすれば西脇の上を想い泛べるという結果にもなる。西脇のことを想って、あの時この店にさえきていなかったならこんな辛い目には遭っていなかっただろうと想像するのであったが、洋服屋という職業を諦めさせられて、靴工としての第一歩を踏み出したことについては、もはや何らの不服も後悔をもおぼえていなかった。

仕事、仕事——ただそれだけであった。そのほかには何物もなかった。

鰻屋という家業を避けた伊之吉の心の底には、自分が両親そろった川勇の真の息子ではないという意識が、たとえわずかにしろひそんでいた。それを感づいていたからこそ、勇吉もあれほどまでに引留めようとしたのであろう。短気で単純な性格のために、何でも思ったままを言わずにはいられなかったが、このことに関するかぎり、お武を控えていては、勇吉もまた言いたいことが言えなかったに違いなかった。しかし、それもこれも、今はみんな過去のことに属している。こうしてこの道に入ってしまったからには、すこしでも深く自分の道を突き進み、踏み分けていくことのほかはないのだ。伊之吉は、底意地のわるい者に対しては、黙ってさからわなかった。親切に手を取って教えてはくれぬまでも、たずねれば答えてくれる者に対しては、自分から頭を下げて相手の言に従った。卑屈からでもなければ弱気からでもない。一つの道に踏み入って、一ト所に停滞しているほど愚かしいことはないからであった。

こうして江戸川べりのガキ大将は、いつかその意固地さなど跡形もないまでにさらりと脱ぎ棄ててしまったばかりか、持って生まれた激しい気性すら、身うちのいちばん奥ふかいところにひそめてしまった。表面はおだやかで素直な、けれども内面には沸々とした野望と燃え上るばかりの意志を抱き温めるような性格を、しっかりとわが身につけようとしはじめていた。この工場のうちでもいちばん不潔で薄暗い一隅に押しつけられながら黙々と仕事に励んでいる伊之吉の姿が、あのきかぬ気の川勇の息子の姿だろうなどとは、誰の眼に信じられただろうか。伊之吉は、もはやこの一つの技術の道にペッタリと吸いついた一匹の虫であった。食いついたかぎりは吸い尽すまで離れるものではないという、執念の虫になりきっていた。

「お前は筋がいいぞ」

伊之吉の働いている様子をしげしげと見守っていて、最初に彼の腕前を認めてくれた者は、伊之吉がひそかに心の中で「猪口才さん」と綽名をつけていた男である。ここの工場にきてからまだ何日も経たなかったころ、その男はふと仕事の手を休めて伊之吉を呼んだ。近づいて行ってみると、彼はいきなり年齢をたずねられた。

「十五歳です」

咄嗟に伊之吉が答えると、相手も二、三度呟いていたが、

「ジュゴサイ、ジュゴサイ、チョコザイな奴だな。……こんなところへきてそんな生意気な口のきき方をすると、みんなに可愛がってもらえないぞ」

人差指の先でツンと額の真中を突くようにした。

「よし、むこうへいって働け」

言いながら、しかし、にっこりと笑った。悪意のない笑顔であった。年齢はまだ二十五歳を越えてはいまいと思われるのに、空席のでき次第、一番職人の居並ぶ店先の仕事場へ廻されるのはこの男だろうという評判であった。

（――伊之公は筋がいいぞ）

世辞や追従のみじんもない部屋である。その製造場で、誰いうとなく教えるのにも甲斐があるなどと褒められてみれば胸がうずいて、仕事にもそれだけの励みがつく、職人が仕事の道に入って一つの技術を身につけるのは喧嘩腰なのだとは、この店にきてから嗅ぎつけた教訓で

あったが、一ト通りの技術さえ習得してしまえば、それから先は自身でみがき上げていくよりほかないのである。天賦の才といい天来の妙技といわれるものにしても、その才腕が思うさま発揮されるまでには、しっかりと下地が叩き込まれていなくてはならない。しかも、それが明日という日への下地であればこそ、ただ今の修練は、ともすれば徒労ともみられがちなのだ。明日への鍛錬は苦しい修練の積み重ね以外はなかった。

伊之吉は、いきなり荒い職人仲間の生活に飛びこんできて、心では泣きながらも歯を食いしばって、この道ひとすじにおのれの下地を叩き上げていた。ようやく苦節の端緒を認められようとして、不屈の精神に駆りたてはじめられていた。

彼の激しい気性が父親の血から承け継がれたものであったとすれば、藍より出でて藍よりも青かったのであろう。懸命に働きたゆまぬ不屈の気性は、けっして勇吉の血から発していたものではない。くだらぬ饒舌など交えているくらいなら、すこしでも仕事に精を出そうとする気組は、伊之吉をますます寡黙にしていった。極端なほど無駄口をつつしんで仕事にばかり没頭しているような彼の態度が、製造場に働く人びとのあいだに、何かしら愛嬌に乏しい、人づき合いのわるさを思わせていたことも否めなかった。しかし、現在の彼としては、それでもよかった。角の取れた円満な人格などを獲得するよりも、伊之吉にとってはあらゆるかぎりの技術を身につけることこそ、今は何よりも大切であったからであった。

何人かいる徒弟工たちのうちでも、いちばん有望だと将来を見込まれて、たとえ半人前ながら製造の仕事まであてがわれてみれば、物を造るということの歓びが油然と湧き起って、次第に彼を惹きつけていった。仕事に興味が乗ってくれば、奉公の苦しさも辛い一方のものではなくなっていく。兄弟子たちの何人かにもわずかずつ馴染める者ができてくれば、そうした明け暮れのうちにも、何ほどかの親しさが生じはじめていた。

伊之吉が日野屋という同業の店にきてもらいたいと懇望されるようになったのは、津幡屋の飯を食うようになってからかれこれ一年半ほども後のことで、技術的には、どうやら自分一人でも一足の靴がいじれるのではないかと考えられかかってきたころのことであった。明治四十年という年もジリジリと照りつけるような季節を迎えようとしていた折の出来事である。

日野屋の主人で小泉というのは、三十歳をちょっと出たばかりかと思われる、いかにも顔色のすぐれないいやさ男であったが、彼も以前には津幡屋で働いていて、牛込の藁店《わらだな》にある店は津幡屋の暖簾を分けられたものだという。もっとも、それは靴工としての彼が格別に卓れた技量の持主であったからというのではない。津幡屋にいたあいだじゅう小泉は一度も店先の仕事場には出ずじまいで独立をしてしまった。分店とは名ばかりで、赤門前の主人とは遠い血筋に当っていたことが、独立をもたらした唯一の原因であったというから、腕前のほどは推して知るべしであろう。以前の同僚のうちでも口のわるい者などは、お払い箱になったのさと、せせら笑っていた。

このままずっと津幡屋に居ついてみたところで、三十人からの使用人に立ち混って働いているかぎり、いつまで辛抱すれば暖簾が分けてもらえるのかあてのない話である。後進はどこまでもいっても後進であるから、この工場に身を置いているあいだは、いつまで何かと追い廻されるものと覚悟をせねばならなかった。まして筋がいいぞと褒められて、たとえわずかでも存在を認められてみれば徒弟工仲間の嫉妬というようなものも生じて、そういう対人関係にもわずらわしさがからまりはじめている。それにしたとしても、津幡屋にはそれだけ腕の立つ職人が揃っているわけで、質問をすれば、不承々々にしろ答をあたえてくれる者がいないではなかった。席を並べて仕事についていれば、たとえ邪魔物扱いにされ、酷使されようとも、見よう見まねで他人のするところを盗み見る機会もある。伊之吉にしてみれば、これからようやく職人としての段階に踏み入っていこうとしている矢先であればこそ、立ち去りがたくも未練が残った。自分が身につけて所有していた時にはかくべつ大切に思っていた物でなくても、いざそれを人手に渡すとか、手放さねばならぬという時がくれば、俄かに名残惜しく愛惜の念が増すようなものであったかもしれない。津幡屋に結ばれる未練は、意地ぎたない物惜しみの心であったろうか。

日野屋には二人の小僧がいるだけだというから、右を見ても左を見ても兄弟子ばかりの津幡屋とくらべて、目の上のこぶが取りのぞかれるというだけでもどれだけか気楽なことで、それはまだ少年の域を抜け切らぬ身にとって相当以上の魅力であったが、伊之吉は現在の自分が駆け出しの半人前であることも十分に承知していた。材料を受取って一足の靴を仕上げようという段になれば、仕事のどこかにかならず納得のいかない個所があることは、誰よりもよく自身がわきまえている。他人からの教えに助けられて仕上げてみた製品が、一人前の靴工たちのそれに比べていちじるしく劣るものであることは、誰から指摘されるまでもなかった。このまま津幡屋を出て日野屋にいってしまえば、今度こそ否が応でも小泉一人を相手とするほかはないのだ。主人が相手では、さぞかし質問がしづらいだろうと思案される。何度か顔を合わせたところでは、その印象も好ましいものではなかったが、そうした主人の人間的な面は二の次にしても、日野屋には自分より上に立つ者がいないということは、何としても心許なかった。

今がいちばん大事なところだから、せめてもうすこしのあいだだけでもこの店にとどめておいてもらいたいと考えたが、それは職長の口を通じての、天下りにもひとしい申し渡しであった。上長からの命令には絶対に服従せねばならぬというのが、徒弟制度のかたくなな掟である。

(――猪口才さんに相談をしてみようかな)

そんな考えまで泛んだが、かんじんの猪口才さんはいよいよ近々に店先の仕事場のほうへ廻されようとしている身であった。ここでそんな他人のことなどにかかずりあって、万一にも職長の気を損ねるようなことでもあれば、立身にもさわるだろう。としてみれば、猪口才さんが口添えなどしてくれる筈はない。

(——おっ母さんは足なんか組合せていたじゃないか)

呟いてみると、白い足袋と鼻緒の紫とのあざやかすぎるような記憶が、ふたたびくっきりと描きだされてくる。母はあってもお武は義理の仲で、たった一人の真に血を分け合った父親があんな男であることを、伊之吉はありありと憶いださずにはいられなかった。この店の主人の妹にあたる女を娶《めと》ったと、鬼の首でも取ったように鼻にかけていた八百惣にしても、ただ人がいいばかりで、津幡屋の主人夫婦なり使用人たちからは、いかにも軽々しく取扱われているらしいのである。

今の伊之吉には、一人の西脇もいなかった。誰一人相談相手になってもらえる者も、頼りになってくれる者もいなかった。

(——何一つ望むとおりのことはできやしない)

伊之吉は肩を落して、ふうっとふかく溜息を吐いた。自分の上に、流されていく一葉の木の葉を感じた。流れが彼を運んでいく。彼はただ流されていくのだ。

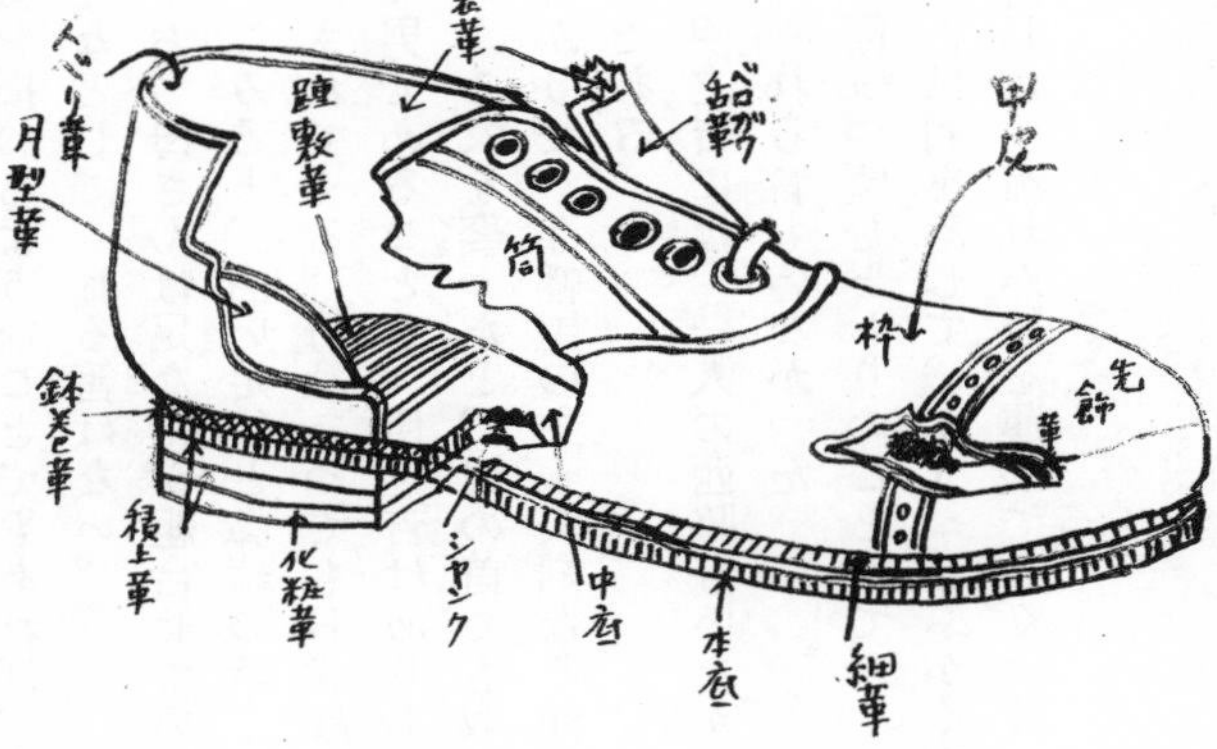
へり革
月型革
踵敷革
裏革
甲皮
筒
先飾革
鉢巻革
積上革
化粧革
シャンク
中底
本底
細革

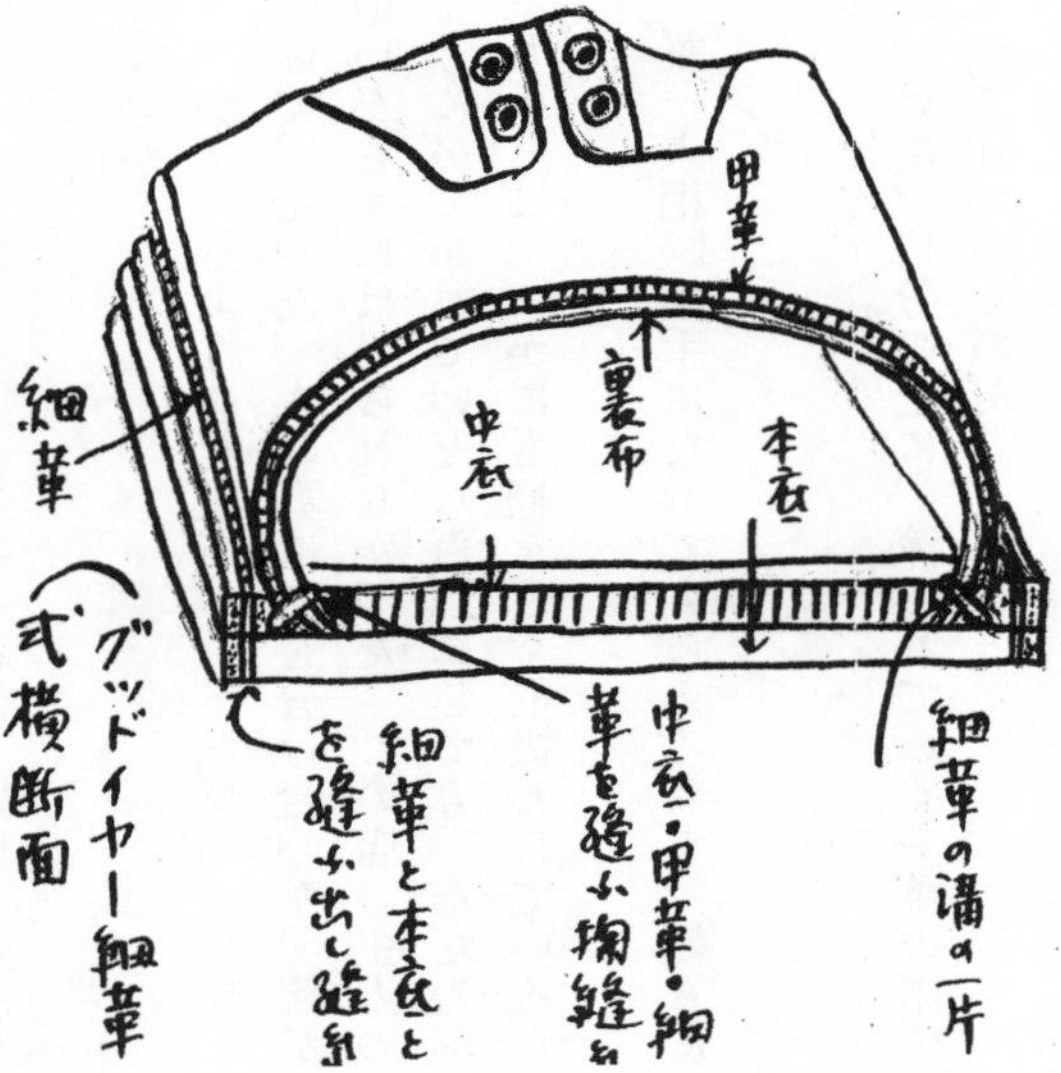
甲革
裏布
中底
本底
細革
細革の溝の一片
中底・甲革・細革を縫ふ掬縫糸
細革と本底とを縫ふ出し縫糸
(グッドイヤー細革式横断面

【著者による取材スケッチから】

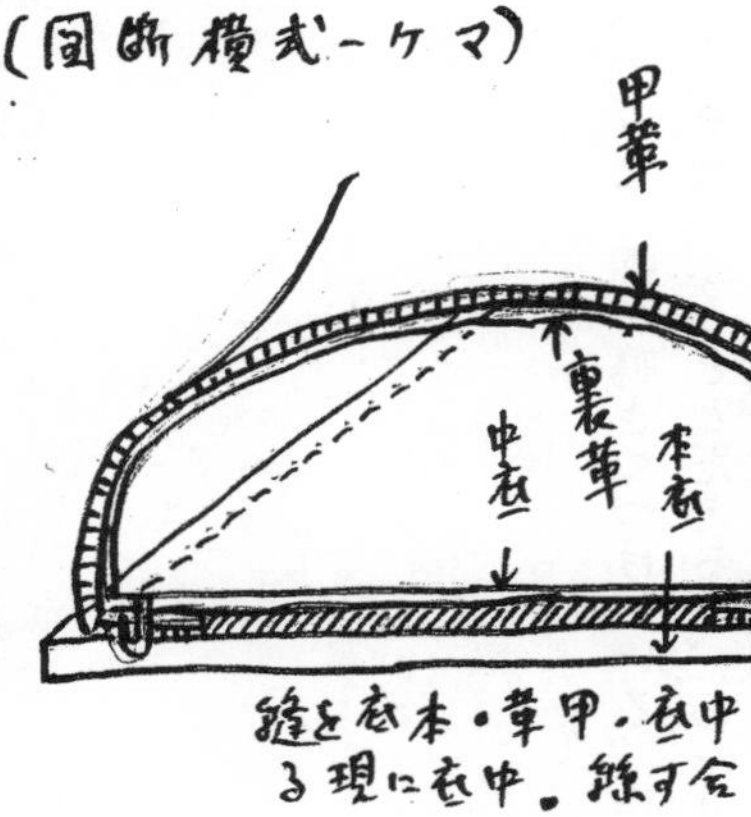

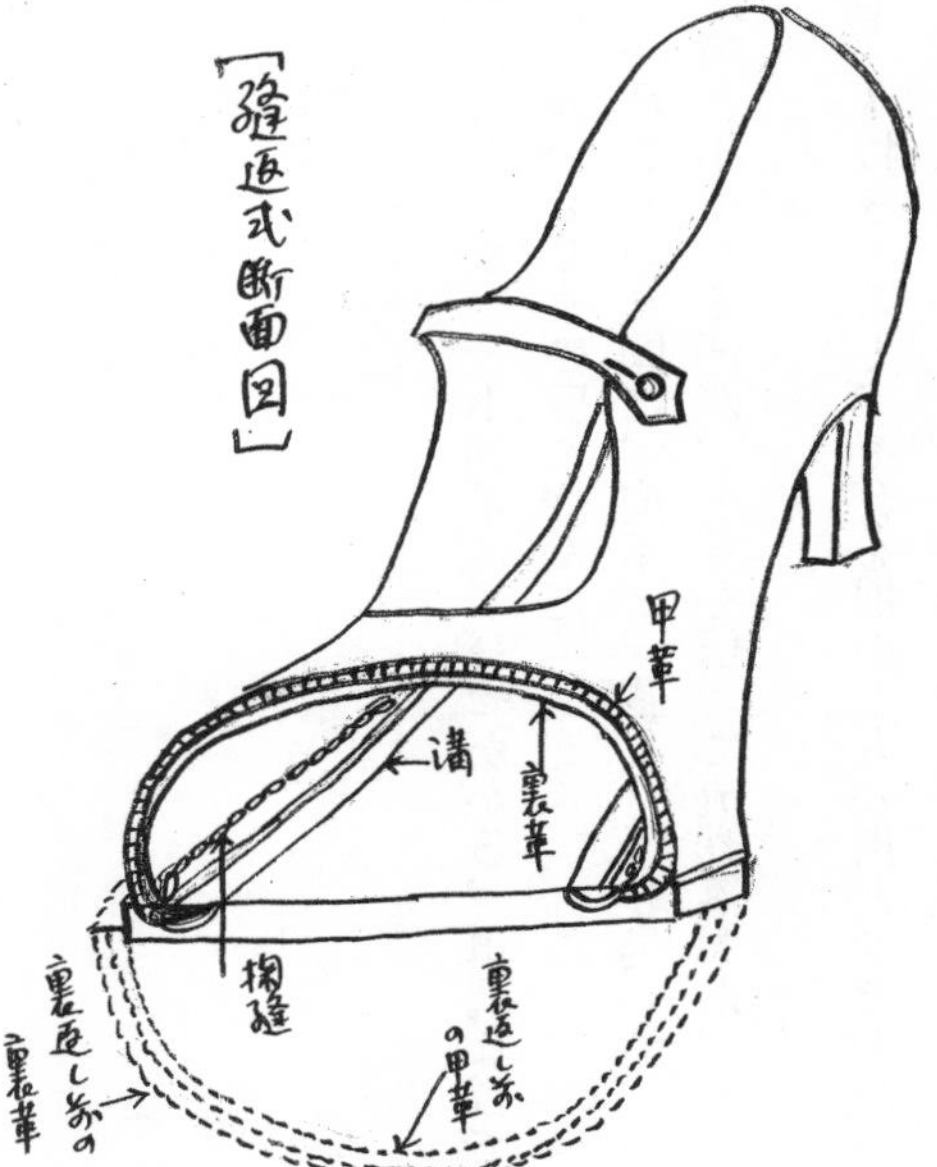

第二章

一

小やみなく蟬が鳴きつづけている。声ではなかった。一本調子に浴びせかかる、単調な音である。それがふっととだえると、あたりはふかいしじまの底に沈んだ。

照り返しの強い道路に面しているので、一坪きりの土間は、皮革と、膠《にかわ》と、汗の臭いで、むうっとくるようなうんい気である。次つぎに噴き出てくる汗が、全身を伝って流れ落ちた。

「ふん、何様じゃあるめぇし」

伊之吉は口のなかにふくんだ釘を左手で一本抜きとると、それを拇指と人差指とで支えながら、右手に持った金槌で、カツーンと力まかせに打ちつけた。カツカーツと打ち込んだ。そして、また次の一本を口のなかからつまみ出すと、

「どうとも……勝手にするがいいんだ」

自棄のように金槌を打ちつづけた。

呟きは声にならなかったが、憤懣《ふんまん》は一ト打ちごとにこめられて、ほとんど憎悪にまで高まっていた。

神楽坂を牛込見附のほうから登っていくと、坂の頂上からほど遠くない地点に毘沙門天があって、寅の日の縁日には夜店が立つ。

その毘沙門天の門前をさらに小半町ほども行き過ぎたところから左に折れまがっていく横丁のあたり一帯が、俗に藁店と呼びならわされているのは、かつてその路傍に藁をあきなう店があったからだと伝えられている。道路はさらに心もち左へゆるく折れまがりながら登っていく急坂になっていて、頂上に近いあたりから大きく右折していったところが、閑寂な袋町の住宅地域になっていた。

その坂道をワラ坂といい、またの名を地蔵坂とも呼んでいたのは、坂上に光照寺という寺があって、そこの境内には子安地蔵尊が安置されていたからであった。当時牛込随一といわれて、中流以上の客から人気の高かった色物講談席の和良店亭は、この坂をほとんど七分がたも登ったかと思われるあたりの右側にあった。竹本小住と名乗る女義太夫の経営であったが、小住は別に一座を組織して、自分は市内の寄席を巡業していた。左側にはペンキ塗りの看板を掲げた散髪屋と精米商があって、そのほかにもう一軒煎餅屋があったが、三軒は三軒ながらにくたびれたような軒先をほそぼそと並べていた。商店街というには、あまりにも貧しすぎるもので、日野屋の店もまた、その坂をもうすこし登って、袋町の住宅地域にさしかかろうとする光照寺門前に、ささやかな店舗を張る商店の一つで、以前は、安月給取りか何かが住んでいたものだろう。

九尺間口の店先は、普通の民家の玄関口を取りはらって、わずかに改造しただけのもので、ガラス戸だけは入っていたが、三畳の畳は敷きつめたままで、板張りにさえなっていない。そこに本箱のような陳列棚が、たった一つだけポツンと据えられている。家人たちは、奥の間への出入りのたびごとに、この陳列棚の裏側から、体を横にして通りぬけている。これもまた、店とは名ばかりといわねばなるまい。七、八足の靴と靴墨、靴紐、刷毛、靴べらというような商品が、ほんの申し訳ばかりに並べられている。開店してからでは、まだ二年の余にしかならぬということなのに、商品という商品はすでに埃《ほこり》びて古ぼけ、裏店じみて末枯れたみすぼらしさをさらしていた。いかに第一級の工場が造った最優秀の製品でも、こんな店先に並べられてこんな取扱いを受けたのでは、たちまち三流以下の値打ちすら失ってしまうであろう。仕事場の板の間というのは、この店先の向って左側にあった。おそらく現在のように改造される以前には、そこが玄関の三和土《たたき》になっていたに相違ないのだ。仕舞屋《しもたや》の格子戸を開け放って、玄関の土間で仕事をしていれば、働いている姿が、いやでも通行人の眼に入らないでいる筈はあるまい。しかも日野屋は、ワラ坂を登ってくる正面の位置にあったのだ。

店ざらし——それこそが、今の伊之吉の置かれている身の上であった。

伊之吉は、かならずしもそれをいとったのではない。ここの主人夫婦はどういう気持なのだろうか。伊之吉が二人の小僧を相手に修繕物の踵などを叩いていると、二階からは聞こえよがしの清元がつつぬけてくる。

細君は無造作に束ねた油気のない髪に黄楊《つげ》の櫛を横挿しにして、洗い晒しの中形《ちゅうがた》（中ぐらいの模様の浴衣）に伊達巻を締めつけていても、體つきのせいか、顔立ちのせいか、どこかしら小粋なものが感じられる。齢のころは二十四、五歳であろう。きれの長い眼があでに美しいものをたたえていたが、実家は人形町通りの三味線屋だという。

津幡屋の製造場に姿を現わす時でさえ、小泉は妙に青っぽい着物をゾロリと着流しているような男であったが、やはりそのような趣味はあらそえなかったのだ。細君の絃で歌っているのは、主人の小泉である。それも仕事をすませたあとの夕刻か何かであればともかくも、かんじんの仕事は十五や六の少年たちに任せてしまっているのでは、白昼から靴工の身にあるまじきことである。節まわしや勘どころの巧拙はさておき、おなじ家の階下の、それも一坪きりしかない仕事場に、この暑さのさなかをぎゅうぎゅうと三人もの人間を詰めこんでおいて、自分たちは涼しい顔をきめこんでいるのだ。半裸の姿で、額に鉢巻をしながら汗みずくになって働いている伊之吉たちの耳には、ただ小うるさく腹立たしい歌声でしかなかった。

（——俺は、何故、津幡屋を出てきてしまったんだろう）

上長の命令は絶対で、長いものには巻かれろというのが定法の世界であっても、せめていささかなりと踏み応えていたならば、或いはあのまま津幡屋に居残ることも許されたのではあるまいか。無駄でも、徒労でも、一応はみずからの肚のうちを断ち割って、踏みとどまるべく努力をすべきではなかったのだろうかと考えて、伊之吉は頭を振った。事ここに至っては、もはや後悔も反省も及ばないのである。

奥まった坂上に位置して、日野屋は小売りということのまったくきかない店舗であったから、仕事といえば修繕に限られる。ハンバリぐらいのことなら、伊之吉一人でもやりくりがつとまらないではなかった。気楽な店だろうと考えてやってきた彼の予想も、けっして大きく外れてはいなかったが、小泉はそれをいいさいわいに仕事をそっちのけにしていた。いつまで他人ばかりを頼りにしていたのでは腕があがらぬ。技術とは、教えられるよりもみずからの努力によってみがき上げられるものだから、一人前の靴工として独立する日のためには却って他人からとやかく講釈など聞かされずに、自分の思うままをやっていくほうがいいのだと小泉はいう。理屈は立派でも、それを楯にとって、気働きのない自分の口実にしようとする彼の態度は横着でもあり、卑劣でもあった。

昼のあいだは夫婦さしむかいの清元で悩ましておきながら、夕方からは細君の実家か和良店亭あたりへフラリと遊びに出かけていってしまう。木戸の男とも馴染みができている様子であったから、伊之吉たちの思うほどは金のかからぬ気散じであったかもしれない。それにしても、ほとんど三日にあげぬ寄席がよいには、これでも一戸の店を張る職人の身であろうかと、呆れ果ててものが言えなかった。こんなことをしていても、この家の世帯は果して成り立っていくのかと気がかりになってくる。

日野屋は津幡屋の職方であるばかりか、遠縁という有利な縁故もある。わざわざこんな店に出向いてきて注文をしていこうという奇特な客はなくても、津幡屋に行って頭を下げてくれば、たとえ幾らかでも仕事が出してもらえることは明らかなのだ。一足が半足でも余計に仕事を得れば、それだけ収入も増す筈だというのに、小泉はわずかそればかりの意志さえ打ち棄てて、ただのらくらと怠けていた。

日のながい季節である。まだ黄昏の気配も見えないうちから、糊目のついた浴衣に着替えて出かけていく夫婦を見送って伊之吉が小僧にたずねてみると、それは彼がこの家にきて以来の習慣だとのことであった。夜になってから稽古をすることはあっても、このごろのように昼の明るいうちから二階に上がりこんだり、あれほどしげしげと外出をするようになったのは、かって例のないことであったと、脇からもう一人の小僧も言葉をはさんだ。

朝っぱらから脳天に響くような声で清元をうなるために、台所の糠味噌が腐ろうと、三日にあげず寄席にかよいつめて米びつがカラカラになろうと、そんなことは他人さまの勝手だ。よしんばこの店がつぶれて小泉夫婦が路頭に迷うことがあっても、みずからに気働きのない相手ならば、身から出た錆とするほかあるまい。働けといわれれば、骨身を惜しまずに働く。伊之吉は楽がしたいのではなかった。為を思っても思い甲斐のない主人であったから、冷淡にもなった。しかし、たとえ何日でも厄介になってみれば恩義も感じるし、人情も移っている。小泉に対して悪しかれと呪う心はなくても、伊之吉には自分の将来が気づかわれてならなかった。

この店にいて、小泉が津幡屋からの下請け仕事をとってきてくれぬかぎり、伊之吉はいつまでたっても、泥にまみれて穴のあいた本底や、チビた踵ばかりいじっているよりほかはない。黙って指をくわえて客のくるのを待ち受けていては、おそらくこの店が一年に三足の注文靴を注文されることも覚束ぬであろう。皮革を截ってハンバリをつける腕だけは上達をしても、自分で一足の靴が仕上げられなくては、靴工として永久に浮かぶ瀬の陽の目は仰げないのだ。それでは、せっかくこの道に入っておきながら、行く手を断たれてしまったも同然であった。

「ねえ、大将、あたしが津幡屋へいってきちゃいけませんか」

仕事は放りだして怠けてはいても、主人は主人である。伊之吉は自分が赤門前へ出かけていって下請け仕事をもらってこよう、そうすれば小泉も仕事をする気になってくれるかもしれぬという心から、控えめにほのめかしてみたのであったが、小泉は頭から取りあおうともしなかった。

「うれしいね。仕事を取ってきて、お前さんが仕上げてくれようっていうのかい。……冗談いっちゃいけねぇや、靴を履く客ぁ素人でも、品物を納める先ぁ津幡屋なんだ。三日も履けば型の崩れてくるような品物なんぞ、誰が受取ってくれるけぇ」

ねっちりと言って、フフンと鼻の先でせせら笑っていた。伊之吉が仕事を受けてくるといっても、小泉には自分でそれを仕上げようという心すら失われているのだ。

余計な心配をするより、お前なんぞは古靴の直しくらいが分相応だと言い切られてしまえば、素直に認めるよりほかはなかった。職人の世界では、可能と不可能との限界がはっきりしている。材料の一切を手渡されて仕上げてみろと言われてみても、悲しくても口惜しくても、今の伊之吉にはそれがならないのだ。

(——やっぱり駄目かな)

さまざまに思い迷いながらも、伊之吉が仕事のわずかな隙を見つけて石切橋へいってみようかと考えたのは、愚痴をこぼそうという心からではなかった。今のような状態では、わが身の将来が心許ないから、もう一度津幡屋に帰らせてもらうなり、それが聞き入れてもらえなければ、どこか適当な工場に移る糸口だけでも見出したいと考えたからであった。

　こっそりと裏木戸を開けて川勇の勝手口に廻ったのは、まずお武を呼びだしておいてからにしようという下心であったが、あいにく二階には昼間から客があがっているらしい様子であった。しかも、勇吉はちょうど調理場に立っていて、連子窓《れんじまど》の内側から、たちまち伊之吉の姿を見つけてしまった。

「何だ、今ごろ」

　父親の唇をついて出た最初の言葉がそれであった。わざわざ裏口に廻ったことなど思案のほかで、考えてしたことが、却って仇になった形で、勇吉は明らかに不機嫌であった。何歳になっても子供は子供だから、不機嫌な父親の前にでては、伊之吉も言葉つきまでがおろおろとしてしまう。

「ちょ、ちょっと、俺は相談があってきたんだよ」

「相談だとぉ……。馬鹿野郎」

　窓をへだてた内と外であった。勇吉は二尺ほど高い場所に立って、彫りのふかい眼窩の底から睨みつけるようにしているが、整った顔立ちは、眉一つ動かさないでも十分に怖ろしい。伊之吉の立っているのは、一方を隣家の塀にふさがれたせまい通路であった。勇吉の手許からは鉄架に載せた白焼が濃い煙を舞いたてて、今日はまだ煮方や洗い方の職人たちも顔を見せてはいないようであった。パタパタと景気のいい音をたてて、団扇を掌の平に叩きつけている。

「ちょっと聞いてもらいたいことがあるんだよ」

気味のわるいような沈黙を破って、伊之吉はようやくの思いで言った。

「俺の一生のお願いなんだ」

「何ぉ言ってやがるんでぇ、おおかたお店《たな》がつとまらねぇんだろう、逃げてきたんだろう」

「違うよ、逃げてなんかきやしない」

「それじゃ、こんな時間にこんなところをウロウロしている筈はねぇじゃねぇか」

「だから聞いてもらいたいって言うんだよ」

「聞けねえ、聞けねえ。……俺ぁそんな意気地なしの泣き言なんぞ、聞く耳ぁ持っちゃいねぇよ」

「そうじゃないんだってば」

「何がそうじゃねぇんだ。……さァ帰《けえ》るんだ、帰るんだ。……とっとと消えてなくならねぇか、この野郎」

伊之吉の訴えなど耳にいれればこそ、勇吉はただ帰れの一点張りで、荒々しい亭主の罵声に驚いたお武が走り寄ってきた時分には、収拾のつかぬことになってしまっていた。

こうして時ならぬ時にわが家へ姿を見せれば、逃げ戻ってきたのだろうと想像をする勇吉にも無理からぬものはあった。誰にしても自分の眼で見ないことは信じられないのが当然で、信じてくれと望むほうが無理であったかもしれない。伊之吉も事がこうなってみれば、せめてここにこうして来ていることの事情だけでも理解しておいてもらいたいという心持になるから、声までが大きくなった。伊之吉の声が高くなれば、それだけ勇吉の疑いもふかくなる。いかにそのあいだへ割りこもうとしてみても、お武には何の余地も見出されなかった。彼女にしてみたところで、夫のたかぶっている感情を鎮めようとする努力ばかりでいっぱいになっているから、息子の言い分になど耳をかたむけるどころではない。おたがいの声に負かされまいとするから、声と声とが衝突をして、ただもうわぁんと蚊柱が立っているように、誰が何を言っているのか、誰にもわからなかった。

「これだから俺は家で働いていろと言ったんだ、馬鹿野郎、トンチキ、手前《てめえ》は石の上にも三年ということを知らねぇのか、自分で勝手に出ていっておきながら、そんな意気地のねぇことでどうするんだ」

帰ってきた伊之吉の姿を見て、ひとすじに不甲斐ない息子だと思えばこそ、勇吉の目頭には熱いものまでが浮び上ってくる。独り相撲をとっているようなものであった。滑稽だといってしまえば、子供より始末のわるい父親であったろう。血相を変えている様子から察して、それでもなおぐずぐずしていれば擂粉木はおろか、天秤棒を持ち出してきてどやしかねぬ剣幕だったから、伊之吉も取りつく島のない思いで、早々のうちに川勇を引き揚げてしまうほかはなかった。

馬鹿々々しすぎるような結果で、話にも何にもならないのである。またいつか別の折をみるよりほかはあるまいとしょげながらすごすごと藁店へ戻ってきたが、帰ってくればくるで、小泉はさんざんしびれを切らして待っていた。

「どこをほっつき歩いていたんだ、困るじゃねぇか、え、職長さん」

からっとした気性でないらしいことは、津幡屋にいた時分から見抜いていた。唇を開けば皮肉以外には出てこないような男であった。年少の伊之吉をつかまえて職長呼ばわりは、突き刺さってくるほどにもたまらない皮肉がふくまれていた。

細君もまた何という女なのか。怠けている亭主をたしなめるどころか、いい気になって自分も一しょに遊び暮らしている。一家を守るべき主婦の身でありながら、台所の用事さえ小僧の手に押しつけかねぬありさまに、似たもの夫婦とよりほかに言いようはなかった。外濠のあたりでも歩いてこようというのか、団扇などを持った夫婦が出かけていってしまうと、すぐ下の和良店亭からは、客たちの高座に送る拍手や笑い声の、どよめくように流れてきたりすることもある。

そんな折には、故意にもあたりの静寂を破りたい狂暴じみた衝動にかられて、アングリと口を開けている古靴までが耐えがたいほど小憎らしくなった。伊之吉は荒々しく古靴を鷲づかみにしてカネダイに載せると、中底も破れよとばかり力まかせに金槌を振るったが、さすがにもう手許は定まっていて狂いはなかった。意識はしなくても、打つべきところを打つ金槌の首は、程よい力となって振りおろされていた。

カツカーツ　カツカーツ

打ちつけても打ちつけても、皮を打つ乾いたような物音は、しいんとした周囲の闇に吸いとられて、こだまのような静寂ばかりが返ってくる。和良店亭の、本来が陽気であるべき楽屋太鼓までが、却ってこのあたりのひそけさを増すかのようである。ここが目と鼻の先に神楽坂通りの殷賑を控えた藁店であるなどとはとうてい信じられないような、森閑としたひそけさであった。

出ていってしまおうと心に期しながら、それでもなお伊之吉が藁店の店に大切な修業中の身を半年の余もささげていたのは、勇吉の怒りや暴力が怖しかったからではない。主人への義理立てを考えたからでもなかった。我慢を重ねて辛抱をつづけていたのは、住込みの悲しさで外出をする機会にめぐまれていなかったため、新しい奉職先をさがしあてる機縁に恵まれなかったからであった。どこかに職を見出さなければ、川勇へ帰っていくよりほかはない。川勇に戻れば、調理場に立って鰻をつかまねばならぬ身であった。鉄架にむかって団扇を叩きながら一生を送ることは諦めるとしても、せっかく靴造りの道の初歩を歩いて、筋がいいぞと折紙をつけられて、たとえここまででも習得をしてきたおのれの技術には、惜しんでもなお惜しみきれない愛着がまつわっていた。

日野屋が修繕物の皮革を仕入れている日本橋室町の但馬屋という店は、市内でも有数の皮革問屋であった。藁店あたりの奥まった場所にほそぼそと店を張っているような日野屋ふぜいが、それほどの大問屋との取引を持っていたのも、もともと但馬屋が津幡屋の仕入先にあたっていたからであった。そうした関係上、伊之吉は赤門前にいた時分から、この店と浅草吉野橋の細川という仲買店には、腰に押切帳などを吊してしげしげと使いにやらされていたところから、店員たちにも何人かの顔見知りができていた。といっても、それはただ顔馴染みというだけの間柄で、もとよりこれという交渉があったわけではない。早瀬という番頭からの思いもかけぬ示唆によって、伊之吉がいよいよ日野屋を棄てようという心になったのは、明治四十一年という年もまだ十分に暖かくはなりきらぬ時分のことであった。

早瀬は、その工場を紹介してくれたのではない。伊之吉のそれとなくもらした不満に対して、日野屋のような小店にくすぶっていたのでは、何年たってもウダツがあがるまいと相槌を打って、横須賀にある林田靴工場の名を挙げたまでにすぎなかったのだ、「横須賀みたいなところにさえ、あのくらいの工場があるんだからねぇ……」と言ったのは、要するに日野屋がいかにつまらぬ店であるかという比喩であった。東京中にはそれよりもなお規模、内容ともに充実した工場が幾らでもあるという意味を、早瀬は言ってみたのであったが、かねてから日野屋を辞めようとして機会の到来を待ちかねていた伊之吉の耳には、はじめて知ったその工場の名ばかりが、意外に強く灼きつけられてしまっていた。

伊之吉は自分の実力を過大に評価して思いあがっていたのでもなければ、親不孝を意図していたのでもない。腕をみがこうというただ一つの目的のために、手段も結果も選んではいられなかった。遁げようと思った。逃げだすためには、東京より、すこしでも離れている土地のほうが万事によいのではないかと考えて、遠すぎもせず近すぎもしない横須賀という土地との距離を、彼はどこよりも最適なものと考えた。

日野屋は、たとえ遠縁にしろ津幡屋と縁戚関係にある店で、自分の一存で主人を見限って飛び出していく以上、彼をここの店に廻してよこした津幡屋にもこころよいものをあたえる筈はない。とすれば、いつかはかならず何らかの形で、その尻が八百惣にはね返っていくであろう。ひいては父親の義理にも欠けるものが生じてくるに違いないのだ。親たちの驚愕と、それにともなう狼狽のさまを想えば申し訳ないと思ったが、もはやいかなる途を選ぼうとも、結果は一ヵ所にしか帰着していく筈はないのであった。

（――どうせ、それならば）と彼は考えた（――そうだ、いっそ東京を離れてしまおう）

伊之吉は、早瀬のふとした言葉から、ほとんど反射的にそういう暗示をあたえられていたのである。

二

ニス塗りの太い枠に針金の網を入れた磨ガラスがはまっている重たい扉を、思いきって押し開けると、一人の小僧が取次ぎに立ってきた。伊之吉よりも一つ二つは歳下であるらしい。皮革の色に汚れた仕事着の前垂から、今の今まで仕事についていたのだということが明瞭であった。

(――この工場にもこんな子供が働いているんだ)

伊之吉はその徒弟工の姿を見て、心からほっとした。安心をすると同時に、緊張で固くなっていた気分も柔らかくほぐれていった。簡単な占いをして、それが当ったような心持になったのだ。

「……東京の但馬屋さんから聞いてきた者なんですが」

職長に取次いでくれるようにと言った。

「日本橋の、室町の但馬屋さんです」

伊之吉が重ねて言ったのは、ただ一人こんな場所へ信玄袋などを背負いこんできた自分の様子に、不審らしい眼つきを注いでいる相手の徒弟工を納得させるためであった。是が非でも取次いでもらって、職長の顔を見なければ埒があかないのだ。職長さえ出てきてくれれば、ひたすら事情を打ちあけるつもりであった。すげなくことわられるにしろ、ともかく面会をしてもらうことができれば、本望だという心でもあった。

「日本橋の、室町の但馬屋さんですね」

念をおすようにして引込んでいった徒弟工の口ぶりから、やはりこの工場に但馬屋との取引はないのであろうかと、あらためて迫ってくる心ぼそさに伊之吉の胸はふさがれた。

玄関のすぐ右脇が応接室になっていて、仕事場は正面の位置に当っている。仕事場の職人たちは早くもこちらの姿に気がついたらしく、ガラス扉の内側からは幾つかの視線が送られてきていた。伊之吉はその視線を受けとめかねる眩しさを感じて、何の用事もないのに低く腰をかがめると、足許に置いた信玄袋の紐を解いたり結んだりしていたが、間もなくそこへ姿を現わしたのは、銀髪の小柄な老人であった。

「……但馬屋から聞いてきたというのは」

ゆったりとして重々しい口調であったが、そのわりには取りつきにくいというような人物でもない。もう七十歳にちかいかと思われる柔和な人であった。

「わたしは林田だが……」

いぶかしげな顔もしていない。

「ああ、ご主人様でございますか」

前のめりをするような思いでいうと、伊之吉の頬は俄かに火照った。初対面の人物に接する興奮からではない。方便のためからとはいえ、嘘を口にした羞恥のためであった。

「はじめてお目にかかります。……手前は職長さんにお目にかかりたいと思ったのでしたが」

取次ぎにでた徒弟工が、何か聞き違いをしたのであろうか、或いはまた職長が外出でもしているためであろうかと狼狽しながらも、ようやくそれだけのことを言った。

「そうかね。職長というものは、ここにはいないんだよ。工場のことは、わたしがすべて一人で見ているんだ。……で、お前の用件というのは」

あらためて伊之吉の服装や態度などを見直すようにして、林田老人のほうから先に切りだしていた。

「働きたいというのかい」

「……」

「そうなんだろう」

「……ええ」

「まあこちらへお入り」

ためらいながら頷くのを見ると、老人は自分から先に立って応接室に通してくれた。東向きの、明るい洋室である。石膏の白壁が眩しかった。

「今までには……」

伊之吉が膝を固くして椅子につくのを待ってから、林田はおだやかに言った。

「東京におりました。……東京からやってきたんです」

先刻但馬屋の名を挙げて、職長に面会を申込んだのだがと訴えた時、老人の顔には微かな笑みがただよっていた。伊之吉はふとそれを憶い返したので、あれはみんな自分のでまかせであったことを、うつむきながら最初に告白した。

「一昨年の春から、本郷の津幡屋という店に……」

「あの店なら知っているよ」

「さようですか。……あそこの工場で一年半ほど働かせてもらっていたんですけれど」

日野屋へ廻されるようになった事情をかいつまんで語った。そして、日野屋を出てしまうに至った経緯《いきさつ》を語ると、頷きながら聞いていた林田老人は吸いかけていた煙草の煙をすっかり吐きだしてしまってから言った。

「それは、ほんとうなんだろうな」

「ほんとです、嘘でも偽りでもありません。わたしはただ仕事を覚えたいばかりに……」

「……それで、お前の両親というのは」

ようやく勢いこんで自分の心のうちを説明にかかろうとすると、老人は却って言葉の腰を折るように口を入れて、さらにその先をうながした。畳みこむような調子であった。伊之吉はぐっと喉を詰められる思いであったが、それについても包みかくさずに答えた。一心になっているから、言葉も思ったよりはすらすらと出てよどまなかった。

「お使いになってはいただけませんでございましょうか。……使っていただいて一人前になることができれば、頑固な親父にも今度のことは許してもらえると思うんです。津幡屋さんへの申し訳も立つと思うんですけれど」

「……」

「いけませんでしょうか。……ほんとに一所懸命でやってみます」

林田は椅子の背にもたれて、腕組みをしたまま考えこんでいたが、ふとまた瞳を上げた。

「なにかな、お前はどうしてもわたしんところでなければ働けないかな」

詰問のようでもあったし、相談とも受取れる語調であった。

「どうしてもなんて、そんな……」

伊之吉が口ごもってしまったのは、相手の言葉の意味が、咄嗟の間には理解しかねたためであった。老人は独りでこっくりと頷いた。

「お前は今、すてんしょのほうからきたんだろう。それじゃ、あの停車場の前に、新築の家が五軒ばかり並んでいたのを知ってるな。……気がつかなかったかもしれないが、あそこに大島という靴屋がある。やっとこのあいだからはじめたばかりの小さな店だが、主人は十分に腕も立つし、何よりもごく人柄のいい男だ。佐倉の藩士に生まれた男で、育ちもいい。同藩という縁からわたしが自分で使っていたことのある男だから、その点はわたしが保証をしてもいい。内儀さんもわたしが世話をしてやった女で、やっぱり佐倉の人間なんだ。……面白いんだよ、これは女のくせにキリスト教で、自分から大島の腕を見込んで嫁にきたという変り種だからな。おとなしくて、それは気立てのいい女だ。自分が世話をしたから言うんじゃないが、まずあのくらいよく揃った夫婦は、そうザラにはあるまいよ。……そう、瑕をいえば、二人ともあんまり体が丈夫じゃないということかな」

　林田はそこでまた新しい口附煙草を取りだすと、それを唇にくわえるなり、今度は火を点じるよりも先に話しはじめていた。軟かい着物を着て品のいい顔立ちであったが、やはり節くれ立ってヅングリとした指先である。働いてきた人の指であった。

「これはお前もまんざらの素人ではないらしいから話すんだが、ここの工場から海軍へ納める靴には、ほかの工場で出来たものとすこしばかり違っているところがあった。水兵が甲板へ昇り降りするのにも、林田の靴を履いていると、どこかしら楽なような気のする筈のところがあったんだ。……これももう今ではどこの工場でも気がついていることだから、秘密でも何でもなくなってしまった。いい物にはかならず真似手がでてくるものだが、真似るということはわるいものじゃない。真似ても、いい物を造らなくちゃ仕事熱心ということにはならない。それにはフマズ（土踏まず）のところにちょっとばかり細工がしてあったんだよ。……海軍の言葉で言う市中の人、つまり軍隊以外の一般の人たちが履く靴は、本来が土の上を歩くためのものなんだから、少々ぐらいフマズのかえりがきかなくても、そんなことは何でもない。ところが、軍艦や艦艇に乗組む人間ということになるとそうはいかない。どこを歩いても鉄と板の上ばっかりだ。それればかりじゃないな、日本人はもともと外国人ほど靴に足が馴染んでいないだろう。だから、どうしてもフマズのかえりが軟らかでなくちゃいけないんだ。……そこに気のついたのが、いま言った大島という男だった。大島とわたしは、二人で首をひねったよ。お前はコロンブスの卵っていう話を知ってるだろう。その時のわたしたちが、ちょうどあれだったな。種をあかされちまえばなぁんだと思うほどつまらないことでも、それを考案する人間にとっては容易なことじゃないんだ。いろいろと考えて、けっきょく気がついたのは、中底と本底とを離れないように縫いつけてある細皮のことだった。フマズの内側の足の裏がいちばん窪んでいるところだな。わたしたちは掬い縫いをする時に、はじめからそこのところだけ細皮を抜きとって、本底を中底からじかにぶっ通して縫いこんでみたんだ。すると、たしかに軟かくなった。わたしたちの思い通りになった。その代りに、耐久力の点で弱くなりはしないかと思って心配をしたんだが、それも何のことはなかった。もともとフマズなんていうところは靴底じゅうでもいちばん長持ちのするところなんだから、それでよかったんだよ。……進歩とか改良とかいうことに払う人間の苦心なんていうものは、どこまでいっても実際に自分でそれをやってみた者でなければわからないな。あれを考案した時分の大島の様子といったら、まったく可哀そうなほどだった。顔色は悪くなるし、頰はこけて、眼ばかりギョロギョロしてしまって、どうしても幽霊か亡者だった。あいつは頭もいいが、仕事熱心な男だったよ」

林田はそこまで語ってから、ようやく煙草に火を点じた。

「あの夫婦なんかも、もうすこし体が丈夫ならきっと伸びていける人間なんだが、慾を言えば限りがない。それに、何商売に限らず、店は大どころばかりがかならずいいというわけのものじゃないんだ。……お前は自分の腕をみがきたいから東京を飛びだしてきたんだと言ったが、みっちり覚えこんで叩き上げるためには、却って小店のほうがいいくらいのものだろう。それもお前のいた、それ何とかいったな、日野屋か、そんな店じゃ仕方がないけど、大島ならかならずお前の手を取って教えてくれる。あの男なら技術も大丈夫だ。あの店なら、わたしが紹介してやれば、それこそたった今からでも置いてくれるよ。……どうだい、行ってみる気があるかな」

大島という名が出て、その人物の話に移った時から林田老人の結語がそこへいきつくだろうということは、伊之吉も早くから勘づいていた。それどころか、先へ先へとひろがっていく老人の話のいったいどこらあたりからその言葉がでてくるのだろうかと、ただそれだけを待ち受けていたほどで、伊之吉には、老人の口からその言葉がでるよりも前から、彼自身の返答が用意されていなければならなかったのだ。にもかかわらす、その場にのぞむと、彼には躊躇と狼狽があるばかりであった。

「無理にとは言わないぞ。わたしはお前のためにもそのほうがいいと思うんだが、どうだな」

せっかく物柔らかにうながされても、すぐには返事ができなかった。ゴクリと生唾を飲み下すと、それだけいっそう喉の渇いているのが自分でも意識された。

東京をでてくる時には、訪ねて容れられなければ、ツルハシを振う土方に身を落すこともいとうまいと決めていた。それほどの決心になればこそ、めくら滅法に、こんな土地までやってきてしまったのである。けれども頭を熱くして思い詰めた決心ほど、うつろいやすいものもない。当の林田に会うことができて、その林田の口から思いがけなくも大島などという人物の名を聞かされたり、その店を指されるという結果になってみれば、これまでの考え方は表面をなでたもので、自分ははじめからここの工場に入りたいという希望ばかりをつなぎつづけて、一途にこの土地へやってきてしまったのだと、今さら考えあらためずにはいられなかった。

「お宅では駄目でしょうか」

それだけの言葉を唇にのせるのが、伊之吉としては精いっぱいの思いであった。

「なぁに駄目ということはないさ。だからわたしもさっきから無理にとは言わないと言ってるだろう。わたしのところだって、お前一人ぐらい置いてやる席がないんじゃないんだ。ただわたしは、大島のほうでもちょうどお前ぐらいの子供を欲しがっているところだから、行ってやれば喜んでもらえるだろうと思うんだ。それに、今も言ったように、わたしとしては、お前自身のためにもここにいるよりはむこうへ行ったほうがいいと思うがな」

たっての望みとあれば、伊之吉の希望どおりにしてもかまわないというのだ。しかし、それにしても、人間の好意にはおのずから限度があることを忘れてはなるまい。老人が好意をもってそうしろとすすめてくれているかぎり、それに従わねばならないのだ。

「それじゃ、やっぱり、その大島さんのほうへやらしていただきます」

思わずしらずぎゅっと眼をつぶった。伊之吉がしばらくの逡巡の後にそう言ったのは、みずからもう一度、自分の最初の目的を振り返ってみたからであった。

(――どこへいっても仕事が覚えられなければ仕方がないんだ。仕事さえ覚えられればいいんじゃねぇか)

自身に言って聞かせたのは、しかし、思い諦めたのでもなければ、やけくそからでもなかった。

三

頑迷な父親と生さない母親との膝下に生い育ってきたからばかりではあるまい。いつか一種の冷たさに似たものを彼の感情の一隅に植えつけてしまったのは、あの底意地のわるい津幡屋の職人たちであった。日野屋での救いのないもどかしさが、それまでの伊之吉を、生まれながらの伊之吉ではない、別の人間に仕立て上げてしまっていた。

林田老人からの紹介状を持って、信玄袋を抱きかかえた伊之吉が大島の店にきた最初の夜、今日は東京からきて疲れているだろうから、もう寝るようにと言われて階段を上っていったのは、まだ八時時分のことで、あたえられたのは三畳の部屋であった。灯されていた電燈は薄暗いものであったが、そのあわい光に照らしだされていたものは、布地は粗末な木綿であったかもしれない。綿は薄くて板のように硬いものであったが、枕には新しい手拭が巻きつけられていた。掛布団には洗いたての襟《えり》がかけられて、ちゃんと寝支度が整えてあった。

はっと何かに胸をつかれたのは、その瞬間のことである。

「それだけじゃ、寒くはないかしら」

寝間着に着替えていると、細君が階段を昇ってきて憂い顔にいった。丸髷を結っていたが、頬には薄い雀斑《そばかす》があって、長い睫毛がめくれ上っている。一度ならず二度までもそういう体の状態になったことはあっても、子供というものを産み落した経験のないためか、どこかにまだ娘じみたところも残していて、美人というのではなかったが、ほっくりといとけないような面ざしであった。襟元をくびれるようにきつく合わせている。いいえ寒くはありませんという心をかよわせて、伊之吉は言葉もなく首を横に振ったが、細君はにこっと笑ってそのまま部屋に入ってくると、遠慮と羞恥とに固くなっている彼の体を横にさせてから、柔らかく夜具の四隅をたたいてそっとまた階下へ降りていった。

そこに残った香気は、女性のそれであるよりも、母性に近いものであった。ほのかなものが身に沁みずにはいなかった。何の期待も関心もなくやってきた身であればこそいっそう、親切が伊之吉の胸を温めた。電燈を消すと、機関車をつけかえるらしい蒸気と車輪の音が窓ガラスを轟かして響いたが、枕に頭を載せて闇の中に彼が想い泛べたのは、けっして忘れていたものではなかった。今までは、まったく知らなかったものであった。知ろうとして知り得なかったものであった。

(——おっ母さん)

丸二年ものあいだ他人の飯を食って、もう十七歳にもなっていた伊之吉が、東京をはなれて野暮ったい軍港町の、列車の轟音の響いてくる皮臭い靴屋の二階にある三畳間で、布団にふかく顔を埋めながら、あまえるようにそっと呟いたのは、東京の山ノ手の、あの川沿いの町の、蒲焼屋にいるお武のことではなかった。自分には、もう記憶の上にすら失われてしまった、真の母親があったのだと、手応えのない虚空にむかって手さぐりするほどの思いであった。涙があふれかかったけれども、伊之吉はそのまま闇にむかって大きく瞳をみひらいていた。

また汽笛が鳴って消えた。

じいっと耳を澄ませていると、階下ではまだ夫婦がヒソヒソと語り合っているらしく、低い話声のあいだからは主人の軽い咳声《しわぶき》も時どき聞こえてきた。かすれたように軽い、気がかりになる咳声であった。

（——ああ、とうとう横須賀までやってきちまったんだ）

はじめて、それが実感になっていた。

横須賀は軍港町で、軍人とその家族のほかには商人がいるばかりの町といわねばならない。勤め人といえば、せいぜいが工廠《こうしょう》（軍需品製造工場）にかよう職工くらいであったから、紳士靴の注文が出るかと思えば、かならず海軍の将校に限られているようなものであった。靴屋としては市民相手の商売が成り立っていく土地柄ではなかったから、駅前の大島の店もまた汐留

（現汐入）の林田工場の職方として、もっぱら軍靴の製造にあたっていた。

店の仕事場に主人と並んで坐った伊之吉の身内には、久しぶりに生き甲斐の血がこんこんと湧き流れていた。はじめのあいだこそ馴染みがたい気がねのようなものがあって、列車の発着ごとにゾロゾロと通りかかる人びとの、砂利を踏んでいく足音に混った話声のほうへ注意を奪われがちになった。しかし、それも二、三日するうちには慣れてしまって、いつかふたたび津幡屋にいたころの、あの火のような仕事に対する熱意を取り戻すようになっていた。

われわれの国に平台のミシンが輸入されたのは明治五年であった。十六年にはドイツから八方ミシンも入ってきたし、二十三年ごろにはアメリカからシンガー・ミシンもくるようになっていた。記録が伝える製靴史の上では間違いなくそうなっているが、今日あるようなシンガー・ミシンが実際に一般の業者間にまでいきわたるようになったのは、やはり日露戦争に前後する時分になってからのことであった。平らな部分以外には縫うこともできないような平台のミシンなどに比べる時、八方ミシンはどれだけか便利であったし、その名の示すように用途も自在であったが、それでもなおシンガーほど調法で精巧な機械とはいいがたかった。職人たちはせっかくの機械を使用していてさえ、なおかつ多分に手先の器用さを要求されていたわけで、そういう年代はおどろくほど長期間にわたっていた。仮にも機械と名のつくものを扱う製甲職人のあいだでさえその始末であれば、手工にのみ終始している底つけ職人の気風が、結果としてどんなところへ落ちこんでいかねばならぬものであったか、これはもう想像にあまりあるというほかあるまい。職人としての彼らがみずから技巧の偏重に溺れこんでいったのは、むしろ当然の結果であった。ただ普通に滑らかであれば十分に通用する筈の靴底へ、わざわざ唐草の模様や西洋草花の文様などをほそく浅く彫りつける者までが生じるに至った。そして、こうした傾向は、きわめて短い期間にせよ、大正の中ごろまで根強くしみついて絶えることがなかった。

彼らはそんな小ざかしい細工を弄することによって、自分らの手がける靴の上に、一種の芸のようなものを見出そうとしていた。せめて自分一人の気分の上だけでも、工芸美術家を気取ってみたかったのである。一日でも戸外を歩いてくれれば完全に跡形もなく消滅してしまうような文様を彫りつけるために、その図柄を編みだすのに心をくだき、たとえ一時間が三十分でも時間と労力をついやすということは、もとよりおろかな虚栄にすぎない。それは装飾ではなくて単なる見栄であり、道楽であった。美に対する意識の発露ではなくて、いたずらな遊戯にすぎなかった。

大島は職人たちのあいだに広まっているこうした傾向に対して、それは製靴の仕事を愛することではなくて、自分の技術を他人にひけらかそうとする哀れむべき心の現れだと言った。職人がみずから職人としての誇りを放棄することだとも言った。職人はおのれの製品に対して銘を刻むべきではない。銘など刻まずに、ただ黙々として卓れた品物を造っていれば、それでいいのだ。それが職人たちの身に負わされた義務であり任務であった。彼は伊之吉にむかって、本底の仕上げに文様を彫りつけるだけの心と時間があったなら、靴そのものの堅牢を期すようにしろと言った。月形が潰れてしまうようなことはないか、本底が二度や三度の外出で口を開けてしまうようなことはないか、それを厳重に検討して、一足仕上げたら、その次には更に卓れた靴を造るように心がけろと教えた。そして、靴は何よりもまず履く人の身になって造れという最も素朴な教訓こそ、靴工の身にとってはいちばん大切な心がけなのだと諭すことも忘れなかった。

林田老人がきっぱりと保証をしただけのことはあって、大島はたしかに腕のいい靴工であった。仕事をする手はかくべつ早いほうでもなかったが、それは彼自身の頑健でない体質にもよっていたことで、縫いあげの見事さに至っては、津幡屋の奥の工場にいたような連中の、遠く足許にも及ぶところではなかった。どんな一流の工場へ押し出しても、立派にそれで通用する第一級の技量をそなえていた。

貧弱だといえば、藁店の日野屋よりも貧弱だといわねばならなかったかもしれない。主人夫婦のほかには誰一人いないので、走り使いの雑用を命じられることもすくなくはなかった。将来を考えれば、お世辞にも有望な店だとはいいかねた。それでも、伊之吉の心には不服がおこらなかった。教えられて、グングンと日増しに技術が身についていくわが身が誇らしかった。この夫婦とならばいつまでもともに働いていきたい、たとえ微力ではあっても、この店の発展のためにはどれほどの尽力も惜しむまいという心持になっていた。

仕事を終って、食事をすませてから風呂にいって帰ってくると、いつでも夜具がのべてある。どんなに辞退をしても、細君はけっしてそれをやめようとはしなかった。

「……伊之ちゃんは駄目ねえ」

やむなく風呂へいく前に自分で床をのべておくと、細君は帰宅を待ち受けていて、薄い雀斑のある顔に淋しいような微笑をほころばせた。そして彼の後から二階に上ってくると、布団の四隅をたたいて、そっと階段を静かな足取りで降りていく。主人が出かけて、伊之吉が一人で仕事場にいるような折があると、彼女は奥の台所で炊事をしながら讃美歌をうたっていることもあった。丸髷に紅い手柄（髪飾り）をかけて、黒繻子の襟などをつけた着物を着こんでいる商家の細君が、たえ入りそうなかぼそい声で賛美歌を口ずさんでいるのだ。伊之吉はおなじ丸髷という髪形の連想から、ふとお武のことを思いだしてあれきりになっている父親のことを考えるともなく考え、さらに歌からの連想で小泉夫婦のことも想い泛べたが、それらの追憶や比較は、いっそう今の彼を幸福なものに考えさせてくれていた。幸福、――そんなものは、おそらく現在の彼にもありはしないのだ。静かな心の状態といささかの充足感、ただそれだけのものすら、今までの彼にはなかったのである。

対象とする製品は軍靴に限られていたが、伊之吉の腕前は明らかに上達した。おのれの持つ技術がみるみるみがき上げられていくのは、彼自身にもはっきりと手に摑んでみることができるほどで、このままの調子がつづいていけば、おそらく半年も経たぬうちに立派な一人前の靴工ができあがるだろうと、大島も言外にほのめかして楽しみにしていた。大島にしてみれば、伊之吉こそ最初に持った弟子であった。最初の弟子の進歩上達は、同時に指導者としての彼の技量を立証してくれるものであろう。彼は打ちこんだ。情熱的な態度をもって、自分の弟子の指導にあたった。

けれども大島の指導が、それほど熱意のこめられたものであった理由は、何かしらもっと別のところにもあったのではあるまいか。彼は、おそらくおのれの肉体がもつ脆弱さに感づいていたのだ。それのむなしく折れ朽ちてしまう日の程なく到来することをみずから怖れていたためにも、一日も早く伊之吉に、自分自身の技術の投影を見出そうとしていたのではなかったであろうか。大島の心のどこかには、かならずそういうものの片影が揺曳《ようえい》していたことに相違なかったのだ。

「ねえ、伊之ちゃん。……お前、肺病っていう病気を怖ろしいとは思わないかい」

夫婦が健康にめぐまれた人たちでないことは、林田老人の言葉にも何度か繰り返されていた。

大島の体がすでに容易ならぬ病魔におかされていることについては、伊之吉自身もこの家にきた最初の夜、ヒソヒソと語り合っている夫婦の話声のあいだから時折もれてきたかすれるような咳声を聞くことによって、はっきりと感づいていた。けれども細君がそんなことをたずねた時分には、大島もまだ元気で仕事についていた。聞かれる耳をはばかりながら、オドオドした様子で囁くようにたずねている細君のほうがおかしいほどであったのに、いったん寝込むようになってからの病状はどうにも取返しのつかぬものであった。

「ほんとの肺病だって、癒らないと決まったもんじゃないんだろうね。……あたし、あの人に死なれちまったらどうしよう」

夫の病状についてははっきりと知っていたが、感情としてはどこまでもそれを認めたくなかったのであろう。

「天にいます我らの父よ、願はくば御名の崇《あが》められん事を。御国の来らんことを。御意《みこころ》の天のごとく地にも行はれん事を。我らの日用の糧《かて》を今日もあたへ給へ。我らに負債《おいめ》ある者を我らの免したる如く、我らの負債をも免し給へ。我らを當試《こころみ》に遇はせず、悪より救ひ出したまへ」

細君が睫毛の長い瞼を伏せて、吐息のように「主の祈り」を口にするようになった時分には、大島の病状も眼に見えて悪化してきていた。伊之吉がこの店に体を落着けるようになってから一年にちかい日が過ぎ去ろうとしていた時分で、いちじるしい彼の進境が主人からも喜ばれはじめていた矢先であった。

技術の修練には、もうこれでよしという時機がない。材料と条件の如何によっては、扱われるべき一足々々がまったく新しい未知の世界への突入であった。にもかかわらず、一人の人間から他へと伝え得る製法上の手順や技巧の要領には、おのずから一定の限界があるのであろう。その限度を修得している者が、世間で一人前と呼ばれて通用している者たちで、伊之吉の待ちに待っていた日はそういう日であった。限度をはるかに踏み越えた先の、名人上手といわれる人びとが占めているような、遠い世界などを想い描いていたのではない。彼はすぐにも手の届きそうなところだけしか考えてはいなかった。しかも、それは、ほんのもう一歩という間近なところにまで迫ってきていたのである。そこへさしかかっての大島の病臥であった。

大島の病臥は、そのまま大切な師を失うことであった。せっかくの進歩が、そこを限りにぱったりと停止してしまうことを意味していた。それだけに、伊之吉の落胆はいっそう深く大きく、眼の先が暗くなって、淋しさと悲しさとが、ドンヨリとした重たさをともないながら身いっぱいに迫りかかってくる思いであった。

かんじんの働き手が床についてしまった上に、細君は妊娠中の体をもてあましてぐったりとしている。三度目の懐妊であったが、これまでに二度とも流産に終ったような体質で、病的なほど悪阻《つわり》がひどいから半病人も同然であった。一人が茶碗に一杯ばかりの食事をするにさえ二度も三度も溜息を吐いているかと思えば、他の一人は頭も上げられぬほどの病に身を横たえて、掠れたような咳声にあえいでいた。細君の讃美歌もぱったりと聞かれなくなって、駅前の広場を横切っていく人びとの砂利を踏みしめる足音がふたたび高く聞こえてくるようになった。それだけ家のなかがひっそりとしてしまったのである。陰気で痛ましいふうなひそけさであった。

伊之吉は仕事の合間をみて飯を炊いたり香の物を切ったりするいっぽうで、漬物屋へも買出しにいき、来診を頼んだ医者を送り出した後では薬も受取りに出ていった。忙しすぎるような折には、疲れて泣きたくさえなったが、ぐったりとして薄暗い座敷の一隅にしょんぼり身を寄せ合っているような夫婦を眼にしては、さすがに乱れようとする心もしずまった。彼らは、ただ体力を喪ってしまっているだけで、穏やかで親愛に充ちた性格までが変ってしまったというのではない。今の自分らには何一つできなくて、心から申し訳ないと訴えている陳謝の思いが、伊之吉を見つめる夫婦の瞳にはほっつりと現われている。言葉には出さなくても、彼らの潤んだような瞳がそれを語り告げていた。日野屋の小泉夫婦などとは、根底から違っている。大島夫婦は、伊之吉に対して親切ということの温かみと、それに報いるべき感謝の美しさを、身をもって教えてくれた最初の人たちであった。

彼が夫婦には内緒で、こっそりと汐留の工場へ林田老人を訪ねていったのは、何とかしてこの一家に尽す方法が得たかったからであった。

「お前にそんなことをさせるのは可哀そうだがなぁ」

あれでもない、これでもあるまいと考えをめぐらせた後に、ようやく林田老人があたえてくれたのは、港内に停泊中の軍艦へ出張をしていく、艦上での修繕仕事であった。老人からあてがわれたというよりは、むしろ伊之吉のほうから進んでそれを欲した。津幡屋、日野屋と二軒の奉公先にいたあいだを通じてあれほどまでに厭《いと》いつづけていたばかりか、そのためには親にも告げず、生まれ故郷の東京さえ棄ててきた伊之吉が、今度という今度はただ収入が多いというだけの理由で、みずから直し仕事を志したのであった。

軍艦への出仕事は、もとより御用商人の資格を持つ者だけに許可されていたので、そういう者たちのなかには洋服屋もいれば、帽子屋も刀剣商もいた。刀剣商は軍刀を研ぎ、洋服屋、帽子屋というような商人は販売のかたわら修繕も引受けていた。伊之吉は林田工場の使用人という資格を得て通行証を入手すると、ちょっとした材料と道具類を取揃えた風呂敷包を背負って、それらの御用商人たちとともに岸壁からランチに乗り込んで本艦にむかった。彼が最初に入艦許可をもらったのは、巡洋艦の出雲であった。

ランチが本艦へ横づけにされて舷梯を昇っていくと、商人たちは舷門のところで一人ひとり立ち止っては、門鑑を示してから上甲板に出ていく。みがきこまれた上甲板の明るさは、照り返しのはげしい眩しさであった。指定された場所に店をひろげると、手に手に名札をつけた半靴や革草履などをさげた作業衣の海兵たちがやってきて、それを置いていく。機関科の者もいれば、整備科の者もいた。

「せっかく名札がつけてあるんだから、間違えないようにしてくれよなぁ」

坊主頭の年若い伊之吉を新米の商人と見て、念をおしていく主計兵もあった。軍艦の上で暮らしている海兵たちの靴なので、十分に履き減らした形跡はあっても、泥などのついているものはない。洗い落したり、乾く間を待っている必要もなかった。次々と本底を引き剝がして半張り皮を打ちつけていけばいいのである。軍艦の甲板にきて海兵たちの靴を扱っているのだと考えれば、林田の靴にはフマズのところに細工がしてあるのだと語った、あの折の汐留の老主人の言葉も憶い返されてくる。その考案者こそ自分の主人で、自分は今その主人の薬代を得るためにここにきているのだと思えば、沈みきっていた元気も取り戻される。気持を励まして仕事にかかると、自分でも面白いようにはかがいった。

経験に教えられたのである。伊之吉はその夕方店に戻ってくると、ほとんど半徹夜で半張り皮を截っておいて、翌朝からはそれを持って出かけるようにした。以前の古い本底皮をこじり取ると、店から持ってきた半張り皮を張りつけて、ポンポーンと釘止めにする。その後は包丁ですうっと周囲の出っ張りを削り落した。踵の積上げや化粧皮の部分も、それと大同小異である。仕上げにはペーパ（紙ヤスリ）も要らなければ、ガラスも不要で、すこし念を入れて包丁を使えば海兵たちは満足をした。それにつけ入って手を抜こうというのではなかったが、丈夫であれば、かくべつ優美を心がけねばならぬ必要もなかったからであった。

　朝から夕方まで制限された時間だけ働いても、一日の収入が七、八円にはなる仕事で、一ヵ月のうちの二十二、三日間は毎日それを続けた。たまたま雨などが降って艦に出かけないような日があれば、店の仕事を片づけたが、一日を七円平均のあがりと見積っても二十二、三日では百五十円を越える。そのうちから材料などに要する実費を差引いても、徒弟工に毛の生えたような伊之吉あたりの仕事としては、相当以上の収益であった。

「……疲れたろう、ご苦労さん」

「すまないねえ、伊之ちゃん。……お前が自分で稼いできたお金なんだもの、餅菓子でも買って、ちっとは自分でもお使いよ」

　仕事から帰ってきてガマロの底をはたいて渡すと、夫婦は口をそろえて言った。

「とんでもないこってす。そんなご心配までなすっちゃお体にいけません」

　それより一日も早くよくなって下さいと、伊之吉は心の中に念じながら足音を忍ばせて階段を上っていくと、自分にあてがわれている三畳の部屋の畳の上にペッタリと坐って、そっと涙をぬぐった。

　掠れたような咳声は次第にその間隔をせばめていって、細面の大島はますますげっそりと痩せこけ、もうこの時分には皮膚の色までがすき透るようになってしまっていた。いったん寝込んだとなると、働いていたあいだの無理がいよいよ応えてくるのであろうか、わずか二、三ヵ月の臥床は大島の容貌を別人のように変えてしまっていた。咳き込んでくるのを抑えようとして唇にあてがう手首のほそさを眼にしては、どうひいき目にみても恢復にむかっているとは受取れない。よくなりますよ、きっとよくなりますともと顔を合わせるたびごとに元気づけてはいても、所詮はむなしい力づけの言葉にしかすぎなかった。病状はほとんど決定的に、彼の陥こむべきところを示すようになってしまっていた。

「東京のお父ッつあんから手紙がきてねぇ」

伊之吉を枕元に呼ぶと、大島はこのごろになく瞳を輝かしながら言った、心のなかにある動揺を隠そうとする努力がみえすいていて、無理にこしらえた笑顔が却って哀しく傷ましかった。

「どうしてまたお父ッつあんがあたしの居どころなんぞを……」

と言いかかったが、すぐにそれは大島のほうから先に知らされたものであろうと、伊之吉にも察された。

「お父ッつあんは、自分じゃてんで字なんか書けやしないんです」

「読んでごらん」

瘦せほそった手で示された枕の下を伊之吉がまさぐると、封書ははたして大島の名宛になっていた。誰に代筆を頼んだものか、なかなか達筆の紋切型な候文であるだけに、伊之吉はちらりとひろげただけで読もうという気にもなれなかった。読もうとするよりも先に、大島が唇を開いていたからでもあった。

「お前がよく働いてくれているということを書いて出したら、お父ッつあんもすっかり安心したらしい。今までのことは水に流すから、こっちの都合がつき次第に東京へ返すようにしてくれと言ってきているんだ」

「お父ッつあんがあたしに東京へ帰ってこいと言ってよこしたんですか。……旦那、そいじゃ、あなたはご自分のご病気のことを、お書きんなったんですね」

伊之吉がたずねると、大島は天井に向けていた眼を淋しそうに閉じた。頷くかわりに、黙ってしずかに瞼を閉じたのである。

「水っ臭いんですねえ、旦那は……。あたしはけっしてそんな了見を持っちゃおりません。そりァどんな親でも、あたしにとってはたった一人の父親です。ご仲裁はありがたいし、お父ッつあんの気持さえ解けてくれればどれだけうれしいかしれないんですが、ご病人の旦那とお内儀さんを置き去りにして、今の今あたしは東京へなんぞ帰っていこうという気持はありませんよ。……おいやでなかったら、このままここへ置いて下さい。いつまででも使っていておくんなさい」

伊之吉は大島の枕元にかしこまって、水洟を拳ですすり上げた。

「お前を置くのがいやだなんて、俺はそんなことを言ってるんじゃない。追い返そうというんじゃないさ。……そりァお前にだってよくわかっているだろう。俺にしても、いま伊之ちゃんを手放すのはどうしても残念なんだ。せっかくもう一ト踏ん張りというところまで漕ぎつけてきていながら、お前を放りだすようで気の毒だと思ってるんだ」

しかし、これは林田老人とも相談の上で決めたことだというのだ。せっかくこの店を開店してから一年や二年で店じまいをするのでは、大島も心残りに相違あるまい。彼も男であるかぎり、健康でさえあったなら、どんな思いをしても頑張り通さずにはいられぬところであったが、今はなにぶんにも肉体の力を喪ってしまっている。せめてこれが一応の基礎をつくってしまって、たとえ些かでも資金と名づけるものがまとまってから後に生じた事態なら、一人前の靴工の一人、二人も雇い入れて、この店を張っていこうという心持にならぬ筈はなかったが、彼の今の状態では何をやっても無理になる。押して進めば、取っ返しのつかぬ破目に嵌りこんでいくばかりだということがわかっている。それだからこそ、林田老人も涙を呑んで店をたたむようにという意見に到達したのだ。諦めろよ、思い切りましょうと答えて二人のあいだに話が決ったのは、ついその朝方のことであったという。もちろん伊之吉が出仕事にいっていた留守中のことであった。しかも大島が東京の勇吉に宛てて手紙を書いたのは、当然それよりも以前のことでなければならなかったから、彼としては林田老人の言葉があるより先から、この店の閉店ということについては十分に考え抜いていたことに相違なかった。

「お前のことは汐留の旦那にもよく頼んでおいたつもりだが、俺はひとまずこの店をたたんで佐倉へ帰ろうと思うんだよ。俺もこのごろじゃすっかり女房のお祈りを覚えちまった。……願わくは御名の崇められん事を。御国の来らんことを。御意の天のごとく地にも行われん事を。我らの日用の糧を今日もあたえ給え。……この体じゃどうにも仕方がないもの、お祈りでもしながら佐倉でしばらく鍛えてきてから、もう一度新規まき直しをしようと思っているんだ」

「旦那ぁ、いやですよ、そんなことを仰言っちゃ」

「いまさら悪あがきなんぞしてもはじまるまいよ。人間の潮時は差し際もかんじんだが、退き際こそいっそう大切なんだ」

大島の作った笑顔は、筒抜けの空洞のように暗くて頼りなかった。

四

藁店を飛びだしてくる時には寄らば大樹の陰と念じて、親も故郷も後にして悔いなかった。それがいよいよ林田工場への就職も許されたのであるから、東京を立ち去ってくる時に願い望んでいたことは残らずかなえられてしまったようなものであった。にもかかわらず、駅前から汐留に移っていった伊之吉の心はすこしも晴れなかった。夜が明けるとたちまち心がふさいできて、日が暮れればいやな一日もやっとこれで終ったかと考えるばかりである。毎日々々が、ただやりきれぬ重たい日々の連続であった。

背丈だけはおどろくほど伸びていても、十八歳という年齢はまだ一人前のものではない。ほっそりとした体つきは親譲りであったが、身長に恰幅がともなってはいなかった。それだけにまたいっそう年齢の未熟さも浮き上っていたわけで、にきびなどの吹き出はじめた顔にギラギラと脂をみなぎらせているだけでも、いいかげんいやみったらしい。人間の一生のうちでもいちばんどちらつかずの年齢といえば、おそらくこの年ごろであろう。伊之吉が髪の毛を伸ばしたり、煙草などをふかすようになったのも、このころからのことであった。

小生意気な彼の存在が、他の靴工たちの反感を買わぬ筈はない。誰一人遊び相手になってくれる者もなければ、口ひとつきいてくれようともしなかった。そんな継っ子扱いは心のふさいでいる伊之吉にとって好都合のようなものであったが、彼の心は満されなかった。淋しさに受けとめかねる思いを抱きながら、自分から求めて誰かに接近していくこともならないというのが彼の心の状態であった。人恋しくて仕方がないくせに妥協はわずらわしい。一人きりでそっとしておいてもらいたいくせに放りだされていればやるせないというのは、そんな彼の年齢の

ためであった。伊之吉も少年ではなくなっていたが、もとより青年ではなかったが、少年でもなくなっていたのである。青年ではな

大島の店とは違って、月に一度は公休日も定められている。その日になると工場全体が休むので、通勤の職人たちは姿を現わさなかったし、住込みの者たちも朝から出かけていってしまってたいていは帰りもおそかった。結果は、どこへ何をしにいこうというだけの意気ごみも持たない、伊之吉と老主人のほかには、炊事の世話をしている老婢だけが、広い工場にポツネンと取残されることになってしまう。

一人息子は独立して横浜の市内に自分の店を開くようになっていたし、二人の娘もそれぞれ嫁に出してしまって、細君には小十年ほど以前に先立たれた独り身であったから、林田老人の日常はまことにひっそりとしたもので、そんな日になると、彼は一日工場の二階にある居間へ上りこんでいた。そこで漢籍を拡げているか、囲碁の定石を打っては壊している。かくべつ人づきあいのわるいという性格ではない。社交ぎらいとも考えられなかったが、横須賀という土地には肝胆相照らすというほどの友もはじめから得られなかったのか、老齢のうえに細君に先立たれてしまったせいか、いつもほとんど一人きりであった。

老人は気が向けば階段を降りてきて、工場の裏手にある三十坪ほどの空地に出ていくこともある。背後はこの土地に特有なドタン（もろい砂岩）の白っぽい崖であったが、安植木などむ

しろ無いほうがいいという考えからか、空地にはただ一本の八手《やつで》すら植えていない。老人はそこへ茣蓙《ござ》を敷くと、手ごろな材木を取りだしてきて器用に木型をこしらえはじめた。木型には木型屋という専門の商売人があって、製靴業者は所要のものを買い入れればよいのである。したがって老人の場合は、ただ自分の気に入った木型を造るということが道楽であり、自分一人の愉しみであったが、そういう歓びのうちには研究の心も忘れられていなかった。茣蓙の上に両足を投げだして、放心したような眼ざしになりながら、じいっとみずからの足首の形に眺め入っている彼の姿には、心の底からこの道に打ち込んでそのまま一生を貫き徹してきた人の、神々しさに似たものが滲んでいた。

誰も彼もが出払ってしまって、いたずらに広さばかりが感じられるようになった職人部屋は、ひっそりとして明るすぎるほどであった。そこの畳の上で古雑誌一つ読もうとするわけでもなく、ただ朝から居ぎたなくゴロゴロと寝そべっていた伊之吉は、鑿《のみ》を打つ音を聞きつけて、裏の空地に今日もまた老人のでていることを知った。むっくりと起き上ると下駄を履いてそちらへ近づいていってみたが、老人は建物の日蔭に陣取ってただ一心に彫りつづけていた。夏もようやく過ぎ去ろうとして、陽射しの色が黄ばみはじめる季節であった。近づいていっても相手が黙っているから、伊之吉も黙って突っ立っているよりほかはなかった。崖の上では蟬が鳴いていて、空にはスイスイと赤とんぼが飛んでいたけれど、二人のほかには誰もいない。

「……棚橋、何をしている」

視線は自分の手許に落したまま、老人が重々しい口調で言った。仕事の手は休めずに低い声でボソリと言ったのに、伊之吉は立っていた自分の膝頭がガクリとするほど虚をつかれた。このごろの自分が何をぼんやりしているのかと尋ねられた思いであった。

「ここへきて坐ったらいいだろう」

老人がすこし体を横にずらして席を空けてくれたから、伊之吉も素直に並んで腰をおろした。莫蓙一枚の厚みを通して、大地のひんやりとした湿っぽさが快よかった。

「……お前はこのごろどうかしてるな」

それからまたしばらくすると、老人は果してそんなふうに言った。

「まるっきり以前のお前じゃない。信玄袋を抱えてはじめてここへ訪ねてきた時の様子は、すっかりなくなっちまったじゃないか。……そうだ、あのころはお前の眼も、何というか、きれいに澄んでいた。それに、何より一心だった。一心になっている時の人間は眼ばかりじゃない、心の底までが洗い浄められたようにきれいなものだ」

老人は言いながら、なおも木材を削る手を休めなかった。

「人間誰しも仕事には飽きのくる時があるし、それを脇からヤイヤイ言われればいっそう腹の立ってくる時もある。だからわたしは、今のお前には何も言おうとは思わない。……だがなぁ棚橋、人間にはそういう時がいちばん危ないんだ。自分でも危ないとわかっていながら、自分ではそれをどうすることもできないから、いっそう危険なんだ。かと言って、それにばかり気をとられていれば、どうしても引込み思案になる。職人が引込み思案になったら、そこで腕が止まっちまう。いずれにしても始末がわるいなぁ。……こうして木型を造るのもおなじだが、今のお前はフシのある桜の木みたいなものだ。そこを無理に削ろうとすれば全体の形が崩れてしまう。と言ってそのままにしておけば満足な木型にはならない。しかし、人間は棒や木っ切れじゃないんだから、そんなフシやコブは自分自身でなくすようにするほかはないな」

「……ええ」

伊之吉はしばらく考えてから素直に返事をしたが、自分で自身がやりきれなかった。このごろの自分が、いいようもなく意気地のない、みじめな人間になろうとしていることに気づいていただけに、いっそう老人の柔らかい言葉に締めつけられた。

「まあいいさ、そんなに考えこむこたぁないよ」

うなだれてしょんぼりとした伊之吉の様子を眼にすると、老人はまた言葉を重ねた。

「漢語に虚心という言葉がある。心をむなしうする、何も考えないことだな。つまり、それだよ。引込み思案はいけないからといって、あせれば苛立つばかりだ。靴をいじっていてもヘマをやるばかりだ。だから、考えないことだ。考えないで造るんだ。造っていればいい。それが職人ていうものなんだよ。……わたしの郷里の佐倉というところが、実際には日本じゅうでもいちばん早くから靴を造りはじめたところの一つで、有名な西村勝三さんが日本では靴造りの元祖みたいな人だということも、お前はどこかで聞いて知っているだろう。西村さんが東京に出て創《はじ》めた櫻組は、つまり佐倉組の意味で、櫻組のもとになったのが佐倉相済社というものだったんだ。これは維新の藩籍奉還で禄をはなれた佐倉藩の旧藩士たちが集まっていたところで、日本の靴はここでできはじめたと言ってもいいくらいなんだ。……わたしがまだその相済社にいて、そこの伝習生だった時分に手をとってもらった人は、軍靴を造らしちゃめっぽう手が早くて一種の名人だった。わたしが、どうしたらそんなに早くできるようになりますかと言って尋ねると、靴を造る時には靴のほかのことは何も考えるなと言われたな。それだけだと言って教えられたんだ。靴を造りながらほかのことを考えてマゴマゴしているような人間はグズで、一足の靴も満足に造れないような職人はクズだと言った。クズでもグズでもクツは造れないと言って嗤っていたよ。まことに面白い人だった。……靴なんぞはことさら造ろうと勢いこまなくても、寸法書が頭の中に入って、材料と道具さえ揃ってたら、自然にできるというところまでいかなくちゃ職人としてもほんとうじゃない。ほんとうの職人といえば、大島がやっぱりそういう男だったなぁ」

　老人は遠いはるかな風景を眺める人のように瞼をほそめたが、すぐに口をつぐんでしまって、またしばらくしてからこう言った。

「佐倉へ帰ってから、大島はどうしているだろう」

「旦那のほうへもお便りがないんですか。……あたしのところにも、このごろはちっとも返事がこなくなってしまいました」

「それじゃ、よっぽど悪いんだろうかな」

「……」

何も答えたくなかったのではない。答えることができなかった。そのまま立ち上ると、いつか伊之吉の瞼はうるんでいた。

「おい、どうしたんだ、棚橋っ」

背後から呼び留めようとする声は聞こえたが、そのまま顔をかくし駆けて倒れるように走りはじめていた伊之吉は、もうとどまることさえできなかった。下駄を脱ぎ棄てる間ももどかしい思いで、一ト息に人気のない職人部屋へ転げこむように駆け上ると、広すぎるくらいにガランとしたひそけさの中に激しい自分の息づかいばかりが響いていった。切なく胸の灼きつけられる熱い息づかいなのだった。網膜の奥には、薄い雀斑のある長い睫毛をもったひとの、ほっくりとしていとけないような面ざしを刻みつけて、そのままよろよろと一、二歩部屋の中を歩いていくと、伊之吉は、ふと立ち止まった。

「……虚心、心をむなしうすること、か」

呟いた言葉は、沁みるような胸のわびしさが、ふともらした吐息であったかもしれぬ。

(——俺ぁもう駄目だ)

伊之吉はいきなりドデンと音のするほど激しく、そこの陽焼けしている畳の上に我と我が身を投げつけた。投げつけた勢いをかりて、こちらの端からむこうの端までコロコロと一気に転がっていってくるっと起き上ると、力いっぱい強く固めた握り拳で、いやっというほどしたたかに自分の頭を二度も三度も殴りつづけていた。

第三章

一

　職長をかねた老主人が咎めないのをいいことにして、伊之吉は朝もおそくまで寝込んでいる。工場は六時半にひらいて七時からが就業時間と定められているのに、ようやく八時ちかくになってからノコノコと出てくるかと思えば、夕方は夕方でさっさと自分だけ先に切り上げて風呂へいってしまった。製品はまだ十分とまではいかなくても、さすがに大島から仕込まれただけのことはある。一応は通用をするものになっていたし、文句をいおうとしても取りつき場のないほどそ知らぬ顔をして、自分だけの仕事をしているのだ。虫酸がはしるほど小癪な態度であったが、ほかの者たちよりは二時間も就業の時間がすくないというのに、するだけの仕事はしていた。実に手が早いのである。

（――手前《てめえ》ひとりは、あれでいい気になってのぼせてやがるけれど）

あれでは腕のあがる筈がないという蔭口も、伊之吉の耳には聞こえていた。周囲の非難を知っていて、自分でもおのれが純真でなくなっていることに気づいていながら、それを自分で積極的にあらためようという気にもなれなかった。

林田老人は、虚心になれと言って教えてくれたが、虚心になろうとすればするほど、却って邪魔になるものがチラついてきてはなれない。虚心の境地へ達するよりも先に、虚心になろうとする自身のあがきばかりが浮き上ってきてわずらわしかった。うるさかった。

悟達《ごたつ》をしようなどと思っているのではない。伊之吉は、この今の、ほとほといやらしい自分自身から這い上りたいと願っていた。以前のままの自分に戻ることはかなわぬまでも、せめてもうすこしさっぱりしたいと望んでいた。ここのところを切り抜けて、別の世界がひらけてこないことには、自分でも始末がつくまいと考えていた。

工場に働く靴工たちの年齢は、おどろくほど正確に二分されていた。二十歳から三十歳ぐらいまでのあいだにある青年組と、五十歳を前後しているような老年組とである。

老年組というのは、大阪、神戸、横浜、東京という大都会の同業者仲間を食いつめて、もうどこにも行き場は失ってしまったが、気楽に遊んでもいられぬ身の上の職人たちであった。言い換えれば、あらかた自分の肉体の力を使いはたしてしまって、世間からはひとまず棄てられた形になっている者たちであった。そういう連中は、ごく平凡な一生をすごした人間などにくらべれば、二倍も三倍もの生涯を踏み歩いてきたような者たちであった。憂き世の辛酸をなめつくして娑婆っ気もなくしているから、対人的な些末な事に対してはまったく無関心になっているばかりか、職人としての生命はあますところ幾ばくもないという自覚を持っていたから、仕事のほかには何の興味も、欲望も喪ってしまっていた。結果は、車輪に早仕事をして骨身を削って手間賃をかせごうというより、馴れた腕前にものをいわせて、すこしでも卓れた仕事を残そうとするところへ落ちていかずにはいなかった。仕事のはかどらない職人をわざわざ雇おうとする主人など、どこにもいる筈はあるまい。卓れた技術には心底から惚れこんでも、みすみす使いきれないというのが小店のかなしさで、それをあえて使っているところに、林田工場の動かない名声もあったのである。二十二、三人いるうちの半数までが、そういう顔ぶれに占められているから、ここの工場がすぐれた製品を産み出しているのは、当然の結果であった。

心のうちには何物をひそめていようとも、他人の眼に届いていくものは行動ばかりであろう。日常が日常であれば、ふてくされた小生意気な野郎だと解されても、罪はむしろ伊之吉自身にあった。その上に一方の老人組がそんな者たちばかりであったから、青年組の連中はいっそう心を合わせて、伊之吉ひとりに対する反感をつのらせていた。

朝起きて顔を洗おうとすれば、手拭いっぱいに靴墨が塗りつけてあった。風呂から戻って床を敷こうとすれば、浴衣も、枕布も水びたしにして、わざと夜具のあいだに突っこまれていた。着物を着替えようとすれば、革切包丁で背中が真二つに切り裂かれているという始末であった。誰かが一つのいたずらを思いつくと、他がそれをけしかける。とまた、それよりはこのほうが面白いだろうといって、新手のいたずらを考えだす者がでてくる。いってみれば一つの集団心理であったが、それに反発をすれば、いっそう彼らは面白がるばかりで、そう思っておとなしくしていれば、これでもかこれでもかという具合である。

伊之吉はこらえていた。泣きたいほどの心をおさえて、じっと辛抱をしていた。

それでもまだこらえていられるあいだはよかったが、それが仕事の上にまで及んできた時には、彼も黙ってはいられなかった。前の日にせっかく縫い上げておいたナカゾコの縫糸が、翌朝工場に出てみるとすっかりほどかれて、靴はパクリと口を開けていた。鋭利な包丁でみごとに截ち落してあった。

「誰だい、こんなことをしたのは……」

憤然として立ち上りざま、ぐっとあたりをねめまわした。

もう気がつくか気がつくかと忍び笑いをしていた連中も、伊之吉のこうした態度には度肝をぬかれたらしい。さっと一時にこちらを振り向いた時には、すっかり顔つきまでが変っていた。事情を知っている者も、知らない者も、パタリと一時に鳴りをひそめて、水を打ったような瞬間であった。

「……俺だよ」

ぐうっと彼の顔を睨み上げるようにしたのは、伊之吉から一つ置いたむこうの席についている、日ごろから力自慢の立川という職人であった。軍隊生活を終えて還ってきたばかりだといったが、恰幅のいい、堂々とした体軀の持主である。拳を握って席についたまま、下からねらい上げるようにしている動作からして、いかにも自信に充ちていた。喧嘩ならいつでもこいといいたげな姿勢であった。

「……」

伊之吉も黙って相手の瞳を見つめ返すと、殺気立った周囲には、明らかに立川をけしかけている気配があった。この高慢な小僧っ子の鼻っ柱をヘシ折ってしまえという、憎しみの色があらわであった。

おたがいに鋭利な刃物を持った仕事場でのことである。一分一厘の身動きも、その次の瞬間にはどんな思いがけぬ事態を呼び起すかしれないのだ。立った者と、坐った者とは石のように硬くなったまま、次第に息づかいが荒くなっていった。

「こんなことをされちゃ困るな」

伊之吉はそう言ったきり、しかし、拍子抜けするほど素直に腰をおろした。と同時に、

「よせよせ、馬鹿な」

という声が老人組のなかから聞えた。

頬が燃えて頭の痛くなるような瞬間は、それで終ってしまった。けれども、いったん爆発してしまったからには、とうてい今晩がただではすまないということも、伊之吉と立川の二人だけは、おたがいにはっきりとわかっていた。

俄かに周囲の話声が高くなって、たった今の、あの緊張した瞬間などはどこへいってしまったかというほど騒然としてきたのも、あの瞬間が死んだようにひっそりしたものであっただけに、却っていっそう不気味さをさそった。

いつになく、洒落や冗談が飛んだ。呑気に鼻歌をうたいはじめる者まであったが、伊之吉と立川だけはじっと黙って、背を丸めたまま仕事の手を休めなかった。二人だけは、周囲の者たちとすっかり別物になっていた。すくなくとも午の食事時間までのあいだは、そんなふうであった。それが、どうしたことか、銘々の弁当がひらかれるころからは、ついに立川までもが周囲の狂ったような雰囲気に巻き込まれていったばかりではない。それらのなかでもいちばん彼がはしゃいでいるのではないかと見受けられるほど陽気になって、つまらぬことにまでゲラゲラと笑いたてるようになっていた。

伊之吉がもはや反撃に出る様子もないとみたのであろうか。或いは、今夜にそなえるべき何らかの成案ができあがっていたのかもしれない。いずれにしても、立川は心の奥底からはしゃぎ立って、どうしても騒ぎまわらずにはいられぬという様子にみられた。

「なあに、あんな小僧っ子の一人や二人……」

というような言葉も、ちらりと伊之吉の耳には聞えてきた。誇示するようにも、強がりのようにも解釈のできる言葉であった。

(――相手は立川ばかりではない、大勢いる。やるんなら是非とも今日じゅうだ。それも、明るいうちでなければいけない)

伊之吉は、そう決心した。やっつけておいて、逃げてしまおうと計画をめぐらした。

(――林田の旦那には申し訳がないな)

一瞬、そんな思いが閃めいていったけれども、男としてはやむを得ぬ立場であった。今日一日の仕事が終って職人部屋へ戻る時刻まで待てば、けっきょく多勢に無勢でこちらの敗北は眼にみえている。しかも、売られた喧嘩なら買わねばならないのである。

周囲の狂ったような喧騒はつづいている。伊之吉は、時の到来を待っていた。このごろでは、それが習慣にさえなってしまっている例のそ知らぬ顔で、じいっと時のくるのを待ちかまえていた。

立川が小用に立っていったのは、やがて午後の三時ごろであったろうか。

（——どうだい、この野郎、手出しができねぇだろう）

伊之吉の前を通り過ぎていく時の立川の顔には、そういう傲慢さがありありと現われていた。わざわざ彼の鼻の先を近じかと通り過ぎていった。しかし、その時にも伊之吉は視線をそらし、かたく拳を握りしめて腹の虫をおさえていた。ふかくうなだれたさまをよそおって、煮えくり返るような憤懣と怒気とをかみころしていた。それでもなお、意気地なしと嘲っている相手の心の裏だけは、周囲の事情から容易に察していた。

伊之吉は、あらためて縫い直しにかかっていたナカゾコの仕事を置くと、また別の靴を取り上げて、今度はその靴の踵を叩きはじめた。糸と針との仕事を、金槌の仕事に取りかえたわけである。右手にしっかりと金槌を握って、カツカーツと叩いていると、立川のふたたび戻ってくる時が待たれるようでもあったし、何物かにむかって、もうこのままどこかへいってしまってくれと祈りたいような心持でもあった。

小用をすませた立川が戻ってきたのは、おそらく、それから三分と経たぬうちのことであったろう。伊之吉の想像したとおり、彼は今度もまた鼻の先を近じかと通っていった。いや、通り過ぎていこうとしたのである。その途端をうかがって、カネダイにむかっていた両足をずいっと差し出すと、立川の重くずっしりとした體は他愛ないほど注文どおりに、ごそっと伊之吉のほうへ倒れかかってきた。そこを、素早く小脇へ抱えこむようにして、右手に握っていた金槌を打ちおろすと、次の瞬間、伊之吉は夢中になって走った。

どこをどう駆け抜けたのか、観音開きの扉を押して玄関先まで走りでると、そこにあった自転車に飛び乗って、中腰のまま、ふくらはぎの痛くなるまでグングンとペダルを漕いだ。上体をハンドルの上へかぶせるようにして、耳鳴りがするほどの速力をだしながら、町なかを一ト息に駅前まで疾走すると、そこから先は田浦を通って逗子へ抜ける道を急いだ。陽が照りつけていて、草いきれのむっとくるような道を汗みどろになって、ただもうやみくもに急いだ。

思いきって打ちおろした金槌には、たしかに手応えがあった。それまでは、ただ何ということもなく鈍い物音がするとばかり思い込んでいたのに、その音は、むしろコーンというような乾いた響きであった。やった個所は、たぶん前額部であったろうと思う。日ごろから金槌を使い慣れている職業だけに、手許の狂いはなかったという自信がある。自信は、しかし、誇らしさに通じてはいなかった。狂いがなかったと思われるだけに、結果の怖ろしさも恐怖になって身に沁みわたってくる。

ヘトヘトになった思いで逗子の町にたどりつくと、伊之吉は真っ先に眼についた蕎麦屋の店へ飛び込んだ。脚は疲れて重たくなっている。

「もりを三つください」

この店は蕎麦屋だと思った瞬間、知らぬ間に言葉が唇をついて出ていた。たえがたいほどの空腹をおぼえていることに気がついたのは、言ってしまってから後のことであった。

彼は午の時間にそっと職人部屋へ戻っていくと、信玄袋に入れてあった小遣銭を、あらかじめ押入れの中から持ち出しておいた。立川をやっつけたのは、けっしてあの瞬間の発作的な意識ではなくて、練りに練った周到な用意の結果であった。それが、何里もの道を走り抜けてきた今時分になってから興奮しているとは、我ながら奇妙でもあれば、信じがたくもあった。體いっぱいにヌルヌルと汗をかいているというのに、はこばれてきた蕎麦を食おうとして割箸を持った伊之吉の手は、気味わるいほどカタカタと小刻みに震えていた。歯の根が合わないという心持を、つくづくとわが身に味わっていた。

二

三十九年度から打ちつづいている豊年に、稲は今たわわな穂先を重たげに垂れている。色づいてサワサワと鳴りながらそよぐ稲穂のうねりのむこうには、むなしいまでに明るく光り輝く海がこまかい波の皺をキロキロ照り躍らせて、黄金と紺碧との対象が、ひときわ鮮やかであった。

苔むして分厚い藁屋根の上にも、白く乾いた道の土にも、横倒しに赤黄色い秋の午後の陽ざしがかあっと染めついている。水田と水田をくぎる畦道には、およそ二丈ほどもあろうかと思われる萱が物思わしげに茂って、その根方には炎えたつほど紅い曼殊沙華《ひがんばな》が点々と落ちこぼれるように咲き散っている。すすきの穂をなびかせ、伊之吉の心を吹き過ぎていく灰色の風であった。

何の囲いもせずに、いきなり道端からはじまってこんもりと小高くなっている墓地には、干からびた墓石や卒塔婆が、これもまた眩しいほどの名残りの陽光を浴びて、そのあたりの上空にはおびただしい赤とんぼが群れ飛んでいる。空は底知れぬまでに高く澄んで、ただ一つの雲もなく冴えわたっていた。

一応の腹ごしらえができてしまうと、サドルに腰を乗せてペダルを踏むだけの気力も喪ってしまった伊之吉は、柿のなっている農家の脇を通り、跳釣瓶《はねつるべ》を引き上げる音を耳にしながら自転車のハンドルを押して、秋づいた村のはずれのほうにまで歩いていった。何のあてもなく海岸のほうへも出ていってみたが、季節をはずれた砂浜は人気のなさが侘しさを誘うばかりで、ひっそりと寂れきっていた。磯ちかい草叢はおおかた黄ばんで、わずかな風にもカサカサと鳴る。ギリギリと羽音をふるわせてバッタが舞い、白く砕ける波音はせつなく伊之吉の胸をかんだ。

生温かい砂の上に、小一時間ほど寝そべっていたであろうか。ようやく立ち上ると、また村のほうへ引返してきたが、刻々と迫ってくる黄昏の気配は、追い立てるように慌ただしかった。どの家も、煙を立てて夕支度に追われている。一日の終りも、この村の人びとには程遠くない様子である。竈《かまど》に火をおこして、茶碗や皿を洗って、夕飯の膳について、誰も彼もがみんな自分々々の平和で落着いた一日を終ろうとしているのだ。静かでなごやかな生活、温かでむつまじい家庭、きわめて平凡な明け暮れ――伊之吉は、たった一日でもそういう生活を送り、そういう空気にひたったことがあったであろうか。この村もまた、彼にはまったく無縁な人びとの集まりであった。

(――今晩は、どこへいって寝たらいいんだろう)

それでなくても夕暮の一ト時は、人の心に消え入りそうな寂しさを思わせないではいない。

(――いつまでこんなところを歩き廻っていたって)

どうなるものでもないのだという思いに、あやうく涙がうるみかけたが、伊之吉はその瞬間にふっと林田老人の名を想い泛べた。

ふたたび自転車にまたがると、彼は町なかへ入っていって、郵便局をさがした。そして、横須賀への通話を申し込んでしまうと、そこの壁に背をもたせかけてみたが、一刻も落着いていられぬという思いから、すぐにまた離れてしまった。もたれかかっては離れ、離れてはもたれかかるようにしていても、耳元に襲ってくる蚊の羽音は、払っても払ってもなおうるさくつきまとってくる。橙色の電燈にまつわりつく埃のような火取虫のせせこましい動きも、彼の神経を苛立たせてやまなかった。

　釣瓶落しの秋の陽はみるみる紅く傾いていって、ようやく先方への電話が通じたのは、その日いちにちの残りの色も、すっかりかき消えてしまおうとする夕まぐれであった。

「馬鹿な奴だな……」

　老人は電話口に出てきて、それが伊之吉であることをたしかめると、いきなり吐きだすように言ったが、すぐにまたどこにいるのかと訊ね返した。

　伊之吉が逗子にいると答えると、何か考えているらしい様子で、それでは、何にしても今夜はもう出ていけないから、お前は櫻山というところに渋沢という人の家を訪ねて泊めてもらうようにしろと言って、くわしくそこまでの道順を教えた。そして、自分も明日になったらそこへ訪ねていくから、今夜はかならずその家に泊めてもらって、どこへも行くのではないぞと念をおした。自分も、渋沢とは、このところ一年ちかくも無沙汰をしているが、林田から聞いてきたと言えばかならず泊めてくれる筈だから、安心して訪ねるようにと、老人はそんなことまで言い添えることを忘れなかったのに、かんじんの立川のことについては、最後まで一ト言も触れなかった。

　月はなかったし、どこの家も雨戸を閉してしまっていたために、暗い道はどこまでいっても黝かったが、道が遠く感じられたわりにはわかりよかった。いきなり道路にのぞんで、玄関もないような田舎家であった。

表札も見えなかったが、道端に松の枝の突き出ているところから数えて十五、六歩と教えられていた目印を目標に、この家に違いないとあたりをつけて声をかけると、中ではまだ床についていた気配もなく、ほそめに雨戸を繰り開けて、ほの暗い部屋のなかの破れ屏風の蔭から顔をのぞかせたのは、だいぶん歳をとって、猫のような動物的なものを連想させる、腰のまがった老女であった。

言われてきたとおり、横須賀の林田からきた者だがと告げると、すぐにまたおなじ屏風の蔭から小柄な老人が立ってきた。あばたのひどい顔で、つぎのあたったよれよれの浴衣を着ている。その老人が渋沢で、わざわざ年老いた女房の取次ぎを待つまでもなく、二タ間きりの陋屋《ろうおく》にすぎなかった。

事情があって横須賀へ戻れなくなってしまったのだが、ご迷惑でも一夜の宿をねがいたい旨をおずおずと申し出ると、あばたの老人はさして疑う様子もなく、即座に招き入れてくれた。

「……さァ、遠慮をすることはないから、こっちへきなさい」

隅のほうで固くなっている伊之吉を見ると、渋沢は自分の膝に近いあたりを指さしながら、自分も楽な姿勢に坐り直していた。貧相な容貌のみにくいあばたにもかかわらず、笑顔の愛らしいような老人であった。

うっすらとランプの灯に蚊やりの煙がからんで、遠く波の砕ける音が感じられる。障子の外には、風の声がまじりはじめていた。

「何だねえ、お父ッつあんは。自分で座布団を敷いちまっちゃ仕方がないじゃないか」

番茶を淹れてきた老妻が、たしなめるように言った。

「俺は年寄りで、お客人は若いんだ」

「ええ、あたくしはよろしいんです。ほんとにもう、どうぞおかまいなく」

「ははは、座蒲団が一枚しかないんだよ」

渋沢老人は、かくべつ照れる様子もなく、そのまま自分がそれを敷きつづけて、差し出された湯呑にも、自分から先に手を出していた。気楽でざっくばらんな態度が、今の伊之吉には何よりもこころよかった。

「……お前さん、何かいさかいでもあったのかね」

老人はしばらく茶碗をこねまわすようにして茶を啜っていたが、やがてそれを盆に戻すと、伊之吉の瞳をのぞきこんでいた。年齢のわりには、若やいで高く響く声である。

「いいえ、べつに……」

と打消したが、狼狽の色は隠しきれなかった。

「そうかい。……あたしは、何を訊ねようというんでもないがね、お前さん、着物の裾が」

ひどく破れているではないかと注意をされて、あれほどあちらこちらを歩き廻っていながら、自分はどうして今までそれに気がつかなかったのかと、伊之吉ははじめてそこに手を廻してみた。破れている。たしかに三寸がたも裂けていた。

「……」

ランプがジジジジと音立ててまたたいた。しばらく鳴きやんでいた虫の音が、またひとしきり高くなったようである。このあたりでは、秋までが深かった。

「隠さなくてもいいさ……相手は、やっぱり職人なのかね」

「ええ、仕事場でのちょっとした経緯からだったんです。……つまらないことをしてしまいました」

伊之吉が膝の上に置いた指先を見つめると、老人はほほ笑みながら大きく頷いた。

「喧嘩をするくらいの時には、ただもうのぼせちまってるだけで、いつだって大した理由なんぞありはしないものさ。……で、得物は何だった。包丁でも使ったのかい」

「いいえ、金槌でした」

「金槌……」

老人も、さすがにすこしは驚いたらしい。

「足がらみに倒しておいて、相手の頭が自分の腕へ抱えこめるような恰好になったところをねらって、思いっきりガーンと額をやっちまったもんですから」

「ふん。……で、血はよっぽど噴いたのかい」

「血まで出ることもなかったろうと思います。その時には見届けませんでした」

ふんふんともういちど頷くようにしてから、老人はまた訊ねた。

「やったのは、自分の腕の中へ抱えられるような恰好になった時だと言ったな。……右かい、左かね」

「右に抱えられるような姿勢でしたから、左手で抑えておいて、ガーンと」

「それに間違いはないな」

と念をおす老人の言葉には、力が入っていた。伊之吉がもういちど考えてみて、その通りだと答えると、

「それじゃ、命に別状はあるまいよ。大したことにはなっていないな」

老人は軽く断定をした。

「そうでしょうか」

「お前さんは、まさか左利きじゃあるまい」

「ええ」

「それじゃ間違いなし。左腕のほうへ倒れかかってこなかったのが、まずお前さんの運のよかったところだね。人間誰しも気の立っている時には、加減をするつもりでかかっても力いっぱいにやっちまうもんだからな、反対だったら、それこそ大ごとになっていただろう。……おんなじ右手を使ったにしても、左手に抑えつけて右手で仕事をしたんじゃ、どうしても力が強くなるし、道具まで使っているんだからひとたまりもなかったろう。しかし、右に抱えたものを右手で打ったんじゃ、力といってもしれたもんだ」

なるほどと、一応は納得のいく説明であった。

そういう話がきっかけになって、伊之吉は、この渋沢という人物も、以前には佐倉の相済社にいたのだということなどがわかってきた。林田老人とはそのころからの交際であったが、渋沢には血の気が多かったために、早くから佐倉を飛びだしてしまって、以来というもの、相当に無頼な生活を送ってきたらしい様子であった。とぎれがちにせよ、わかれわかれになっていた林田老人との交友が復活されたのは、四、五年以前に渋沢が逗子へ移ってくるようになってから後のことであったという。

(——もしかして)

林田老人から櫻山のこの家へくることを指図された折に、疲れてヘトヘトになっていながらも、なおかつ伊之吉がほんの一瞬でもためらっていたのは、立川の生命に万一のことでもあれば、当然自分は罪人だと省みられたからだった。ここへたどり着く時分には、すっかりその筋へ連絡もついていて、自分はたちまち捕縛されてしまうのではないかと思いめぐらされた。横須賀の林田からきたと告げると、ここの老夫婦が思いのほか心安く招き入れてくれたことも、渋沢老人が即座に着物の裂き疵を看破していたのも、疑おうとすれば、ことごとく疑えぬことではなかった。けれども、伊之吉は電話を切ると、すぐその足でこの家へやってきてしまったのである。林田老人と渋沢とのあいだには、とうてい連絡を取る暇もなかった筈であった。眼ざとく彼の着物の裾に気がついて、ただちにいささかいを推察したのは、渋沢自身がみずからの過去から割り出したことにすぎなかったのであろう。だからこそ、彼はおなじ経験からおしはかって、伊之吉の立川に負わせた疵が大したものではあるまいと断定したに相違なかった。幼稚ではあったが、体験から算出された力学的な推理ほど今の伊之吉をなぐさめ、安堵の思いをあたえてくれるものはなかった。

それにしても、不安はまったく去っていたわけではない。伊之吉は、わずかな物音にもビクリとして、もしやと疑う心を棄てきるわけにいかなかった。相手の上には十分に信用すべき温かいものを感じていながらも、自分自身の心に、すっかりおびえきってしまっていた。

渋沢老人は、よくよく話し相手に飢えていたものとみえる。彼の憶い出話は、なかなか尽きようとしなかった。

仙台の話が出るかと思えば、遠く飛んで備前岡山の話がでた。屠殺場で、死にきれなかった牛が血みどろになりながらも暴れまわったという話が出るかと思えば、犬猫鼠という動物の類も一ト通りは味わってみたことがあるようで、それらのうちでは、どの肉がどんな臭いをもっているかというような話までが出る。歩き廻っている地域も広範ならば、それだけ見分も豊富であった。

老人の追憶談は、どれもこれも元気のいい、潑剌とした輝きに充ちあふれたものばかりであった。けれども、そうした彼自身の波乱多い青春の憶い出は、今おなじ年齢にある、おのれの息子の身の上にかさなり及んでいこうとするものでもあった。彼の息子は北海道に渡っていって、そこの炭鉱にいるのだという。しかも、出奔の理由は、渋沢老人との取るにもたらぬ口論にはじまったのだという。

林田老人がせっかくの息子を持っていながら、横浜と横須賀とにわかれて暮らしあっていることもまた、それとほぼ同様の原因によっているのだと渋沢は言う。自分らのように、たとえ何年のあいだでも職人の暮らしをしてきた者は、息子を仕込んでおいて、左団扇をきめこもうという心はない。自分の腕がきかなくなって、職人としての腕が止れば、人間としての生命も終りだと信じて気を強くもっていなければ、職人としては生きていけないという意識があるために、折れるということを知らない。言い換えるなら、親は息子の厄介になどなるものかと思い、息子もまた親に楯つくくらいでなければ、腕をいのちの職人渡世など覚束ないのだ。それが林田の息子を横浜に去らせ、自分の息子を北海道に渡らせてしまった原因だと渋沢は言うのである。

「他人《ひと》のふり見て我がふり直せ。……林田の奴を馬鹿だと思うごとに、自分のことも考えちまうのさ」

つまらないことから、倅にも可哀そうなことをしてしまったと語る渋沢の言葉には、ふと老人の翳が濃かったが、それもまた勇吉と自分との間柄に思いあわせる時、伊之吉にとってもただの世間話としては気軽に聞き流せなかった。

床をのべるからと老妻にうながされて、ようやく二人が立ち上ったのは、もう十一時にちかいころであった。

三

約束どおりに林田老人がやってきたのは、その翌朝もまだ九時前のことであった。

渋沢とは遠慮のない仲とみえて、挨拶らしいものも交さなかったが、細君に対する礼と詫びとの言葉をすませてしまうと、今度は持ってきた信玄袋を伊之吉のほうへ突き出すようにしながら、ふり返りざまきめつけた。

「……馬鹿野郎っ」

しかし、言葉ほどにもなく、語気は柔らかであった。

「おかげで、あれからもう昨日は大変な騒ぎだったぞ。……ほんとに人騒がせなことをしやがって」

「すいません」

強く怒っているのではないとはわかっていたが、伊之吉は真正面から主人の顔を見ることができなかった。

「怪我はよっぽどひどかったのかね」

渋沢が口を出した。

「うん、医者の言葉では、一ヵ月くらいかかるだろうということだ。それに、やったところがところだから、もうちょっと手許が狂っていれば……」

「お陀仏だったろうな」

「医者も危なかったと言っている。……病院へ附添にやってあった者の話では、ずっと人事不省で、ゆうべの七時時分になってからようやく気がついたんだそうだ」

「それじゃ、よっぽどひどかったんだな」

「ちょうど額のどまんなかを金槌で喰らわしちまったんだから」

「たまったもんじゃないな」

「よく助かったと言いたいくらいのものさ」

ふうんと感心をするように、渋沢が伊之吉の顔を見直すと、そこへ茶をはこんできた老妻も、亭主の脇へ坐りながら眉をひそめた。

「あれが眉間だったら、まず助かっちゃいなかったろうな」

「そうか。……それじゃ、ほかの連中もすっかり湧いているだろう」

「そう、まず、普通ならばそうこなくちゃならないところなんだが」

と、林田老人は一ト息入れたけれども、すぐにまた先をつづけた。

「いいあんばいに、やられた立川という男は腕自慢で、ふだんから野郎どものなかでも威張り返っていたんだ。それだけに、立川にオベッカを使っていた人間はすくなくなかった。ところが、相手はこんな小僧なんだし、そいつがやられただけに、こういうことになってみれば、口ほどにもなく意気地のねぇ奴だぐらいのところへ、今のところじゃおさまってしまっているらしい。……それがまぁ、却ってこの子のしあわせさ」

「まったくなあ。……生意気だ、生かしちゃおかれねぇぐらいのところでぶっすりやられたって、こっちも文句の言いようはないところだからな、はっはっは」

渋沢は明るく陽の射した庭ちかくへ坐っているだけに、いっそうあばたの目立つ顔をしかめて、面白そうに笑った。可愛らしいような笑顔である。

「医者はまず一ヵ月ぐらいでいいだろうと言うんだが、どのみち喧嘩は両成敗なんだし、二ヵ月分の薬代ということにしてやって話のケリはつけたよ。……しかし、このくらいですんだからよかったようなものの、まかり間違えばとんでもねぇことだった。はっはっは」

林田もおなじように笑った。二人の老人が眼をほそめて笑いあっている様子は、話の内容にもかかわらず、いかにも愉しげで、ややともすればそこに伊之吉のいるということすら忘れてしまっているかのようであった。林田は渋沢を相手にして、さらに語りつづけていく。

「お前さんも、この道じゃさんざん飯を食ってきた人間だから知ってるだろう。本郷の、赤門前の、歴史は浅いけれど……」

「津幡屋かい」

「……この子は、最初あの店にいたというんだ」

年齢をたずねると十七歳ということだったし。大島としても、追い廻しには使い辛いところがあるかもしれないと考えないではなかったが、それでも林田は、仕事を覚えたいばかりに東京を逃げ出してきたという言葉が気に入ったので、すぐに紹介状をつけて駅前の店へ廻してやった。いよいよ大島の店の人間にしてみると、伊之吉は一所懸命にやるばかりか、主人夫婦からもすっかり気に入られている様子なので、老人も肩の荷をおろしたような気分になっているると、一年ほどで、かんじんの大島が病気に倒れてしまった。人間なにが不運になるかわからないもので、冬の寒い季節に壁土のまだ生乾きの家へ引越していくと、大島はたちまち風邪をひきこんだが、せっかくの念願がかなったところであり、開店早々から寝込んでもいられないという心持になって、そこを無理に働きとおした。後になってから考えてみれば、彼にはそれが不運のもとで、幾分かは下地を持っていた體に取返しのつかぬ病気を背負いこむことになってしまった。それが一年ほど経ってから、ますます悪化していった。

大島が駅前の家で床についていたのは、およそ五ヵ月ほどのあいだであったろうか。その折には、伊之吉も実によく働いた。涙の出るほどよく尽した。大島といえば、林田工場にとっては筆頭の功労者であったし、老人としても病んでいる弟子の面倒をみてやりたい心は十分にあったが、現実としては思う半分も行き届きかねていたありさまで、そういう自分の代理をつとめてもらったという気持もあったから、林田は、伊之吉が自分の工場へ戻ってくるようになってからというもの、朝寝坊をして仕事場へ出る時間が遅くなっても、仕事を早めに切り上げるようなことがあっても、彼には一つの口小言も言わなかった。あれだけ仕事熱心で主人思いだった子供が、これほどやくざになってしまったのも、その腕に頼りきっていた主人を俄かに失ったところからくる反動であろうと、ひそかに彼の心の動揺を思いやって、怒りたい肚のうちを抑えるようにしていたのである。これもまた今から思ってみれば、そういう老人の態度が却ってほかの職人たちには不愉快だったのに相違あるまい。親切が仇になったのかもしれなかった。

さいわいほかの連中も、今は何事もなくおさまってはいるものの、ふたたび伊之吉の顔を見れば、いつどんなことを引き起さないかぎりもないのだ。この場合、林田老人が、もういちど彼を自分の工場へ連れ戻るということは、危険この上もないのである。

「で、まあ、さしずめ東京へ送り返すほかはないんだが、この子の父親というのは、なんせ鰻屋じゃあるけれど江戸前の職人気質で、なかなかの頑固者らしい。……伊之吉は東京を出る時にも黙って飛びでてきたために、そのまま一時は勘当をされたようなことになっていたんだ。それを、大島が店をたたむ前に手紙で詫びてやったものだから、今のところはまるくおさまっている様子なんだが、ここでまた喧嘩をして帰ってきたということがわかれば、どうせまた一ト騒動だろう。そうわかってちゃ、当人だって帰っていく気持にもなれないや。……俺の工場にもいられなくなった、かと言って親父さんのところへも帰れないということになれば、たいていの想像がつくだろう。結果はよくいっても流れ者の職人だ。流れ者でも、職人の世界に食いついていればまだいい。へたをまごつけばどこまでグレていくか、なあおい」

「いかさまなあ」

と、渋沢老人も、我が身の過去に顧みて相槌をうった。

「朝も早くから起きて仕事をしていれば、連中の機嫌をそこねることもなかったのさ。……だから仕出かした今度の不始末は当人の罪で、その尻ぬぐいまでしてやる必要はないんだが、俺は大島が佐倉へ引き上げていく時に、くどいほどこの子の世話をたのまれているんだ。家へ返してやる時には、是非とも父親とのあいだを取り結んでやってくれるようにとたのみこまれているんだ」

だから自分は、これから伊之吉を東京に送りとどけた上で、父親の勇吉にもいまいちど出奔の詫びを入れてやるつもりになっているのだと語ったが、そこには、ただ単に大島から依頼を受けたというだけの理由ではない、もう一歩踏み込んだ温かい好意がこめられていた。

みずから腕におぼえのある職人が、こいつならばと見込みをつけた徒弟工の将来を考えての処置であるとみても、これは、いよいよ当の相手を手放そうとしている場合のことであった。すくなくとも、当分のあいだは、ふたたびおのれの手許に呼び戻す機会があろうとも考えられない相手であった。おなじ製靴の道に入っている息子を持ちながら、わかれわかれに暮らしている我が身を省みれば、いかに気丈な老人でも、人の子の父親としては淋しい心境であったろう。そういう我が身に思い合せて、林田は勇吉と伊之吉との仲をとりなしてやりたいという心になっていたに相違なかった。

一夜の宿を借りた渋沢老夫婦に見送られて、伊之吉が林田老人とともにその家を辞したのは、それでも、かれこれ正午近い時刻になっていた。

ふたたび東京の土を踏んだ伊之吉は、林田老人の親身も及ばぬ心づくしによって、我が家の奥座敷へ、奉公に出て以来ほとんど四年ぶりに、大手を振って通されることになった。

昨日の事件があっての今日というあわただしさであれば、もとより川勇には、伊之吉の帰京が知らされている筈もなかった。突然の帰宅に思いがけないような顔をしている使用人たちになど会釈もしようとはせずに、髪をのばしてすっかり丈の高くなってしまった伊之吉は、小柄な老人の一歩先に立って、廊下を踏み鳴らしながら奥の居間に通っていった。気負って、何かに負けまいとしているかのような、どこかこしらえ物の感じられる足取りであった。

「お父ッつあん、横須賀の旦那さまが伊之ちゃんと御一っしょに……」

調理場で用事をしていたらしく、あわてて彼らの後を追うようにつづいてきたお武は、奥の間にいる勇吉のほうへ高く声をかけていた。広くもない家であったが、玄関からの廊下づたいは、鍵の手に一つ折れ曲っている。林田が部屋へ通るよりも声のほうが早かった。

「……さァどうぞ」

客商売をしていても、いっこうに口下手で人づきのわるい勇吉は、突然の訪客と息子の帰宅を知って、すっかり上気してしまっている様子であった。林田との初対面の挨拶にも、ただぺコペコと頭を下げているばかりで、ろくな口ひとつきくこともできなかった。勇吉はがむしゃらなところが欠点だが、心のわるい人間ではなかった。ひととおりの挨拶が終った時、頭を上げてちらりと伊之吉のほうに向けた眼ざしにも、何ら険しいものはうかがえなかった。

（――どうやらお父ッつあんのお怒りも解けたらしい）と伊之吉は思った。

しかし、不思議に、嬉しくも何ともなかった。差出された座蒲団の上に胡坐《あぐら》をかいて、ぐるっとあたりを見廻してみても、何かすべてが遠々しかった。

「……まあ、伊之ちゃんも、ほんとに見違えるようになっちまって」

林田にむかって一ト通りの礼や愛想を言いつくしてしまうと、伊之吉のほうへも茶をすすめながら、お武はあらたまった顔で言った。久しぶりに遭った親戚の子でも遇するような態度である。

津幡屋から日野屋へ、大島の店から林田工場へ移り歩いていたあいだじゅう、盆にも、正月にも、伊之吉はこの家に戻ってきたことがなかった。たまたま戻ってくれば、逃げてきたんだろうと言って追い返されてしまった。しかもこの家の者たちは、その四年という歳月のあいだ、伊之吉の身の安否を気づかっている様子など、気振りにもみせようとはしなかった。

（――ひがんではいけない）と思う。

自分の腕には、もはやこの家の誰も想像も及ばないような、新時代の技術がしっかりと叩きこまれているのだ。その技術を身につけるためにこそ、自分はあらゆる淋しさにも耐えてきたのではなかったかと考える。憶えば、孤独の思いに充たされた辛い修練の道であったが、苦痛や悲しさに対する思い出は、今それを踏み越えてきた彼自身の誇りにさえなろうとしていた。

にもかかわらず、この座敷に通ってみれば、いつの間にか家財道具もふえていた。畳は青々としていて、障子の紙も新しく貼り替えてある。奉公人の数も何人か増したようであったし、心なしかお武の身につけている衣類も、以前よりはどれだけか派手になって、それだけ身綺麗で若やいで見える。痩せこけて干からびたような子供であった仙助も、さっきチラリと玄関先で見かけたところでは、小ざっぱりとした衣服を身につけて、顔色までが艶々しく生気を帯びていた。すべてが改められて、以前の貧乏臭さなどはどこにも見出されなくなっていた。

自分ひとりがあまりにもかけ隔たってしまったという対照は、ゆくりなくも伊之吉に、川勇という家庭が自分に接していた態度の冷たさをまざまざと思い泛べさせた。自分がもはやこの家の一員ではなくなってしまっているのだという自覚は、彼をこの上もなく哀しませた。それは、何にもました、人間的な淋しさであった。

(――これじゃあんまりだ、酷すぎるじゃねえか)

考えれば考えるほど、心はおのれの内面にばかり向けられて、お武をあいだに入れた林田と勇吉との談合までが、我がことには考えられなかった。

これでまた親父が怒りはじめれば、怒ったところで自分はかまわない。そうなればなったで、自分はまたどこかへ奉公に出ていってしまうだけなのだと、そんな考えまでが浮んでこようとする。自分の身を気づかって、わざわざ遠いところを送ってきてくれた人にはすまないと思う半面、もうどうにでもなれと考える心が矛盾しているから、ややともすれば、唇の端には嘲けるような歪みがただよってくるのである。

しかし、そんな伊之吉の感情には何の関係もないかのように、三人の話は着々と進められて、芝の日蔭町にある俵藤という靴工場に川勇からかよわせることにしようというところまで、取り決められてしまっていた。

「わたしが旧くから交際をしている友人ですから、息子さんには、これを持たしてやってくださるだけで十分でしょう」

話が決められると、林田老人は紹介状をしたためてから言った。俵藤の本店は銀座にあって、宮内省の御用にまで指定されているほどの店だという。

「これには、日蔭町の工場のほうへでも廻してくれるようにと書いておきましたが、日蔭町の工場というのは、わたしも自分でいってみたことはないから知らないんですが、銀座とは違って、ずっと小さなものらしい様子です。職人も七、八人しかいないでしょう。……これは以前息子さんにも話したことがあるんですが、みっちり腕をみがき上げるためには、わたしは、却って大どころではないほうがいいんじゃあるまいかと思っているんです。……あなたもご職人衆だが、棚橋さん、あなたのほうでは、そんな点などはどんなものですか」

「さァ、手前どものほうで職人と申せば、つまり板場ということになりますんですが、これは商売柄いくら多いと申しましても、せいぜい五、六人も使っていればよほど大きな店なんでして……」

「なるほど。……それがわたしどものほうでは、会社組織のようなところは別として、個人商店でも五十人、百人と使っているところは何軒かありますし、そういう大きな工場にいれば、どうしても職人仲間での幅がきくことになるものですから、こやつすこし腕があがってきたかなと思うと、たいていの者が大どころへ移っていきたがるという始末です。ことに渡り者の職人たちには、そういう傾きがまぬがれません。いや、渡り職人へのなりはじめが、みんなそれなんです。しかし、わたしは、修業中の者だけにはそれをさせたくない。それが、わたしの持説のようなものです。……息子さんが日野屋を逃げだしてわたしのところへきなすった時にも、わたしはその持説を通して大島のところへ振り向けてやることにしました。息子さんの腕は、そのためにどれほどあがったかしれないと、わたしは今でも思っております。もっとも、あの大島という男ほど熱心に仕込んでくれる親方も、そうザラにはあるわけのものじゃないんですから、息子さんにとっては、あそこへいったということが偶然の幸運でもあったんですがね。

……それから、これは、こうして当人を目の前に置いては言いにくいことなんですが、息子さんの腕は、もうほとんど一人前になっております。わたしの工場へくるようになってからは、大島の店にいた時ほど熱心ではなくなっておりましたが、それでもさすがに鍛えてあった腕がものをいって、どれだけか上達をしております。すくなくとも仕事の手の早くなったことは、大島の店にいた時分とでは問題にならないほどでしょう。先ざき一本立ちになって働こうという時がくれば、息子さんには、これがどれだけ大きな助けになるかもしれないと思います。いや、自分で稼ぎたいと思えば、今ではもうどこへ働きにでても、たいていは一人前に扱ってくれる筈です。……しかし、また、それだけに、わたしはいっそう今が大切な時機だと思わずにはいられません。ここで慢心をしてしまうようなことがあれば……」

「腕が止ってしまいましょうな」

「さよう、一応は伸びるところまで伸びるにしたところで、けっきょく普通の平凡な職人に終ってしまうことになるでしょう。衆に図抜けた職人になるためには、もういっそうの修業がかんじんだと思います。……なあ棚橋、だからせめて検査（兵隊）までのあいだは、脇目もふらずに仕事だけを覚えるようにすることだな」

林田老人は伊之吉のほうを振返って、最後の言葉を言った。

「まったくだよ。伊之ちゃん。……旦那さまもこれほどに仰言ってくださるんだし、お父ッつあんだって、あんたには月々幾らか稼いで家へ入れろなんていうことを、けっしていう人じゃないんだから、仕事だけは、ほんとに一所懸命にやらなくちゃね」

お武までが、そんなふうにくちばしをはさんだ。

「……そりァ大丈夫だなあ、棚橋」

林田からもういちど言われて、伊之吉はちらりと瞳を上げたけれども、

(——そうすれば、大島だって喜ぶぞ)

(——わかっております)

二人のあいだには、言わず語らずのうちに、そういう言葉が交されていた。父やお武を安心させるためにではない。伊之吉は我と我が心にむかって、大丈夫です、あたしは、あたし自身のためにも、ご恩を受けた旦那方のご期待にそむくようなことは、けっして致しませんと答えていた。

その折の紹介状を持って、伊之吉が銀座にある俵藤の本店へ訪ねていったのは、中二日おいた日の朝のことである。

「伊之、もう出かけるのか」

まだ八時ごろであったが、下駄箱をのぞいていると、いつの間にか、寝間着姿の勇吉が背後にきて立っていた。

「うん、これから……」

「そうか。じゃ、ちょっと待ってろ」

何を思ったのか、勇吉は言い残して奥へ入っていったが、ふたたび姿を現わした時には、普段着ながらも服装をととのえて、お武も背後から送りに出てきていた。

単純な性格だけに、勇吉は林田の義理がたさにすっかり惚れ込んでしまったらしい。主人がわざわざ横須賀から東京まで送ってきて、紹介状をつけてくれたというのに、親の自分が、家にのほほんを決めこんでいるわけにはいかない、自分の口からもよく頼んでおこうと言って、一しょに外へ出た。

勇吉はもともと早起きのほうではなかったが、このごろでは、午前に床をはなれることなど滅多にないという。そればかりか、伊之吉が、こうして父親と一しょに外出をすることなど、物心づいてからこのかた、まったく前例のないことであった。連れ立って外へ出てみると、伊之吉のほうが二寸ばかりも大きくなっていた。

「かなりあるらしいな。……何寸ぐらいあるんだ」

「さァ、まだ六寸まではないだろうと思うんだけど」

「やっぱり餓鬼の時分から火ノ見なんかへ昇っただけのことはあるな。……みっともねえから、もう五寸も高くなったら、草履でも履いて歩くようにしろよ」

「まさか。それじゃ六尺以上じゃないか」

伊之吉も笑ったが、口のわるいところは以前のままの勇吉であった。しかし、おたがいの肩を並べあって、そんな言葉のやり取りをしたということが、すでにこの二人の離れて暮していた期間の短くなかったことを、そのまま物語っていた。

何ひとつ喋りあうことはなくても、父子が水入らずの二人で外に出ているということだけで、おたがいに相手の心が通じてくる思いであった。そのくせ彼らは、それを相手に悟らせることはおろか、意識的には却ってそれを匿そうとしていた。彼らは、宿命的に、そうした態度を強いられている親子であった。おのれのうちにひそめた愛情の心を、おたがいにいささかたりとも気取られまいとしながら、そのとき、二人は照れくさいほどにも、相手の身うちに自分自身の血を感じ取っていた。

（――どうぞ、これがいつまでもつづいてくれますように）

伊之吉は、道々も、何ものかにむかって祈らずにはいられなかった。逗子から戻ってきた折の、あの白茶けた感情などは、なまじ母親というような関係にあるお武という他人をあいだにはさんでいたからなのであろう。いっそお父ッつあんと二人きりなら、ほんとうに何事もないのだと伊之吉は思った。

四

この先、息子が製靴の道に進んでいくかぎり、あの旦那の言葉どおりにしていれば、かならず間違いがあるまいと信じていたことはよかったのである。けれども、検査までのあいだは、脇目もふらずに仕事だけをおぼえるようにせよと伊之吉にむかって林田のあたえた訓戒を、勇吉はそのまま鵜呑みにして、しかも、ほんのすこしばかりはき違えて解釈していた。この、ほんのすこしの誤解が、伊之吉には小さくない禍をもたらしてしまうことになった。

銀座の本店を訪ねて俵藤の主人に会った折、勇吉の口から、工賃などはどうでもいいから、仕事だけみっちりやらせてくれるようにと頼み込んだばかりに、日蔭町へ廻されてからの伊之吉は、住み込みの徒弟工も同然な、きわめてわずかばかりのものしか受取ることができなかった。余分の金を持たせれば、それだけつまらぬことに気が散って、修業中の当人のためにはならないからと言った父親の言葉こそ、決定的なものとなってしまっていた。工賃など安ければ安くても我慢ができないことではなかったが、伊之吉の受取るものは工賃ではなくて、徒弟子なみの給料であった。それも、日々の煙草銭にすら不足をきたす程度のものであっただけに、彼には張り合いがなくなってしまっていた。

伊之吉は、何をおいても職人であった。まだ十八歳という年齢ではあっても、すでに徒弟工の域を脱して、林田のような工場でさえ、ひとかどの職人の仲間に加えられるようになっていた。技術の優劣を測る基準が、賃金の多寡にあるとばかりは言えぬにしろ、職人が他人に使われて、十分売り物になる製品を造っていながら、当然の報酬まで辞退しなければならぬという理屈はあるまい。家計を補ってくれ、養ってくれとはいわなかったが、主人には報酬も望まないようなことを言っておく一方、勇吉は息子のこうしたありさまを見ても、けっして自分のふところから小遣銭を出してくれるような父親ではなかった。そのくせ、取るものが取れないのは、伊之吉の腕が未熟だからで、腕さえよければかならず相当の収入が得られる筈なのだと、自分ひとりで頑強に信じていた。親からの遺産をそのまま受け継いで、奉公に出て他人の飯を食ったことがなく、まったく世間の荒波を知らぬ彼には、齢をとっても、どこかに甘いお人よしのところが残されていたのである。

横須賀で働いていたあいだには、多少の金も蓄えてあったから、家にいて自分で働いている身ならば、それをポチポチと使っていても、当座がしのげないことはなかった。しかし、外に出ていれば何かと眼にみえない金もかかって、住込みをしていたときのようなわけにはいかない。働くからには、是が非でも自分相当の収入を得たいという心を持つことも無理のないところであったろう。伊之吉の俵藤から受けていた待遇も待遇ならば、父親の息子に対する評価もまた、あまりに不当にすぎていたのである。

　自分自身にすら始末のつかぬほど腑抜けになっていた汐留時代などとは違って、たとえ心を暗くしながらも、ふたたび従前の熱情を取り戻してみれば、林田老人も折紙をつけたとおり、たしかに仕事の手は早くなっていたし、技術的にも、どれだけか見るべきものが認められるようになっていた。彼自身おのれの腕に自信がついてきてみれば、ここで一つどれだけの収入が得られるものか、それをためしてみたいという心持にもならずにはいられなかった。自分で自分を腐らせ、あがきのとれない状態に落し込むことは、もう懲りごりであった。

　そんな折も折、伊之吉がふと小耳にはさんだのは、おなじ芝の愛宕町にある、磯山という混血児の兄弟が経営している靴工場の評判であった。

　職人の数は五、六人にしかすぎない、ほんの小さな工場であったが、経営者はオランダ人という白人の血を受けているだけに、勘定の支払いなどもすべて一日単位の日給制であるばかりか、一足一足に対する工賃も、日本人の工場などにくらべれば、たしかに一割がたは気張ったものだという耳寄りな話であった。それでいて、その工場行きを志願する者が、それほど多数にのぼらないという事実は、おそらく経営者の監督が厳重で、仕事がきびしすぎるからなのであろうと想像されぬではない。けれども、今の伊之吉には、純粋に労働をして糊口の資を稼ごうというよりは、武芸の他流試合にも似た、腕だめしというほどの気持がまさっていた。父親の鼻をあかしてやりたいというような根性ではなく、働いても取るものが取れない現状は、かならずしも自分の腕が未熟なためではないのだということを、自分でも実地にためしてみたい気持に充たされていた。それだけに、そんな異色の工場こそ、却って今の自分にとっては格好なもののように考えられた。

俵藤に入った折が折のことであれば、何よりもまず父親への思惑が先に立たずにはいなかった。結果はどうあれ、わざわざ早起きをして銀座まで附添っていってもらった俵藤の工場をしりぞいて、勝手に別の工場へ移っていったなどと耳にしたなら、父親はどのように考えるであろうか、およその見当がつかないではない。けれども、今はもういつまで父親の心持にばかりこだわって、躊躇などしていられる場合ではなかった。かんじんの自分の心が遠く俵藤の工場からはなれてしまっているかぎり、今日磯山にいかなければ、けっきょく明日も明後日も出かけないで、ただ幾日か為すところもない日ばかりが、えんえんと過ぎ去っていくだけのことであった。逡巡の上にもう一つ逡巡をかさねてみたところで、残る結果は、自分で自分をいじめつけているにすぎないのだ。いま磯山に行くことを断念しても、心がそこにない以上、このまま俵藤に居つくこともあるまい。とすれば、どこへいくのもおなじだし、どうせ出てしまうものなら、一日も早いほうがいいにきまっている。

思い切って愛宕町へ出かけてみると、その日いちにちはお目見えという意味で仕事だけはしてもらうが、日当を出すことはできないと言われた。しかもその製品を見た上で、兄弟合議の結果で、追って採否と工賃を取り決めるといった物々しい言い渡しであったが、考えてみれば、もともとこの工場に、すでに何人かの靴工は働いていた。彼らにしたところで、そんな試験を課された上で採用された者ばかりなのだ。――審査の上ではねられたら、その時はまた黙って俵藤の工場へ戻っていけばいいのだからと気軽に考えて、いざ事に当ってみれば、案ずるほどのことはなかった。伊之吉は、みずからもひそかに期待していたとおり、そこの試験に通過をすることができた。彼ももう、立派にひとかどの靴工になっていたのである。

混血の磯山兄弟は、まだ二人とも三十歳にも達していなかったが、兄の工場長は漆黒の頭髪を中央からきちんと分けて、鼻筋こそツンと通っていたけれども、和服のよく似合う母親似で、面ざしのどこかに日本人臭いところがすくなくなかった。そのかわりに、背丈も五尺八、九寸はあろうかと思われる長身である。それに反して弟のほうは四、五寸ほど低かったが、兄の母親似とは反対に、眼玉の大きな、彫りのふかい、父親の容貌に酷似した面長で、いかにも外人らしい顔立ちであった。主として経営方面を受持つ兄に対して、年少のころから製甲職人としての修業を積んでいた弟は、工場の職長をつとめていた。

もうこの時分には、日本人の母親はおろかオランダ人の父親も他界してしまっていたし、工場の名ははっきりと磯山姓を名乗っていて、彼ら自身のあやつる日本語もきわめて流暢《りゅうちょう》なものであったのに、同業者仲間では、磯山姓で彼らを呼ぶ者など、ほとんど数えるほどもいなかった。ほんとうの姓や屋号よりも、父方の外人名をもって呼ぶほうが通りのよいほどであったのは、彼らが、単に業界にはめずらしく毛色の変った混血児であったという理由にばかりによっていたのではない。この兄弟の父親こそ、西村勝三氏系統の櫻組一派に最初の教師となった支那人藩造の後を受け継いで、本邦製靴史上にはじめて正統な製靴技術をもたらしたF・J・レマルシャンその人にほかならなかったからであった。母親の実家は、銀座の磯山という、やはり同業の小売商であったが、レマルシャンはそこの養子に懇望されて、そのあいだに産み落されたのがこの兄弟であった。

レマルシャンは、一八三七年、オランダのメドルフボルフに生まれたが、年少のころに故国を去ってフランスに渡っていた。彼が旧海軍大丞の沢太郎左衛門を識って、思いがけず日本への興味を惹かれるようになったのは、滞仏中の沢氏が、彼の父親の家に止宿をしたという奇縁にもとづいている。——その後、彼は蘭学者たちの紹介によって日本に来航すると、はじめのあいだは土佐藩の御雇教師となっていたが、国をあげて物情騒然としていた折から製靴術の普及どころではなかったために、やむを得ず横浜へきて、独力で靴工場を開いた。それが文久元年（一八六一年）であったというから、日本流に数えても、その時まだ二十四歳にしかなっていなかった筈である。彼が西村勝三氏の知遇を得て、多大な期待のもとに櫻組の前身である伊勢勝工場に教師として迎え入れられたのは、文久元年から勘定して十一年目にあたる、明治五年のことであった。それ以後の彼の功績については繰り返すまでもあるまい。レマルシャンは「温厚篤実、よく子弟を導き」西村氏の「製靴業を援け」櫻組から後の日本製靴株式会社に至る「基礎を造らしめた」と言われている。

磯山兄弟はそのレマルシャンの血を受けた子供で、佐倉相済社出身の林田老人は、いわばレマルシャンの技術を引く又弟子であった。したがって、伊之吉にとっては、今ここで磯山兄弟の工場に身を置くということは、おなじ一つの系統の上に立つ林田老人の呼吸を感じることであった。林田老人の呼吸を感じながら仕事に精を出すということは、あの横須賀駅前時代を想い返させてくれる何よりもの道であった。林田を想い、大島を振り返って、自分の師の前に出ても恥かしくないだけの技術を得たいとする彼の願望は、過ぎ去った日の燃え上るような火の熱意を、ふたたびわが物として取り戻すことに役立った。生まれてはじめてといえる工賃は手に入るし、林田を想い起こし、大島を偲びながら仕事に努める伊之吉は、いやが上にも彼自身の腕をみがき上げて、今こそ押しも押されもせぬ、名実かねそなえた一人前の靴工になってしまっていたのである。

ところで、伊之吉がこの磯山工場に働いていた当時の一般社会、ことに経済界の情勢はどうであったかといえば、まことに深刻な様相を呈していたというほかあるまい。

実業界の沈滞から、ひとり製靴業界だけが逃れ得る筈はなかった。まず第一の現象として挙げられるのは、既製靴の輸入品が、その数量をいちじるしく減少していたという事実であろう。この事実は、購買客が少なくなって、販路が狭小になった結果を意味する。しかも、この間に、国内では手工製靴を業とする者が、却ってその数を増していた。需要者が減少して供給者が増えていけば、いきおいこれに対する業界の態度としては、すこしでも優秀な製品を、及ぶかぎりの廉価で提供するほかはなかった。本邦手工製靴の技術が、この数年のあいだに急速な進歩を示したのは、こうした社会情勢と、それに対する業界自身との関係が必然的に生み出した結果にほかならなかった。

しかも、この期間ほど、伊之吉の技術の上にくっきりとした一線を画した時代はない。彼は持ち前の早仕事の上に、ますます卓れた技術を身につけていったばかりか、業界の苦悶など尻目にかけず、収入の点でも、これまでの彼よりは数等高いところへ昇るようになっていた。伊之吉が、いわゆる親方持ちとしての徒弟工から、一人前の靴工にまで飛躍したのも、おなじこの期間のことであった。

磯山工場に腰を据えていたのは、半年ほどのあいだであったろうか。

林田老人が勇吉を前にして、大どころへ移っていきたがるのは渡り職人のすることだと言ったのを、伊之吉は今でも忘れずにおぼえている。憶いだせば耳の痛い言葉であったが、伊之吉も今はもう修業中の身ではなかった。一人前の職人がすこしでも有利な働き口を求めることは、何の不思議もあるまい。おなじ磯山工場で働いていた加納という老職人の勧めに心を動かされて、次の工場を志す気になったころには、伊之吉も十九歳という年齢を迎えるようになっていた。

おなじ工場に席をならべて、若手ながらも手の早いばかりか、欲得をはなれて懸命で、真摯そのものの伊之吉の仕事ぶりを眼にしていた加納は、ちょうど芝露月町にある塚本商店の製靴工場に自分の倅がいて、かなりの上席を占めているし、これでもうひといき最終的な仕上げをすることはどうしても必要なのだから、収入の点を苦にしないならば、移っていったらどうだろう。倅にはいつでも橋渡しをさせるからと言ってくれた。

塚本商店には三百人からの靴工が就業していて、手工製靴では名実ともに日本一の大工場であることは、伊之吉ももはやこの道に五年近くも働いて、十分に聞き知らされていた。日本人に生まれて、靴造りの道に入って、この店で働きたがらぬ者があれば、よほどの偏屈か、引込思案の弱虫とそしられても仕方があるまい。しかも、手をつかねていて、そこの工場への橋渡しがつけてもらえるというのでは、知らぬ間に心が躍り出すのを禁じ得なかった。

待つほどもなく、先方からの許可も出た。嬉しさを包みきれぬ思いがあればこそ、伊之吉も得意げに報告をしたのであったが、案に相違して、今度もまた父親の機嫌は芳しからぬものであった。

これと信じこめば、そのほかには何物をも認めないというのが、以前にかわらぬ頑固な勇吉の気質である。おのれの息子が、自分などのまったくあずかり知らぬ世界に出ていって、どれほど技をみがいているかという事実については何ひとつ知ろうともせずに、彼はただ林田の言葉だけを鵜呑みにしていた。腕をあげるためには、却って小店のほうがいいだろうと言った林田の言葉だけを、今もって忠実に守らせようとしていた。——義理がたさや報恩は美徳であっても、これは馬鹿という字のついた正直さであろう。あの時の伊之吉と今の伊之吉とでは、伊之吉が違ってきている。あの場合と今の場合とでは、場合が異なっていることが、父親にはわからないのである。その頑迷さは、自分の口から商売に変りはないと言っておきながら、靴屋ならいいが、洋服屋になることは断じて許さぬと言い張ったあの折とまったくおなじ性質のものであった。俵藤でなければ、磯山レマルシャンも、塚本商店も、勇吉にはただ気に入らなかったのである。息子の考えるようには、けっして心を動かしてくれぬ父親であった。

勇吉ばかりではない。横須賀から戻ってきた当座は、何ほどか温かい心持になろうと努力していたらしいお武も、このごろでは、以前の彼女に戻っていた。伊之吉にしたところで、奉公に出る前と戻ってきてからとでは、わが家の生活程度が変ってきていることに、若者らしく潔癖な反発を感じていたから、彼らのあいだには、救いがたいものが生じはじめようとしていた。

空気は険悪な様相を呈していても、今のところでは、ただ重苦しいというだけであった。この重苦しさを嵐の前の静けさとみれば、さわらぬ神に祟りなしということになるのかもしれない。好んで事の起るのを待っている必要などはないのである。よしんば塚本行きを断念して、このまま磯山に踏みとどまってみたところで、どのみち気に入ってもらえぬ就職ならば、自宅から通勤をしつづけて、このうえ気づまりな思いを重ねていることもあるまい。伊之吉が、幾分かは収入減になることを承知の上で、塚本への住み込みを志望してしまったのは、そういう家庭の空気に、早くも危険の予告を読みとっていたからであった。――父親と一つ道に進んだ自分ではない。これを機会に、またしてもわが家を出ていってしまうことも、一家の安穏を保つためには、むしろ好ましい結果をもたらすのではあるまいかと考えたのであった。

俵藤の本店へ訪ねていったあの日の記憶が、もういちど彼にはなつかしく憶い出されてきた。荷物を取りまとめて、塚本の工場に移っていった伊之吉は、またしても親に叛かねばならぬ息子の、宿命を悲しむ心に暗く閉ざされていた。

しかし、心の淋しさにもかかわらず、たとえ半年ほどのあいだにせよ、磯山レマルシャンの工場に身を置いて、立派に一人前の職人として通ってきた過去は、いやが上にも靴工としての伊之吉に、ゆったりとした自信をあたえていた。自信は彼を慢心にみちびくのとは反対に、塚本ほどの工場へ入ったからには、今度こそ大島から仕込まれた腕を生かして、加納老人との知遇にも報いたいという心をかき立てた。手紙で横須賀に知らせると、林田からも折返し激励の返事がきたことは、ますます彼を元気づけて、仕事のほかには何物もないというひたむきな心を呼び起してくれていた。

明治四十三年の十九歳の折から、徴兵検査を受けるまでのあいだここの工場に働きつづけていた伊之吉は、ついに三百人もいる靴工の中から特に選ばれて、高貴の御方の製靴に従う三人のうちにまで数えられるほど卓れた技術を謳われるようになった。十人や二十人の中からではない。それも、名実ともに日本一といわれる塚本商店の製靴工場で、三百人のうちから選びだされた三人の中に加えられた。

すっかり掃き浄めて人払いをした三階の一室には、前日から純白の幔幕が張りめぐらされて、いつになく静寂の気がただよう。そこに斎戒をした三人だけが入って、製靴の事に従うのである。身にあまる一代の光栄であり、靴工としての限りない栄誉であった。

伊之吉が憶い出もふかい横須賀の重砲連隊に入営したのは、明治という年も改まった、大正元年十二月一日のことである。

オーストリアのフランツ・フェルディナント大公及び同妃が、ボスニアの一国民主義者によって、サラエヴォの地で暗殺されたのは、一九一四年(大正三年)六月二十八日のことであった。これが第一次世界大戦をみちびく直接の原因となった事件であることはいうまでもあるまい。わが国もまた、この動乱の中から独り圏外にあることは許されなかった。八月二十三日には、早くもドイツに対する宣戦の詔勅が下されていた。そして、この時にはすでに二年兵となっていた棚橋伊之吉も現役の一兵卒として、海をへだてた青島《チンタオ》の戦線に出征をすることになった。

第四章

一

　伊之吉が、戦友の遺骨二十八柱とともに故国の土を踏んだのは、大正三年という年ももう旬日のうちに過ぎ去ろうとしている十二月なかばのことであった。ヤーメン、会前岬、團島の各砲台を自爆したドイツ軍が白旗をかかげて開城を申し出た日から数えれば、ほとんど一ヵ月の余を経ていた。

　伊之吉は敵弾の爆風に跳ね飛ばされながら、まったく奇蹟的に一命を取りとめたばかりか、さいわいにも右耳の鼓膜にいささかの損傷を負ったほかには、どこに一つ擦過傷を負っているわけでもなかった。しかし、そのおなじ一つの砲弾のために、戦友たちの何人かは、彼らの若く尊い生命を散らしてしまっていた。張り飛ばされるような強い風と同時に、むっときた熱さを頬に感じると、やられたと信じきって、ふたたび眼をひらいた時、そのあたりの何もかもがきれいに吹き飛ばされて微塵と砕け散っているなかに、ただ一人自分だけが悄然として立ちつくしていた。抜け殻のようになって、しょんぼりと立ちつくしていたのであった。

あの折の、怖ろしいとも悲しいとも名づけようのない、淋しいほどの虚しさは、彼の一生を通じて忘れえぬ切ない記憶として、永く尾を曳いていくことであろう。それは、死の一歩手前という、或いは生命の彼岸をチラリと覗いてきたという、おそらく人間として味わい得る最大の恐怖が去っていった直後にくる、放心の状態であった。

しかし、それにしても、戦争とは、自然や人類の営為に対して何という不遜な逆行であり、醜い人間の醜い姿をさらけ出そうとする意識的な行為なのであろうか。破壊、暴虐、流血、殺戮。それらをかえりみれば、この横須賀の町は、何もかもが、あまりに以前のままでありすぎるように思われる。だまされたほどにも、平穏でありすぎると感じられた。

もとより、それがいけないことだというのではない。それどころか、こうして以前のままであってくれればこそ、自分も無事に生きて母国へ還りついたのだという歯ごたえを、たしかな現実として、強く嚙みしめることができるのである。ああよかった、よかったと肩を叩きあい、抱き合って喜びたい、この喜びを気づいていない者には、走り寄っていって、そっと生命のありがたさを教えてやりたいとまで思うのである。忘れがたいドタンの山崖の、ところどころ剝落した白っぽい肌の色を見るにつけても、それが殺風景であればあるほど、却って海風の吹き渡るこの町ならではのなつかしさが、すくなくとも自分には、心の底からしみじみと味わい得られるのであった。
伊之吉たちが、あの野あの山々にいんいんと轟く砲声のさなかをかいくぐって、その日あるかぎり生死を賭けた戦いをかさねていたあいだに、この軍港のある町や町びとたちはいかばかりの営みをつづけていたのであろうか。この町は、今もなお波濤を抑えつけて、まどらかに来る日来る日を送り迎えている。しかもなお今日は明日の昨日であり、人びとも季節も年ごとに移っていくという事実ばかりは如何ともしがたいのである。動かない事実ではなくて、動くということが事実の姿なのであった。眼に見えるもののすべては、かつての日に何の異なるところもなかったが、容赦なく時はうつって、佐倉に帰っていった大島も、汐留でキガタの製造に精魂をこめていた林田老人も、今はもう亡き人の数に入ってしまっていた。

うるはしの　白百合
ささやきぬ　昔を
エス　君の墓より
出でましし　昔を

かぼそい声で、そんな歌をうたっていたが、紅い手柄をかけた丸髷に結って、薄い雀斑のあった、まくれるように長い睫毛の持主は、いまどうしていることであろうか。

チロチロと冬の日の陽光に輝いている悠久の海の色の碧《あお》さ、波のうねり、空の高さ、今はひるがえす葉も失って枯れはてている樹木の一本一本、寒風に吹きさらされて乾ききった営庭の巻き上げる砂塵のさままでが、見覚えのあるものばかりである。いつの日にか、きっと見たことのあるものばかりである。ひえびえとした冬景色のうちにすら感じられるものは、すべてが手ざわりなめらかな内地の香気にほかならなかった。

何という落着きであろう。

海も、光も、風も、樹木の枝も、風景という風景が動いているというのに、じっと静かで安らかな感動をあたえてくれるのは、今までの日常や環境が、あまりにもはげしすぎたからなのであろうか。これこそが故国なのだと信じ得る安心の内側には、涙ぐましいばかりに身近で、せつないまでに懐かしいものがひそんでいるのに、何ということなのであろうか。その変らない静かさ、安らかさのために、伊之吉の眼には、却ってそれらの風景が絵空事のように感じられてならなかった。これほどにも安らかな事実が、自分の駆けめぐってきた青島の戦野と、はたしておなじ一つの地球上に許し得られるのであろうかと考えることは、同時に、平和でさえあればこれほど事もなく暮らしていられる筈の人びとを、どうしてあのような戦慄の中に投じられたのであろうかという、疑いの心に通じていくものでもあった。

（――これだけの現実をくぐりぬけてきたからには、どうでも生き抜いていかなければならないのだろう）と考える。

そういう覚悟に似たものが、幾度か滲みあがってくるのは、かならずみずからの肉体というものを信じがたく感じる直後のことであった。よくぞあの爆風のなかから生命を拾いあげたものだと身をふるわせるたびごとに、何か今の自分の肉体に宿っている生命を、第二の人生というように思わずにはいられない。そして、それだからこそいっそうこれから後に許された生命を、強く生きのびていかねばならないのだと考える。死んだと思って、これから先を生き抜こうというほどの心持であった。

二十八柱の英霊が、衣笠公園に移されてあった靖国神社に祀《まつ》り込まれたのは、十二月二十日のことである。身も心も引き裂かれるように寒い日であった。二ヵ年という軍隊生活を通じて、伊之吉が耳に慣れたラッパの音を、腸《はらわた》に沁みて、心の奥底から哀しく悼ましく聞いた数刻はあるまい。あの日あの瞬間まで、ともに砲を磨き、ともに装塡をしたばかりか、或る時には談笑し、苦楽を分かちあった若い生命は、この地上から永久に、まったく跡形もなく消え去ってしまった。自分もまたともに巻き込まれたあの爆風と一しょに、どこかへ吹き飛ばされてしまったのである。

ラッパの音は、冷たい空気の果てにむかって、冴え冴えと、しかし沁み透るように吸い込まれて消えていった。

葬列から戻ってくると、隊にはすでに初年兵が入ってきていたから、戦線に行をともにした三年兵は即日満期除隊になって、同時に伊之吉たち二年兵が三年兵となった。

二

それからの一年間を、さらに軍隊で務めあげた伊之吉は、翌四年の十二月に除隊となったが、石切橋の家へ戻ってみたところで、どこに一つ落着いて手足をのばせる部屋があるというわけではなかった。入営をする折にさえ、勤め先の塚本商店から出ていったようなものであったから、川勇は親の家であっても、自分の家ではないのにもひとしい。帰ってくればくるで、居候という思いからはまぬかれ得なかった。

入営以前には外に出て、この家の家業とは何の関係もない職業についていた体で、働きにさえ出ていれば自分一人の口には困らないというところが見せてあっただけに、いつまで体を休ませていることは許されなかった。

まして、いかに気丈だとはいっても、父親はもうさすがに老齢に達している。わが身の老い先を考えればこそ、自分の倅がこの家業に還ってくる日を諦めてはいなかった。

伊之吉がようやく一人前の靴工になって、日本一といわれる塚本商店の靴工場へいっても、三百人からの人数のなかで衆に卓れた技術を謳われるようになったと聞いても、さほど喜びの色を見せなかったというのも、父親は靴屋という職業そのものが気に入っていなかったからにほかなるまい。それはパン焼きの職人になっていても、理髪師になっていてもおなじことで、勇吉には、ただ伜が川勇を棄てたということだけが気にくわなかったのである。口に出すことはなくても、彼は伊之吉がこの家業に戻ってくる日を、今日か明日かと待ち受けていたのである。

食器を洗う物音を耳にして、朝から甘ったるい蒲焼の香りを嗅ぎつづけているだけでも、伊之吉にはかなわなかった。川勇は蒲焼屋という商売であって、この家に身を置いていながら、この家の手助けをしなければ、怠け者の上に横着者という極印を捺されることはやむを得なかった。

手に職のあるありがたさは、弁当箱ひとつぶら下げていけば、どこででも使ってもらえる体であったが、いったん通うと約束を決めたかぎり、三日や四日でその工場をやめてしまうわけにもいかないのである。広いようでもせまい職人の世界には、義理や人情もさることながら、何よりも信用ということが尊ばれていた。除隊の挨拶かたがた、伊之吉が業界のありさまなどを尋ねるつもりで、赤坂の一ツ木に住む木村の家を訪れていったのには、そのほかにもすこしばかり考えるところがあったからであった。

木村は塚本時代の同僚の一人で、この道には中途から入ってきた男であったから、伊之吉などよりはどれだけか腕も劣ったが、年齢の上では逆に十歳近くもかけはなれていたばかりでなく、中等学校も出ていて、彼らの仲間うちでは、ともかく知識人に数えられる一人であった。職人たちが、普通「俺」というところを、彼だけは「僕」といったりするようなところがあるだけに、講釈の一つもしようという男であったから、こんな場合には、きわめて恰好な相手であろうかと考えられた。

「いよう棚橋君か、すっかり見違えちまったじゃないか。……さァ、そんなところで何をしているんだ、上りたまえ、上りたまえ」

何度もたずねた末にようやく教えられたのは、赤坂一ツ木不動尊に近い陶器商のせまくるしい路地奥で、建付のわるい格子戸を開けて玄関先に立つと、懐手のままぬっと出てきた木村は、暗がりをすかすようにして伊之吉の顔を認めると、手を取らんばかりにして招き入れたが、もとより九尺二間の陋屋であった。

「やっといま子供を寝かしつけたばっかりのところなんですのよ。すっかり散らかしちまっていて、ごめんなさい」

初対面の挨拶よりも、そんな言葉のほうが先であった。匿そうにも隠れようにもそれだけの場所がないありさまで、あわてて取り片づけにかかった細君より、いきなり夜具などののべられている部屋へ招き入れられてしまった伊之吉のほうが、却って顔を赤らめずにいられなかった。それでも、伊之吉にとっては、けっきょくそのほうが幸せであったのかもしれない。片寄せる物は片寄せて、それからさて初対面の挨拶が交わされようとする時分には、すでに細君とも、どれだけか打ちとけた気持になっていられたからであった。

「もうほんとにこんなところなんですから、お楽に膝を崩してくださいよね」

言われて、言葉のままに胡坐をかかせてもらっても、それがさほど無遠慮でもないような気安さまでが感じられていた。しかも相手の木村は語り上手の聴き上手で、伊之吉も問われるままに、戦場での体験などを語った。彼にとっては、帰還以来はじめてのことであったが、口の重たい伊之吉には、木村の先くぐりをした想像や推定に助けられながらも、なおかつ語ろうとするところを十分には伝え得なかった。たとえどれだけの時間を費やして、どれほどの言葉をかさねても、自分が海を越えた青島の戦野で味わってきたものを、あのままの形で他人の心に伝えることはできないのである。自分一人の秘密ではないどころか、誰かただ一人の人にでも、真底から確実にただしく聴きとってもらいたいと考えるのに、語ろうとすればすでに虚しかった。言葉をつくそうとすれば、たちまち漠々とした白々しさがいたずらに応えてきて、そのもどかしさから逃れるためには、この話題からはなれるよりほかはなかった。

五つと二つだという二人の子供が寝かせつけてあるのに気兼ねをして、かまってくれないようにと再三辞退をしたのにもかかわらず、そんなあいだには、細君の手によって酒肴も用意されていた。

「ほんとなら尾頭つきにしなくちゃならないんですけどね、お惣菜しかないんですよ」

貧しさをおおいかくすために、笑って膳に着くことをすすめたが、何はなくても心づくしというものがほんのり温かく胸に沁みて、尊いほどにもありがたく感じられる食膳であった。

「いずれにしろ、達者で帰ってこられたのが、ほんとに何よりだった。君もすこし落着いたら、また大いにやるんだね。……なにしろ日本は、今のところ世界的な生産国になっていて、このごろじゃ世間の景気は大したものなんだからな」

木村は伊之吉の話も一段落とみて、ようやく話題を転じた。

「塚本はあんな店なんだから、腕にいっそうのみがきをかけようというつもりなら、もう一度あそこへ帰っていくこともわるくないだろう。大将だって、君が帰ってくると言えば一も二もないだろう。……だがねえ棚橋君、正直なところ、君が軍隊に行っていた三年のあいだには、世の中の様子もだいぶ変ってしまった。この三年間は、おそらく平時の十年間か、それ以上に当るかもしれないほどだよ」

帰還兵ではあったが、伊之吉も内地の土を踏んでからでは、まる一年という月日をすごしている。日曜日には許されて外出もしていたから、町に出れば新聞も読んでいたし、まるきり世間の様子からかけはなれていたわけではなかった。木村からあらためて聞かされるまでもなく、景気の好転ということについては、乗物に乗っても、道を歩いていても、何度か身をもって感じさせられていた。けれども、なまじ知っているような気持になっていただけ、却って実際に当ってみた時、はたしてそれほどの知識などがどれほど役立つことかと、彼にはむしろそれが不安でもあれば、恐ろしい思いでもあった。まして業界一般の様相などについては、いっそう覚束かぬ心が浅くなかった。

「そりァ、大変な変り方をしたというふうにはあたしも聞いているんですが、何だかちっとも見当がつかなくなっちまったようで……」

言いながら相手の瞳に見入ったが、伊之吉の全身を耳にして待ち受けていたものは、木村の唇をついてでる言葉だけであった。

「そうだろうな」

木村は大きく頷いてみせた。三十一、二歳でしかない彼の容貌が、伊之吉の眼には四十歳を越えた分別盛りのようにさえ見えてくるのだった。

「そうさなぁ、まず第一に変ったことといえば、機械靴がぞんがい馬鹿にできなくなってきたということだろう。……ヨーロッパじゃ、今はまだ何といっても戦時中なんだし、青島の方だって、もっと長びくかもしれなかったんだろう。軍部からの注文は多くなったし、輸出もびっくりするほどふえている。そいつを手縫いか何かで一足ずつコツコツ叩いていたんじゃ間にあう筈がないから、ずいぶんあっちこっちに機械を据えつけた工場があるんだ。……が、まあそれは、今のところ軍靴ばかりで、紳士靴にまで手が伸びているわけじゃない。だから、そういう意味では、まだまだわれわれも安心していていいだろう。ただ、ここで問題になるのは、そういう工場がせっかく据えつけた機械の始末を、今後どういう方向に振り向けていくかということなんだ。戦争もすっかり片づいたということになれば、当然軍部からの注文だって出なくなるにきまっているんだし、外国が買わなくなったからといって、そういう製靴工場が、今までの機械をそのまま不要にしてしまうなんていうことは考えられないだろう。そうなれば、どこの工場でも、きっといま使っている機械で紳士靴の製造をはじめるようになると思うんだ。……ちょっとした会社が一斉に機械靴を売り出しはじめて、品物も悪くないという評判が立てば、手縫いの靴なんか値段の点で太刀打ちができるわけはないんだからね。われわれには、将来こいつがいちばん怖ろしいんだ。そういう意味で、僕なんかには油断がならないという気がするなぁ」

伊之吉は黙って頷いていた。

「しかし、それは、やっぱり将来のことだね。非常に遠い将来ではないかもしれないが、かなり先のことに違いないだろう。われわれ職人ふぜいが、いまから心配をする必要なんぞはないかもしれないんだ。他人の工場に使われていて、自分には何の力もない僕らのような人間がそんなことを考えてみたって、無駄なことかもしれないさ。……が、しかしだね、考えておくということは無駄じゃないよ。考えておくということ自体は、けっしてつまらないことじゃないよ。ねえ、そうだろう」

「……ええ」

伊之吉は、自分でも一応その言葉を吟味してから、ようやく頷いた。

「それがまず第一で、第二にはメトー（婦人靴）の輸出ということだろう。……これもやっぱり今度の大戦の影響なんだがね、参戦国の生産力がグンと落ちたから、日本の輸出が盛んになった。なかでもメトーの輸出はすばらしい。相手は主にハルビンだがね」

木村はそこまで話を進めると、故意にプツリと言葉を切った。

「さァ、そんなに遠慮をしないで乾してくれないか。さめちまったじゃないか」

言いながら細君のほうに目くばせをすると、また新しい銚子をすすめたが、伊之吉の方は反対に一と膝のりだしていた。軍隊や戦地に行っていたあいだには幾らか酒の手もあがってはいても、元来がいける口ではなかったし、中途ではぐらかされてしまった話のほうが、何よりも気がかりになっていた。

「メトーの輸出……ハルビンて言えば、やっぱり外人が相手なんでしょ」

「……うん、そう」

木村は膳の小鉢に手をだして、香の物を口に頬張りながら答えた。こちらが気負いこめば、相手は逆にいっそう落着いていくのである。

「踵が低くて、先のこんなに丸いブルドッグ型でね」

言いながら箸を置くと、木村はいかにもゴツい手つきまでして見せた。

「とても格好のわるいゴツゴツしたものなんだけど、それが幾ら造っても間に合わないというんだから豪気じゃないか」

「相手は露助《ろすけ》（ロシア人）ですね」

「そう、靴を履くのは露助だよ。……履くのは露助の女だが、輸出をしているのは露助ばかりじゃない。イギリス人もいれば、ポーランド人なんていうのまでいるらしいよ」

「日本人はいないんですか」

「いても、ほんの僅かなものらしいな」

「それじゃ、あたしたちには、とても駄目ですね」

伊之吉は、気落ちしたように言った。

「駄目とか駄目じゃないとかいったって、なにも君が輸出をしようというんじゃないだろう」

「そりァそうですけれど……」

　と口ごもった瞬間、しかし、伊之吉の脳裏には、できることなら父親を口説き落して、たとえ何程かでも資金がととのうならば、自分もひとつ輸出をやってみたいものだという途方もない願いが、ふと稲妻のようにかすめ過ぎていた。我ながら、まったく思いもかけないことであった。

「そりァ君がやるんでもいいさ。やろうという気さえあれば、駄目なことなんぞありはしないよ。南米あたりを流れ歩いてきたような移民帰りか何かならともかく子飼いからの靴工で外国語の片言でも喋れる男なんていうものが、日本じゅうを捜してただの一人でもいたら、それこそお目にかかりたいくらいのものじゃないか。取引の上でどうしても外国語が必要だというんなら、そういう人間を雇えばすむだろう。……僕の言っているのは、そういうことじゃないんだ。外国語なんていうものは一ト言も喋れなくたっていい。自分で直接輸出をする必要さえないんだよ。君がもしそういうことをやりたいっていうんだったら、いっぺん横浜あたりへ出かけていってみれば、すぐにわかるだろう。いろんな国の商人が、先方から買い出しにつめかけてきているんだ。……わざわざこっちまで買い出しにきてるくらいだから、そういう連中は日本語がペラペラだし、もともと輸出が商売なんだから、われわれはただその靴を造って売りつけてやればいいんだよ。とにかく、大変ないい金になるらしいね」

「そういう連中っていうのは、横浜だけにしかいないんですか」

「東京にだって何人も出てきていて、方々の工場から盛んに製品を買い上げているんだ」

「東京にいる外人ていうと、愛宕町の磯山なんかでも……」

「レマルシャンかい。ああ、やってるそうだよ。あそこなんぞ、製品もなかなか盛んだということを聞いているな。……うん、そうだそうだ、君は塚本へくる以前には、あそこにいたことがあったんだね。このごろじゃ以前よりもっといい工賃をだしているらしいんだが、それでもまだ手不足で困っているくらいだそうだよ」

「じゃ、行き手がないのかもしれませんねえ。……なにしろあそこの工場は、工賃が毎日勘定でしょ。だから、せっかく金を受取っても、職人たちには却って身につかないんです。ほかの工場みたいに晦日と十四日の勘定なら、一度にまとまって入りますから、そういうこともないんですけど、日々に入ってくる金なんていうものは、幾ら工賃がいいといったところでしれたもんなのに、やっぱり入ったという気持のほうが強いせいか、どうしても帰り途でつい一杯というとになっちまうらしいんですよ。あたしの働いていたころ、そんなことを言っていた職人がありました。……それに、何といっても、外人は仕事がやかましいですからねえ」

「やかましいと言ったところで、棚橋君ならつとまるだろう。なんせ君は塚本ほどの工場でも群を抜いていたんだし、ことにレマルシャンには以前にもいたことがあるんだから、手心も気心も心得ているんだもの。……自分で工場をはじめるというような話は別として、どうせ働くんなら、今みたいな時には、ほんとにあそこらへでもいくほうがいいね。迷うことなんぞないよ」

「ええ、しかし……」

「大丈夫だよ」

木村は確信ありげな調子でいった。

「行ってみましょうかね」

そんなことを話し合っていたあいだには、伊之吉自身もだんだんそんな気持になっていった。気がついてみると、時間はもう十二時に間近くなっていた。——寒い折のことであったし、一人で帰らせてもらうからいいと言って辞退をしたが、木村は自分も酔いをさましてくるのだからと言って、一しょに家を出た。大した量ではなかったが、酔っていたらしい様子で、赤坂見附のところまで送ってくると、伊之吉の肩を叩くようにしながら言った。

「ほんとうに、いま稼がなければ一生稼ぐ時はないんだぜ。齢をとった職人ほどみじめったらしいものがないということについては、そりァもう誰だって心得てはいるんだが、老後にそなえるほどの貯蓄なんていうものは、職人をしていちゃなかなかできることじゃないんだ。わるいことは言わないから、若いうちにウンと働いておかなくちゃ、ほんとに駄目だよ」

かならずレマルシャンへ行くようにしたまえと、もう一度念をおしていた。

「ああ、青春ふたたび来たらずか。……君なんか、まったくこれからの人だからなあ」

山王下のほうから前灯を光らせて電車の近づいてくるのを見ながら、木村は独り言とも何ともつかず、溜息をするように言った。もちろんそんな年齢ではなかったが、油っ気のない髪をバラつかせているような木村の唇をついてでる時には、そんな言葉も、案外にキザなものではなかった。

(――あなただって、まだまだこれからの人じゃありませんか)

そんな弱気なことを言ってもらっては困ると言いたい心持であったが、伊之吉には、何故かそうした言葉を唇にのせることがはばかられた。どのような経路でか、ともかく中等学校まで出ていながら、こうして職人の世界などへ流れこんでこなければならなかった木村の過去を、ふと想像してみないではいられなかったからであった。風はなかったけれども、しんしんと骨に応えて冷えこんでくる夜で、空には一つの星も見られなかった。

三

軍隊へ行っていたあいだに、いっそう早起きの習慣がついていた。前の晩にはどうにも足先が冷えて寝つけなかったというのに、翌朝はいつもどおり五時には眼がさめていた。めざめてから家人が起きてくるまでのあいだは、いつもながら手持無沙汰であった。

眠っている家人に気をつかいながら、そっと雨戸を繰り開けてみると、戸外には音もなく春の淡雪が降り積んでいた。水気を含んでいるのか、ぼってりとした大粒の牡丹雪で、にぶく垂れ曇ったような空からフンワリと舞い落ちてくる白さのうちにさえ、早くも春の気配が感じられた。

その日はすることもなく一日をすごして、伊之吉はその翌る朝、行ってみて気が向かないようならば、その日かぎりで辞めてしまおうという軽い気持で、台所に立って弁当をこしらえた。家の者たちは夜がおそくて、誰一人起きてくれるわけでもないから、自分で飯炊きをして、ありあわせの冷えきった惣菜を詰めこむのである。横須賀の林田工場から戻ってきて、俵藤へ通うようになって以来、久しぶりの経験であったが、こうしてまた何年ぶりかにおなじことを繰り返してみると、いかに独身者とはいいながら、こういうわが家であったのかと、何よりも侘しさが先に立った。

樋が破損でもしているらしい。屋根からポタポタと垂れ落ちる水滴の飛沫を避けながら裏の木戸を押し開けると、往来の陽光はびっくりするほど明るかった。残雪によごれて深くぬかるんだ道端のあちこちには、大きな水溜りが幾つもできていて、その水面にくっきりと空の碧さを受け止めながら、どこもかしこも柔らかな早春の陽ざしに照らしだされていた。ぬくぬくと暖かである。飯田橋で乗り換えて外濠線の電車に乗ろうとすると、泥土にまみれたステップにはユラユラと水蒸気が立ちのぼっていて、陽炎を見るようであった。

電車が赤坂見附を過ぎる時、伊之吉はふとまたそこでわかれた木村のことを憶いだしたが、暗い一昨夜の感傷はふたたび戻ってこようともしなかった。後になってから憶い返す感傷の記憶などというものは、きまっていつも実感が失われてしまっているのである。

「……おお、棚橋さん」

愛想のいいレマルシャンの次男は、折よく仕事場に居合わせて甲皮のミシンを掛けていたが、格子戸を開けて店先に立った伊之吉の顔をみつけると、膝の上にたまっていた皮の截ち屑を払い落しながら、すぐさま立ち上ってきて彼を出迎えた。久しく連絡もしなかったのに、自分を憶えていてくれたばかりか、毛むくじゃらな手を差しだして懐かしそうにこちらの手を握ってくれたことも、伊之吉にとっては身にしみてうれしかった。

「ご無沙汰をいたしました」

ぎこちなくぴょこりと頭を下げると、

「ほんとに久しぶりでしたね。……わたしにはすぐわかりましたが、それでも、あなたはすっかり変りましたよ」

伊之吉より低い背丈であるから、上眼づかいに見つめてにっこりと笑った。笑顔になると、目尻のさがるのが、以前に変らぬ特徴であった。

彼は一ツ木へ木村を訪ねた折にも、すっかり見違えたといわれていたが、伊之吉が変ったと言われるのは、軍隊に行って坊主頭になっていたばかりではなく、容貌や外見の上でも変化しやすい年齢であったが、恰幅もよくなっていたし、それだけ大人びてきていたからなのであろう。ゆったりとした落着きがそなわって、それにともなう貫禄のようなものまでが加えられていたことも事実である。

「ご繁盛のようですね」

所せまいまでに材料皮の積み上げられているのを見廻しながら伊之吉が言うと、相手は即座に、この工場も以前に伊之吉が働いていた時分とは違って、すっかり輸出品の製造が専門になっているのだと言った。そして、ご覧のとおり隣家を買いあげてまで工場も拡げたし、職人の数も二十四、五人にふえているが、それでもまだ手不足を感じて、下請けの工場に出し仕事をしているほどのありさまだということを、いかにも自慢気に語った。――兄の工場長は、このところ毎日のように東京と横浜のあいだを往復しているために、ほとんど席の温まる暇もないのだという。実際この工場は、製造のかたわら直接の輸出もおこなっていて、好調の波に乗っていた。

「棚橋さん、またわたしのところで働いてくれますか」

混血児ながらも白人の血を引いているだけに、日本人とは違った事務的な態度はあらそえなかった。その言葉がでたかと思うと、もうそのとたんに顔の表情までが引き締まっていた。愛想は愛想、契約は契約というけじめが実にはっきりしている。しかし、こうした場合には、端的に話の早いことが、何より気持がよかった。伊之吉も、そのために却って気楽に、自分の希望条件を持ちだすことができた。

工賃やその他の交渉がつくと、次男は手まねきして職人の一人を呼び寄せて、すぐさまその場で、道具と仕事場とを振り当ててくれた。

「すいません、二、三日のあいだだそうですから、これで我慢をなすっておいてください」

小僧がそう言って運んできたのは、ミカンの空箱であった。それに座蒲団をあてがって、腰掛の代りにしておいてくれという。次々に職人を入れているために、こんな物までが間にあわないのだろう。

「ああ、いいとも」

伊之吉は風呂敷に包んで家から持ってきた仕事着に着替えてしまうと、胸のところまである前掛けをつけて、すぐに仕事場へ腰を据えてみたが、しばらくのあいだは渡されたばかりの材料や道具をどう取り扱ったらよいのか、とまどったように茫然としていた。

二十人の余では、室内の空気も濁っている。久しく聞き馴れなかったまちまちな喧騒も、耳よりは頭に応えてくる思いであった。それでも、五回ばかりひねってはチャン（松脂）をひき、また五回ばかりひねってはチャンをひくという動作を繰り返して、ようやく縫糸のこしらえができあがると、手ごろなキガタを手に取って、ハナジンやツキガタをこしらえた。キガタを膝に載せて甲皮を合わせてみると、さすがにレマルシャンの仕事だけあって、ぴったりときた。足の指先にワゲサを掛けて、甲皮の裾を手に持ったワニで引張るようにしながら、ポンポンと四五本の切り釘を打ちつけてしまう時分には、もうすっかり以前の伊之吉に戻っていた。

（――さァ、もう大丈夫だ。いいか、野郎ども見ていろよ）

技術の上では、この工場の誰にも負けないという自信があった。いったん調子づいて手が動きはじめると、周囲の喧騒も苦にならなかった。我と我が身に呟いてみると、伊之吉の眼には、たちまちその辺にいる職人たちが、南瓜《かぼちゃ》や茄子《なすび》ほどにも思えなくなっていた。

四

一ツ木に木村を訪ねた折から思い立つともなく思い立って、次第にやむにやまれぬ欲望になっていったことについては、たまたま職を求めた磯山レマルシャンの工場が、おなじ輸出靴を取り扱っている工場であったということも、すくなからぬ関連が見出される。ことにも、磯山工場には以前にも籍を置いていたことがあって、このごろのめざましい発展ぶりを目のあたりに見せつけられては、燃え立つような野望をかきたてられぬわけがなかった。

考えておくということ自体は、けっしてつまらないことではないと教えてくれた木村の言葉が、今にしてありありとかえりみられる。木村は、その言葉のなかに、すこしの打算をも含ませてはいなかったかもしれない。しかし、生き抜いていこうと心を固めて、先ざきを考えておかねばならないのだと思うにつけても、泛びあがってくるものは、あの寒い夜の赤坂見附で、おなじ木村の唇から呟くようにもらされた言葉にほかならなかった。

働いて金銭にあくせくすることばかりが、人間のなすべきすべてであるなどと信じていたのではなかったが、伊之吉は、いま稼がなければ一生稼ぐ時はないのだと言った木村の言葉に、何かあわただしく追い立てられていた。おのれの若さを信じればこそ、自分一生の基礎を決めるのは、このあたりではないかと考えられてきた。

時機の到来を待っていた伊之吉は、勇吉に最近の靴業界の好況についても、折にふれてぼつりぼつりと語り聞かせることを忘れないように努力していたが、いざ頑固な父親を口説き落すとなれば、一方ならぬ苦心をしなければならなかった。

千円の金を予定していながら、ともかく父親の手許から七百円という資金を仰ぐことに成功するまでには、およそ三ヵ月にわたる時日を、並大抵でない粘りづよい根気を費やす必要があった。そして、伊之吉が牛込の若松町に、はじめて自分の工場というものを持つようになったのは、大正五年の春も過ぎて、炎暑を迎えようとしていた、二十五歳の折のことであった。

七百円という金を握った伊之吉が、若松町に借りた家は、ちょうど停留場の真ん前にあたる四つ角であったが、飯田橋のほうからきている電車はここが終点になっていて、このあたりはまだ三、四町も先に行けば、カブや大根の葉が青々とした畑地を控えているような土地柄であった。市内とはいっても、むしろ田園の趣むきゆたかな、当時としては山ノ手もはずれの場末である。小売りには絶対にむかなかったが、どのみち彼の肚では工場に仕立てあげていくつもりであったから、土地の環境など意に介するには及ばなかった。

敷金も入れて、いよいよその家に移っていったものの、今までは親の許か、それでなければ他人の工場にばかり寝起きしていた独り身のことで、わずかな衣類と寝具のほかには、何ひとつ家具らしい物も持たなかったから、まったくのがらんどうである。——間口が三間に奥行きが六間という二階家で、大工を呼んでくると、階下は畳を取り払った板の間にしてしまったので、なまじ人間が住むことになったために、却って空き家になったような思いをまぬかれなかったが、そんなあいだには懐中とも相談の上で、ぼつぼつとキガタやカネダイ、革切包丁の類などを買い集めて、どうやら工場らしい格好もつくようになっていたし、前々から職長にと交渉のしてあった宮崎という男も、息子を引き連れて移ってくるようになった。

この職長の選考については、伊之吉も何度か木村の名を考えてみなかったのではない。木村なら、たしかに時勢に対する見通しもきくであろうし、何かと有力な相談相手にもなってもらえるであろうと思われた。そういう人間的な頼もしさがある上に、職人としても働き盛りであった。けれども、木村は塚本時代の先輩であったし、その後の交際にあたっても、伊之吉にとっては一目置いたような間柄になってしまっている。ということで迎え入れても、今度はこちらが経営者という立場であれば、年齢の差はともかく、おたがい何かにつけて気まずいことも生じないではあるまい。こちらも尊敬をはらっているし、先方がなかなか練れた人物であるから、口論やいさかいなどの起る場合は万が一にも生じないとしても、木村が十分にめはしのきく人物であるだけ、彼自身の意見を吐く場合も想像してみなければならなかった。そのためにこちらの決断がにぶったり、心に迷いの風が吹きこむようなことでもあれば、せっかくの経営に蹉跌の生じる原因とならぬかぎりもない。曲りなりにも自分の工場を持ったからには、盲目の手さぐりでも何でも、とにかく思いきり踏ん張ってみたかった。木村の人物を買えば買うほど、この工場と木村という人間とを結びあわせて考えることが、却って伊之吉にははばかられた。

宮崎は年齢ももう五十歳に及ぼうとして、靴工としての生命は終りに近づいていたが、それだけに却って最後の熱情とでもいうべきものを抱いていたためか、どんな仕事もおろそかにするところがなく、心から仕事に打ち込んでいる篤実さが好ましかった。三十年余にわたるあいだを、他人の工場から工場へ移り歩いていながら、いささかも心をすさませることがなく、人当りはどこまでも軟らかな男になっていた。――そんな宮崎が、人間としての覇気に欠けていることは、伊之吉も気がついていないのではなかった。そうした欠点については、十分に承知をしていたが、工場の職長が商才に長けている必要はなかった。放り出しておけばぐうたらに流れやすい職人たちを引き締めて、製造の能率さえ上げていってくれればいいのである。そういう観点から、宮崎という男の野心家ではないが、実際家らしい点を伊之吉は買った。職長の席にはこういう人物を据えておくほうが、却って自在に事業を運営することができるのではないかと考えた。自分を職長にしてもらえるなら、まだ十八歳の半人前ではあるが、息子も一しょの職場で働かせてみたいということであったから、伊之吉は喜んでこの親子を迎え入れることにした。

そうこうしているあいだには、靴工の頭数も二人、三人と揃ってきた。

けれども、敷金を打って屋内の模様替えをした上に、なにかと道具類を買い込んだために、そのつもりですこしばかり用意してあった金を合わせても千円たらずの手薄な資金では、かんじんの材料皮にまで手が届かなかった。どうやら仕事が軌道に乗るようになったかと思えば、たちまちもうこの始末である。中途はんぱな資金ほど手に負えぬものはなかった。

通いの職人は、各自が弁当を持ってくるにしろ、彼らも煙草はすったし、電車にも乗らねばならなかった。家には妻子を抱えていて、その日ぐらしにアップアップしているような連中ばかりであった。朔日《ついたち》、十五日が公休日で、その前日の十四日と晦日《みそか》の二回を支払日と定めてあっても、前貸しをしてやらなければ誰も承知をする者などない。この工場は苦しいぞと見れば、いっそう請求がはげしくなった。支払いがとどこおれば、渡り鳥のような彼らはたちまちよその工場へ鞍替えをしていってしまうばかりであった。

伊之吉は、そうした工賃を捻出するためにも、半狂乱のようになって、毎日あちらこちらを奔走して廻らなければならなかった。

収入を得るためには、自分の工場の製品を買い上げてくれる得意先からして捜さねばなかったが、それよりもまず材料から入手してかからなければ、製造にあたることすらできない。彼は逢う人ごとに頭を下げて、求められるだけの伝手《つて》を求めた。歩けるだけのところを歩いた末にようやく気づいたのが、浅草も吉野橋の近辺にある細川という製靴仲買店の主人であった。

彼がまだ本郷の津幡屋にいて、見習いの徒弟工であった時分に、その店へは何度か製品を届けにいったことがあった。車を曳いていって荷をおろすと、「小僧さん感心だな、お前が大きくなって一軒店を持つようになったら、その時には俺が取引をしてやるからな、しっかり働くんだよ」――ただそう言ってくれただけのことであったし、むろん、それはただの世辞と受取るべき性質の言葉であった。けれども、あちらに行き、こちらに歩いて、途方に暮れた伊之吉がふと想い泛べたのは、笑うと眼のなくなってしまうような、いかにも好人物らしいその店の主人の容貌であった。ただそれだけのことを頼りにして、泣きつくならばあの人のほかにはないとすがりつく心で、伊之吉がその店を訪れていったのは、工場の蓋を開けてからかれこれ一ヵ月ほども後のことであった。

どこへどう転がりこんでみたところで、ただもうたのみます、お願いしますと言うほかには何のせりふもない。こうなれば、もはや恥も外聞もあったものではなかった。伊之吉はそれほどの薄い縁故と相手の人の好さとに食い下って、ようやく一本立ちになったのですからと苦境を打ち明けた。どうかわたしを一人前の人間にしてやってくださいと額をすりつけて、最初の一回分に相当する皮革の代金だけを支払うと、これによって仕上げた製品は即金で買い上げてもらうが、第二回目分からの皮革代は、製品を買い上げてもらった勘定の中から差引いてもらうという契約を取り結ぶことができた。材料は自分持ちで製品を納入しても、勘定は早くて月末、たいていは翌月の五日というのが普通で、店によっては翌月まわしどころか、三ヵ月先渡しというような例も珍しくはない時代のことであった。皮革商でもない仲買店から材料皮の前借りをしておいて、かんじんの製品は後から納入をさせてもらおうという、伊之吉が結んだ取引は、いかにも虫のいい契約であった。

　彼はその皮革を後生大事に抱えて工場に戻ると、夢中になって製造にかかった。そして、製品を持っていくと、今度はまた次の皮革を受取ってくるというふうにして、第二回目、第三回目の製造をつづけていったが、結果はさいわいに注文の切れるということもなく、約束の材料皮も一回ずつ後へ後へと繰り越しにまわしてもらうことができたから、当分のあいだは細川一軒を目標にしているだけでも、どうやら息のついていかれないことはないだろうというめあてがついてきた。けれども、それではただ息がつけるというだけのことであって、商売とはいえなかった。まして輸出靴の製造という所期の目的には添わないばかりか、他人の工場に使われて働く身一つという今までの気楽さに、新しく世帯の重苦しさが加えられただけのことにすぎなかった。事業をはじめたからには、当然、事業の発展を心がけなければなるまい。すくなくとも一戸を張って、何人かの人間を置いている身であるかぎりは、多少の余裕もつけておかなくてはならないのである。

　倍額とまではいわない、せめてもう五百円の資金でもあったならばと、火のような吐息が喉元をついてでることもあったが、四六時中一つ屋根の下に起居してはいても、宮崎は覇気に乏しい、あかの他人でしかなかった。一応の心配はしてくれても、これという知恵や才覚はみじんも持たなかった。そんなことを望むのも、はじめから無理な相手であった。血肉を分けた石切橋の父親にさえ、肚の底を打ち割ってみせることができないありさまでは、誰にどう取りすがりようもなかったから、伊之吉は若松町と吉野橋とのあいだをせいぜい小まめに往復しては、細川へのご機嫌を取り結ぶようにした。そうすることによって材料の手配をつけ、職人の督励に努めるあいまには、みずからも仕事場に腰を据えて、たとえ一足が半足でも余分に仕上げるようにしていた。

(――これでもし、自分が病気にでもなったらどういうことになるのだろうか)

まことに心ぼそいかぎりであった。今はまったく細川だけが生命の綱で、細川に見かぎられてしまえば、この工場もたちまち瓦解のやむなきに至ってしまうのである。

くる日くる日は、ただ身も心も痩せほそる、心許ない苦しい日々の連続であった。若さの強気にまかせて、どうやら押し通してはいるものの、伊之吉ももう今までのような職人ではなかった。

ふとした機会から、アレクサンドル・テツメニスキイというロシア人とのあいだに手がかりがつくようになったのは、何とかこの工場を盛り立てて、日々の心労だけでも拭い払うようにしたいものだと祈っていた矢先のことで、細川との取引がはじまるようになってから三ヵ月ほど後の、彼が若松町の蓋を開けてから、ようやく四ヵ月あまり経ったころのことであった。

テツメニスキイは自分の口からロシア人だと称していたけれども、半分はユダヤ人の血がまじっていたらしい。兄貴という男がハルビンにいて、横浜の居留地へ和製品の買いつけに来ていたのは、弟のほうだという。ここ二、三年という僅かのあいだに、日本の金にして十六、七万円は残しているだろうと噂のある人物で、こと商売に関しては情けも義理もない、冷徹一点張りの男だという定評をもっていた。品物が気に入らなければ、三百足が四百足でも、そのまま平気で突っ返すという。

いったんローズが出てハネダシにされてしまえば、品物はいつぞやの木村の話にもあったように、踵が低くて先の丸い、不恰好なブルドッグ型であった。もともとがロシア人の女性を相手に造る靴であったから、内地では使い物にならなかったし、よしんばその靴に合うような足を持つ女性があったとしても、日本婦人の洋装などは、ほとんど見られないような時代であった。——もっとも、それにはそれで、テツメニスキイなどとはまったく別途の販売網を握っていて、そういうハネダシ靴ばかりを専門に安く仕入れては、主としてロシア領アジア方面への輸出を業としている商人の一群もないではなかった。しかし、いったんハネダシになった以上、内地でははけ口をもたない製品が、原価を割った二束三文に取り扱われる運命であったことはいうまでもあるまい。根っからの商人、ことに、他人の製品を右から左へ動かすだけで飯を食っているようなブローカーと呼ばれる手合いは、底の底まで抜け目なくできている。こうした連中の手にかかる時、製造業者は、どうしても泣かされなければならなかった。

この苦境にさしむかって、たとえ五銭が三銭でも、自分の工場の製品が原価を割るようなことでもあれば、それこそ自殺でもするほかはなかったが、話は砕けてしまうまでも、とにかく一度は当ってみなければならないのである。反対に気に入ってもらえれば、なにがしかの前渡しが受取れるという噂を聞き込んできては、何としても魅力のほうが大きかった。

このまま黙って引込んでいれば、工場が安泰という状況ならばともかく、先ざきを思えばはなはだ覚束かない状態であったし、気楽な職人としての足を洗って工場経営に乗り出したのは、はじめから輸出靴の製造を目的としていたからであった。もとより自棄《やけ》くそからではなかったし、工場を危機に陥れることが目的であろう筈もなかったが、たとえ相手は犬畜生でも、悪鬼羅刹《らせつ》でもかまわない。停滞をして二進《にっち》も三進《さっち》もいかなくなってしまっている現状を何とか動かさないことには、活きる道も逃がれる道もふさがれてしまっている。横浜へ乗り込んでいくについては、突き当って拙く倒れることがあろうとも、男として生まれた身には本懐かもしれぬという決意が抱かれていた。

本牧の手前から公園の二タ側目にあたる裏手の通りを河っぺりに沿って行くと、居留地の七十三番館は、苦もなく捜しあてられた。

取次ぎに出た日本人の番頭に来意を告げると、すぐに応接間へ通されたが、あまりに物慣れた相手の態度から、おそらくこの店には自分のような商人がおびただしく出入りしているのだろうと、伊之吉には却ってその気軽さが不安に思われるほどであった。その想像が当っているとすれば、せっかく面会を許されても、自分のような小工場ではとうてい競争にもなるまいと、出てきた時の元気もどこかへ消えてしまって、彼は、そんな臆病に似た予感にさえ捉えられていた。

待つほどもなく、テツメニスキイは出てきた。あまり背の高くない、小太りの赤ら顔で、髪もやや赤みを帯びた縮れ毛の金髪であった。三十歳前後かとも見えれば、五十歳ぐらいかとも考えられて、即座には年齢の見当がつけにくいような人物である。地の厚い服を身につけているためかムクムクとした感じで、猫背といいたいほど背の丸いのが憂鬱そうで、こちらの顔を睨みつけているように感じられるのは、レンズの分厚い強度の近眼鏡のゆえであろう。ツカツカと入ってくると、気のないような様子で無造作に椅子をすすめた。むっつりとしたきりで、すこしも顔の表情を崩そうとはしなかった。レマルシャンの次男などとではどこまでも対照的であった。レマルシャンのほうには、たとえ半分だけでも日本人の血が混じっているからとい う、そんな単純な理由からではなかったろう。彼がユダヤ人の血をうけているのだとする評判も、あながち推量だけにとどまるものではなかったかもしれない。

「誰かに、わたしの店の評判を聞きましたか」

自分でも椅子を引き寄せると、彼は仏頂面で言った。嚙みつくような言葉の調子である。

アクセントははずれていたけれども、けっして下手な日本語ではなかった。

「わたしは品物の見分けが上手です。そして、正直な人がたいへん好きです。わたしがひどい人間なのではなくて、日本人の商人が不正直なのだと思います。わたしは自分もそうですが、他人の弁解を聞くことが大きらいです。……承知していてください、お願いします」

それだけの言葉を言うあいだ、ほとんど一つの表情をつづけたままで崩さなかった。誇張をしていえば唇ひとつ動かさなかったと言いたいくらいであった。

「サンプルを持ってきたでしょう。見せてください」

「メトーじゃないんですが……」

伊之吉が自分の足許に置いた風呂敷包をほどいて、三足の紳士靴を取りだしてみせると、テツメニスキイは甲に毛の生えた手でそれを受取って、窓側の明るいほうへ向きなおった。そして、しばらくのあいだはためつすがめつしていたけれども、いきなり一足の爪先と踵とを両手でぐっと鷲づかみにすると、右手と左手とがぶっちがいになるほど強くひねりあげた。

(――あっ)

伊之吉が思わず声をあげそうになったほど、手荒くねじまげていた。

つづいてまた一足おなじように検査を終えると、三足目のものは、膝頭に当てて、フマズのところから反対に、ぐいっとへし折るようにした。乱暴を通り越して無茶であったが、なるほど自慢をするだけのことはあって、靴の見分けはたしかに巧者であった。——靴は歩くための道具だからこそ、こんな検査に失格をしたところで、製作者の恥辱ではあるまい。けれども、すこしナマな底ツケがしてあれば、やっぱりこんな検査には耐えかねて、たちまちどこかしらにタルミがきてしまうことは疑いもないのだ。実際のところ、当時の輸出品には、それほどヤクザな品物がすくなくなかったのである。

（——眼で見ただけじゃわからねぇのかい、おったんちん。いったいぜんたい、俺の製品を何だと思ってやがるんだ）

伊之吉は腹の底から煮え沸きあがってくる熱い憤りを覚えながらも、しかし、じいっとそれを抑えていた。唇に白く痕のつくほど固く歯をくいしばって、相手の手許に見入っていた。

緊張に、しんとした一刻であった。

戸外には皮肉なほどうららかな陽光があふれている。埃のこびりついた窓ガラスをすかして、その陽光が縞目のように太く室内に射しこんできていた。

「……」

テツメニスキイは三足目の靴を静かに床の上へ置き返すと、はじめて伊之吉の顔に視線を戻して、にいっと笑った。笑ったために、却って心の底にある冷たさをうかがわせるような笑顔であった。

「わたくしのところでは、男物ばかり手がけておりますんで、メトーは一足もやったことがございません。そんなわけで、正直のところご注文がいただければ、キガタも、材料も、みんなこれから買い込まなければならないような事情なんですが……」

「そうですか。たいへん結構です。気に入りました。このサンプルと納品とが違わないようなら、わたしは非常にうれしいと思います。……わたしは、正直な人が好きだと言いました。あなたも忘れないでいてください」

「……」

「それでは、後で番頭さんがサイズを渡しますから、三ダースばかり造ってきてみてください」

「……三ダース」

「いや、五ダースにしましょう」

言いながら、しかし、テツメニスキイは丸い背をみせて、もう忙しそうに立ち去っていってしまった。

伊之吉は立って挨拶をすることも忘れて、ぼんやりと椅子に腰をおろしていた自分に気がつくと、そこのリノリュウムを敷いた床の上に置かれている三足の靴を、あらためて取りあげてみた。——茶利皮《チャリガワ》（牛皮をタンニンを使って柔らかくした革）の赤が一足に、黒のドイツボックス（黒の光沢のある革）が二足である。三足とも自分自身が造った製品であった。

彼はしばらくのあいだ甲皮を撫でるようにしていたかと思うと、今度は玉蠟びきをした底のほうをひっくり返して見たが、どこに一つ皺の寄っている個所さえ見出すことはできなかった。あれほど粗暴な検査にも耐えてくれたのかと思えば、何か自分の製品がいとおしいような心持になっていた。意気地なく、ぼうっと視界が潤むのをおぼえた。そして、やがてまた追い立てられるようにセカセカと風呂敷に包みなおしてしまうと、はじめて袂をまさぐって煙草を吸いつけたが、クラクラと眼まいがするほどふかく、その煙を吸い込んでいた。

しんしんと骨にこたえて冷えこんでくるようないつかの夜、あの暗い赤坂見附の停留場で木村にわかれてきて以来、ほとんど寝る間も忘れずに考えつづけていた、自分自身の手で輸出靴製造の工場を経営するという念願が、今ようやくかなったのである。

（――そうだ、今日はこれから横浜で時間をつぶして、それから木村さんのところへ寄ってみよう。木村さんもきっと喜んでくれるに違いない）

横浜といえば、林田老人の息子もこの土地で靴の小売商を営んでいたということであったが、今はどうしていることであろうか。汐留の工場は、伊之吉が入営をしていたあいだに代が替ってしまって、大島も、林田老人までもが、すでにこの世の人ではなくなってしまっていた。一ト夜の宿を借りた逗子の渋沢老人に対する憶い出もさることながら、賛美歌をうたう大島の細君も、佐倉に帰っていってからはどうしているであろうか。――横浜という土地からの連想は、次から次へと懐かしい人びとの上にばかり走っていった。

噂に聞くところでは、鬼か蛇のようにいわれているテツメニスキイから、それも五ダースという注文を取ることができたのだと思えば、いっそう張りつめていた心の跡に襲ってくる疲労もはげしかったのであろう。どうやら念願は達したという包みきれぬ喜びの半面、木村のほかには誰もこの今の自分の歓びを分ちあえる者がいないのだという、隙間風にも似た孤独の思いが粛々と伊之吉の胸のうちを吹き過ぎていた。

仮にこのままこの店に食い込むことができるとして、これから先ざきの注文を受けるにしても、それに要する材料を買い込んでいくだけの資金は、はたしてテツメニスキイから前借りをすることが許されるであろうか。椅子に腰をあずけて、番頭の持ってきてくれるというサイズを待ちながら吸っている煙草の味も、しかし、伊之吉にとっては、いたずらにほろ苦いばかりであった。

第五章

一

高級な紳士靴を製造して、腕におぼえの技術を売ろうというのではない。衆に卓《すぐ》れた技量を持っていながら、伊之吉はあえて値も安ければ、それだけ材料も、品質も一段とさがる輸出用のメトーをこしらえて、それをおのれの事業にしようと目論んだ。

紳士靴よりはどれだけか操作も簡単で能率も上るから、手の早い者で一日に二足半、遅い者でも一足半から二足弱というところを、仮に一人の平均が二足ずつと見積って、六人の靴工では毎日一ダースずつの製品ができる勘定になる。それも、今まではまったく経験のないメトーの仕事であるから、はじめのあいだはもうすこし手間がかかるものとみても、一日に十足という仕上りならば無理のない計算である。テツメニスキイから受けた注文は五ダースであったから、一週間もあれば、現在の若松町の工場が持つ能力として不可能な期日ではなかった。

しかし、このごろでこそどうやら皮革商直接に、多少の仕入れができるようになったとはいえ、つい一ヵ月ほど以前まではお門違いの細川を通じて、ようやく材料皮の前借りをしていたような心ぼそい内情であった。

こちらの虫のいい要求を聞き容れて、製品を納めるよりも先に材料皮を貸してくれた先方の好意を考えるだけでも、ここで細川への納品を中絶することは、何としても自分の心持が許さなかった。——伊之吉の工場からの納入など、一度や二度抜かれようが後廻しにされようが、細川ほどの店にとっては何らの痛痒でもなく、ようやく後になってから気がついて、そういえばそんなこともあったのかと思い返されるくらいが関の山であったかもしれない。しかし、たとえ先方の都合はどうあろうとも、こちらが意識してそれにつけこむことは、断じて許されない態度であろう。理解などしてくれようとくれまいと、現に苦境を救ってもらったという恩義があるからには、こちらにも、おのずからそれに報いる態度がなくてはなるまい。よしんば商売の上に多少の蹉跌が生じようとも、受けた恩義を忘れて、人間としての誠実を失うようなことがあってはならないのである。

職人の頭数を増すだけのことならば、無理にかき集めても集まらぬことはなかったが、居留地へ五ダースのメトーを納めるためには、新たにキガタから手に入れてかからなくてはならないのである。なおその上に、細川にまで従前どおりの納品をつづけていくことは、何としても無理な相談であった。職人の数は増す、同時に材料ばかりか道具まで買い込むことになれば、さしずめそれに要する資金をどうするかという問題が、真っ先に心痛の種になってくる。今はすでに注文を出してしまったキガタが届けられてくるにしても、代金をいかにして支払うべきか、それに対するさしあたりの才覚さえつかない始末であった。

人間男と生まれて、わずかこればかりの瀬戸際が乗切れないというのでは、何としても残念で、死んでも死にきれぬ思いであった。

当って砕けろと、ただテツメニスキイのところへでかけていく時にさえ、伊之吉は既に悲愴な決意をかためていたのではなかったろうか。しかし、まだあの折は、彼の心もびくびくしたものであった。せっかく自分から進んで取引を求めにでかけておきながら、サンプルを見せれば注文を得られるかもしれないと考えていたにしろ、せいぜい一ダースかそこらであろうと想像していた。あわよくば前借りをしたいという心を抱いていた一方では、非常に消極的で、むしろ絶望的な気持に落ちこんでいたくらいであった。それだからこそ、テツメニスキイから三ダースという数量を示された時には、思わずオウム返しにおなじ言葉を言い返してしまったが、相手はまたそれを追っかけ五ダースと言いあらためていた。六十足や七十足ばかりの注文を出されてヘドモドしているようでは、伊之吉もまだ職人根性の抜け切っていない、工場経営者としては駆け出しの新米と言われても仕方がなかった。

細川という相手に行き当るまでのあいだには、憶い出ふかい日本橋の但馬屋は勿論のこと、知っているかぎりの皮革商を歩き廻っていた。あの折の向うみずな蛮勇をもういちど振いおこせば、今度もまた何とかならぬものではあるまい。ならなくても、押して押し通さねばならぬ場合であった。——それにはまず現在の取引を結んでいる市ヶ谷の椎名という皮革商からぶつかりはじめていくことが順当な道筋で、椎名が拒絶をすれば、広い東京じゅうにある皮革商を軒並ぐぐっても、片っぱしから当ってみるほかはあるまい。ここで挫けるほどなら、横浜へいってテツメニスキイと会ってきたことはおろか、この工場をはじめたことまでが徒労に終ってしまうのである。

さいわい居留地からの注文は、何日までと期限を切られているわけではなかったから、当分のあいだは職人も現在の六人で我慢をしておくことにして、さしあたり靴工たちには、最大限の早仕事をさせるようにでもするほかはあるまい。その結果、一日に八足ずつの紳士靴がまとまるならば、当分のところは、毎日その半分の四足ずつをストックしていく。四足も覚束かないようならば、三足が二足でも繰り越しが出るように努力をつづけさせ、注文をしてあるキガタができてきたら、その時こそは全能力を挙げて一気にメトーの製造に当らせるのである。そうすれば、資金の負担はともかく、細川への納品もある時日のあいだだけは途切れずにつづけていかれるであろう。

もっともそのためには、一足に対する工賃の歩合も五銭や七銭は増してやらねばならないであろうし、いったん値上げをしたということになれば、一時きりですむ筈のものではない。先ざきのことを考えれば英断であったが、今はそうした犠牲を忍んでも、押し切っていかねばならなかったのである。

二

伊之吉はまだ、運命とか宿命というような言葉を想い泛べて、一つの行動を起こす前からそれに屈してしまうような年齢には達していなかった。

一と思いにテツメニスキイの懐へとびこんでいって、思いがけない注文を取ることができたという自信こそ、怖ろしいものをなくさせていた原因であったかもしれない。東京じゅうにある皮屋という皮屋を駆けずり廻ることもいとうまいというほどの決意を持ってでかけていってみると、彼はその最初の椎名から、ポンと五ダース分の材料を借用することに成功してしまった。

椎名も製靴業者を相手としている皮革商であっただけに、居留地の七十三番館が持つ噂については、かねてから聞き知っていた。伊之吉が以前には露月町の塚本にいたことがあって、衆に卓れた技術の持主であるということも、いつの間にか、誰かから聞きこんでいたらしい。その伊之吉が、いよいよテツメニスキイへ食いこんでいったからには、案外成功をするかもしれない。成功をすれば、これから先の仕入れは、当然自分の店へくるに相違あるまいと、そこは商人らしく先を見越していたのであろう。――椎名の店にしてみたところで、貧しい世帯の小さな商売であったから、何とか伸び上るためにはどんな機会も機敏に捉えなくてはならなかったのである。ここで恩を売っておけば、いつかまたそれの返ってくることもあろうという物欲しさが先であったとしても、椎名をそんな心持にさせていたものは、どこのどんな商売の店も、躍進に躍進をかさねていた時世であったからにほかなるまい。世間一般の熱狂的な景気は、こんなところにも、小さな夢の一つを落しておいてくれたのである。

木型屋がキガタを届けてきた時には、当然また一ト悶着をまぬがれなかったが、とにかく一ト通りの道具も揃って、材料さえ手に入れてしまえば、今度の取引はもうこちらのものも同然であった。いざ取りかかってしまえば、十日間ほどの時日も要さないような仕事であった。技術の点についても十分な自信はあったが、はじめての納入だと思えば、いささかの緊張はあらそえなかった。

できあがった品物を大久保駅から鉄道便で送り出してみると、果せるかな先方も気に入った様子で、着荷の通知と同時に、追っかけ今度もまたおなじ五ダースという注文が出された。しかも勘定のほうは現金で即座に渡してもらうことができたから、その足で椎名へ立ち寄って前借り分の清算をすませると、伊之吉はすぐにまた次回の材料皮を借り受けて、第二回、第三回の注文にも応じていく体制をととのえた。

わるければせっかくの製品さえ三百足、五百足というほどの数でも突っ返すかわりに、いったん品物が気に入ってよしということになれば、前借りさえさせてもらえる相手だと聞いていた。こちらもまたはじめからそれがめあてであったからこそ、この取引にも乗り出そうという気になった。今はただ気に入ってもらわねばならない。そのためにも、真面目な製品を納めるほかはあるまいと、それのみに心を遣うようにしているうちには、さいわい、すっかりテツメニスキイの信用を獲得することができた。注文の数も回を追うにしたがって七ダース、十ダース、二十ダースと鰻のぼりの結果を示すようになっていった。

伊之吉はそれに勢いを得て、キガタやその他の道具類もだんだんと仕入れる一方、職人の頭数も増すように努めていたが、宮崎はさすがに年配であった。腹八分目という諺もあることだし、いつまでいい時ばかりはないのだから、職人も選り抜きの者だけを十人程度にとどめておいてはどうかと忠告した。着実な意見には違いなかったが、それはやはり職長としての考え方で、経営者の伊之吉にしてみれば、今はそんなことに耳を貸してはいられなかった。

どのみち、永久につづく取引だなどとは考えられないのである。工場も伸ばせるあいだに伸ばして基礎を固めてしまわなければ、相手が相手である以上、いつどんな背負投げを食わされるかわかったものではない。この工場は見込みがない、駄目だと見切りをつければ、渡り者の職人たちは、こちらがいかに掌を合わせて頼んでも、バタバタと飛び立っていってしまうであろう。宮崎にむかっては、今後もこの工場が収容できるだけの人数を入れるつもりだから、いいと思われる者はどんどん採用してくれるようにと指図しておいて、伊之吉は毎日のように横浜とのあいだを往復しつづけていた。

居留地のほうさえつなぎとめることができるなら、吉野橋などどうなってしまってもかまわないなどと、そんな無責任なことを考えた結果ではない。ただ、細川へ一日出向いていけば七十三番館のほうへは五日も六日も顔を出すようにしているので、テツメニスキイの信用はいやが上にも増していった。ほかの商人たちに対するのと伊之吉に対するのとでは、あきらかに懸隔が感じられるまでになっていた。注文の出し方も、はじめのあいだこそ、その度ごとに十ダース、二十ダースと数量を指定したが、かまわずに送りつけてしまえば幾らでも引取ってくれたし、引取っただけの勘定はその都度きちりきちりと支払ってくれたから、手をこまねいているよりも職人の数を増して、すこしでも多くの製品を仕上げるように努めなくてはウソであった。

伊之吉は好調の波に乗って、いい気持にばかりなっていたのではない。居留地との取引がはじまるようになってからちょうど二ヵ月後には、職人の数も二十人になっており、それからさらに半月後の最も多い折には二十八人にまで増していったのも、彼自身、工場の基礎を固めるためには、今こそ絶好の機会だとかたく信じたからであった。できるだけ多くの製品を納めて、そこからあがってくる利益が増えれば、それだけ工場の内容も充実させることが可能だと考えたからであった。

彼と居留地とのあいだにととのっている契約では、一足の納入価格が七円五十銭になっていて、職人に支払われる工賃は、技術の如何によって多少の等級が設けられていたとしても、一足に二円四、五十銭という見当が相場であった。したがって、そういう工賃と材料と実費の一切を差し引いて、一足あたり七十銭から七十五銭が、経営者である伊之吉の手許に入ってくる利益であった。一人が一日に二足平均の靴を仕上げるとして、二十八人では五十六足で、一足の口銭を仮に七十銭ずつと見積っても、一日の収益は三十九円二十銭という計算になる。それをさらに三十五円という内輪にみて、朔日、十五日という二日間の公休日をのぞいても、一ヵ月二十八日間には九百円を越して千円にちかい純益であった。そればかりではなく、一方では下請けの工場にも出し仕事をさせてあったから、よしんば職人の中に故障を起して欠勤する者や、早引けをする者などがでたとしてもなお、一日に八十足やそこらの製品を上げることはたやすかった。

この工場を開いた当座は、材料皮や附属品を買い入れる金は勿論のこと、何から何まで無い物づくめで、細川の好意にすがりつくよりほかはなかった。七十三番館からの五ダースという注文ですらアップアップしていたというのが、つい一、二ヵ月前までの状態であった。まして当初の資金がわずか千円にも足りない額であったことなどを思いあわせれば、伊之吉として、いまさら感慨なきを得ないのが当然であった。

しかし、もともとの資金が手薄であった結果は、それほど商売の状態が栄えていってもなお、この工場の内情を苦しいものにしていた。急速に職人の数が増えて、製品の能率が上昇したという事実は、とりもなおさず、それに要する資金を、それだけ工場に注ぎこんでいたからであった。二十八人の靴工を収容するためには、階下は勿論のこと、二階の模様替えまでしなければならなかったし、人数だけの道具も取揃えなくては、かんじんの製造がかなわなかった。かてて加えて新店のかなしさは、以前から持ち越しになっている手持品など何一つなかったから、収益はあがっても支出がすくなくはなかった。――道具も、材料も、附属品も、次々と買い込むばかりだから、それだけ工場の内容も整備して、どこからも信用を受けるようにはなっていた。このごろでは現金を持たずにいっても、たいていの店が黙って月末勘定にしてくれたが、即金でない代りに、先方の言い値に従って、世間の通り相場で買い取らなければならないという実情であった。

商品の個々が持つ純益など、まことに零細なものであるという事情は、靴の場合にのみ限った特例ではあるまい。零細な利益の中から、仮に一足の単価が五銭ずつでも狂ってくるとすれば、一日八十足の生産としても一ヵ月では百円以上の差が生じて、一年もするうちには、たちまち一ヵ月分の純益総額ぐらいに相当することになってしまう。ここでまとまった現金を入手することができれば、たとえそれは借金にしろ、むざむざ高い物をつかまされずにすむばかりか、商売もはじめて商売らしく息づいてくるのである。

かねてからテツメニスキイについて聞いていた噂がほんとうならば、自分の工場から納めた製品のうちからも、相当のハネダシが出てきていなければならぬ筈であった。正直なところ、甲皮に皺の寄ったような製品が出てしまった場合などは、エナメルを塗ってごまかしたような品物も、今までの納入のうちには何足か混じっていなかったともいいきれない。しかし、資金の少ないかなしさは、そういう品物が出た場合にもローズはローズとして手許にとどめ、あくまでも優良な商品ばかりを納入して信用の保持に専心することは、事実上不可能であった。しかも、それが発覚して咎められたこともないところをみれば、テツメニスキイも思ったよりは甘い男で、噂にはどれだけかの誇張が含められていたのかもしれない。そんなことを考えながら、伊之吉は或る日も七十三番館を訪ねて、いつものように一、二時間も暇つぶしをしてからそろそろ帰り支度をはじめていると、テツメニスキイはその日の勘定を渡してよこしながら、改たまったような表情で伊之吉の名を呼んだ。

(——いけねえ、いつかのエナメルの一件だな)

脛に持つ疵があれば、伊之吉は反射的にそのことを想い起したのであったが、相手の顔は、すぐにまた心の底の冷たさを思わせるような笑顔に変っていた。

「あなた、お金は要りませんか」

伊之吉が渡された紙幣の枚数を数え終って立ち上った瞬間、テツメニスキイは、ほとんどおたがいの鼻と鼻とが衝突しあうほどまで顔を近づけてきたかと思うと、そっと撫でさするような低声で言った。葉巻くさい呼吸であった。

「三千円、先に払ってあげます。それだけ全部材料を買いなさい」

あらかじめ用意してあったものとみえて、言いながら上着のポケットから無造作に札束を取りだすと、伊之吉の手にそれを握らせた。

「……信用をしていてもいいでしょうね」

眼くばせするような様子で片眼をほそめると、テツメニスキイは、ふんわりと伊之吉のもういっぽうの手を握った。ぼってりとして生温かい掌の平が、わずかに汗ばんでいた。

三

国籍の如何を問わず、日本に在留する外国人たちにとって最も馴染みのふかい土地といえば、まずどこをおいても横浜と神戸という二つの港町を挙げるだろう。テツメニスキイもまた横浜に根城を据えながらコードバン（馬革）とか、ドイツボックスとか、キッド（インド産の山羊革）というような船来皮は、いずれも神戸から買いつけていた。それも、二、三ヵ月に一度はかならず出かけていって、五万円とか十万円というような巨額の買い占めをするという方法で、そのために、彼は製靴の輸出以外にどれほどの利潤を上げていたか、計り知れぬものがある。彼の神戸乗り込みは、一つの旋風にも似ていた。このごろでは横浜からテツメニスキイが買い出しにきているという噂がたつと、神戸にある業者の一部では、僅かながらも皮革の相場に高値を示すくらいにまでなっている。しかし、あくまでも商才に長けていた彼は、そういう同業者や貿易商たちの警戒網すらかいくぐって、いかにも巧みな時機をつかんだばかりか、品質の見分けにも長じていたから、ほとんど買物には狂いがないという。彼はそれらの皮革の一部を直接自分の手で下職の許へ廻すようにして、みずからも輸出靴の製造に当っていた。

実際のところ、こういう方法を取られてしまったのでは、他の製靴業者は、たまったものではなかった。靴の主材料が皮革である以上、その皮革さえ安価に入手してしまえば、製靴商戦の帰趨など明白であろう。仮にテツメニスキイの手によって造られる靴が、七円三十銭という単価でできあがるようになったとすれば、伊之吉のような出入りの商人たちが彼の許へ納める製品も、当然、在来の七円五十銭という卸値段を維持しつづけることは不可能になってしまう。現在の七円五十銭に納めていても、純益はようやく七十銭から七十五銭見当のところを上下している状態だというのに、そこからさらに二十銭ずつ減収になるとすれば、まったくの大事件というほかはないのである。しかし、賢明なテツメニスキイは、どこまでもおのれの立場を心得ていて、舶来皮に対して買い占めをこころみることはあっても、和製皮にまでは、けっして手出しをすることがなかった。皮革商に対しては決戦を挑んでも、同業の製靴業者に対しては、努めて共食いに陥ることを避けるようにしていた。

義理も人情もない、冷徹一点張りな男だとまで言われて、骨の髄まで商人根性に凝り固まっていた筈のテツメニスキイが、それではどうしてそれを押し通そうとしなかったのだろうか。市場を混乱に陥れようが、他の製靴業者に泣き面をかかせようが、安価な材料を独占して、あたうかぎり大量に売り捌くことこそ、自由主義経済必勝の掟ではなかったのであろうか。

その方法を選ぶことによって、自分の所期どおりの商品が、それも欲しいだけ集まってくるのであれば、テツメニスキイも躊躇なくその方法をとったに相違あるまい。あえて業界の混乱や、業者たちの迷惑、困却などに眼もくれる筈がなかった。けれども、わが国に製靴の歴史はじまってこのかた、この時までには、すでにもう五十年の時が過ぎていた。半世紀という歳月は、業界の態様も充実にむかって一応の成果をあげていて、一輸出業者にすぎぬテツメニスキイ一人ぐらいの力では、いまさらどうにも力及ばないようなものを作り上げてしまっていた。彼がいかに頑張る気持になったところで、下請けに出してできあがってくる製品の数量などは、およそ多寡のしれたものであった。彼がハルビンに向けて送り出したいと希望するだけの製品を得るためには、どうしても専門の製靴工場の助けを仰ぐほかはなかったのである。

　仮に彼が和製皮の買い占めに成功して、市販品の単価を極端に切り下げることができたとしても、その結果は、いたずらに多くの製靴業者を怒り立たせるぐらいが関の山であったろう。いったん怨みを買ってしまえば、他工場からの納入状態がどういうことになっていくか、彼自身の外国人という立場を度外視して考えても、おおよその想像はかたくなかった。皮革買い占めの結果は、却ってそれ自身の高値をよぶことはもちろん、自分の店が一般工場から買い上げる製靴の仕入れ価格まで、いっそう吊り上げることになってしまう場合さえ考えられぬことではない。そんなことにでもなれば、虻蜂取らずの藪蛇であろう。自分が多くの日本人のなかに混じっている外国人であるという立場については、テツメニスキイ自身も十分に心得ていたのである。

彼が、この男の工場は金まわりがわるそうだなと睨めば、時に応じてなにがしかの前借しを許すということも、けっして人情や同情の現われではない。その恩義に感じさせて、より卓れた製品を納めさせようとするための工作でもなかった。テツメニスキイは、そうした感傷など自分でも持ち合せてはいなかったし、他人にむかってもそれを求めるような男ではなかった。彼はただそういう手段をとることによって、すこしでも多くの製品を自分の手許にかき集めようとした。そのほかには、何の下心もなかった。彼が前借しを許すのは、お前を信用したぞということに対する、認可証書を与えるようなものであった。どこからどこまでも計算で成り立っているような人物が、たとえ千円にしろ無利子の前借しなどを許すからには、転んでもただ起き上る筈はなかったのである。それは、かならず安い材料を手に入れろという沈黙の命令であった。遠まわしな謎ではなくて、直線的な命令であった。こちらもこれだけの融通をしてやるのだから、お前のほうでも、俺の注文に対してはできるだけの便宜をはかるべきだぞという強圧的な約束でもあった。

三千円という余裕を持つことができた伊之吉は、支払うべき勘定のたまっていたところには支払いをすませる一方、買い込めるだけの材料を買いととのえて工場の充実に努力を尽すかたわら、ますます生産の能率をあげていった。

ある程度までは言いなりに前貸しも許すから靴工の優秀なものは揃ってくるし、道具類もととのいはじめていたところに材料が豊富になってきたのだから、若い覇気にあふれた事業主の伊之吉には、もう何一つ恐ろしいものなどなかった。テツメニスキイとの危ない取引に、はじめのあいだこそ芳ばしくない顔をしていた細川の主人も、このごろの若松町の発展ぶりを聞いて今が引き締め時だぞといさめながら、それでも相変らずの取引をつづけてくれている。どこを見ても明るい陽光がいっぱいに射して、さんさんと自分一人の上を照らしつけていてくれるような思いであった。

テツメニスキイは三千円の金を貸してメトーの製造をうながしたばかりでなく、時には現物の皮革を渡して、高級な紳士靴の製造を命じることもあった。表面では依頼という形を踏んでいたにしろ、あの時以来、彼の注文は、あきらかに注文から命令へと、その内容を変えてしまっていた。

先方が二千や三千ばかりの金で、俄かに態度を改めるようになったからといって、悲憤を感じたり慷慨をしたりすれば、それだけこちらが若くて、人間的にもできていないということを、みずからさらけ出してみせるだけの結果にすぎないのだ。伊之吉はまだようやく二十五歳という若さでしかなかったが、彼の生きている社会は、完全にもう大人の世界であった。大人と大人とがあらゆる商才と智謀の限りを傾けふりしぼって、鎬《しのぎ》を削りあう商売の世界にほかならなかった。ここでうっかりむかっ腹などを立ててしまえば、それこそ先方の思う壺で、すぐにも先日の金をお返しくださいと言って、あの生温かい掌の平を差しだされることは知れきってい た。——さいわい今はもうそのくらいの金が返済できないような立場ではなくなっているにし ても、迂闊に感情を動かすことはできない。さんざん働かされたあげくに、うまい汁を吸われ ただけでさよならをされても、どこへ苦情の持っていきどころもなかった。それでは、みごと にこちらの敗北である。

ここに残されている道はただ一つしかなかった。毒をもって毒を制すということである。悪 には悪をもって報いるのが、商人道の鉄則であった。感心した道であろうがなかろうが、テツ メニスキイというような男を相手に取引に飛び込んで、この道で生きのびていこうとするには、 それもまた止むを得ぬ態度であったろう。

テツメニスキイは、高級な紳士靴の材料として渡してよこす甲皮の枚数を、かならず四十八 枚ときめていた。四十八枚の皮革は、一枚から三足ずつ取れるので、全体では百四十四足の 十二ダース分に相当する。かならずいつもその枚数にきめているから、納品の検査をする場合 にも、彼には至極好都合であった。そして、百四十四足のうちからただの一足でもハネダシに なるような製品が見出されてしまえば、その十二ダース分は勿論のこと、一足残らずを不合格 にされてしまうのである。材料皮には、一足分たりとも余分のヤレというものを見ておいては くれないくせに、製品のほうばかりは一足残らず完全な品物でなくてはいけないというのだから、まったく情け容赦もない男だというほかはなかった。

けれどもまた、彼がそういう男であればあるほど、こちらにとっては却ってその性格の特徴がつかみやすいともいえなくはない。というのは、誰にむかっても露骨に猜疑心の深さを示しているだけに、テツメニスキイは、相手もそれを恐れているであろうと過信して、その半面では、むしろ不用意なくらい他人を信用しているような矛盾をおかしているところがないではなかった。一度心を許してしまえば、どこまでもその相手だけは大事にしていくのである。自信のありすぎる者が、しばしば陥りがちな脆弱さであろう。そうした要領さえつかんでいれば、もう絶対にこちらのものであった。

伊之吉は紳士靴の甲皮を渡された時にも、メトーの場合とおなじように、できるかぎり忠実な品物を納めるような態度をとることにした。そろそろインチキなものをまぜても心配がないと思うようになって、しびれがきれはじめてからもなお、その忠実さを守って崩さなかった。——テツメニスキイがユダヤ人であったかなかったか、もしユダヤ人であったとすれば、およそ意味のないことかもしれなかったが、とにかく外国人が、ことのほか十三という数を嫌っているということも、伊之吉はもうすっかり心得るようになっていた。その第十三回目の納入も無事にすませてしまうと、彼ははじめておもむろに計画の実行に取りかかった。渡された百四十四足分のうちから、そっと五十足分の皮革を抜き取ると、それを手許にある和製品とすりかえた。そして、この五十足分の舶来皮は製品に仕上げて、こっそり他の同業者の手に売り飛ばしてしまった。そのくらいの悪事も二度、三度とたびかさなれば、なかなか馬鹿にならぬカスリであったが、テツメニスキイは伊之吉を信用しきっていて、最後まで疑わなかったのだから、やはり彼には細かく引き締って大きく抜けているところがあった。紳士靴ばかりではなく、メトーのほうにも、もちろんこの程度の不正は、適宜おこなわれていた。

悪をもって悪に報いた伊之吉は、テツメニスキイとの一騎討ちにおいて、かならずしも敗北の一途をたどっていたわけではなかった。ある意味では、制覇を遂げていたといわなければならなかった。父親の勇吉が、少年時代の彼を見て、商売に向く性質ではあるまいと断じた判定をみごとにくつがえして、伊之吉は最初の工場経営に、着々として成功をおさめることができた。いや、成功疑いなしというところまでたどり着いていた。その先は、ほんとうにもう一歩というところであった。

四

これまでの慣例からいえば、その日は七十三番館の勘定が受取れる筈の日であった。集金は三千円ちかい金額であったし、他方には五百円ばかりの差し迫った支払い額を控えていた。しかも支払いの期日が遅れれば、今後の信用にさわるという大切な場合であったから、伊之吉は、その日も朝から横浜へでかけていった。ところが先方に着いてみると、テツメニスキイは彼と入れ違いに東京へ出ていってしまったという。

番頭を相手にしばらく待ってみたが、帰ってくる様子はなかったし、過ぎ去っていく時間をいつまでぼんやりとやりすごしているわけにはいかなかった。帰ってきたら呼び出し電話で知らせてくれるようにと頼んでおいて東京へ戻ってくると、伊之吉はすぐさま駅前の自動電話(公衆電話・昭和初めまで使われた語)に入って宮崎を呼び出してみたが、七十三番館からは、何の音沙汰もなかったという返事であった。

テツメニスキイとは掛け違って、もう今日じゅうに会える見込みが立たないとすれば、日本橋の馬喰町に布団屋をしている與作という伯父のほかには、どこに一軒親戚らしいものがあるわけではない。やはり石切橋にでも頼っていくほかはなかった。伊之吉が父親に頼んで、ともかく五百円の金が覚束かなければ、四百円が三百円でも融通をしてもらおうと思案しなおしたのは、どうしても取引の上での信用を失いたくなかったからであった。取引先への支払いは、たとえ全額ではないまでも、何とかして今夜のうちに、すこしでも形をつけておきたい場合であった。

それでもなお、彼はためらわずにいられなかった。自分がはじめての工場を開くのだからと打ち明けて、千円の資金を求めた時にすら言を左右して、ようやく七百円しか出してくれようとしなかった父親であった。たとえ一日こっきりの借金で、明日は返済することのわかっている金でも、とうてい気持よく貸してくれるだろうとは考えられなかった。たとえ七百円にせよ、先方が金を出してくれて、それを資本に今日を築いて、せっかくこうして何事もなく暮らしている仲が、こんなことからふたたび気まずくなるようなことにでもなってしまえば、それもまた残念なことには違いないのである。自動電話に飛び込んで、宮崎の返事を聞くやいなや、すぐその足で駆けつけるようにやってきたのであったが、石切橋で市電を降りた伊之吉の足は、そんないよいよというところまできてしまっても、まだ思いきりわるく踏み迷っていた。

(――やっぱり辞めるべきだろうか)

家に上ってしまって、廊下を進んでいきながらも、彼はなおためらっていた。けっして今にはじまったことではなかったが、父親との相談話ということになると、不思議なほど気を遣わずにはいられなくなるのである。

けれども、案に相違して父親の機嫌はよかった。できなければ三百円でもと言ったのに、すぐさま手許にあった手提げ金庫の蓋を開けると、手の切れるような五枚の百円札を渡してくれた。

「このごろじゃだいぶ景気がいいということだったのに、まだこのぐらいの金でまごまごしてるのかい」

頭を下げる伊之吉を見て、父親は笑いながら言った。

「そんなことを誰から……」

と言ったが、伊之吉は、すぐにそれが宮崎の口から聞いたものであろうということに気づいた。宮崎はさすがに年配で、時には川勇のほうへもご機嫌うかがいの顔を出していたのである。

「あの男の話じゃ、露助相手の商売ももうこのあたりが峠だろうということだったが、まあ、せいぜい気を入れてやるんだな」

「景気がいいと言ったって、今までのところは何だかんだと買い込みばかりが多くて、繁昌しているわりには現金なんぞちっともないんだよ。だから……」

「こんな時になると、やってこなくちゃならねぇんだろう。……いつまでそんな子供じみたことをしていちゃ仕方がねぇな」

「だって、やっぱり材料は材料だろう。鰻がなくちゃ、いかに名人のお父ッつあんだって蒲焼はできないようなものさ」

「こいつめ、理屈を言いやがる、はっはっは」

自分の体ひとつ満足に扱えなくなってしまった者に、鰻の裂ける筈はないのだからと言って、勇吉もこの節ではすっかり調理場をご無沙汰するようになっているという。そんなところからくる気の弱りのせいか、いつになく笑顔を見せつづけていたので、伊之吉も心から気持よくわかれてくることができた。

その帰途を取引先に廻って無事に支払いをすませると、翌日はまた早朝から横浜に出かけていった。もちろんテツメニスキイは店に出ていて、すぐさま勘定を受取ることができたから、伊之吉は伊勢佐木町に出て心ばかりの手土産をもとめると、約束どおり、その足でまた石切橋に立ち寄った。

冗談口にしろ、前の日にはあんなことを言われていたのである。その手前にかけても、こうしてすぐその翌日、耳を揃えて五百円という金を返済にくることのできた自分が得意でもあったし、彼もまだ親の前に出ては、そんな子供でしかなかった。それだけに、勇吉の不在ということを聞くと、拍子抜けしたような気落ちをおぼえずにはいられなかったが、昨日のことがあっての今日であった。

「そうかい、そりァまたお堅いことだね」

言いながらお武が代って受取ってくれたからとはいっても、金は渡しましたよ、さよならというわけにはいかなかった。

彼らの間柄で、貸してもらった金の礼を口にだすまでの必要はないにしろ、場合が場合であれば、茶話の一つぐらいはしていくのが礼儀であったろう。親しき仲にもと言われる、それが礼儀で、伊之吉とお武とは、生さない仲であった。

面白からぬ仲にあるとはいいながら、彼らも義理につながれた親子で、長火鉢を差向いに坐ってみればよもやまの話がでる。あいだには、銅壺に燗をした徳利を取るために、ちょくちょく女中も姿を現わしたが、そこはまたわが家で、めったに顔を合わせる折がないだけに、話しはじめたとなれば、却って常の親子よりは話題に恵まれていたこともあらそえない事実であった。

あの體のよく肥えた西脇が、伊之吉を自分の許へよこすようにと言ったことなども、今から数えればもう一ト昔も以前のことになっている。そのあいだに伊之吉にはこの家へ戻ってきたいらしい様子など、気振りにもうかがわせなかった。彼にはこの家を継ごうという意志など、毛筋で突いたほどもないとみて誤りないのである。現にこのごろでは、勇吉までが、お武にむかってそういう意味の言葉すらもらすようになっていた。——けれども、伊之吉がこの家の跡取り息子であるという事情は、たとえ何年、何十年という歳月が過ぎ去っていこうとも絶対にゆるがない事実で、仙助はお武の連れ子にすぎない人間であった。しかも、当の伊之吉が家を出てしまっているだけに、お武としては、いっそう拘泥せずにいられなかった。なまじ伊之吉が嫌っているなら、仙助を仕込んで跡継ぎにすればよかろうなどという西脇の言葉があっただけに、彼女としては却って仙助を川勇にはとどめていられなかった。伊之吉の靴屋から思いついたのでもあるまいが、商売は照り降りにかぎると仙助が鳥越の下駄屋兼傘屋の店へ奉公に出されたのは、ちょうど伊之吉が若松町の工場をはじめるようになった直前のことで、彼ももう今年は二十一歳になっていた。もっとも奉公に出たとはいうものの、その実はお武の気兼ねから追い立てられたというのが実情で、仙助は蒲焼屋という家業を持つ家に寝起きしながら、そんな年齢になるまで何をするというのでもなく、ただブラブラと遊び暮らしていた。

津幡屋へいくのいかないので一と揉めした当時の話まで出たというのも、仙助の奉公ということに関連してはずんだ憶い出話にすぎなかった。そして、とどのつまりが、それに引き換え今の伊之ちゃんの出世ぶりは素晴らしいものじゃないかというところへ、お武の話は落ちていった。

伊之吉もそんな具合に話の水を向けられてみれば、うれしくない筈はなかった。昨日は五百円という金を借りにきていながら、今日はおなじ金額を返済にきたのだという気持もある。自分ももう仙助などに比べれば、いっぱしの人間になっているのだという誇りがあって、いっぽうではおのれの少年時代を回想させられるにつけても、わずか七百円という金を資本に今日を築いてきた苦酸の跡を語らずにはいられなかった。ことに工場を開くまでは開いたものの、かんじんの皮革を買い入れる金がないままに、かしこへ行きここを訪ねたあげく、細川にその願いを聞き容れてもらった折のうれしさというものは、何にも増して忘れ得ぬ追憶の一つであった。中途はんぱな資金ほど始末に負えぬものはないというのが、あの折のいつわらない彼の気持で、せめてもう三百円だけでも余計に、つまり千円とまとまった金を握らされていたならば、あれほどまでの苦労も味わされずにすんだのに、親父が頑固だものだからという述懐も、伊之吉としては匿し立てのない本音にほかならなかった。

さらに話がはずんで、現在の工場の経営状態や、父の老後などについても何かと話し合って、伊之吉が若松町に戻ってきたのは、かれこれ十時に近い時刻のことであった。お武との話が思いのほか打ち解けたものであっただけに、今日という今日ばかりは是が非でも勇吉に会って、礼の一ト言も言ってから帰りたいという気持であったのに、朝からでたきりになっている工場のことも気がかりで戻ってきてしまったのである。しかし、戻ってきてみれば職人たちの帰ってしまった後の工場は、昼の騒がしさが騒がしさだけに、いっそうひっそりと静まりかえって、何の変りもなかった。

このごろでは経営の状態も順境に入っているのだし、そんなに働いて体を傷めることにでもなれば、却って何にもならないのだと、宮崎は折にふれて思いとどまるように言ったけれども、伊之吉は新しい年を迎えて、ようやく二十六歳にしかならぬ青年であった。毎日のように横浜だ、吉野橋だ、やれ皮革商だと朝から飛び歩いている上に、工場にいればいるで来客や経営上の雑用に追われつづけねばならないから、昼の陽のあるあいだは仕事場に腰を据える間もない。

――あれほどの工場を経営する身になって、あれほどの年齢に達していながら、暇をみては裏の空地に出て、みずからキガタを削っていた林田老人の態度を立派な心掛けだと感銘していただけに、伊之吉は自分もまた靴工として終始しなければならないのだと考える。こんな時流当て込みの泡沫にもひとしい工場を持つ身になったからといって、俄かに事業主を気取っておさまりこんでしまうようでは、自分もこの道で大成する筈がない。せっかくの腕を腐らせるようなことがあっては、大島の教えに対しても申し訳ないという心持から、彼は職人たちの帰ってしまった後というとかならず仕事着を身に着けて、たとえ二時間が一時間でも、一日に一度は仕事場へ腰を据えるようにしていた。

それが宮崎の眼には、金銭にあくせくしている餓鬼か亡者のように映じるのであろうか。他人の眼に映じる自分ばかりを気にかけていては、何一つ思うとおりのこともできる筈はない。伊之吉はあくまでも職人としての自分を忘れることがあってはならないのだと考える。そして、みずからこの自分を人間として完成していくためには、日々の修練のほかにどんな方法も求めることはできないのだと考えるのであった。

ひっそりとした工場に、ただ一人電燈を低くさげた下で仕事をしていると、あたりの暗さがおのずから彼の気持を引き締めていくかのように、じいんと頭の中までが澄みかえってくる。何事にせよ、熱中のできる対象を持ち得るということは幸福であった。

そんな仕事も片づけて、彼が二階にのべてある床の中に足を伸ばしたのは、もうかれこれ十二時を三十分もまわった時刻であったろうか。すうっと吸い込まれるように睡眠の世界へ入っていこうとしている瞬間のことであった。

「おい、おーい」

呼び声が聞えて、ガタガタとガラス戸の鳴る音がつづいた。夢のような気もするし、現のような心持もする。伊之吉はその物音に起された自分が、夢をみているような錯覚に陥っていた。しかし、物音はふたたびつづいた。もう今度こそはまぎれもない現である。じいっと息をしずめて耳を澄ますと、すぐ隣室に眠っている宮崎父子の寝息が入り乱れて聞えてくるばかりで、起きていくらしい様子は感じられなかった。

「おい、おーい」

あきらかに男であったが、なおもガタガタとガラス戸を鳴らしながら、戸外の声は横柄な調子で呼びつづけていた。

(――ちぇ、今ごろ誰だい)

二月末の寒さのきびしい季節であったから、背中ではずみをつけるようにして、一ト思いに夜具をはねつけざま起き上ると、伊之吉は丹前を羽織って、せっかく体のあたたまったところを起された腹立ちまぎれにドカドカと階段を降りていって暗い作業場を通り抜けると、荒々しく錠をはずした。勢いよくガラス戸を引き開けると、皓皓《こうこう》と照る月の碧い戸外には、こんな時刻だというのに、意外にもラッコの襟のついたトンビを着込んだ父親と、その背後にはネルの襟巻を首に巻きつけたお武とが立っていた。

「お父ッつあん、もういいんだからさァ」

お武は眉をひそめながら、しきりに勇吉のトンビの羽を引張るようにしていた。咄嗟の間には何とも判断のつけかねる情景であった。

「寒いのに、今ごろどうしたんだい。……まあ中へ入ったらいいじゃないか」

言いながら伊之吉は丹前の袖を合わせて、自分から先に引込もうとした。

「ここでいい、立ち話でいいんだから」

そう言った勇吉の声は、しかし、興奮に硬くなっていることを物語っていた。単純な性格に生まれついている彼は、その時、その時の感情を、そのまま声にまで現わしてしまうのである。

「さっきは、家へきたそうだな」

「ああ、昨日はどうもありがとう。おかげで、すっかり助かっちゃったよ」

「助かったぁ。……何を言ってやがるんでぇ、白々しい。調子のいいことを言ったって、俺はもうすっかり聞いちまったんだぞ。お前《めえ》、さっき家へ来た時、おっ母さんに何と言った、何と言ったよ」

「何って、そりァいろいろ話はしたけれど、別に……」

「お父ッつあん、もうよしなさいってば」

　お武がふたたびトンビの袖を引張ったが、勇吉は険悪な表情でじっと伊之吉の顔を睨みつけたきり、ぴくりっとも動かなかった。

「お前、おっ母さんにいろいろ愚痴をこぼしたそうじゃねえか。……その時に、俺のことを何と言ったよ」

「ああ、そのことか。そりァ……」

「資金が中途はんぱだの、頑固だのと言われながら、俺ぁ何も好きこのんで元手を出したり金を貸してやったりすることたぁねえんだ。ちっとばかり小金が出入りをするようになったかと思って、たちまち偉そうな口をききやがって何でぇ、唐変木。……工場をはじめるようになっても、どうしているかと心配すればこそ、時には俺だって見廻りにもきてやってるんじゃねえか。それを、何だ、宮崎に聞けば、俺ももう今では一軒のあるじになっているのに、いつまで子供扱いをして、職人たちのいる前でガミガミ言われては困るの蜂の頭のと、生意気にも程があるじゃねぇか、え、おい。俺ぁお前の親父なんだぜ、父親なんだぞ。……また、それればかりじゃねぇや、ずっと前にも仙助の奴をとっつかまえて、親父は毎日あんなに寝坊をしているけれど、俺は眠る時間を詰めてまで働いているとか何とか聞いたふうなことをぬかしたそうじゃねぇか」

「だって、お父ッつあん、そりァ……」

「蔭口じゃねえか、りっぱに俺の悪口《あくこう》じゃねえか。俺ぁなるほど道楽もした、しかし、もう今までにはさんざん働いてきた体で、いちんち寝ていようが腹ばいになっていようが、誰から文句を言われることも、意見をされることもねぇんだ。……口惜しかったらお前も身を粉にして働け、働いて銭を貯めろよ。ためて気ままな体にさえなれば、お前だって午が夕方までも寝ていられるんだ。餓鬼のくせをしやがって何てぇことをぬかしやがるんだ」

「そりァもっともだ。それだけ聞いてりゃ、たしかにお父ッつあんの腹立ちは無理もないよ」

「七百円の資本は、あのままお前にやるよ。お前にくれてやるから、自分でいいように使ったらいいだろう、ロクでなし」

「だけど、そりァお父ッつあん」

「俺ぁなにも元手を出してやったからと思って大口を叩くんでもなければ、そんなことを笠にかぶるような親でもねぇんだぜ。……ただ、いやがられてまでこんなところへくることたぁねぇんだから、もうこれっきりここへはこねぇよ。その代り、お前も川勇の家へは足を踏みいれるなよ」

　言いながらくるりと背を向けると、勇吉はもう月の明るい道を急ぎ足に歩きはじめていた。

大股に歩いていったが、そういう背なかを眺めていては、とうてい六十歳を過ぎた老人だなどとは考えられないのである。

「お父ッつあん……」

伊之吉は勢いあまってはだしのまま、二タ足ほど土の上に踏み出していたが、そこにまだ立っているお武の姿を認めると、ムカムカと腹が立ってきた。

「おっ母さんもおっ母さんじゃないか。何だってまたあんなくだらないことを……」

と言ったが、伊之吉の眸には涙の露が宿って、それがギラリと月光に光った。

「お父ッつあんは怒っているらしいや。レールにでも躓いて転ぶといけないから、早く追っかけていって一しょに帰っておくれよ」

「……」

何かを言おうとするお武には、わざと知らぬ顔をして、伊之吉はそのまま後ろ手でガラス戸を閉めた。

「石切橋のお内儀さんじゃなかったんですか」

ようやく起きてきたらしく、心配そうにしている宮崎にも返事をせずに、伊之吉はそのまま仕事場を通って二階へ上っていくと、丹前も取らずに、掛布団の上へそのままゴロンと仰向けに寝転んだが、涙は頬骨の上をすべって、枕もしていない頭の地のほうへ流れ伝わっていった。

（おっ母さんは、今までにただの一度だってこの工場の様子を見舞ってくれたことなんぞありァしないじゃないか。それが、はじめてやってきたかと思えばたちまちこの騒ぎだ）

何ということかと思っても、伊之吉はいまさら自分の讒訴をした誰も怨む心持にはなれなかった。お武も、仙助も、宮崎も、みんな自分には他人であった。そして、今はただ一人の肉親である父親の心持だけがこの上なく情なかった。

勇吉の言った言葉だけを聞いていれば、どれほど伊之吉が悪人にされても仕方はなかった。しかし、いかなる人間の会話も、それが会話であるかぎり、ただ一人で呟かれるものではない。相手との言葉のやりとりによって、はじめて人間同士の会話は成り立つのである。伊之吉の蔭口として父親が列挙したものの中には、ただ相手の言葉に相槌を打っただけのものもあった。彼の口から出たものにしろ、そのいずれの場合も、きわめて軽い気持から語られた言葉ばかりにすぎなかった。——他人の前で自分の身内の噂や動静を語る場合には、往々にして自己卑下にちかい心から、必要以上にその価値を引き下げて話すことがある。「豚児《とんじ》」であるとか「愚妻」というような言葉にしろ、その例証以外のものではあるまい。伊之吉にしてみれば、お武も、仙助も、宮崎も他人であった。勇吉が父親で、自分はその息子だという意識があればこそ、却って遠慮のない思いから唇にのせた言葉ばかりであった。

悲しかった、心の真底から悲しかった。

その翌日、伊之吉は懐に金を入れてぷらっと家を出ると、何というあてもなく神奈川へ出かけていった。はじめから神奈川などという土地を目指したのでもなければ、そんな土地にいって何をしようという心を持っていたわけでもない。七十三番館との取引から横浜にはかよい慣れていたし、家を出てみれば横浜へいってみたところで仕方がないという心持から、ふと神奈川で下車をしてしまった。

今度の事件にしろ、そもそもの起りは、柄にもなく母親を相手に世間話などをしたことに出発している。それも、金さえ返せばもう用はないという礼儀に欠けた態度がとりたくなかったばかりにはじまった世間話であった。しかし、それでもなお、父親の戻ってくるまで待っていたならば、あのような齟齬はきたさなかったであろう。そう考えれば、工場の様子を気にして、若松町への戻りを急いだばっかりに生じた事件であったとも言い得る。仕事に忠実でなかったとか、或いは礼儀など無視していれば生じなかった事件だったのにと思うにつけ、伊之吉にはもう何もかもが馬鹿らしかった。

そこの土地にいって、田中家という茶屋に飛び込んで、芸妓を三十人もあげるという馬鹿遊びをして、一夜のうちに四、五百円もの散財をしてみると、それから先はもう自棄くそであった。飲みたくもない酒を無理に呷って、一週間も流連《いつづけ》をしてみれば、ただれきった泥沼にもひとしかった。

（――ああ、もう俺の生活もでたらめだ）

せっかく営々と築き上げてきた工場の基礎も、これでもうすっかりめちゃくちゃになってしまったのかと思えば、沈んだ気持を通り越して分別をなくして絶望に塗りこめられた。これではいけない、いけないのだと思いながら、夕方になると出かけていった。出かけてしまえば、二日や三日は帰ろうともしなかった。

（――俺の金じゃねえか。俺が身を粉にして稼いだ金を俺が使うのに、文句を言える奴が一人でもあるかってんだ）

自分で自分に弁解をしていた。弁解せずにはいられぬ疚しいものがあることを、自分でも認めていたからこそ、苦しさがいっそう苦しかった。

買うものの手をひろげ、払うだけのものをきれいに支払ってしまってもなお、一ヵ月の収益が千円を前後していた当時のことであった。しかし、それにしても、当の主人が入ってくるだけの勘定をそっくり持ちだして、湯水のように費消してしまうのでは、幾らあってもたまったものではない。

宮崎は、先夜の一件以来、主人が自分に対しても気持をわるくしているらしいことについては十分気がついていたし、自分としても申し訳ないという心になっていたからこそ、或る程度までは言いたいところを言わずに控えていた。けれども、職人たちからは工賃の請求を受け、出入りの商人たちには勘定の支払いを攻め立てられる上に、材料までが不足がちになってくるというありさまでは、彼としてもいつまで黙って見すごしているわけにはいかなかった。かといって、相手が雇い主の主人である以上、面とむかって意見をすることもはばかられた。結果は思案にあまって、川勇に訴えていくよりほかはなかった。

あの月の美しかった夜、あんなふうに怒鳴りこんでいって、あれきり勘当をしてしまったくらいの気持になっていた勇吉も、そんな注進をされてみれば、さすがに吃驚しないではいられなかった。まして勇吉には、息子のそんな場所に墜ちこんでいった直接の原因が、はっきりしすぎるほどわかっていた。宮崎からだいたいの見当を聞いて、神奈川の田中家へ乗りこんでいってみると、伊之吉ははたしてその折にも、浮かない顔をしてドンチャン騒ぎをしていた。

そんな場所へ、それも父親などに乗りこんでこられてみれば、興ざめは勿論であった。後悔と自責の念にかられた伊之吉は、しおしおと東京に連れ戻されたが、自棄の上にも自棄がかさなっていたのは、折も折、彼がそういう耽溺《たんでき》の生活に入っていくと同時に、ロシア本国では三月の大革命が生じて、ルーブルが下落していたことも見逃しがたい原因の一つであった。――ルーブルが暴落して、本国が根こそぎひっくり返ってしまったのでは、ロシア人相手の輸出どころではない。テツメニスキイも早々のうちに七十三番館をたたんでしまっていたし、居留地のように大きな取引先を失ってしまっては、もう当分のあいだ若松町の商売などもしれたものであった。せっかく築き上げていたものを蕩尽してしまったところであったし、父親も辞めろと言ったから、伊之吉は涙を呑んで工場の閉鎖を決意するよりほかはなかった。

はなやかな一場の夢ははかなく吹き消されて、整理をしてみると、洗いざらい売り払ってみてもなお、父親からもらった七百円という資金には二百円ほどの額が欠けていた。伊之吉にしてみれば、それよりももっと大きな穴が空いてしまったのだと考えればこそ閉鎖をする気にもなったのであったが、父から与えられたものはそっくりそのまま頬冠りをして貰っておくという気になっていたなら、彼の手許には五百円という金が残されていたのであった。若松町の工場は、伊之吉自身が考えていた以上に大きな利潤を挙げていたのであった。

人間の潮時は差し際もかんじんだが、退き際こそいっそうかんじんだといったのは横須賀の大島であった。伊之吉は今こそ、それを憶い返さずにはいられない。勇吉は、そんなつもりで与えた金ではないのだからと言った。これからさき何をするにしても、そのくらいの金は持っていなければ困るだろうからと言って、容易に受取ろうとしなかった。けれども、どうせ無一物の以前に還るのなら、なまじ金など持っていないほうがサバサバして心持がいいのだと言って、伊之吉は、その五百円の金を無理にも父親の手に戻させてもらったのである。

第六章

一

今度という今度ばかりは、さすがに胸中を察したのか、お武はもちろんのこと、父親までが一ト言も言わなかった。遊んで体を休めていれば、ふたたび活気を取り戻すであろうと、伊之吉の失意に沈んでいる様子を見ても、ふかくは咎めようともしなかった。

しかし、夕方になって客がきて、女中たちの階段を上り下りする気配が感じられてくれば、彼の性質として居ても立ってもいられない気持になってくる。伊之吉は道こそ違っても、自分もまた職人であることを、今こそしみじみと心に刻みつけられていた。野に育った者が烈しい野山の呼び声を聞くように働かねばならぬという呼び声はまたしても伊之吉を差し招いていた。

遊んでいる時の職人ほど、情なく惨めったらしいものはない。流れている水が川ならば、働いていてこそ職人であると思えば、いっそうわが家にくすぶっていることはやりきれなかった。気概のある人間にとって、他人から同情されるような立場にいることほどかなわないものはない。父にも、お武にも告げずに、彼がまたそっと勤めに出るようになった先は、厩橋に近い三筋町に、それも二人しか職人を置いていないような、きわめてささやかな小売り兼業の店であった。わざわざそんな仕事場を選ぶようになった心持の半面には、表立ったところを避けて、そっと隠れるような勤め先を見出したいという下心があったからであった。

家にはいられないから働きに出よう、それもあれだけの事業をしてきた後の自分だから、あまり人目につかないような小店を選ぶべきだなどと考えたことが、結果的にはいっそういけなかった。勤めに出ていけばいくで面白くもなかったし、家に帰ってくればくるで、こちらは夜の商売であった。客のいるうちから床へ入ってしまうわけにもいかず、かといって何時まで起きていたところで落着いて坐っている場所もないようなありさまであった。まして今の彼は、もう以前の伊之吉ではなかった。たとえ独身のそれも男ばかりの野暮ったい世帯にしろ、とにかく若松町ではあれだけの工場を張って、経営者の地位におさまっていた身であった。しかもその背景となっていた時代は、狂気のような戦時景気の絶頂ともいうべき爛熟期であった。

川勇は自分の家で、おのれは家の跡を相続する身だと考えないではなかったが、りっぱに親が控えていても、いちど別の社会に出ていって戻ってきた立場であれば、居候という気分は容易に抜けていこうとしなかった。

夜のたてこむ商売であれば、朝のおそいことはいうまでもあるまい。お武一人は早起きするといったところで、せいぜいが七時であったし、伊之吉はといえば、七時には支度をすませて、電車に乗って、そろそろ三筋町に着いていなければならぬ刻限であった。出がけだと思って気がせいていれば飯を炊くことも面倒であったから、前の晩の冷飯《ひやめし》にありあわせの煮物を温めてぶっかけると、それをかきこんで出ていくようにしていたが、湯茶の一杯ぐらいは喉を通していくのが当然であろう。子供ではなし働きに出ていれば収入もあるのだからと申し出て、月の末には自分のほうから食費まで入れることにしている。にもかかわらず、台所に立って朝の支度をしていれば、夜のおそい父親は水の音がうるさいと言った。後片づけがわるいと、奉公人までがいい顔を見せなかった。伊之吉自身にしたところで、家業への気兼ねから夜更しをしていれば、せっかく眼ざめても時刻どおりには床をはなれにくくなる。朝寝をして、七時に眼をさますお武に起されて、それからあわてて支度をして出かければ、どれほど急いでも規定の刻限より一時間も遅れる結果になった。仕事場についてから後も、遅刻をしたという精神的な負担があって、ろくに朝飯も食わぬような空っ腹を抱えているのでは、いきおい仕事にも身が入らなかった。

家に帰ったところで話し相手はなし、寝たい時に寝ることもできないのだと思えば、仕事からの帰途も、足はわが家に向く筈がなかった。二、三日いるかと思うと、また出ていったきり戻ってこないような何日かが続けば、父やお武と顔を合わせることすら、気まずいものがつのってくる。みずからに嫌気がさしてくれば、職人としては無論のこと、人間としても始末におえなくなってくるのが自然のいきおいであったろう。

若松町時代とでは、収入の点からいっても格段の相違がある。溺れこんでいく先が荒れて暗い、うらぶれた場所になればなるほど、沈んでいく彼の心も黴びただれていかぬ筈はなかった。一ト晩に五百円からの遊びをしたことのある自分が、今はもうこんな場所にでもくるほかはなくなってしまっているのかと考えれば、みずから自嘲をいたわろうとして、落魄の悲哀は廃残に寄せる甘美な感傷となっていった。小料理屋から居酒屋へ、遊郭から銘酒屋《めいしゆや》へと次第によごれてみにくい世界へはまりこんでいけば、あたかもそこが自分の故郷であったかのように感じられて、むしろ陶然とするものを味わった。淪落のなかにこそ人生の真実はあったのだと考えて、べっとりとした暗さのなかに、却っていいがたい温かみさえ見出していた。救いがたい陶酔だと思えばこそ、みじめな自分にむかってザマをみろと呟きながら、伊之吉は赤い舌を出していた。これでもか、これでもかと自分をいじめつけることが、事業に失敗をしてみずから墓穴を掘ったことに対する、小気味よい腹いせであるかのようであった。

若松町時代の終焉も、経営の上での破綻が呼び寄せた結果ではない。営々として築き上げたせっかくの事業すら、みずから突き崩してしまわずにいられなかったというのも、元はといえば、自分自身の短気からばかりではなかった。伊之吉にむかって自暴の思いをかきたてたり、どうにもならないような場所へ彼を追い込んだものは、人間的な哀しみのゆえであった。自分には真底から打ち割って心を許せる者など、ただの一人もいなかったのだという、底知れぬ淋しさの仕業にほかならなかった。三筋町に通いはじめてから後も、なおその時代の鬱屈が低迷をしていた。

人気のない旧街道を伝わって、彼が水戸というような土地に出かけていったことの裏には、格別な意味が含まれていたのではない。そればかりの行動によって、癒しがたい心が晴れていくなどとは考えられる筈もなかった。強いていえば、北という地理的な方角が持つ何かに、伊之吉は心を惹かれていた。この道を進んでいけば北の国へ出ていけるのだと考えたことが、ふと彼に、その街道を歩いていこうという心を誘ったのであろう。

荷物一つ持たぬ気ままな、それだけにまた心細くもある、着のみ着のままの軽いいでたちであった。足には履き古した駒下駄を履いて、懐手のままぶらりと出ていった旅であった。旅というよりは、放浪というべきであったかもしれない。

麦は五寸ほどに伸び、野には陽炎が燃えゆらいでいたけれども、荒涼とうちつづく陸前浜街道の行く手には筑波の山が薄霞んで、かきむしるように心ない風が吹きわたっていた。

このあたりでは、どれだけか春の到来も遅いのであろう。どんよりと一面に低くたれこめても、妖しく暗い雲が走っていっても、果てしなくどこまでも頭上を覆っているものは空ばかりで、地上のもののほとんどが、まだ冬の尾をひいた姿で、人影もなく寂しいばかりである。地層のむき出しになった小丘のところどころには、去年芽を吹いて育った雑草が、瘦せた土壌にみれんらしく根を残したまま、わびしく枯れ伏し倒れていた。或る場所には、破れた竹垣に黄色く乾からびた蔓草が巻きついたまま朽ち枯れていた。農家の庭に梅はほころびていても、葉を落して骨ばかりになった立木は、まだ今年の芽を吹こうともせずに、枝という枝を白く光らせている。立つ鳥もなく、啼く鳥さえもなかった。伊之吉の頰をかすめて、そのあたりの野面を吹きさらしていく風までが、村から村へ、里から里へと、この世のかなしさと無情とを吹き送っているかのようであった。

行こうか　戻ろうか
北極光《オーロラ》の下を
ロシアは北国
はて知れず
……………

そのころ巷間に流行していた、安っぽい歌の一つである。安っぽいだけに、今の伊之吉の心には、ひとしお身にしみてくる歎愁の歌であった。

もとより目的もなければ、行く先を定めていたわけでもない。急いでみたところで、先方に一人の知己もあるわけではないと思えば、心もおのずから沈んで、足も力を喪おうとする。畠に鍬を打つ人にたずねて、水戸へいく道を聞いたから水戸を目指したまでにすぎなかったが、東京を出てから途中雨に降りこめられたのが一日で、伊之吉が水戸の市街へたどり着いたのは、ようやく五日目の午さがりであった。

鉛色に光る雲のあいだから、にぶい薄陽が寒々と落ちていた。

偕楽園にいき、常盤《ときわ》神社を見物してしまうと、伊之吉には、もうどこにも行く先がなかった。仕方なく、公園前の電車通りを歩きながら、そのあたりの店舗を覗いてみたが、かくべつ眼を惹かれるものは何もなかった。ふと、とある一軒の商店の前にたたずんだ時、彼の眼に映ったのは、その飾り窓の中に陳列されている商品ではなく、そこのガラス板に映じ出された自分自身の顔であり、姿であった。放浪。そんな言葉が泛んできて、何のために、こんなところへ来てしまったのであろうかと、今さらおのれの憔悴が味気なかった。

下市はわずかながらも昔日の城下町としての面影をとどめているのだが、それももう今となっては、却って無気力ということの証しでしかなくなってしまっているのである。それに比べれば、台地を次第に登っていくにしたがって、その先に開けている上市のほうが、まだしもどれだけか栄えていると言わねばならなかった。注意をして見て歩くと、そのあたりの店舗の中には、何軒かの靴屋もまじっていた。

何の用意もなく東京を出てきた身であったし、安宿にしろ途中四晩も泊りかさねてきた後であったから、路銀にも事を欠くようになっていた伊之吉は、同時にまた靴を造る道に入ってからこのかた、もう十二年目の年を迎えている身であった。

思いきって一軒の靴屋へ飛びこんでいってみると、もうその先は何軒訪ねても、何らの羞恥さえともなわなかった。どこの店を訪ねても、彼を他国者の渡り職人だと睨んだ相手は、人手がいっぱいだからと言ってことわる。何軒廻っても、その口上は判で捺したようにきまっていたが、水戸じゅう十一軒の製靴業者をくまなく歩き廻って三十銭、五十銭と細かく貰い集めた彼の草履銭は、それでも四円ほどには達していた。それが、旅の流れ者に対する職人の世界の仁義であった。

二

もういちど働きに出るとすれば、今度こそ石切橋の家から通うことは願い下げにしたいという心持であった。家が客をする夜の商売で、伊之吉が朝から夕方にかけての勤めを持つ身である以上、それはどこまでいっても重なりあうことのない、平行線のようなものであったろう。彼が川勇の家業以外の勤めを持って、父親とおなじ一つの家に住もうとすることは、何としても無理な相談であった。

水戸から戻ってくるやいなや、伊之吉が住み込みの職人として入ることになったのは、九段下俎橋《まないた》の橋際にある松元という靴工場であった。この店は、ちょうど赤門前の津幡屋とおなじような組織になっていて、電車通りには小売りの店舗をひろげていたけれども、内部では、工場のほうも相当手びろく経営していた。

ロシア革命が業界に及ぼした波紋は、ことのほか深刻なものであった。その町に住む通りがかりの客だけを相手にしているような、ごく小規模の個人商店はともかくとして、すくなくとも靴工を十人以上も置いていたような工場は、ほとんど例外なく輸出靴に手を出していた。直接に輸出向けの製造を意図していないまでも、仲買店や他の同業者からの出し仕事を請けようとすれば、十中の六、七分通りまでが輸出靴の注文にかぎられていたような時代であった。

——松元の店も、革命以前には熱狂的な輸出熱の波に乗って、工場の機能をひろげられるだけひろげ、思いきりわるく最後まで頑張り通していただけに、ルーブルの暴落から受けた損害の程度も甚大なものになって、一時は四十人いた靴工の数も今では七、八人にまで減ってしまって、靴工たちの一ヵ月のうちに与えられる仕事といっては、ようやく十五、六日しかないという状態に陥ってしまっていた。
職人たちは垢光りのした万年床を敷いて、三日稼ぐと三日寝ていた。月の半分は、まったくの遊びであった。彼らはいよいよ金に詰ってくると、質屋に足を運んでは、苦しいなかから寄席などに出かけていった。苦しいからいっそう無けなしの金まではたきたくなったのだ。職人たちの金の使いぶりには、無理に似た自暴の色が濃かった。
デカンショ　デカンショで
半年ゃ暮す
後の半年ゃ　寝て暮す
自棄っくそな調子で低く呟くように歌っていると、汗と脂にまみれた男っ臭い体臭と埃を吸った古畳の匂いがまざって、胸底にひそむ絶望のせつなさが、全身へしびれわたるようにひろまっていった。甘酸っぱいような、薄暗い悲しさであった。
おなじ一つの部屋に寝起きしていて、自分が働かない日は誰かに食わせてもらうという共同生活は、それだけ美しい人情の世界であり、同時に、希望のない零落の陥穽《かんせい》でもあった。あまい無気力をさそう頽廃の明け暮れは、そのまま安易な感傷であり、知りつつおぼれていく危なさであった。
松元の工場のそんなありさまを見るにつけても、伊之吉はまた、おなじ輸出を志していた磯山兄弟は、今ごろどうしているであろうかと考えずにいられなかった。レマルシャンへいくことをすすめて、輸出靴の有望さを説いた木村を想い泛べるにつけても、彼とともに働いて、選ばれた三人のうちにまで数えられていた塚本商店の時代が、事新しく憶い返された。

(——もういちど塚本の工場にでもいってみようかしら)

露月町の工場ならば、いかにこうした時代でも、まさか松元ほどの惨状になっていることもあるまいとまで思っても、木村や顔馴染みの連中に面を突き合わせて、一別以来の経緯をたずねられる場合を想像すれば、それもまた伊之吉には大儀なことであった。

いつまでこんな工場にいても埒はあかないと考えながら、そこから脱け出していくことまでが億劫になってくるのは、もはや安易な頽廃のあまさに、骨の髄までおかされてしまっていたゆえであろうか。感傷はあまい。怠惰は、悲しいなりに快よい。貧乏の味も人情の温かさにおぼれていれば、さほどまでの悲痛ではなくなっていた。

値打のある冬物の類は勿論のこと、浴衣から帽子に至るまで質に運んでしまって、夜着のほかには一枚の普段着も手許には残されていなかった。質草はおろか、この工場の職人部屋の隅々をほじくり返して、たとえ五十銭玉の一つでも持っている者があればお目にかかりたいくらいであった。大の男たちが垢じみた万年床に腹ばいの姿勢で、月末勘定のきく仕出し家の弁当をかきこんでは、一日だらだらと寝暮らしている。いやらしいとも、薄ぎたないとも、情ないとも、何ともかんとも形容の言葉を喪った暗黒の生活であった。

意気地のない仙助は、けっきょく鳥越の下駄屋にも辛抱をしかねて、また川勇に戻ってきているらしい。そんな様子を聞くにつけても、伊之吉には石切橋の家に遊びにいってみようという心も起らなかった。

垢と感傷の思いにまみれながら、どうせ俺はこんな男なんだよと独りごちていれば、そんなひがんだ心の態度こそ、彼にはみずからふさわしいとまで考えられてくる。自分一人が川勇の家からはなれてしまって、これほどにも哀れな日常を送っているという事実は、父や、お武や、仙助たちに、すこしも知られてはいないのである。こんな状態になってしまうまで自分を放りだしておいた親たちは、いまにきっと気がついて吃驚するであろう。彼の心のなかには、そうなった時の彼らの顔を見てやりたいという、惨虐にすら遠くない思いがひそめられていたばかりではない。それはまた同時に、気がついて、きっと自分を迎えに来てくれるだろうという、ひそかな期待にも通じるものであった。伊之吉はここの工場の職人部屋にきて、ようやく半年を越そうとしている月日をすごしているあいだに、それほどまで自分の根性を腐らせた、横着で不甲斐ない男になりさがってしまっていた。

そんな彼を訪ねて、松元の店へ與作がやってきたのは、大正六年という年も十月なかばに達していたころであった。

伊之吉はその日も仕事にアブれて、二階の職人部屋で寝転んでいたところへ仲間の者から呼ばれて、薄暗い階段を降りていった。——與作は血色のいい丸顔の頬に微笑をたたえながら、路地の入口の陽だまりに立って煙草をふかしていた。伊之吉が彼と顔をあわせるというのは、めったにあることではない。絶えて久しかっただけに、いっそう伊之吉の頭にはピンとくるものがあった。

與作は勇吉を指しても「兄《あに》さん」と呼んだり、また別のある時には、「勇さん」とも呼ぶような立場にある人間で、ほとんど親類縁者というものを持たない伊之吉にとっては、まずまずいちばん身近にいる血筋の一人であった。固太りでがっしりとした体格であったが、職業は蒲団屋で、日本橋の馬喰町に店を持っていた。

「……なぁんだ、働いているのかと思ったら、こんな日中から寝間着なんぞ着こんじまって、今日は仕事を休んでいたのかい」

「うん。……きたないところだけれど、あがるかい」

「きたないところじゃごめんだね」

與作はわざと笑いながら言った。

「外はこんなに上天気じゃないか。遊んでるんだったら、その辺でも歩こうよ」

「ああ、だけど、こんなに髭も伸びちまってるしね」

伊之吉は着る物もないのだとは言えなかったから、不精髭にことよせて顎を撫でて見せたが、

「いいさ、かまわないじゃないか」

誘われるままに、ちょっと待っていてくれと言いおいて、二階へ引返していくと、そこの壁に衣紋竹で吊してある着物をはずした。

「今日は石原が先約だぜ」

寝そべって表紙がとれた古雑誌をひろげていた職人の一人が、ページに眼を落したまま言った。石原というのも、この部屋に寝起きしている仲間の一人で、職人部屋には、もう洗いざらい二枚しか着物は残されていなかった。外出をする折には、その二枚のうちのどちらかを、みんなが交代で着ていくことになっていて、今日はすでに石原がその着物を先約しているというのだった。

「伯父の奴が迎えにきているんだ。……夕方までにはかならず帰ってくるようにするから、石原にはよく言っておいてくれよな」

兵児帯を巻きつけながら階段を降りたが、共同の借り着など五尺六寸にちかい伊之吉の体には身丈も裄丈《ゆきたけ》もあう筈がない。季節にはずれていないことだけが見つけものであった。

「友達の着物を借りてきちまったもんだから」

黙っていたところで知れてしまうことである。伊之吉がわざと短い袖を引張って見せると、

「それでさっきの寝間着という始末なのかい。……おっそろしくやりくりがわるいんだな」

与作も朗らかに笑ったが、正直に打ち明けてしまった後は却ってサバサバとして、心のへだても次第にはがれていた。

「そいじゃ、このごろは、まるっきりうまいものなんぞ食ったこともねぇんだろう」

引張り出しにきた時から、彼はその店に連れていくことを予定していたに相違あるまい。神保町の先まで歩いて、裏通りにある牛屋の前までくると、与作は何の相談もせずに、自分から先へつかつかと玄関を上っていった。努めて言葉つきをぞんざいなものにしていたことなども、伊之吉の心を、できるだけ気楽なものに解きほぐそうとする意識的な工作に違いなかった。

掃除のよくいき届いた座敷の、磨きこまれた食台の前に坐ってみると、つんつるてんの着物を着て不精髭をはやした伊之吉の姿は、いかにも人相がわるくて、いっそう今のおちぶれた生活を思わせた。

「この野郎はね、すっかりシケていて、もう五年の上も牛肉なんて結構なものは食ったことがねぇんだそうだから、せいぜい早く持ってきてやってくれよ」

女中が注文をうかがいにくると、そんな冗談口までたたいた。五年の上などと言ったのは、むろん与作の出まかせであったが、伊之吉が牛屋の軒などをくぐったのは、たしかに久しぶりであった。

「……今日は誰に頼まれてきたんだい」

伊之吉が口を切ったのは、鍋の物がフツフツと煮立って、もうそろそろ手をつけはじめるようになってからのことであった。

「うん……」

与作もその質問には先を越された形であったが、すぐにまた持前の笑顔に返っていた。

「どうせ話し出そうと思っていたことなんだから、先に切り出してもらったほうがよかったくらいのもんだ。……お前は幾つになったんだっけ」

「二十六だよ。……知ってるくせに」

と言ったのは、歳をたずねられた瞬間に、先刻からの自分の勘が当っていたなと感じたからであった。結婚の問題に相違あるまい。仲人にきていながら、婿の年齢をたずねたりする必要はない筈であった。

「そうくりゃ話もしいや。……それじゃ、相手は誰だと思う」

「さァ。……まさか伯父さんのところの清ちゃんじゃないだろうし」

「馬鹿をいえ、あいつはまだ十三じゃないか」

「へえ、もうそんな歳になったのかい」

「はぐらかしちゃ駄目だ。……お前の知っている娘《こ》だよ」

「俺が知ってるって」

「お武さんの従妹で、お屋敷奉公にあがっていたろう、ほら……」

「お留さんかい」

と言ったきり、しかし、伊之吉は口を噤んでしまった。大袈裟にいえば、開いた口がふさがらなかったのである。

「そうだよ、お留ちゃんさ。……あの娘はお屋敷奉公にあがってるくらいだから行儀もいいし、お針もなかなかいけるそうで、難を言えば、ちょっと耳の遠いところかな」

「それが困るじゃないか」

「遠いと言っても……」

「駄目だよ、そんな仲人口なんか。……俺がかんじんの当人を知ってるじゃないか。あれでよく奉公なんぞがつとまるもんだ、お屋敷じゃ何をして働いているんだろうと思っていたくらいなんだ。まるっきりの金ツンボじゃないか」

「それほどでもないよ」

「それに、歳だって俺より二つ上だしさ」

「うん」

答えたきり、さすがに與作も言葉がつづかないらしく、またしばらくしてから溜息をつくように言った。

「俺もはじめからこの話は駄目だろうと思ってたんだ。お前のことわるのも無理はないよ」

「そいじゃ、何故そんな話を持ってきたんだい」

あっさり兜を脱いだ與作に、伊之吉は却って怒ることもならなかった。

「実はね、俺はもう一つのほうの話を持ってお前の家へいったんだ。そうしたらお武さんがね、その話も結構だけれど、どうせ婚礼の話を持ってきてくれたんなら、はじめから伊之ちゃんには会ってやってくれるつもりだったんだろうから、ご足労の親切ついでに、松元まで様子を見にいってくれないか、そして、伊之ちゃんに会ったら、そっちの話を出す前に、一応はお留のことを聞いてみてやってくれないかということだったんだよ。……お武さんにしてみれば、自分の口からは言い辛いだろうし、お留ちゃんもだんだん歳をとってくるからね、あんな耳の不自由な娘だけに、不憫で仕方がないんだろう。せめてお前なら貰ってくれるかと思ったって無理もないんだよ。……だから、お前がいやだと言えば、もうこの話はやめる。ただそれだけなんだから」

気にかけるまでの必要もないことなのだと言ったが、話の出ぬ以前と出てしまった後とでは大変な相違である。よしんばどこでそんな話が出ていたにしろ、自分さえ耳に入れていなければかまわない。いったん話を聞いておいて拒絶したということになれば、お留との感情はいざ

知らず、お武とのあいだには、この先気まずいものが生じてくるのではないかと、伊之吉には

それが何よりもの重荷であった。

「そんなことはないさ」

与作が事もなげに打ち消したところで、伊之吉には吹っ切れぬものが残らずにはいなかった。

しかし、与作は伊之吉の心にこだわらず、自分の話だけをつづけていった。

「で、もう一つの話というのは、矢ノ倉（現日本橋一丁目）に銀月っていう料理屋があるんだけれど、お前は知らないかなあ。俺んところの古いお得意で、なかなか通った店なんだよ。そこで働いている、お秋ちゃんていう、料理場じゃなくて座敷の女中さんなんだ……お前が仲人口はきくなって言うから、今度はもう正直に言うけど、俺は旦那からじきじきの話で、ずっと前から、誰かいい人があったら世話をしてやってくれと頼まれていたんだけれど、あんまり別嬪というほうじゃない。頼まれたって、いやなものは世話をする気にもならないんだが、俺はその働きっぷりを見て、それに惚れこんだから世話をしようというんだけれど、どうだい、いっぺん逢ってみようという気はないかね……石切橋じゃ勇さんも喜んで、そういうことにでもなれば、またお前も帰ってくるだろうと言っているんだ。お武さんにしたって、お留ちゃんの話まで出したのは、お前に帰ってきてもらいたいからで、この節のようにお前が寄りつかなくなっちまえば、やっぱりお父ッつあんに対しても気兼ねだよ。な、だから帰ってやれよ。

帰ってやれば、勇さんやお武さんだってどんなにうれしいかしれないんだから」

帰れば帰るで、またしてもあの居候意識がつきまとうばかりなのだと、伊之吉はそう聞かされても気が重かった。きっと迎えにくるだろうとはひそかな期待であったが、考えてみれば、楽しくもないわが家であった。

それにしても、いつまで松元の二階になど寝転んでいても仕方はないのである。今度こそ先方から膝を屈して迎えにきているのであれば、これが絶好の切り上げ時かもしれない。松元の職人部屋を引払って、どこか他の工場に鞍がえをしようとしても、着て出かける着物一枚持たないようなありさまでは、こんな時機でもつかまぬかぎり、浮かぶ瀬も見出されないのである。

(——どうせ帰るんなら、すこしは恩にきせてやらなくちゃ損だからな)

まだ見たこともない相手との結婚話など、胸を騒がせる値打もなかった。世話をしてくれるなら貰ってもいいとは考えたが、自分ももう歳が歳だからと、伊之吉には他人事のようであった。——家には戻っていく代りに、質屋の蔵に行っている衣類のほうは全部受け出してもらうことにするかなと、そういう不埒な交換条件まで脳裡に想い泛べながら、伊之吉はなおも煮詰った鍋の牛肉に箸をつけていた。この半年の生活は、それほどにまで、彼を意地ぎたない男にしてしまっていた。

三

伊之吉もいったん茶屋遊びの味を覚えてしまっていたのだから、まんざらの素人娘などよりは、却ってそんな店に働いていたような女のほうを気に入るのでないかという意見であったが、もともと川勇も料理屋には違いなかった。おなじ嫁を迎えるなら、たとえいささかでも家業の手伝いができるような女こそ望ましい。いや、川勇が迎える嫁は、身内のお留以外から求めるとすれば、是が非でもそういう女でなければならないのだと、勇吉たちには、むしろ自分たちの都合を先に考える心のほうがまさっていた。それだからこそ、その話も、却って急速に運ばれていった。

伊之吉が形ばかりの祝言をしてお秋を迎え入れたのは、その翌月の大正六年十一月末のことであった。伊之吉が二十六歳だったから、彼とは二つ違いのお秋は、そのとき二十四歳になっていた。当時の、それも彼女のような環境に育った者としては、晩婚であったというべきであろう。お秋は貧しい一家を助けるために、幼少の時分から料亭などへ女中奉公に出ていた身であった。彼女もまた結婚の以前から、すでに働く機械であることを、その身に要求されていた女の一人であった。

矢ノ倉は柳橋と浜町とのあいだに挟まれているような土地で、割烹店の座敷に出ていたなどといえば、容貌の美醜はともかく、一応は垢ぬけのした女を連想されても致し方あるまい。ところが、お秋はどこに一つ粋なところもそなえてはいなかったばかりか、却って全体としての印象は、健康でがっしりとして、派手っ気なところなどはみじんも持ちあわせていなかった。人混みのなかを歩いていても、遠くのほうからそれと認められるような女ではない。服装や化粧のためからばかりでなく、つつましい、内輪な性格が、彼女をそういう女にしていたのであろう。與作も別嬪ではないと言っていたが、お秋は白い肌ばかりがただ一つの強みで、ぽてっとした感じをたたえた、福相の持主であった。受け口は愛嬌のしるしであったが、眸の光は忍耐の強さを語って、ゆたかな頰には働いてきた女の艶があった。

伊之吉にしてみれば、せっかく婚礼をしても、どこに一つ夫婦が落着いている場所もないことをはじめから知りぬいていたから、すぐにも家を持たせてもらいたいと考えたのであったが、松元の職人部屋を引き揚げるについては、洗いざらい叩きこんであった質草を受け出してもらうことが先決の問題で、一遍に自分の意志ばかりを主張するわけにはいかなかった。

「こんなゴタゴタの最中なんじゃないか。それもほかの場合じゃない、親の家へ帰ろうっていうのに、そんなことを言いだす奴もないもんじゃないか。半年とは言わないから、せめて二、三ヵ月のところを待てよ、な。……縁あればこそ仲人までつとめてみれば、俺だってお前やお秋ちゃんには味方でこそあれ、けっして敵じゃねえよ。だから、ここんところはもうちっと辛抱をして、すこしは勇さんやお武さんの気がすむようにさせてやるさ」

与作はそう言ってなだめたが、どうして今度という今度は、誰も彼もが、これほど自分を川勇に呼び戻し、引き留めたがっているのか、これまでとはあまりにも違いすぎているだけに、伊之吉には、却って父やお武の心持がつかめなかった。いかに何でも、これを機に、ふたたび伊之吉を川勇の調理場へ立たせようというのではあるまい。父親ももうさすがに、その希望だけは棄ててしまっているらしいのである。とすれば、理由はもっとほかのところにあると見なければなるまい。――気がかりになってくるのは、お留との話を破談にしてしまったという一事であった。当のお留は知らずにいるとしても、お武がこの結果に対していい感じを持っている筈は、まず絶対にあり得ないことである。とすれば、坊主を憎むあまり袈裟までが憎らしくなるという結果も、十分に考えられる。お武から意趣晴らしをされるのは自分だろうか、それともお秋だろうかと案じながら、婚礼の日取りも差し迫って川勇に戻ってみれば、その理由は、まったく思いがけぬ意外なところにあった。

鳥越の下駄屋を追い出されて以来、仙助がどこに奉公に出ていこうという気持もなく、そのままだらだらと川勇の家に落着きこんでしまっていたからであった。意気地のない彼は生まれつきの怠け者で、満足には奉公もつとまらぬくせに、一方では遊びの味などを覚えてしまって、お武がそっと尻拭いをしてやったことも一度ではとどまらなかったのだという。まだ二十一歳でしかなかったのに、まったく箸にも棒にもかからぬグウタラであった。――生さない仲のお武にしてみれば、そんな仙助を手許に抱えていながら、伊之吉一人を、いつまで捨てておくこともならなかったのであろう。與作が今度の話を持ってきてくれたのをいい潮に、是非とも伊之吉を呼び戻してくれと依頼した彼女の心裡はといえば、何よりも先に世間への思惑が働いていたからであった。いずれは出ていくにしても、ともかく結婚に前後する期間を、伊之吉はまたしても川勇に戻って、今度は新婚のお秋とともに父親の許で暮らすことになった。

ふとした不注意によって、勇吉が帳場に置き忘れた手提げ金庫の中から、五百円の金が失なわれたという事件が生じたのは、ちょうどそうしたあいだの出来事であった。

「やい、こら、出せ」

帳場という場所が場所であったし、人間の出入りがはげしい客商売であれば、一応は使用人や客たちにも疑いをかけてみるのが順当であったろう。ところが、勇吉の疑いは、すぐさま伊之吉に向けられていた。廊下を急ぎ足に通り抜けて奥の間に入ってくると、いきなりそこに坐っていた伊之吉の襟首を鷲づかみにしていた。有無は言わせないぞという剣幕であったが、実際に盗んだ当人なら、いつまでそんなところにまごまごしている筈などはなかった。

「……出せって、何を出すんだい」

「知らばっくれるな」

言いざま、もう横っ面をぴしゃりっときた。伊之吉は打たれても叩かれても何のことか見当がつかないから、呆然として父親の顔を見上げているよりほかはなかった。気配に驚いてお武とお秋が駆けつけてきていたから、勇吉もさすがに押しとどめられて坐ったが、聞いて呆れたのは伊之吉のほうであった。

「伊之ちゃん、もしかして悪い気を起したんなら早く謝ってしまいなさい。……そりァ人間誰だって出来心ということはあるんだから」

お武までが疑いをかけている様子であった。彼らにしてみれば、松元の工場を引き払ってきた折の伊之吉がどんな状態であったかということを十分に知り抜いていただけに、疑いをかける心持も強かったのだし、伊之吉にしてみれば、身に覚えのないことは知らぬと言い張るよりほかはなかった。けれども、いったん事態がこうなってしまった以上、いかに知らぬ存ぜぬで頑張り通してみたところで、明らかに犯人ではないという証拠の見出されるまでは、相手の疑念が晴れていかないのも当然であった。それでも、さすがに結婚の直後で、新妻のお秋が傍に控えていては、以前ほど手荒な真似もできかねた。

「しぶとい野郎だ」

と言いながら、勇吉は長火鉢のところへ戻ったが、みんな黙りこくってしまって、何ともいいがたい気詰りな瞬間ができあがっていた。

伊之吉も言う言葉がなく、そのまま不機嫌に縁側のほうへ足を投げ出していたが、気がついて、ふとガラス戸越しに暗い中をすかして見ると、僅かな風に吹かれながら、裏木戸の開け放しにされているのが眼についた。彼はその二、三十分前に外出先から戻ってきて、木戸のサルはお秋に閉めさせてあった筈であった。

「お前、さっき、木戸はたしかに閉めておいたか」

伊之吉がたずねると、お秋はたしかに栈をおろしておいたと言う、しかもガラス戸を開けてみると、彼女が揃えておいた筈だという伊之吉の空気草履（明治末から大正はじめにかけて流行した、踵の部分にバネをいれて空気の入った感じのする草履）も見えなくなってしまっていた。誰かが伊之吉の草履を履いて、そこの木戸から逃亡していったという事実は、もはや疑う余地がなくなっていた。——勇吉の嫌疑が晴れると同時に、その折の下手人が、もともと屋内にひそんでいて、内側から出ていった者に違いないという事実は、何としても動かしがたいものになった。

人もあろうに、真犯人は仙助であった。吉原に流連していたところを怪しまれ、日本堤署からの照会によって仙助が川勇に連れ戻されてきたのは、それから中二日をおいた四日目のことであった。

「兄《あに》さんに謝まんなさい」

お武は伊之吉の前に連れてくると、手を突いて謝罪させようとしたが、

「そんなこたぁしてもらいたくない」

仙助の顔も見ずに、フラリと外に出ると、伊之吉は三時間ほど戻らなかった。

しかし、不愉快なことはそればかりにとどまらなかった。お武にしてみれば、仙助ばかりが悪者扱いにされるのを可哀そうに思う心持であったからかもしれない。所もあろうに、彼女はノコノコとお秋の実家に出かけていくと、娘さんを娶《めと》らせるについては質草を受け出してやるだけでも何百円の金がかかっただの、若松町の工場をはじめたりたたんだりの騒ぎでは三千円からの損害をかけられているのだから、伊之吉には今後ふたたびこんなことを繰り返させないように、あなた方の口からお秋さんにもかたがた注意をしてやってもらいたいなどと、何も知らない親たちに訴えたりきめつけたりしていた。

今度の婚礼に際して質草を受け出してもらったという事実については、何と言われても頭が上らなかったが、若松町の工場の経緯から三千円もの迷惑をかけたというのは、何の根拠もないことである。はじめに出してもらった資金は七百円で、その後にはたった一度だけテツメニスキイとのいき違いから五百円の金を借りたことがあっても、それはすぐその翌日耳を揃えて返済した。それだからこそ、あの月の美しい夜のような事件も生じたのではなかったのであろ

うか。工場をたたむ折にはいろいろの債務を整理して、それでも五百円という金が残った。前に出してもらった七百円には足りないけれどもと言って、父親が再三受取らぬとまで言ってくれたのを、無理にも返済したという事実を、お武が知らない筈もなければ忘れている筈もあるまい。そう考えれば、実際に迷惑をかけたのは二百円というわずかな金額で、それも父親のはじめの言葉を楯に取れば、伊之吉にくれた筈の金であった。受け出してもらった質草にしたところで、点数の夥しかった割には、もともとが利子の嵩ばむことを恐れて、安く安くと取ってもらっていたものばかりだっただけに、何百円などという金額に達している筈はなかったのである。

そんなありもせぬことを、わざわざお秋の実家に出かけていってまで喋り立ててくるというのは、いったいどういうつもりなのであろうか。ついすこし以前までは、あれほどまで戻ってこいこいと騒いでいたお武が、今度はどうして俄かにこんな態度に出たのか、伊之吉には彼女の心持の程が知れなかった。それが、もしもお留との破談に端を発しているとすれば、そのとばっちりがお秋の上にはねかえっていく場合も、一応は考えておいてやらなくてはならなかった。自分だけならば、どんな目に遭ってもかまわない。伊之吉も独り身の以前のように、呑気にばかりは落着きこんでもいられなかった。

それかといって、今の伊之吉には、どんな貧弱な世帯にしろ、一戸を張るというだけの資産もない。心だのみにしていた與作も、その後は商売の忙しさに追われているのか、とんと川勇には顔を見せなかった。今はお秋のためにも、何とか打開の道を求めたいと考えていながら、仕事に出るでもなく川勇に無為の日をすごしていたのは、まだ松元時代に染まった懶惰《らんだ》の気風が抜け切ってはいなかったからなのであろう。

しかし、そうした伊之吉の希望は、意外に早く達される時がきた。彼の望んでいたものとはまったく別の形であったけれども、とにかくそれの実現される時がきたのである。

さあ約束の家ができたよというお武の言葉だけを聞けば、どれほどへんぴな郊外の、よしんば九尺二間の長屋にしろ、一軒の家ないしは借家を想像せずにはいられない。お武ももうとっくに四十歳を過ぎている。長いあいだには勇吉の性格にも染まっていたのか、すっかり性急な気質になっていて、その言葉と同時に、今度はさあさあとせき立てるように荷造りをさせた。

嫁入りというからには、鏡台の一つぐらい持ってくるのが当然であったが、お秋は自分が働いて、実家への仕送りをつづけていたような身の上であった。仲に立った與作の話では、どのみち川勇の住居はせまくて、そんな物を置く場所もないということであったから、お秋はわずかながらも婚礼の支度金にと思って貯めてあった金までも、一と思いに実家へ仕送ってしまうと、伊之吉のところへは、着のみ着のままでやってきたのである。荷物といっては、夫婦合わせても柳行李が三杯あるきりで、荷造りにも、支度にも、何らの手間暇もかからなかった。

お武にともなわれていった先というのは、蔵前の専売局の裏手にある鳶職の家で、彼女が新婚の伊之吉たちを落ち着かせようとした場所は、その家の二階にある四畳半の一ト間であった。――北向きであったし、一方だけについている窓を開け放っても、いきなり鼻の先に専売局の赤煉瓦が建ちふさがっているという、いかにも陽当りのわるい部屋であった。いつ取り代えたのか見当もつかないような古畳は、すっかり褐色に焦げていたばかりか、縁もすり切れてしまって、襖の破れ目には、小学生の習字に使ったらしい半紙が稚拙な文字の跡を遺したまま、裏返しにして貼りつけてあった。

歩く度にギイギイと鳴るせまい階段を昇り降りして、ようやく行李をその部屋に運び上げたかと思うと、ほとんど腰をおろすほどの暇もあたえずにお武が出ていこうとするから、二人はまたその後にしたがっていくと、彼女は和泉橋の先にあたる佐竹町の道具屋に入って、妙に塗りの黄色く感じられる安物の鼠入らずを買った。もう二円ほどはずめば、はるかに見映えのする品物があったのに、お武は中でもいちばんの安物を選んだ。もちろん、伊之吉たちには何の相談もしなかった。そして、さっさと金を払ってしまうと、彼女は鳶職の家まで届けるように命じて、また自分から先にその店を出た。

「あんた方はね、これからあの二階で自炊をするんだから、どこかその辺で箸や茶碗を買ってお帰り。……あそこの間代は五円で、今月の分はもう払ってあるからね」

お武は、ようやく重荷をおろしたとでもいいた気に、やれやれというような顔で言った。茶碗と箸だけで食事ができる筈はない。漬物を食べるにしても、小皿の一つぐらいは必要であった。鍋釜から七輪、俎、包丁の類まで買いととのえれば、相当の額にのぼるであろう。その金を負担してくれるとは考えられなかったが、二人のつもりでは、お武ももう一度鳶職の家までは戻ってくるであろうと思っていた。けれども、その想像はみごとにはずれて、お武は川勇もそろそろ夕方の客がたて混んでくる時刻だからと言った。ひどく冷淡な口調であった。

「そいじゃ、大事にしなさいよ」

鼠入らずを買ってよこしたのは、はじめての世帯を持った時にも、何一つあたえてはくれなかったと、後日になってから言われぬ先の用心であったかもしれない。買ってくれるならば、丼小鉢の類のほうが、どれほど役に立つかしれなかったのに、わざわざあまり役にも立たない物を買ってよこしたのは、却ってお武の底意地わるさであったろう。言いながら、近づいてきた電車のほうへ立ち去っていった彼女の後ろ姿もまた、身ぶるいをしたくなるほどの残忍そのものの冷たさであった。

お武を乗せた電車が眼の前を走り過ぎていってしまうと、二人は、一瞬、折から夕刻の往来はげしい車道にぼんやりと立ちつくしていたおたがいに気がついて、あわてて人家の軒下のほうへ後ずさりをしたが、どちらからともなく顔を見合わせて笑いあうほかには、この場合どんな表情をも作り得なかった。

「おっ母さんの履いていた下駄を見たかい」

と伊之吉はたずねたが、お秋には、質問の意味が十分に汲み取れなかったらしい。

「何でもないんだ。……ただ、紫色の鼻緒じゃなかったかと思ったんだ」

そう言いながら、伊之吉は袂をまさぐったが、煙草は鳶職の家の二階に置き忘れてきてしまっていた。

(——自分たちの新世帯は、こんなふうにはじまるのだろうか)

あわただしい黄昏の雑踏にもかかわらず、二人の心は不毛の荒野をさまようよりも心許ないものであった。このうえ馴染みの薄い町で箸や茶碗などを買って歩いたりすれば、いよいよ侘しさはふかまるばかりであろう。

鳶職の家の二階は四畳半の一ト間で、この部屋の前住者が残していったものか、欄間にただ一つだけ、両陛下の写真を入れた額のかかっているのが、却って部屋ぜんたいを殺風景にしていた。落着いて腰を据えている場所もないような思いのする川勇での日常に比べる時、この部屋のせまさは、せまいだけに、どれほど安らかであったかしれない。火鉢ひとつ、座蒲団一枚あるわけではなかったが、行李から取り出した毛布をひろげて敷くと、何か部屋全体の空気も温まった思いであった。夫婦のほかにはただ一人の人間もいないということは、それだけでも、もう十分にしみじみとした思いをあたえてくれるのである。けれども、婚礼のごたごたからこのかた、まるきりどこへも働きに出ていなかった伊之吉の懐中は、もとより無一文にひとしくなっていた。お秋にしたところで、嫁入ってくる折に財布の底をはたいてしまって、川勇に身を置いてからというもの、髪結いにいったり、多少の買物こそしてはいても、一銭の収入もあったわけではない。日が暮れきってから運送屋の届けてきた夜具などを運びあげて、二人がおたがいのガマ口を開けてみても、その合計が二円五十銭にも足りない金しか持ち合せてはいなかった。

「クヨクヨするこたぁねえさ」

橙色の光を落す仄明るい電燈の下で、暗然と肩を落しているお秋を見ると、伊之吉は慰めるように言ったが、これもまた、お留を迎え入れなかったことに対するお武の腹いせの一つであろうかと、何か思い知らされた心を禁じえなかった。

その晩はお秋とともに近所の蕎麦屋へいって親子丼を食べてくると、伊之吉は、早速その翌日から働きに出ていかなくてはならなかった。

四

腕はよかったし、仕事にさえありつければ、どうやら食いつないでいくことだけは自信があった。内容より地理的な条件を第一の理由として、伊之吉がいきなり手近な蔵前の靴屋などへ飛びこんでいったのは、まず何よりも、鳶職の二階から仕事場までかよっていく日々の交通費を惜しんだからであった。

蔵前の店は、三筋町の店と五十歩百歩の貧弱きわまるものであったが、今は規模の大小などを云々していられる時ではない。午の時間になれば、小さな鍋と飯櫃を大事そうに風呂敷へ包んで、お秋が食事を運んでくる。今までの過去が過去であれば、可憐というような感じなどは求められなかったが、さすがに新妻らしい初々しさはあらそえなかった。

そんなお秋の様子を見るにつけても、独り身の折とは違って、いまさら友達の家に転がりこんでいくこともならなければ、厄介になることも許されないばかりか、世帯道具から買いととのえていかなくてはならぬ立場だと思い返されてくる。一銭の金もおろそかには使えぬどころか、すこしでも多く稼ごうとするから、ナオシの仕事でもあれば、彼は喜んで手を出した。今にして憶えば、働いて金銭にあくせくすることばかりが人間のすべてではないと考えたことなども、けっきょくは生活に多少の余裕を持っていた折の観念にすぎなかったのだとかえりみられてくる。

伊之吉にとっては、今こそ働くことが食うことであった。食うことが生きることであった。生きていくためには自分の腕をかじり、みずからの脛に喰らいついてでも、収入を上げていかねばならない、たとえ二十円が十円でも余裕をつくり出さないでは、明日の米にも心を痛めねばならなかった。そんなにしてまでも生きていかねばならぬ人生なのであろうか。人生とは何物であろうかと疑う心をわずかにまぎらせてくれるものが、仕事であった。仕事の意義を、たしかさを、しっかりと信じたためではない。仕事が、沈もうとする心をわずかにまぎらせてくれたのである。集中しようとするものを、ようやく散らしてくれていた。

見るからに貧弱な構えであったし、こんな店にかよっても、果して仕事があるだろうかと危ぶんだのにもかかわらず、働きに出てみれば、松元の工場にいたころよりも却って仕事が多いくらいであったのは、伊之吉の窮状にとって、せめてもの僥倖というべきであったろう。それにも増してありがたかったのは、質屋に追われる利子の心配が要らぬということであった。松元の職人部屋にトグロをまいていた時分には、質屋へ運ぶ利子だけでも容易ではなかった。利子を入れるために新たな質草を捜す必要があったくらいで、働いて稼げば、稼いだだけのものが生計の助けになることは、この乏しい苦しさのうちにさえ見出されるたしかさであり、わずかな意義であった。二円が一円でも持って帰れば、鳶職の家の二階には、それを喜んでくれるお秋の待っていることも、今までの伊之吉の身辺にはまったく見出されることのなかった、確実な手応えのくる温かさであった。自分を信じて、自分にもたれかかっている者があるのだと感じる責任の観念は、今までのように放埒な自分勝手は許されないのだというしめをあたえた。いましめは強く生きろと伊之吉の耳に囁いていた。

三筋町にかよいはじめた時分には、おのれの落魄ばかりが悲しまれて、誰にも自分の顔を見られたくなかった。まだ若松町時代のおのれに比較せずにはいられぬ見栄もあれば、外聞をかまう心持もあって、かえりみれば慙愧すべき自身であった。けれども、今はもう妻帯して、組橋の職人部屋ではあんな暮らし方をしてきた後であったから、以前の友人たちと顔をあわせることにも、羞恥はともなわなくなっていた。

いろいろなことが起る時には起るもので、折も折、伊之吉が横須賀の原隊に二十一日間という演習召集の令状を受取ったのは、それから何日も経たぬうちで、ぼつりぼつりと炊事道具などを買い集めていたから、入るものは入っても出るものが出てしまって、そんなささやかな世帯ですら、何ら貯えもととのってはいないうちのことであった。

鼻のつかえそうな四畳半一ト間をあてがってくれた時でさえ、みすみす伊之吉の懐が乏しいことを承知していながら、猫の子を棄てるようにあしらった親では、心だのみにするほうが間違っていたのかもしれない。自分の世帯を他人の庇護に依存するという態度からして、根性骨が腐っているのだと言われてしまえば二の句はつげなかったが、ほかならぬ召集というような場合であれば、まさか川勇でもお秋を見殺しにすることがあるとは考えられなかった。伊之吉の性質として、いかに相手は親でも、家を留守にするからよろしく頼むなどと言って、相手の前に頭を下げていくことは業腹であった。

「二十日や一ト月ぐらいじきに経っちまうわ。大丈夫だから、安心していってらっしゃい」

お秋は心ぼそいような顔も見せずに言ったから、それに気を休めたというのではない。わざわざ頭を下げていくまでもなく、石切橋が何とかしてくれるだろうという空だのみさえ抱かねばならなかったのは、まったくの裸ん坊から新世帯を張ったばかりの彼として、のっぴきならぬ立場だった。

横須賀までの汽車賃のほかに、十円の小遣を用意していったが、隊に入ってみれば、おなじ大正元年兵で、ともに青島の戦野を駆けめぐった当時の戦友もきていたし、そればかりの金はたちまちなくなってしまったから、お秋にむかって手紙を出すと、折返し十円の小為替を送ってきた。

けれども、二十一日間の軍務をすませて帰ってみれば、出発前の彼の思惑はみごとにはずれていたばかりか、お秋はまだ不案内な近所まわりの家々からもらってきた裁縫の賃仕事をしながら、自分は米を買う金にもこと欠いて、粥を啜っていたというのである。

「待っていたわ」

と睫毛を潤ませたが、訴える受け口の唇は震えて、ぽてっとした福相の顔にも、一抹の衰えの翳が射していた。二筋三筋おくれ毛の乱れているのも、憔悴の傷ましさであった。

辛かったであろう。お秋は誰の妻でもなくて、この女こそ自分の女房なのだと、その背に自分の腕をまわした時、伊之吉ははじめて人妻の持つ何かに触れた。柔くほの温かい肉体の感触であろうか。違う。夫以外には何物をも持たぬ女の、ひたむきな祈りにも似た真剣さ、真っ裸の信頼の姿に打たれていた。

「お前もまたお前じゃないか。黙って引込んでるなんて法はねぇよ。石切橋へ転がりこんでいってやればよかったんだ。あの家へいきづらかったら、着物でも何でも質へ叩きこめばよかったじゃないか」

と言ったが、もちろんお秋をきめつける言葉ではなかった。

「そんなこたぁできないわよ」

実家には帰れず、銀月にはいかれず、與作も頼ってはいかれないとすれば、ただ一人じっと辛抱して、伊之吉の帰りを待っているほかはなかったのであろう。淋しく眼許で笑ったが、忍耐に輝く眸の光は喪われていなかった。

「待ってろよ。俺が帰ってくりゃ、もう苦労はかけねぇからな」

言いおいて伊之吉は近くに住む友人のところへ駆けつけると、なにがしかの金を借り受けてきて、その夜はお秋にも久しぶりで食事らしい食事をとらせてやった。

働きにさえ出ていれば、どうやら食いつないでいかれるにしたところで、そのころの世間一般が持つ様相は、表面の静穏さにもかかわらず、底知れぬ薄気味のわるさをたたえていた。

――大正五年ごろから、西欧交戦国の物資不足を補うため、その供給国となっていたわが国は、次第に景気も恢復して、一応は市場も活況を呈したが、その一方では物価騰貴につれて、米価も高騰の一途をたどっていた。六年はじめには一石十六円三十七銭であったものが、年末には二十三円八十六銭にのぼっていた。しかも六年度に於ける不作の影響は、いっそういちじるしく七年度の相場に反映して、七月下旬には三十円を越えた。そのため、同月末から八月初旬にかけて各地の取引所には立会い停止が続出したばかりか、出廻りは減るいっぽうで、八月七日に至って白米小売相場は、一躍一升五十銭にまでのぼってしまっていた。八月五日、富山県滑川町に生じた一揆は、九日さらに同県の東水橋町、西水橋町、魚津町にも拡大した。そして、ついには一道二十四府県、百三市町村という広範な地域にまで波及して、焼打ちをともなった、あの全国的な「米騒動」になっていったのであった。――伊之吉も勤めを休んで、夜は早くから戸じまりをすると、電燈を消して、ひっそりと息をころすように暮らした。

騒動は約三週間の期間で完全に鎮められたが、騒動がおさまったというだけでは、世上の不安までが一掃されたということにはならない。街頭に戯れる無心な児童たちの片言にまで「フケーキ」であるとか「ブッカトーキ」という生硬な述語がのせられて、深刻な世相は沈潜した苦悶の状態に入ろうとしていた。戦時景気の余波をただよわせながらも、不気味な暗雲をはらんで灰色の憂色にとざされていた。

どうした風の吹きまわしか、川勇のほうから仙助を使者に立てて、牛込の横寺町にある家作《かさく》にでも入ったらどうかという言葉を伝えてよこしたのは、二人が蔵前に引き移っていってから四ヵ月ほどの時が経過して、小さな世帯は世帯なりに、どうやら落着きを見出そうとしていた時分のことであった。

演習召集を受けた留守中の非道にすらちかい仕打ちは、やはり意識的な行為ではなく、お秋がこちらから泣きついていかなかったための結果だったのかもしれない。けれども、こちらが文無しも同然の状態であることを承知していながら、みすみす窮地へ突き放した親たちであった。それを思えば、いまさらおいそれと先方の言葉に従うのも、あまりに意気地のなさすぎる話であり、立ててよこした使者が仙助であることも、いっそう気にいらなかったが、そんなことにこだわって、いちいち神経などを立てていては、とうてい交際のつづけられる相手ではない。家というのは二階家で、家賃は二十三円だが、二階の八畳と六畳の二タ間を貸せば、

十四、五円は取れるだろうし、賄付きの間貸しをするつもりなら、米も俵で仕送ってやろうという。

感情のいざこざはともかく、お秋はよそからきた人間であった。仙助の前ではあからさまにも言えなかったが、舅や姑の機嫌も読まねばならない立場であった。伊之吉にしても、もとより事を荒立てることが本位でもなければ、目的でもなかった。先方が折れてさえくれれば、いつまでつまらぬ意地を立て通しているには及ばなかった。米の仕送りなどは辞退をしてしまえばいいのだし、貸し間をしながらでも家賃さえ欠かさずに入れていれば、誰に気兼ねをすることもないだろうというお秋の言葉にも、そう言われてみれば、なるほど一応の理屈が見出されなくはなかった。今度のことにしろ、何かまた仙助に失敗があって、その申し訳の埋め合わせに家を提供しようとしているのであるなら、こちらも、それほどまで固苦しく考える必要はないのだ。

ただ、ここで考えねばならないのは、世帯の間口をひろげれば、それだけ月々の経費も嵩んでいくだろうということであった。貸し間をするにしろ、わずか五円という間代を支払っている現在の生活から、いきなり二十三円という家賃の家に移っていくことは、いささか冒険であった。それを承知の上で、伊之吉が転居をすることに決めたのは、何よりもまず嫁の身という、お秋の立場を考えての上のことであった。お秋の嫁という立場を考慮することは、もちろんその半面に、この先ざきも、好んで川勇との折合いをわるくしたくはないという心がかよっていたからであった。

一ト月、二タ月——転居をしていってから後も、伊之吉は従前に変らず蔵前の店にかよいつづけていたが、彼ほどの腕を持って、他人よりも余計に働くようにしていてさえ、月々の稼ぎは、たかだか六十円ぐらいにしかならなかった。さいわい二階の二タ間には、すぐに借り手がついたから、どうやらしのぎのつかないことはなかったけれども、體を元手とする職人の身が、世間の人なみのケチな物を食っていたのでは、満足な仕事のできる筈はないのである。この場合の贅沢はけっして贅沢ではなく、折からの物価高では、それでもなお相当に骨の折れる生計というほかはなかった。

自分ひとりの以前ならば、少々の貧乏もいとわなかったし、場合によっては感傷に溺れて、淪落《りんらく》の甘さに酔っていることも許されないではなかったが、毎日出勤の行き帰りに乗り降りする肴町の停留場は神楽坂上で、あの藁店は眼と鼻の先である。藁店時代への回想は、いやでも、自分の足跡を振返らせずにはおかなかった。日野屋をきらって飛び出た原因のうちには、小泉夫婦に対する反感もあったにしろ、林田への逃避行は、何よりもまず、みずからの技術の向上ということが目的になっていた。そして、一応はその目的の境地に達した自分であったが、それにしては、あまりにも惨めすぎる現状ではなかろうか。若松町の工場を潰して、松元の職人部屋から拾いあげられた後の今は、もう事を起したくなかった。演習召集から帰ってきた時も怒らず、越せと言われれば、素直に横寺町に越してきたのも、そのためであった。にもかかわらず、伊之吉の心のなかには、もういいかげんに立ち上らなくてはならないという声が囁いていた。若松町時代ほどの全盛は取り返せないまでも、せめて一本立ちの以前に戻りたいという心が、せつない誘惑となって、チロチロと燃えくすぶり、やがて燃えひろがろうとしていた。

第七章

一

いけるところがあるなら、伊之吉もどこか父親のところではない、ほかのところへいきたかった。気の進む道理はなかった。しかし、それを押して、ふたたび川勇へ、資金の融通を仰ぎに出かけていったのは、もとより何らかの成算があったからではない。ここで事業をはじめて、もう一度立ち上るからには、以前の痛すぎるような経験を、ふたたび繰り返すにはしのびなかったからであった。

いつかは返済のできる折もあるだろうというような、漠然とした話ではない。年内は覚束ないにしろ、来年の六月までには半額を埋めて、さらに半年後の歳末までには、それから後の残金もかならずきれいに片づけようというのである。それでもなお完済に至らぬ暁には、工場の名義をそっくり父親のものに書き換えて、自分はただの職長になろうという条件であった。もっとも、どんな事業も創立に近い期間ほど苦しいのはわかりきった話だから、親子のよしみで、当分のあいだ利子のほうは勘弁してもらうよりほかはない。その代り来年じゅうに借金の全額を償還してしまって、再来年になったら、あらためて全額の二割を入れようという条件まで持ちだしてみたのである。――これならば、虫のよい話にしろ、不当な申し入れではあるまい。それも、五千円の一万円のとまとまった金額ならばともかく、せいぜい二千円か三千円というほどの融通を願いでたというのに、勇吉はもう今度こそ何がどうあろうともできないと、にべもなくはねつけてしまった。

金銭の貸借などという関係が生じぬ以上、親子のあいだには面倒なこともからまぬというのは理屈である。理屈は納得できるのだが、伊之吉は遊興の尻ぬぐいに詰って泣きついたわけではなかった。その金を資本に、もう一度自分の工場を持って、新しい門出にしたいと考えていたのであった。それも、できない相談ならば仕方があるまい。往事の川勇ならいざしらず、伊之吉が横須賀にいって、大島の店や林田の工場にいたころからメキメキと勢いを盛り返しはじめた川勇は、座敷や居間にまで大工の手を入れたり、電話をひいたばかりか、今では何軒かの家作まで持っていて、どこをどう考えても以前の川勇ではなくなっていた。他人の懐中を勘定するわけではないが、今の川勇の世帯で一人息子のためならば、三千はおろか五千が一万の金でも作れぬことはなかろう。これまでに仙助のだらだらと使いこんだ金額がどれほどにのぼるのか、伊之吉は、いまさらそんなみみっちいことをとやかくあげつらう心はなかったが、自分で働こうという気がなくて、ヘタヘタと事業に失敗したのならば、何と言われても仕方があるまい。男らしくあきらめて、一生を他人から顎使いされる職人ですごすことも、あえていとわなかった筈であった。彼はけっして骨身を惜しんだわけではなかった。自分の生活をみずから盛り立て、盛り上げていきたいと思えばこそ席の温まる暇もないまで立ち働いても、そのたびごとに、却って手ひどく打ちたたかれてきてしまった。お武はもちろんのこと、勇吉にすらぐうたらな仙助を許容するだけの度量があるなら、すこしは自分の衷情も察してはもらえまいかと考えることが、かならずしも無理な願望や注文ではあるまいと思われたのであった。

あえて仙助のことなどをあげつらうまでもあるまい。伊之吉には、自分が真正面から商売の資本を借りにいけば、それを頭から寄せつけない父親の心というものがしれなかった。

(――あんな野郎をさんざんかばっておきながら、この俺には)

と、ひがむわけではなくても、伊之吉の胸には熱く突き刺さってくるものがあった。

むっと唇をむすんで、まだ十分に昼間の熱気が去りやらぬ戸外へ出たけれども、足には麻裏草履を突っかけ、単衣物の裾をはためかせながら、懐手に握り拳をつくって、埃びた江戸川の川っぺりを歩いていく伊之吉の心ははずまなかった。かっと瞳をみひらいてはいても、視線は宙に浮いていて力がなかった。毒々しいまでに赤っぽい太陽の色が、いまいましいほど眩しく頬を染めている。

以前の伊之吉であったら、勝手にしやがれとおのれ一人のふてくされから、そのままその辺の居酒屋に飛びこんでいって、いきなり飲めない酒でもひっかけるような気になっていたかもしれない。そのかわりに、頼まれても父親の前に頭を下げに出ていくことなどもなかった。しかし、彼も今では女房をかかえている。しかもお秋は妊娠をする身になって、来年の桃の花が咲く時分までには、彼も父親になろうとしていた。

気持をわるくするぐらいが関の山だから、あてにならないところへなど、はじめからいくのはやめたらどうかと、彼の出ていくことを思いとどまらせたお秋も、まさかこれほどの不首尾に終ったとは想像もしていないであろう。横寺町の家では、斜めに照り傾く夕方の陽ざしがいっぱいになっている台所で、一人とぼしい夕飯の支度でもしながら、首を長くして伊之吉の帰宅を待ちわびているに相違あるまい。

電車に乗れば却って廻り道になったし、歩いて帰ったところでものの三十分とはかからぬ距離であったが、このままのめのめと帰っていくことはできなかった。もとより自分の女房にむかって見栄など張る必要はなかったが、このまま手ぶらで帰っては男子の一分が立たぬ思いもあり、これから先の自分らの生活に、どう生きていくかという方角もつけねばならなかったのであった。

一方は伝通院へ、一方は江戸川橋から早稲田方面へ、もう一方は飯田橋から九段下のほうへ通じている大曲の三つ岐に立ちつくして、すっかり目算の狂ってしまった伊之吉は、これからどちらの方向へいくべきかと考え迷ったあげく、江戸川橋のほうからいちばん先にやってきた電車へ乗りこんでしまうと、その決断もおのずからあっさりと決まった。

いつまでグジグジと考えこんでいたところで仕方があるまい。親子とはいいながら、たとえ一時のあいだにしろ金を借りようなどと思った自分の根性がいけなかったのだ。できなければできないで、みずからその算段をつけるほかはなかった。

(――畜生、いまに見ていやがれ)

ゆくえの知れぬ先ざきを思えば、心も暗く沈もうとするのであったが、反対に居直る逞ましいふてぶてしさも生じた。仙助のようなやくざと一緒にされてはたまるかと歯ぎじりをする伊之吉の肚《はら》のうちでは、蔵前の鳶職の二階へ送りこんでおいて、そのまま早々のうちに逃げ帰っていったお武の姿を憶いうかべながら、かならず見返してやらずにはいられないという憤りが炎となって渦巻いていた。

自慢のできた話ではなかったが、俎橋にいた時分には何軒も質屋の馴染ができていて、中でも三崎町の美濃屋という店では、主人にも、番頭たちにも馴れしたしんでいた。質屋にむかって人情を望むのは、樹によって魚を求めるたぐいかもしれないが、顔に馴染みがあって、冗談口の一つも叩きあえるほどの仲であれば、すこしは値のほうも勉強をしてくれるであろう。おなじ質屋の軒をくぐるにしても、美濃屋ならどれだけか気楽であった。

大曲から乗った電車をすぐに飯田橋で乗り換えると、あいにく混雑した時間にぶつかり合わせて二台ほども乗りはぐってしまったために、水道橋で降りて橋を渡ろうとする時分には、つい先刻まで照りつけていた陽ざしもガクンと膝の折れるように傾いてしまって、俄かにいちめんの夕景色であった。ここしばらく雨がないために、乾ききった土の色ばかりがその中にくっきりと白くて、よろめくように蝙蝠が飛んでいる。皀莢《さいかち》坂（現神田駿河台二丁目）の上のほうには、ほんのり薄明りの残った中空にほそい新月がかかって、すがすがと美しかった。三崎町の停留場のところより一つ手前にある横丁を折れ込んでいくと、美濃屋はすぐ左側に見える土蔵の白壁が目印であった。久方ぶりで見る紺暖簾の色かたちにも、気楽で気ままな独り身であった往事の記憶はなつかしく刻みつけられていて、近づいていく伊之吉の眸には、いまさらのように現在の悲境がかえりみられてきた。

先廻りをして家に帰ってきて待っていると、美濃屋の番頭は二時間も経たないうちにやってきた。

お秋は、あらかじめ伊之吉から聞かされていたために、自転車を持ってきて格子戸を開けた番頭の顔を見ても、かくべつ驚いた様子はなかった。けれども、その番頭が座敷に上って、二段ばかり抽斗《ひきだし》を開けると、伊之吉からつづいてもう一段、もう一段とうながされて、一ト棹ばかりの簞笥はたちまち空っぽになってしまったのに、それだけではまだ不足だと言われて、けっきょく押入の中の行李にまで手が及んだ時には、さすがに頰を引きつらしてしまっていた。

「何をまごまごしてやがるんでぇ。中身ばっかりじゃねぇや、そんな簞笥や行李だって明日の陽の目を拝んでみろ、俺たちの手許からはおさらばなんだ。……どうせこの家は親父の家作じゃねぇか、美濃屋さんに家じゅうの物を持っていってもらっても足りなければ、畳や戸障子はおろか、屋根瓦から床板までおっぺがして叩き売っちまうんだ」

伊之吉は次から次へと持ち出されてくる衣類を、器用にひろげては片寄せて算盤を入れている番頭と、泣きべそをかきながら名残惜し気にその手許を見つめているお秋を前に、片袖をまくり上げて、悠然と胡坐をかきながら煙草をふかしていたが、もうこうなってしまえば、むしろサバサバとした心持であった。

蔵前の鳶職の家の二階に世帯を持って、粥をすすりながら辛抱をつづけて、ようやくここまででも築き上げてきた身上だと思えば、いっそう未練も残るのであろう。またしてもあの苦しさの中へ好んで逆戻りをしていくのかと思えば、彼女の眸には、伊之吉の粋狂が怨めしく映じているに違いあるまい。――そういうお秋の心根がわからないのではなかった。苦労をかけるのは可哀そうだと思っても、しかし、伊之吉は是が非でもなにがしかの金をまとめたかった。まとまった金を握らないことには、どうにもならなかった。

暑い季節のことであれば、羽織も外套も要らなかった。洗いざらい持っていかせてしまえば、却って未練も残るまい。裸一貫、これから先を死んだ心になって働こうという人間には、浴衣一枚あれば十分で、兵児帯もなくなれば、荒縄をからげて道を歩いても、巡査に咎められる気遣いはあるまいという肚が据わってしまっていた。

二

着たきり雀になったおかげで、兎にも角にも三百五十円という金をまとめることができたから、伊之吉はその翌日の早朝から家を出て走り廻った。

若松町で工場を開いた折は、川勇からもあまり遠くない場所をと心がけたが、もう今度はその必要もない。さしあたり神田か、神田に思わしいところがなければ浅草の方面をと考えたのは、靴屋という自分の職業が、同業者ばかりでなく、皮革商や仲買店などの多い、それらの土地が好都合だと思ったからであった。あそこでもないここでもないと迷い歩いた末に、足を棒にして吉野橋を渡ると、吉原の遊郭へ出ていこうとする途中の、俗に土手八丁と呼ばれている界隈であったが、ちょうど合力稲荷という小さな祠の筋むかいに、新築の三軒長屋を見つけることができた。運よく、そのはずれの一軒が空いていた。

目笊やバケツを並べて、懐炉やはたきなどをぶらさげた荒物屋と、もう一軒は塗師《ぬし》屋であったが、どうせ一つ長屋なのだし、かまうことはあるまいと考えたから、すぐ隣の荒物屋の店先へ飛びこんで、家賃や敷金などをたずねてみると、家主はじきこの先に見える材木商で、関谷庄兵衛という人物であることも教えてもらうことができた。――その店の婆さんはよほどの暇人なのか、或いはまだ開店をして間がないため、このあたりには客を持たずに店がさびれているためからなのか、かくべつこちらがさぐり出そうともしないのに、家主の関谷庄兵衛という男が「ウッチャリ拾い」というような乞食同然のところから叩き上げて、今では三十万からのものをつくりあげてしまっている、この辺きっての分限者だと語った。「ウッチャリ拾い」というのは、東京のような大都会の周辺にのみ存在しうる、それもまた一種の職業で、海岸の砂洲や町なかの溝などをあさっては、ほじくり返した泥土や塵芥の中から目ぼしいものを拾い上げる、浮浪者に毛の生えたような自由労働者であった。ただ単に塵箱を攻める「ゴミ拾い」よりももう一段さがって、さらにもう一倍執念ぶかいものであった。

伊之吉は、三崎町の美濃屋を呼んできて洗いざらい持っていかせてしまってからというもの、すっかり度胸が据わって、怖しいものがなくなったような心持になっている。

（――三十万だろうが三百万だろうが、こっちは金を払って家を借りようという、ただの店子なんだ。そんなことと俺には何の関係もありはしねぇんだ。ただこの家を貸すか貸さないかだけじゃねぇか）

こんな話し好きの婆さんと隣り合わせに住んでは、さぞかし小うるさいことであろうと思いながらも、一応の礼を言ってその店を出ると、伊之吉はすぐその足で十二、三軒はなれたところの店先に材木の立てかけてある関谷の家へ廻った。

お宅の家作を拝借させていただきたいんですがと言うと、ちょうど店先に居合わせた老人がすぐさま承知をしてくれて、保証人も取らなければ職業もたずねようとはしなかった。家賃は少々高いかもしれないが三十二円の、造作なしで敷金が百円だという。高いといっても山ノ手ではない。それをこの辺には附き物の権利が地上権だと考えてみれば、むしろ安いくらいであった。その場で前家賃と敷金を取り出すと、相手の老人は奥にむかって細君らしい人の名前を呼んだ。後になってから聞けばようやく五十そこそこの婦人だというのに、立ってきて硯箱を差し出した細君という人はもう髪までが半白で「梅干婆ァ」という言葉を想わせるほど異様に老けこんだ容貌の持主であった。そしてまた、その細君に対する態度からわかったのであったが、伊之吉がそれまでこの家の支配人か、古くからの使用人であろうとばかり思って対していた、その六十がらみの痩せていかにも貧弱な男こそ、三十万と評される材木商の主人にほかならなかった。そのまま学校の小使にしても、煙突掃除夫にしても、けっしてそぐわないような人物ではなかった。言ってみれば、そんじょそこらの裏店に幾らでも見出されるような老人であった。言葉つきこそ乱暴ではあったが、どこにも尊大ぶったところなどはなくて、気さくらしい老人であった。

「それじゃ、明日の朝から引越してきます」

言いおいてその店を出ると、しばらく室内の光線に馴れた眼には、くらくらっとくる痛いような陽光であったが、却ってその痛さが嘘でない確実さで、いくぶんかは先の開けてくる思いであった。あんな人物の店子になるというのも、自分には幸先のいいことかもしれないと、伊之吉は正面から照りつけてくる陽光にむかって、自分の體を打ちつけるように停留場のほうへ急いでいった。

造作はついていませんよと念を押されていたが、いざ移ってみると、まことにあっさりとしたものであった。家じゅうのどこを見まわしても、襖もなければ障子もない。紙が貼ってないのではなくて、建具という建具が一つも嵌まっていなかったのである。

(――金を残すほどの野郎がすることと言えば、どうせこんなものだろう)

新しいのが何よりだし、明るいから気持のいい家だといって、姐さんかぶりに襷掛けでいそいそとその辺を掃いたり、雑巾がけをはじめているお秋の様子を眼にしては、伊之吉も畳の上に腰を落着けて、電球のないソケットを見上げながら、いつまでくだらないことに感心ばかりもしていられなかった。

若松町の工場を開く折には、いきなり大工を呼んできて板の間を張らせたり、むやみと職人の頭数を増やすことばかり考えて道具を買い込んでしまったために、却って材料にまでは手が廻らなくなってしまった。ことにあの当時とでは物価も違ってきているし、資金もちょうど半分ほどしか持ち合せていないのである。十万円の半分なら五万円だが、七百円の半分では、わずかな風にも吹き飛ばされてしまうであろう。はじめから大きなことを望んで失敗を招くより、貧しくとも堅実な道を進めて次第に伸ばそうと考えたところは、伊之吉もかさねがさねのつまずきに懲りていた証拠に違いなかった。乱暴なことはしたくてもできない資金であったが、お秋や彼女の胎内に宿されている子供のことを思えばこその思慮であり、分別でもあった。

今は暑い季節だから差支えないにしても、これから先に残るわずかな酷暑をやりすごしてしまえば、何といってもお秋の體をいたわらねばならないのである。苦しい上にも苦しい折であればこそ、とうていそれどころではなかったが、山谷まで出かけていって出来合いの建具を買ってきたのは、まだまだこれから先に打ちつづいていく筈の苦境を想って、防寒の用意だけはととのえておかねばなるまいという心からであった。

伊之吉のつもりでは、さしあたり一人でも二人でも人間を集めて、工場の真似事でもやっているうちには、なるようになっていくだろうとの肚であったが、かんじんの道具がなければ、人間にきてもらっても仕方がない。整えるだけの準備は整えねばならなかったから、その辺にある旧知の工場へ出かけていって、先方が威張り返っていれば拝むようにした。優しく扱ってくれれば素直に事情を打明けて、何足分かの古キガタを貰い受けてくるようにしたが、無償で分けてくれるようなキガタといえば、およその想像に難くなかった。どこもかしこも一面の釘跡だらけで、そのまま使用に耐えるような代物ではなかった。それでも、さすがに足首の恰好にだけはなっていたから、頭を下げてありがたく貰い受けてくると、伊之吉は汐留の林田老人を思い出しながら、夜なべをして、修理にとりかかった。靴工という身でありながら、まるきりの木材からキガタを彫り上げることのできる林田老人のような人さえあるのなら、おなじ靴工であるかぎり、自分もこの程度の修理がやってできない筈はあるまいと考えたのである。包丁で削ったり、ヤスリで磨いたり、窪みのつきすぎている個所には皮の截ち屑を継ぎ当てるようにして、どうやらこしらえ上げたキガタは、一ダースばかりに及んだ。カネダイや金槌の類はそんなわけにもいかなかったから、その辺の古物屋をあさって買い集めるよりほかはなかったが、そうしてどうやら底ツケの道具と僅かな造作が揃ったころには、すでに手許の残金も百円あまりという心ぼそさになってしまっていた。

今度こそはまったくの新規開業なのだから、どこへ取引を持っていこうと伊之吉の勝手に違いあるまい。けれども、せっかく専門の皮革商もすくなくないこの界隈に引越してきていながら、材料皮を仕入れるのに、彼がまたしても吉野橋の細川をえらんだのは、かならずしも、その店が今度の自分の家とは地理的に近いという理由を思ったからばかりではなかった。笑う時には眼のなくなってしまうような細川の主人には、その人のよさに頼って、若松町時分からずいぶんできない無理を聞きとどけてもらったという恩義がある。まして今は子供のままごとにも似た貧しい工場ではあるけれど、先ざき伸びていこうとするためには、今日の日からでも「土手の棚橋」の名を売りひろめておかねばならなかった。地盤を築くためには、細川のように筋のいい問屋との取引を結ぶことこそ必要だと気がついたからであった。

あの折には中途からテツメニスキイのほうへ鞍がえをしてしまったから、細川に対して徹頭徹尾忠実に終始したとは言い得なかった。けれども、五ダースという七十三番館からの思いがけない注文に、皮革のやりくりを心配しながらもなお、伊之吉は吉野橋に対する義理を忘れてはいなかった。自分の経営は竜頭蛇尾におわってしまったが、どこの取引先に対してもビタ一文迷惑をかけてはいなかったということだけが、今となってはせめてものしあわせになっている。

手許にある残金のうちから、五十円だけの現金を握っていくと、折よく主人は店先に出ていて、伊之吉が長い無沙汰の挨拶とともに今度の工場を開いた顛末を語ると、まあせいぜいしっかりやるようにと言いながら、開店の祝儀だといって安くないホンゾコ皮まで負けてくれた。毎度のことながら身に沁みるありがたさであった。

もともとが商店向きの構造であったたし、往来に面した三坪ほどは三和土になっているので、模様替えの手間も要らないのである。伊之吉は早速その一隅を自分の仕事場に定めると、たった十二足分しかない古キガタを生命の頼みとして、その日のうちから心淋しい仕事に取りかかった。

夏もまだ盛りの暑さとはいいながら、落日のたびごとに黄ばんでいく陽ざしの色のうちにも、ようやく日々に近づいてくる秋の気配は感じられて、朝夕は肌に涼しさをおぼえるようになっていた。冬物という冬物は洗いざらい美濃屋の手に渡してしまってあったし、妊娠をした女房を抱えて、貯えらしいものもない上に、穴だらけのキガタを頼りに朝から底ツケの仕事にかかっていても、できあがった製品が捌けていくというあてすら伊之吉にはなかったが、製品は造らねばならないのである。造らなければ、生きていくことができないのであった。カネダイにむかって一心に靴底を打つ腕には、思わず力がこもっていた。

それでも、できあがった製品を持っていくと、細川では今度もまた心持よく引取ってくれた。それから先は、持っていけばいくだけの数を引取ってくれるようになったから、伊之吉のほうでもその好意にむくいたいという心持から、好きな煙草もつつしむようにして、夜の目も寝ないで働きつづけながら、五円でも三円でも余裕ができれば、できただけの材料や附属品を買った。古物であっても、格安な道具も見つけてボツボツと買い集めているうちには小僧も一人置けるようになって、どうやら食っていけそうな目当てはついてきた。

若松町の折の経験によって、最初のうちはできるだけ小規模なところからはじめようとして少しずつ進めていこうという態度が、却って好ましい効果をもたらしたのであった。一人の職人が二人になり、二人が三人になっていく時分には、もうすっかり秋もふかまってしまっていた。

「……ねえ、あんた。日本橋の柏屋なんていうところには、靴部だってあるんでしょ」

ちょうど朔日の休日で職人は朝から出てこなかったし、小僧の新六は早仕舞いをさせて遊びに出してやってあったから、家のなかはひっそりとしていた。伊之吉はただ一人その留守を仕事場について、ナオシ物のハンバリを打ちつけていたが、ご飯ですよと呼ばれて、一刻の間も惜しい思いでかきこんでいると、ふとお秋からそんなふうに話しかけられた。

吉原というような土地を真近に控えた町なかで、往来にはすくなくない人通りもあるのに、台所のあたりでは耳鳴りのするように、じーっと虫が鳴きつづけていた。

お秋のほうからそんな突拍子もないことをたずねるというのは、絶えてめずらしい例であった。仕事で夢中になっている、口数のすくない夫と連れ添っていては、平常から用事以外の言葉をかわす折などすくなかった。

(——何を言ってやがるんでぇ)

あらためて問われるまでもないことを問われたという思いで、馬鹿々々しさを感じながらも、しかし、伊之吉はお秋のほうへ不審の眼ざしを送らずにはいられなかった。

まだ松屋や、伊勢丹や、髙島屋というような大百貨店が今日のように盛んになる以前のことで、日本橋の交叉点の角にある柏屋といえば、室町の三越や、上野広小路の松坂屋にも比肩する、東京じゅうで最も大きな百貨店の一つであった。靴売場はおろか、一本が十円もするような丸帯あたりにはじまって、突っかけ草履からタワシに至るまで取り揃えてあるような店であった。

「あたしねえ、小浜さんていう人なんだけど、あそこの呉服部にいる方を知っているのよ。かなり偉い人らしいんだけど……」

彼女がそんな男を知っているといえば、親戚筋や友人関係などである筈はなかった。その男は、矢ノ倉の銀月へくる常連の一人であったに相違あるまい。

「ああいう人に頼んでみても駄目かしら」

「……」

「あんな店へ入ることができたら、ほんとにいいんじゃないかしらねえ」

話しかけても伊之吉は答えなかったし、機嫌をそこねてはいけないという心があるから、お秋は言葉つきまでがおっかなびっくりであった。

「何でも、主任さんだとかいうことだったけど……」

と言いさして、彼女はおずおずと夫の顔をうかがうようにした。

「呉服屋で呉服部なら幅はきくだろうが、売場の主任ぐらいじゃなあ。それに何たってこっちがこっちなんだし、いくら伝手があるとは言っても、……ああ、もうよせよせ、馬鹿だなあ、お前は。柏屋と言やぁ、仮にも天下の柏屋だぜ」

「だけど、そんな店へ入れたらいいじゃないの」

「そりァいいさ、いいぐらいのことは決まりきってるさ。ただ、よくたって入れっこねえって言うんだよ」

「でも、あたし、いっぺん頼んでみるわ」

「駄目だよ」

「頼んでみるだけならいいでしょ。……ねえ、いけない」

今日ばかりは日ごろのお秋にもなく、いかに伊之吉が否定をしても、後から後からと言葉をかさねた。語調は軟らかなものであっても、容易には、ひるもうともしない気構えの粘り強さは鋭かった。

「無駄だからよせって言うんだ。柏屋ほどの店が、こんなちっぽけな工場と取引をする筈はねぇからよせって言うんだ。……気でもふれたかって、とんだ笑い物にされるぜ」

「ですからさァ、あたしが笑い物にされるんならかまわないでしょ。……ねえ、いいわね、明日になったら、あたしほんとにいってみるわ」

「……そんなにいってみたければ、どうともお前の気のすむようにしたらいいだろうさ」

伊之吉はそんな夢みたいな話よりも、急がされているナオシ仕事のほうが気がかりになっていたから、冷たくなってしまった茶漬をザブザブとかきこんでしまうと、いいかげんな生返事をするなり膳を立ってしまった。仕事の最中に話しかけることは以前からかたく禁じてあったせいでもあるまいが、お秋ももうそれっきり、その夜は何もそのことについては触れようとしなかった。

ところがその翌朝の食事もすんで九時ごろになると、今日はもう早手廻しに午の支度までととのえてしまった彼女は、ほんとうに着替えをすませていた。

「そんな体なんだから、電車の乗り降りには気をつけろよ」

髪を撫でつけた女房の他所行き姿を見ては、伊之吉も言葉をかけてやらずにはいられなかった。

「ええ、一所懸命でやってくるわ。……新ちゃん、台所の棚に鮭が乗ってるからね、お午になったらそれを焼いて、お茶を淹れてあげてちょうだいよ」

小僧の新六にいいつけると、お秋はそのまま急ぎ足で出ていったが、いよいよ現実に出かける姿を見送ってしまっては、伊之吉も事の首尾が気がかりになってくる。

(――駄目なことさ。駄目にきまってるじゃねぇか)

成功する筈などないのだと考えながらもそのことばかりを思い詰めて、強く否定する一方では、万一を期待する心も持っていた。

(――ざまぁ見やがれ)

袂の裾に手を入れて、ようやく目立ちはじめるようになった体の前を匿くしながら、しょんぼりとうなだれて戻ってきたお秋の姿を認めた瞬間に、彼の肚の底を吐いて出た言葉はそれであった。せっかく着物を着替えて、電車に乗って、わざわざ日本橋くんだりまで出かけていった女房にむけて放たれた言葉ではない。

「……留守だったのよ」

「そうかい」

二人の言葉はそれきりであったが、若松町時代の往事ならばしらず、身の分に過ぎた高望みをすれば、どうせ結果は、こんなものだと、自嘲のあとは空ぞらしくさめた。

わずか三百五十円という金を資金に、たとえここまででも漕ぎつけることができたのだと考えれば、昔に変らぬ細川の好意を思うにつけても、いまさら不服の言えた義理ではない。そっとしておけば何でもなかったものをわざわざむしり取ったようなもので、それだけにいっそう応えるものがあるかもしれない。二人や三人の人間を使って、大仰らしく「店」だの「工場」だのと呼んで、主人気取りをしている今の自分が無性に腹立たしかった。

「まぁいいやな、飯にしろよ」

伊之吉はもそりっと膳についたが、口にはこぶ飯までが、ボソボソとするばかりで何の味もなかった。

三

いままで引き続いていた取引があって、それをしくじったというのではない。もともと自分と柏屋とのあいだには、何の交渉もありはしなかったのだ。まして相手は天下の柏屋で、小浜という人物は売場主任をしているといったところで、所詮は店員の一人にしかすぎないのである。よしんば面会を許して、ある程度まではこちらの話に耳を傾けてくれたとしても、それはただ話を聞いてもらったというだけの結果に終ったであろう。自分直接の知人ならまだしものこと、女房が以前に料理屋の女中をしていて、相手はそこに来る客であったというだけのきわめてはかない交渉で、そんな縁故をたどろうとすることからして、すでに望みの薄い話であった。――仮にお秋が非常な美貌の持主ではないまでも、小粋な女か何かであったなら、あるいは訪ねていった相手も、何かの拍子に気持を動かさないものではなかったかもしれない。もっとも、そんなふうであったなら、伊之吉もはじめから柏屋などには出してやろうともしなかったであろうが、お秋のような女がいまだに以前どおりの気持か何かで訪ねていってみたところで、はじめから会ってもらえる筈などなかったのである。

溺れる者が摑もうとした藁であった。藁は指先にも届かず、静かに流れ去った。流れていってしまったからといって、それを怨むのは愚痴にすぎない。はじめからなかった話だと思えば諦めもつくのであった。諦めようと思う。忘れようとつとめた。しかし、思ったり努めたりすることは、すでにもう伊之吉がそれにこだわっている何よりもの証拠であった。こだわっていればこそ心を乱されるのか、仕事をする手許もおろそかになろうとする様子であった。

そんな伊之吉のありさまを見るにつけても、お秋は自分から進んで元気を取り戻さずにいられなかった。昨日という昨日は張り詰めた心で出かけていっただけに、いっそう落胆の度もふかかったのだ。伊之吉ばかりでなく、自分までが、柏屋に訪ねていって取り次ぎの者から留守だと告げられたのを、いちずに居留守だとばかり解釈していたのであったが、ほんとうに居留守を使われたのであったなら、このさき何十日が何百日でもかよいつめるまでだという心持から、お秋はその翌朝になると、今度こそ誰にも告げずに、裏口からそっと一人で出ていった。昨日よりも早く家を出ていった彼女がふたたび戻ってきたのは、正午をちょっとまわった時刻であった。

「……ねえ、小浜さんは会ってくだすったのよ。とにかく明日の朝、あんたに来てもらうようにって仰言るのよ」

その結果、場合によっては、仕入部の主任という人にも紹介をしてくれそうな口ぶりであったという。停留場を降りると、そのまま走ってきたのだと言ったが、汗ばんで駆け戻ってくるなり、お秋は苦しげに息をはずませながら、一トロにそれだけの言葉を言い切っていた。

「……ねえ、あんた、行ってくれるでしょ」

「ほ、ほんとうかい」

造りかけの靴を両手に支えたまま、思わず中腰に立ち上ってしまった伊之吉は、すっかり言葉を吃らせていた。

お秋もここまで戻ってきてがっくりとしたのか、体の前を袂で匿すことさえ忘れて、下駄も脱がずに店先の上り框《がまち》へ腰を落すと、そのまま肩で太い息を吐いていた。

のこのこと二度まで出かけていったお秋もお秋ならば、いかに先方が会ってくれると言ったところで、それをまともに真に受けるというのも大それた話であろう。相手は天下の柏屋で、東京じゅうには千軒の余も靴屋があるのだ。靴工の数にしたところで、十人ほども置いているくらいの工場ならばともかく、かんじんの道具すら満足に揃っていないような工場が、仮にも柏屋の職方をこちらから売り込んでいくなどとは、身の程しらぬ大たわけとでも言うほかあるまい。——選りに選って東京じゅうで最大級ともいわれる売場を持つ店に、東京じゅうで最小の靴工場の一つが取組んでいこうというのである。釣鐘に提灯でなければ、巨木の幹にとまった蟬であったかもしれない。月とスッポンだと言われても致し方なかった。万一にもこんな取引が成立をすれば、奇蹟というほかはなかった。「スッポンが時をつくる」とは、世にあるまじき物事のたとえであった、すくなくとも、常識を持っている者の心には、考えすら泛ばぬ筈のことであった。

けれども伊之吉には、資金を借りにいった時、それを父親から蹴られたという記憶が生々しく応えているので、柏屋だから、大百貨店だからといって、尻ごみをしてはいられなかった。

相手が天下の柏屋ならば、話を持ちこんで蹴られても、むしろ当然にすぎまい。けっしてこちらの恥辱になることではない。何の手蔓もないのに、いきなり飛びこんでいくことは許されないにしろ、石はすでにお秋によって投じられていた。体を打ちつけていくよりほかはあるまい。当っていって食いこめれば、奇蹟も奇蹟ではなくなる。気狂《きぐる》いはもはや自分でも承知であった。

（——なあに、たかが人間と人間じゃねえか。柏屋の、それがよしんば支配人であろうと、社長であろうと、ビクつくことなんざぁちっともねぇんだ）

肩をそびやかして虚勢を張ると、却って弱気の顔が覗きこもうとしたが、その鼻づらを自分の掌の平で押しのけるようにすると、伊之吉はその翌日、日本橋の柏屋に、呉服部主任の小浜を訪れていった。

留守と聞かされた折の落胆などはどこかへいってしまって、現に昨日はお秋が会って話をしている相手なのだという意識は、彼の心をどんなにか揉みほぐし、はげましてくれていた。けれども、いよいよ案内に立った女店員の後に従って空気の冷たく感じられるような応接間に通されると、伊之吉は緊張に硬くなっていくわが身を、ただ為す術もなく見つめているよりほかなかった。のしかかってくるような周囲の壁や、滑らかに光る調度の類までが伊之吉にはそのまま重圧であった。

「……あらましのお話は昨日もお秋さんから伺っていることですし、大して面倒なこともないでしょう」

待つほどもなく姿を見せた小浜は、お秋の話にもあったようにぞろっとした服装《なり》をして、色の生ま白い男であったが、いかにも気軽らしい人物とみえて、伊之吉がしどろもどろに口ごもりながら、ようやく自分の用談を切り出しにかかると、やさしく慰めるように言った。洋風の応接間で、テーブルの前に腰を降ろしていることからしてそぐわないような人物だというのに、小浜は言葉つきまでがぱきぱきとしていて、こうした場合には何かと頼もしい心持がした。

「わたしはそのほうの係じゃありませんのでね、わたしだけがお話をうかがっても仕方がないんですよ」

いまここへくるついでに声をかけておいたから、仕入部主任の望月君も、間もなくきてくれるだろうと言い添えていた。

望月は手に扇子を持ち、蝶ネクタイを締めて、茶色がかった薄地の合服を着た姿でゆったりと入ってきたが、伊之吉を認めてジロリと一瞥をあたえた態度からして、取りつきがたい威厳が感じられた。しかし、伊之吉も、今度はもう小浜とはどれほどか親しんだ後であっただけに、初対面の挨拶も、むしろ小浜との場合より硬くならずにすませた。

小浜は、お秋の口から大まかなところだけしか聞いてはいなかったように言っていたのにもかかわらず、望月が椅子に着くのを見すますと、すぐさまテーブルの上に片方の肘を乗せて、もう自分からどんどんと用件を切り出していた。そればかりか、伊之吉の話し足りないと思われるところには脇から継ぎ足し、つけ加えて、言葉を補うようにしてくれるのである。

望月は椅子の背にもたれたまま、手に持った扇子をパチリパチリと閉じたり開いたりしながら小浜の説明に頷いていたが、自分の言葉をはさむ時だけ薄眼を開けるようにして、いかにも厄介気にだるそうな口のきき方をしている。そんな二人の様子から、伊之吉は、これでもし小浜と望月が反対の立場にいたならばどういうことになっていたであろうかと考えて、思わずぞっとしないではいられなかった。

しかし、そんなあいだにも伊之吉の職業意識は機敏にはたらいて、現在ここの靴部には馬喰町の鈴木が入っていて、ほかにはどこも職方になっているらしい様子がないことや、ここの靴売場が大変な繁昌をしているらしいことまで嗅ぎつけてしまっていた。馬喰町の鈴木は、百人にちかい靴工を置いている大工場で、その生産能力は都内でも有数なものとされていたから、もちろん現在の伊之吉ふぜいの立場では、どこに一つ口をさしはさむべき余地もなかった。にもかかわらず、鈴木という名を聞いたとたんに、伊之吉がしめたっというような感じを抱くことができたのは、その工場の製品が、生産能力のわりに芳ばしい評判を持つものではないことを、早くから聞き知っていたからであった。

「ほんとにまだ開業をしたばかりだというんだし、棚橋君自身も新進としての意気込みで十分に勉強をしたいと言っているんだから、すこしぐらいなら割り込ましてあげてもいいだろう」

鈴木にしても柏屋とは格別な関係を持つ店ではないらしいことを確かめると、小浜はまたそんなふうにも言葉をはさんだ。呉服部というような売場に立つ手前、髪も商人風に刈り上げて、ぞろっとした服装はしているものの、小浜もまた大学出の身で、望月とむかいあう折には書生流の言葉で対していた。その言葉が彼の唇をついて出る時分には、不愛想にむっつりとしていた望月の返事にも、はじめのあいだほど脈のないものではなくなってきているらしい様子が、ようやく認められはじめていた。伊之吉の拙い話ながらも熱のある真摯な態度に、何か感じるところがあったのかもしれない。

「……まあ自店《うち》の売場へ入るようになったら、今までの職方なんか蹴っ飛ばしてしまうくらいの元気でやってもらうんですね」

望月がまだウンともスンとも承諾をあたえないうちから、小浜は先ぐりをして、さっさと独りぎめに言いながら、テーブルの下に伸していた足先でゴツンと一つ伊之吉の脛を小突くように合図した。

「……量の点では、何といっても鈴木さんのような工場とでは及びもつかないんですが、それでも、製品だけは十分に吟味させていただくつもりでおりますから」

伊之吉が辛うじてそれだけのことを言うと、小浜はまた口を添えた。

「いいんだろう、品物さえよければ……」

望月もそれには仕方なさそうに、ようやく首を縦に振った。伊之吉という当人のいる眼の前では、まさかにあけすけな拒絶もできかねたためであったろう、やむにやまれぬというふうな首肯であることが感じられた。そして、彼はまた二タ言三言伊之吉の経歴に関するようなことをたずねてしまうと、太い指先にはさんでいた巻煙草をジュッと音のするほど勢いよく灰皿に投げ込んでから、やれやれというように立ち上っていた。肥満した体軀の持主にはありがちな、自分自身の肉体を持てあましているような身のこなしで、今の伊之吉には、そんな立ち上り方にまでハラハラとさせられるものが感じられた。

「……それじゃ、この店の店則のようなことになっているものですから、明日にでもこちらの若い者を差し向けることにしましょう。ご面倒でも、ひとつ工場のほうを拝見させてやって下さい」

いいでしょうねというように伊之吉の顔を見つめると、望月はそのまま扉の外へ立ち去っていってしまった。はっと思った伊之吉が、そのまま何も答えられずにぼんやりと立ちつくしている姿を見ると、小浜もテーブルの向う側から廻ってきた。

「望月っていうのは、誰にむかってもああいう男なんですからね、けっして心配はしないほうがいいですよ。……なぁに、工場を拝見すると言ったって、どうせ形式的なものなんです。ほんとにざっとでいいんですから、簡単にお茶でも飲ましてお帰しなさいよ」

「はぁ、ほんとに何から何までいろいろとありがとう存じました」

辛うじて礼だけは言い忘れなかったが、ちょうどほかにも来客があるという小浜の後に従って扉を押して出る伊之吉の足は、さすがに重たいものになっていた。

無謀だということは、はじめから覚悟の上で出てきたのである。工場を拝見と言われたといって、いまさら逃げも隠れもならなかったが、この話はもう駄目ときまったのにもひとしい。職方が鈴木だと聞いて、品物さえよければと小浜からの口添えがあった折には、九分通りまで成立をしたと思ったのに、望月は最後の一ト言で、完全に一縷の望みまでも引っくりかえしてしまった。せっかくの小浜の尽力までが水泡に帰してしまった。

「大丈夫よ、きっと大丈夫だわ。……せっかく乗りかけた船じゃないの、そうあっさり諦めちまうことはないわ」

帰ってきて事の次第を話すと、しばらくはお秋も瞼を伏せていたが、打沈んでしまっている伊之吉の様子を見れば、それがもともと自分の口から出たことだけに、彼女も黙ってはいられなかったのだ。ふたたび瞳を上げると、せめて口先だけでも、元気らしく装わずにはいられなかった。

「店員の人をよこして下すったらどうする」

お秋は気をかえるように言った。

「どうするもこうするもありァしねぇさ。よこしっこねぇよ」

「だって小浜さんは、たしかによこすと仰言ったんでしょ」

「言ったのは、望月のほうだよ」

「それなら、なおさらくるわ」

「……」

「ねえ、くるかもしれないでしょ」

「うん……」

なるほどくるこないは、下級店員たちの勝手ではあるまい。不承々々にしろ主任の望月が、それも小浜のいる前でよこすと言明をしたからには、視察にだけはくるかもしれない。望月自身にはその気持がなくても、小浜がよこしてくれないとも限ったものではない。

「きたら、あたしたちはどうすればいいの」

「こんな三軒長屋を見れば、呆れ返って、その辺から引返していっちまうばかりさ」

「ビールでいいかしら、それとも、もうだいぶん涼しくなっているんだから、お酒のほうがいいかしらねえ」

伊之吉の前に、無理にも見せようとする空元気にしろ、お秋はすっかりくるものに決めてしまって、一人で気をまわしている。

「くれば、どうせ昼のうちだろう。明るいうちからじゃ日本酒も出せまいよ」

と答えたのは、こちらの気持を引き立てようとして一心になっているお秋の心根を、伊之吉も哀れに思ったからであった。

運命の星が、いまさら俄かに自分の味方になろうなどとは考えられなかった。お秋や生まれようとしている子供のためにも、弱気になってばかりはいられない。一か八かの運定めをするほどの覚悟ではじめた工場だと思えば、自分自身のためにも強気になって、押して押し通さなければならないのだとは考えながらも、しかし、今までのさんざんな過去は、ともすれば伊之吉の考え方を、暗いほうにばかり導いていこうとした。

四

望月の言葉では、誰か若い店員を差し向けてよこすらしい様子であったのに、翌日柏屋からやってきたのは、ほかならぬ小浜と、靴部の売場主任という二人連れであった。

びっくりしたのは伊之吉ばかりではない。お秋はたとえ気休めにせよ、来客を予定してビールも買い込んでいたし、拭き掃除もしておいたようなものの、まさか呉服部という持場の違った小浜までがやってくるなどとは思ってもいなかったから、早速新六を近所の仕出屋に走らせる一方、自分は自分で体のことも忘れて来客を二階に連れ上ると、何でもかまうことはないという心持から、いきなりコップを突きつけてビールをすすめた。

「まあほんとによくいらして下さいましたわ。こんな場所ですからおわかりにならなかったでございましょう。いらして下さるんでしたら、ちょっと主人にでも仰言っといていただければこちからお迎えに出ましたのに、主人ときましたら、とてもじゃないんですけど口が重いんでございますのよ。失礼いたしましたわ。……で、この節は、やっぱり矢ノ倉のほうにはいらっしゃいますんですの。あたしはもうすっかりご無沙汰なんですのよ。そうそう先日もお話をしようと思っていながら、つい忘れてしまったんですけど、矢ノ倉といえば、お八重さんはご存知だったでしょ。あの人も、このごろは世帯持ちになったんですって。こないだ、あたし、お君さんから聞きましたんですの。お君さんには、雷門のほうへ用足しにいって、ほんとにひょっこり逢っちまったんですの。……なにしろあたしはこんな体をしておりますでしょ、それに、それこそ普段着のまんまだったものですから、あわてて人の蔭に隠れようとしましたら見つかっちまって、ほんの立話しのつもりが小一時間にもなっちまったんですの。家はこのとおりで用事もございますし、いつまで話しこんでなんかいられないと思いながら、気持ばかりはせいても、やっぱり逢えばなつかしいもんでございましょう、女同士なんて、ほんとに仕方のないものでございますわ。お花ちゃんていう、あの時分はまだ十四、五でございましたかしら、可愛い子がおりましたわね、あの子は何でも高崎とかで芸妓になっているそうですし、お富さんて、顔に薄アザのあった人がございましたでしょう、ええ、男みたいに太い声を出す人です、あの人は熱海の旅館だかにいっておりますんですって。お君さんは、そりァよくいろんな人の噂を知っておりましたわ。……あらあらごめん下さい。お喋りにばかり夢中になってしまって駄目でございますわね。何もおつまみになれるようなものなんぞございませんのですけれど、ほんとにどうぞおすごしになって下さいましよ。いかが、そちらは召し上れるんでございましょう、ご遠慮なんかなすちゃいけませんわ。さ、ほんとにどうぞ……」

と袂をおさえながら、膳の上に半身を乗り出して酌をするあいだも、お秋は懸命になって喋りつづけた。口の中が乾いてしまって、喉のいらいらするほど喋りづめに喋った。一ト言が半言でも相手にものを言わせる隙をあたえてしまえば事が壊れると懸念するから、軽薄だと思われてもよい、何と取られてもかまわないという覚悟で、北條と呼ばれた靴部主任のほうへも十分に気をくばりながら、矢ノ倉の以前に返ったつもりで立てつづけに喋りまくった。自分でも何を言っているのかわからなくなるほど、ただもう夢中になって喋りまくった。

一ト口でも口をつけたかと思えばすぐに注ぎ足すようにしているあいだには、相手も何ほどか酔いがまわって寛ろいだ気分になりはじめていた、伊之吉も席に出て飲めないコップを乾していたが、はじめのうちは妙にしらけてしまって渋い顔をしていた北條も、だんだん相好が崩れていくと、彼の固かった膝も自然に崩されるようになっていた。

「一心っていうやつだなぁ。ここへくる道々でも話してきたように、僕は以前からよく知っているんだが、あの人は、とてもあんなに喋れる人じゃないんだ。……ねぇ、どうだい、注文は出してあげてもいいだろう」

お秋がちょっと階下に立っていくと、そのあいだに、小浜は北條の耳に囁いていた。

「棚橋さん、あなたもいい奥さんを持たれましたなぁ」

まだ三十歳を何程も出ていないと思われる、いかにも若々しい感じの男であったが、北條は白い歯を見せて笑うと、学生靴三ダースの注文を出してくれたのである。お秋の熱心さと小浜の後押しに口説き落された形には違いなかったが、とにかくその場で注文をあたえてくれたのであった。

天下の柏屋が、土手の棚橋に注文を出してくれた。あまりにも貧弱なこの工場に、兎にも角にも三ダースの学生靴を注文してくれたのである。

「よかったわぁ、ほんとによかったわねえ」

子供のように喜んで、何べんもおなじ言葉を繰り返しているお秋の様子を見るにつけても、伊之吉は我と我が心を動かされずにいられなかった。まして彼自身鬼の首でも取ったような気がしているので、早速その日のうちからでも仕事に取りかかりたいと心せいたが、今度の場合は学生靴という先方からの注文で、今までのところは工賃の手間とも睨みあわせていちばん割のいい紳士靴ばかりを取扱っていた関係上、サイズから別のキガタを入手してかからなければならなかった。使用する材料皮も、それに準じなければならないこと勿論であった。

三ダースといえば三十六足で、三人の靴工と自分を勘定すれば四人の手間ということになる。それも夜業を覚悟の上ならば、どのみち既製靴のことである。一日に六足ずつの仕上げをするとして、一週間もみておけば間違いがあるまい。欲をいえば十日間という余裕の欲しいところであったが、一週間と期限を切って友人のところから半ダースのキガタを借り受けてくると、伊之吉はすぐまたその足で、自分の工場とおなじ町内の目と鼻の先にある和田という皮革商に廻った。

今までのいきがかりからいえば、今度もまた細川へいくことが順序とも考えないではなかったが、細川の店には、若松町時代にも中途からテツメニスキイのほうへ移っていって、多少の気まずい思いをしたという過去がある。ここでふたたびそれを繰り返すことは、再三の好意に甘えすぎることになるのだ。かといって、そのほかにはどこという当もなかった。和田の店をめざしたのは、近所に住んでいるという以外に何の理由もなかった。

実は柏屋から注文を取ってしまったのだと事情を打ち明けると、おなじ町内の、それも一つ通りに工場を張っていてまさかに踏み倒すこともあるまいと考えたのか、素直に話を聴き容れてもらうことができて、人間困る時には誰しも相身たがいなのだからと、きれいに材料一切を廻してもらうことに話も決った。——もちろん和田としては、近所附合いということと殊勝な心持からではなく、柏屋という名に惹かれたのであろう。口先ではきれいなことを言いながら、足許を見て高い値を吹っかけられても否の応のといっていられる立場ではなかった。渡る世間に鬼はいなくても、この地上が善人にばかり充たされているというわけにはいかなかった。

製甲職人から甲皮のできあがってくるのを待って早速仕事に取りかかったが、靴工たちは朝やってきて、夕方には引き揚げていってしまう。伊之吉は心に張りがあるから、朝も早起きをするいっぽう、夜は夜で眠たがっている小僧の新六を先にやすませてしまうと、それからの時間をまた仕事場について、一時、二時というような夜中まで働きつづけた。そんなあいだにはせっかく三崎町の美濃屋からぼつりぼつりと取り戻すようにしていた衣類も、またあらためて付近の質屋に運ばれるようなことになってしまっていた。

それほどの思いをして、ようやく三ダースの学生靴を仕上げると、現品引換えに即金を貰えるつもりで柏屋へ出かけていったが、先方は二十日締切りの五日が勘定日で、その日はもう十月も二十二日になっていた。したがって請求書は月またぎの十一月二十日が締切りで、勘定は十二月の五日でなければ渡すことができないという。わずか二日違いということで、勘定を取りはぐれてしまった。いかにこちらの苦境をわかってもらえても、それが柏屋の店則であれば、北條でも、小浜に泣きついてみても、特例をつくってもらうわけにはいかなかった。

製品は和製ボックスのフカグツ（編み上げ靴）で、一足が五円八十銭という卸値段であったから、三ダースの三十六足では二百円ほどの勘定になる。多寡が二百円ほどの金額であっても、伊之吉が横寺町を引き払って、今の土手に工場を開いた折の資金でさえ、ようやく三百五十円ほどのものでしかなかった。彼の身にしてみれば二百円も大きな金額で、しかもその勘定を受取るまでには、このさき四十日余を待たされねばならないのである。そればかりではない。そのとき新六の背に負わせて持っていった品物を北條が気にいって、引き換えにまた三ダースという、おなじ学生靴の注文を受けてしまった。

痛し痒しとは、こうしたことをいうのであろうか。期日さえくれば金の取りはぐれはないとわかっていて、製品が先方の気にかなったのであるから、嬉しいことは嬉しいのであったが、それだけにまた弱りきった立場でもあった。二百円からの勘定を取りはぐってしまったのでは、職人の工賃さえ支払えなくなったし、家じゅうのどこを開けても、もはや質草らしいものは何一つ残っていなかった。キガタを借りてきた友人のところへは素直に頭を下げていけるにしても、先に三ダース分の皮を借りてしまった和田への申し訳は、何としても立つまい。窮すれば通ずという比喩はあっても、無いものはさかさに振っても出てこないのである。

（――どうせ借りついでなんだ）

こちらの足許をみて、手持ちの品をすこしでも高く売りつけようという根性ならば、どのみち金には眼のない人間であろうと、そんな虫のいい肚を決めたのは、追っかけ三ダースの注文をもらっていながら、みすみす逃がしてしまうまいという心がまさっていたからであった。

――持つ物を持っている者は躊躇をするが、持っていない者は逡巡もしてはいられない。いきなり和田の店へ入っていくと、伊之吉はありていに今日の柏屋での次第を話して、二回目の皮を借りたばかりか、もう一つそのついでに、職人に支払う工賃までも貸してもらいたいという交渉を臆面もなく持ち出していた。利子のつく金であることは承知の上であったし、柏屋から受取るものを受取った暁には、どこの不義理を差しおいてもイの一番に返済をするという条件であったが、尋常の財産を持って、尋常の生活を送っている人びとには考えも及ばぬ芸当であった。押しが太いのを通り越して暴挙というほかはあるまい。

しかし、それがまた職人の世界であった。無い者ほど強いものはない。敢然と柏屋に乗りこんでいった折のお秋もお秋なら、こうして和田へ居なおっていった伊之吉も伊之吉で、憐れみを乞うような人間は突っぱねても、気魄には誰しも押されてしまうのである。

その勢いに気押されたのであろうか。和田の主人もさすがに苦笑して、皮のほうは後から小僧さんにでも取りによこさせなさい、工賃のほうはこれで足りるかいと言って、ともかくも五十円の現金を渡してくれた。

第八章

一

ろくろく眠っていない上に、働きづめに働きつづけているから、眼窩はふかく落ちくぼんで、髪も、髭も、伸びほうだいになっている。顔色も、人相もわるくなっていることは勿論であったが、怠けてはいられないという心持があるから、人がきても口をきくどころではなかった。

ところが、どうしたことか、伊之吉がそうして仕事をはじめるようになってからというもの、家主の関谷庄兵衛はほとんど毎日のように店先へきて、かならず一時間ばかり立ち尽していた。先方は商売をしていても、資産家の主人だから暇もあるのだろうし、至って小柄な男であったから、店先に立たれては日陰ができるからといって怒るわけにもいかない。伊之吉は仕事で夢中になっているから、ろくな挨拶ひとつしようとしなかったが、庄兵衛は何が面白いのか懐手をして、もそっと立ち尽しているのである。言葉のやり取りはしなくても、眼の前に、それも毎日一時間ものあいだ立ちふさがれているのでは、気分の上だけでも邪魔になって仕方がなかった。

早く帰ってくれればいいのにと、それればかりが気がかりになるので、今度やってきたら怒鳴りつけてやろうと考えていたが、その日ばかりは一時間半でも二時間でも立っていて、容易には帰っていこうとする様子がみえなかった。先方が喋ろうとはしないから、伊之吉も黙々として仕事をつづけていた。

「……ねぇ、棚橋さん」

声をかけたのは、ようやく三時間近くも経ってからのことであった。

「なんだろうね、あたしは材木屋だから木のことしか知らないんだが、これで、皮なんていうものだって、現金で買えば、幾らかでも安くなるんじゃないのかね」

「……」

伊之吉が答えずにいると、またしばらくしてから言った。

「そうじゃないのかね」

「そりァ安いでしょう」

踵のツミアゲを貼りながら、伊之吉もしぶしぶ答えた。

「現金なら、たしかに一割から一割五分も安い物だって買えることがありますね」

「あんたのところの取引は、そこの和田なんだろう」

「そうですよ」

早く帰ってくれないかということばかりが頭にあるから、伊之吉の返事は、どうしてもぞんざいになる。

「おなじ現金でも、一時に沢山買い込めば、なお安いんじゃないのかね」

(――あたりきじゃねぇか、安ければどうだって言いやがるんでぇ)

庄兵衛は、誰かの口から和田との不利な取引の経緯を、小耳にでもはさんでいるらしい。そんな気配を嗅ぎつけて、おなじ利のつく金ならば、どうして自分の手を通さないのかと言うつもりなのであろうか。それとも、老人らしい意見でも聞かせようというのであろうか。どれほど不利な取引であろうが、よしんば高利の金に苦しもうが、それは伊之吉一個人の問題で、庄兵衛とは何の関係もないことであった。また、仮に和田からの借金をこの老人に肩代りしてもらったところで、借金の借金であることに、いまさら何の変りもありはしないのだ。

「われわれなんざぁ、いつまでも、そのわりのわるい、高いものばっかりつかまされているほうの組でね」

口の中に含んだ釘を指先につまんで、それを靴底に持っていくと、ポンポーンと金槌で打ちつけながら伊之吉は中っ腹で答えていた。

「そんな物を買っちゃいけないな」

庄兵衛は、しずかに首を横に振りながら言った。

どうやら自分の考えたことが、そのままの形で現われはじめたから、ほうらおいでなすったねという心持であったが、じっと腹の虫をおさえた。むやみに怒り立っても、仕方ないのである。

「いけねえったって、あんた……」

「そんな取引はやめて、現金で買いなさい」

庄兵衛は落着いて言った。

「買えったって」

「どこかで、沢山買ってきなさい」

「……」

「皮屋は、なにもあそこ一軒に限ったことじゃない。和田なんかで買うって手はないんだから」

「……」

「あんな店との取引は、今日のうちにでもやめちまって、どこかでウンと買うんだな」

伊之吉は坐ったままぐっと見上げると、その眼が張り裂けるほど強く相手の眸を見据えたが、同時にゴクンと一つ生唾を飲みこんだ。

「買っても、よござんすか」

まったくもう、売言葉に買言葉であった。

「いいとも……」

と言下に頷いた庄兵衛の顔には、微笑さえただよっていた。生き抜こうとして闘ってきた過去は、ものに動じない人間をつくりあげていた。見栄えのしない貧弱な容貌であったが、笑顔は涼しさに似て、迷いがなかった。信仰によって拾った救いではなく、自分の力で生きてきた、人間らしさであった。考えてみれば、生きるということは、また一つの信仰かもしれない。この感じは、林田老人にもあったのだと、伊之吉は、ふと相手の言葉に頼る気になった。

「お願いします」

言うなり伊之吉はすっと立ち上って、膝にたまった皮の截ち屑を払うと、気配に店先まで出てきていたお秋のほうを振返った。

「ちょっと末広町までいってくるぜ。着物を出してくれ。……ああ、それから新六、お前は俺と一しょに出かけるんだ」

二人に声をかけてしまうと、庄兵衛のほうへは会釈もせずに、さっさと奥に入って着替えをした。

どうせもともとが三百五十円という僅かな資金ではじめた工場であった。なにがしかの借金のほかには、一銭の貯金があるわけではない。どちらへどう転んだところが、すってんてんの振出しへ戻っても三百五十円ぽっきりの損失だという肚があるから、伊之吉は落着いたものであった。柏屋への橋渡しをつけたのはお秋の力であったにしろ、よほどの度胸をすえていなくては、何から何までが借り物だらけで、三ダースも六ダースもの学生靴を造ることはできなかったのだ。

店先には職人たちも居あわせて、今は太陽の光線もまばゆいばかりの真っ昼間であった。狐に化かされたのでもなければ、狸にたぶらかされたのでもあるまい。この明るい時刻に、三時間からのあいだ立ち尽していたあげくに、こうしてみんなのいる前で、これほどはっきり言ってのけたからには、三十万の資産家だの、界隈きっての分限者だのと言われている手前にかけても、まさかに関谷だって、後になってからあれは冗談だった、一時の気まぐれだったと逃げを打つわけにもいくまい。もののはずみだからと言い訳をすることもあるまい。よしんばそうなったら、なった時のことである。かまうことはない。何でもいいから無鉄砲なことをしてやれという肚があるため、伊之吉は、故意にも当の庄兵衛が立ち去らないうちにと考えて、すぐさま出支度をととのえた。

庄兵衛はどこかで沢山買ってきなさいと言ったのである。こちらが文無しの素寒貧《すかんぴん》だということは、眼と鼻の先に住んでいて、百も承知をしている。承知をしていながらあんなことを言ったからには、自分がその金を用立ててやるというつもりに相違なかろう。それでなければ気違いである。

今でこそあれだけの材木屋の主人でおさまっている関谷庄兵衛も、もとをただせば乞食同然のところから叩き上げた人物だということは、伊之吉もこの家を見つけた日に、隣家の婆さんから聞かされていた。その後になってから近隣の噂で知ったところも、それとほぼおなじような評判であった。庄兵衛夫婦は、吉原遊郭の周辺によどむ鉄漿溝《おはぐろどぶ》を攻めて、そこに落ちている下駄などを拾い上げては鼻緒をすげかえると、それを深川、本所あたりの貧民街に住む連中などに売りつけながら、そもそもの基礎を築きあげたという。

夫婦の持つ「ウッチャリ拾い」としての立志譚は、志を立てて京畿におもむく途次、盂蘭盆会の精霊さまにそなえた野菜が、品川の海に流れただよっているのを拾って福神漬を創出したという、野田清右衛門の逸話になぞらえることができるのかもしれなかった。――その当時の彼らは、夜も台所で草履を履いたまま倒れるように寝て、いちにち炊事というものはしたことがなかったという。もちろん、贅沢や不精が原因の外食である筈などはない。煮炊きをする時間を惜しんだし、惣菜も要らなくて腹の長持ちがするから、起きぬけに餅菓子屋へ飛び込むと、そこで前日の売れ残りの強飯《こわめし》を食って、すぐさま働きに出ていったという。庄兵衛が荷車を挽くと、細君が後押しをしたが、細君はそのために、背中に負ったわが児の窒息死していたことさえ気づかなかったという話までが遺っている。立身といい出世ということは、何と哀しくも惨めなことであろうか、血涙の足跡は、ここにもまた一つ落ちこぼれていた。

それまでにして叩き上げた庄兵衛ならば、魔に魅入られたように、夜の夜中まで働きづめに働きつづけているこのごろの伊之吉の様子をみて、その意気に感ずるものがあったのかもしれない。何にしても、先方から買ってこいと言われて、買いにいかない馬鹿はない。和田へは庄兵衛がいくなというから是非もなかったが、専門の皮靴商でもない細川へ出かけていくことも、この場合にとるべき態度としては本筋ではあるまい。今は安い材料を、それも大量に入手するということが、何よりの目的であった。

庄兵衛のつもりでは、買いこむといったところで、二、三百円どまりのところを考えているのかもしれなかったが、伊之吉は資金の融通を仰ぎにいって勇吉にはねつけられてきてから、すっかり捨て身になっていたし、大きな口をたたいた庄兵衛の鼻をあかしてやろうという肚もあったから、ひと思いに神田の末広町にある唐沢屋などという皮革商をえらぶ心持にもなったのであった。土手の和田などとは、段違いの大問屋である。

大量の買いこみをするつもりで出てきたものの、伊之吉も唐沢屋の軒をくぐってみれば、はじめのあいだは何となく控えめな気持になって、和製とドイツの両ボックス、ウイローカーフ（透明感がでるように処理した革）、キッド（インド産山羊革）、コードバン（馬革）、茶利皮というような、紳士靴のうちでも比較的売れ足の早そうな材料ばかりを選り分けるようにしていたが、さすがに山と積まれている皮革の山を眼の前にしては、商売柄あれもこれもという慾の出てこない筈がない。それだけでも取揃えようとすれば、もう相当の金額にのぼってしまうのだ。この上いくら買いこんでも、今が今、自分の腹を痛めるのではないのだと考えれば、俄かに気も大きくなって、セーム（鹿革）や、カンガルーや、パテント（エナメル革）というような、滅多に注文を受けることもないような皮革まで見立ててしまうと、大量の底材料にも売約済みの札をつけてもらった。

「土手の棚橋だよ、明日の朝は一番の荷で届けてもらいたいね」

服装は貧しくても、工場の内容は確実なのだということを言外にほのめかした。

新六を引き連れて懐手のまま唐沢屋の店を出ると、〆めて一千二百円あまりといった番頭の声が、まだ鳩尾《みぞおち》にまでバンと応えているようであったが、同時にまた伊之吉は、すかっと胸の晴れていくほどの心持の軽さも味わっていた。若松町時代の取引もけっして小さなものではなかったが、これほどの買いこみは、はじめての経験だった。

一千二百円という金額に相当する皮革は、その翌朝、荷車に積んで、土手の工場に届けられた。

「筋向うに、いっぱい材木の立てかけてある店が見えるだろう、勘定はあそこへいくと払ってくれるぜ。……棚橋から言われてきたんだからって言えば払ってくれるからな」

故意に相手の顔は見ようともせずに、努めて平気らしく言い放つと、伊之吉はもう自分から手をくだして荷車の紐を解きにかかった。

「……ちょ、ちょっと待って下さいよ」

請求書を手に持った番頭は、俄かに不安になったのか、ひとまずそれを遮ろうとしたが、伊之吉はくそ落着きに落着いていた。

「何を言ってるんだ、この界隈へきてそんな野暮を言えば笑われるぜ、番頭さん。……この工場は貧弱でも、後楯には関谷庄兵衛という、れっきとした金主がついてるんだ。まぁ心配をしないで、あそこの材木屋へいってごらん、黙って請求書でも受取証でも出せばいいんだから」

あまりの大量さにびっくりしている職人たちを指図すると、伊之吉は荷車からおろされた皮革を、さっさと家の中へ運びこませた。

(――庄兵衛の爺さんもびっくりしやがるだろう。千二百円とは、さすがに俺もすこしばかり買い込みすぎたからなぁ)

何でもいい、ただ無鉄砲なことをしてやれという肚から出たことに相違なかったが、唐沢屋の者たちが、ブツブツ言いながら半信半疑の様子で関谷の家のほうへ立ち去っていく姿を見送ってしまっては、さすがに心許ないものが迫りかかってきた。——買ってこいとは言った、買ってもいいとは言ったが、こんなに大量の買いこみをしても俺は知らないぞと言われてしまえば、それきりの話であった。関谷さんじゃ払ってくれませんでしたよと言って、もういちど唐沢屋の使用人たちが引返してきて、今の荷は引取らして下さいと言われてしまえば、返してやらないわけにはいかない。昨日からの喜びも、たちまちのうちに、ぬか喜びになってしまうのである。今にも庄兵衛が血相変えて飛び出てくるのではあるまいかという心持に、みるみる仕事場いっぱいに積み込まれていく皮革の山を眺めながらも、伊之吉の心は穏やかでなかった。

「関谷さんだって、みんなのいる前で、あれほどはっきり言っているんですもの、そりァきっと払ってくれるに違いないわ。……でもねえ、払ってくれるとは思うけれど、やっぱり、すこし買いこみすぎたんじゃないかしらねぇ」

「だけど、こっちだって、幾ら幾ら買いますと約束をしたわけじゃねぇもの」

「そりァそうよ、たしかにそうには違いないけど……」

「二百円だから払う、千二百円だから払わねぇなんて言ったって、そんなことはこっちの知ったことじゃねぇよ」

昨日唐沢屋から戻ってくると、そんな話を交したのであったが、お秋もやっぱり心配でならなかったのであろう。伊之吉や職人たちに手を貸すことさえ忘れて、ただ愁い顔に、じいっと関谷の家のほうを見張っていたが、やがてその眉の表情がほどけるとともに、にこにことした笑顔で振返りざま、素っ頓狂な声で叫んでいた。

「ねえ、帰っていくわ、今の人たちが帰っていくわよ」

階下の仕事場だけでは足場の邪魔になって積み込みきれないから、大部分のものは二階へ運び上げることにして、階段の中途を昇ったり降りたりしながら指図していた伊之吉も、その声にあわててハダシのまま往来へ飛びだしてみると、なるほど半信半疑の表情で立ち去っていった唐沢屋の連中は、愛想よくこちらにも笑顔を見せながら、ガラガラと空の大八車を曳いて帰っていくところだった。庄兵衛は、まぎれもなく千二百円にあまる勘定をきれいすっぱりと払ってくれたのである。

「お前は、ちょっとそのまんまで関谷さんへ礼にいってこいよ、俺もすぐに後からいく」

背中を突き飛ばすようにして、お秋を関谷のところへ使いにやると、伊之吉は身の置きどころを喪ってしまったかのように、ただうろうろと、その道を往ったりきたりしつづけていた。

二

あらかたの衣類は、また質屋の蔵に舞い戻ってしまっていたが、仕事着をさっぱりとしたものに着替えると、伊之吉はあらたまって関谷の家まで挨拶に出向いた。

先にお秋をよこしてあったから、先方でも伊之吉のくることを待ち受けていた。彼がおそるおそる恐縮をしながら入っていくと、ちょうど帳場格子のところには細君が出てきていて、すぐに奥の間へ通された。

「先ほどは、どうもとんだご迷惑をお掛けいたしまして……」

畳に手をつくと、頭を低く下げた。

「なんの……。まあそんなところにいないで、こちらへ入ってからにして下さいよ」

「それに、何ともご好意に甘えすぎて、お驚きになりましたでしょう。……生意気なことをいたしまして、申し訳もございません」

ほんとうに、心からすまないという思いであった。……」

「棚橋さん、ほんとに、ずっとどうぞ。そんなにご遠慮なさらないで、さァ……」

細君も背後から口を添えて、床の間の近くへ座蒲団を持っていった。

「……何とも、もう穴があれば入りたいようで」

二タ抱えもあるかと思われるような大火鉢の前へ、庄兵衛とむかい合いになって坐らされると、伊之吉はますます痛み入るばかりであった。

二人や三人の靴工を置いているだけの工場で、今が今、俄かにあれだけの皮革を必要とする道理など絶対にありえないのだ。また、千円が二千円でも払ってもらえるものとは信じていた。信じていながらも、相手の思惑に鼻をあかしてやりたいという、ただそれだけの心持から、伊之吉はあれほど大口の買いこみをしてしまったのである。——若気の至りだといってしまえば、罪は軽かったかもしれない。けれども、唐沢屋へ出かけていった折の伊之吉の心理は、けっしてそれほどさっぱりと、清く澄み透ったものではなかった。もっときたなく薄濁って、不純によどんでいた。依怙地にねじまがっていた。十分に相手の心を意識した上での、憐れむべきケレンに充たされていたのである。

どれほど奮迅の努力をしてみても、二人や三人というような靴工の手で、あれだけの材料を消化していくには、相当の時日を要するであろう。よしんば製品を造りあげてみたところで、それを納める得意先すら、今の伊之吉にはあたえられていなかった。ようようのことで柏屋に食いこんだとはいうものの、あたえられている注文は学生靴で、買いこんだ材料の大部分は高級な紳士靴のためのものであった。いいかえるならば、土手の棚橋にとっては分不相応というべき、必要以上の買いこみをしてしまったわけであった。

（——馬鹿な奴）

他人の好意を、もはやそのままの素直な形では受取れなくなってしまっていた自分が、今にしてありありとかえりみられるだけに、それだけ、関谷に対しては申し訳のない思いであった。

「お立替え願ったものは、かならず石に齧りついてでもご返済いたしますから……」

あけすけに工場の状態と今度の買いこみの関係を打ち明けて、謝罪をしないではいられなかった。

「まあいいじゃないか、あんたなんぞまだ若いんだもの、これから幾らだって取り戻せるよ。そんなに悲観的にばっかり考えないで、これから先ざきも、せいぜいあたしを利用しなくちゃいけないな。……こう言ったからと言って、これを皮肉と取ってくれちゃいけないよ。あたしはこんなに近くに住んでいて、朝となく夜となく自分のこの眼で、あんたの働きっぷりは見てるんだもの、大丈夫、あれだけの意気があれば、立派にどんなことでもやり通せると、あたしはそう思ってるんだよ」

「夜も、ほんとにおそくまで働いていなさるんですものね。ガラス戸に電燈の映っているのを見ちゃ、お若いのにといって、いつも感心をしていましたんですよ」

細君も、火鉢に炭を継ぎたしながらいった。

庄兵衛は、先月の家賃を納めにきた折、ふと新六の口から柏屋の一件を小耳にはさんだという。小僧の口からでは、もとより詳しい事情を知ることもなかったが、その時、新六の届けにきた家賃も、実は質屋でようやく工面をつけてきた金と聞いて、義理がたい男だと考えたのが、伊之吉という人間に対する注意を惹かれることになった第一歩であった。

見たとおりの貧弱な工場であったし、あれで天下の柏屋に出入りをしているとは偉いものだと考えていた矢先に、どこからどう伝え聞いたものか、伊之吉が和田との苦しい取引をしていると庄兵衛に告げた者は、おなじ三軒長屋の隣家に住む、例の荒物屋の婆さんであったという。可哀そうに夜の眼も寝ないまでに詰めていても、内証は火の車なのかと、庄兵衛は細君ともども和田の仕打ちを憎む一方、次第に伊之吉の上にふかい同情を寄せるようになっていった。怠けていて食えないというのなら、打棄てておいてもいっこうにかまわない。指をさして、嘲笑ってやってもいいだろう。伊之吉は、骨身を削って働いているのだ。あれほど義理がたい男に、血の出るような思いをさせておいては可哀そうだと庄兵衛がもらすと、細君も脇から、何とかしてやって下さいよと口添えをしたのだという。

庄兵衛の日参がはじまったのは、そんな経緯の後であった。

「ねえ棚橋さん、この辺にはお喋りが多いから、あんたもあたしのことについては、あることないこと、いろいろ噂を聞いていなさるだろう。今でこそ、こうしてどうやら暮らしてはいるけれど、以前はあたしも火のつくような貧乏ぐらしをしていたんだ。とてもとても今のあんたどころじゃなかった。金のない苦しさは、あたしもよくわかっているつもりだよ。……人間、歳をとるてぇと臆病が先に立つのか、カラ意気地がなくなっていけない。若いうちだよ、働きなさい。すこしぐらいの無鉄砲もいい。ただ、存分に力を伸ばすためには、やっぱり資金というものが必要だな。正直に言うけれど、あたしも自分一代でどうやらこうやら貯めた金だから、このまま差し上げるとは言わない。返してもらわなくてはならない金だが、さいわいすこしぐらいならば都合のつけてあげられない身の上でもない。ねえ、あたしを利用しなさいと言うのは、そこのところだ。……利のつく金や割高な材料なんぞを使っているんじゃ、どうしても商売がしづらい。どうやらやってはいかれるかもしれないが、なかなか発展をしていくとまではいかないね。それにはまず何よりも資金だ、資金ですよ。あたしも、今の若さであんたに楽をしろとは言わない。楽をして儲けろなどとは言いません。おなじ百円の金も、楽な時の百円と苦しい時の百円とでは価値が違っている。あたしも苦しい道を通ってきてその味を知っているから、あんたには苦しんでも苦しんだだけの甲斐があるようにさせてあげたいんだ。……ねえ棚橋さん、あたしも男のはしくれだ、今度のことは水に流す。何も言いません。が、もうこれからは、けっして無駄なものなんぞ買っちゃいけないよ」

「ええ、申し訳ありません」

頭を下げると、庄兵衛はまたそれを遮るように言った。

「あんたは、今度の買いこみを無駄づかいのように言ってるけれど、無駄を無駄におわらせない知恵があってこそ、はじめてほんとうの商人と言えるんでしょう。……あたしの言う意味がおわかりかい」

伊之吉は、庄兵衛がまた何を言いだすことかと、ようやく瞼を上げて、相手の顔を見つめずにいられなかった。

「あたしには靴のことはわからない。正直のところ何も知らないんだ。しかし、あんたは、今度買いこんだ材料の半分以上が、高級品だというようなことを言っていたね」

「ええ、高級な紳士靴の材料なんで……」

「ところが、あんたの柏屋から貰っている注文は、その紳士靴じゃない……」

「学生靴なんです」

「そう言ってたんだったね、それだから、無駄なものを買いこんでしまったと言ったんだったね」

「ええ」

「それじゃ、柏屋の売場では、その紳士靴というものは、全然取扱ってはいないのかね」

「いいえ、そんなことは……」

「ないんだろう、ほかに紳士靴を納めている工場もあるんだろ。あんたのほかにも、そういう工場が出入りをしているんだろ」

「ええ、それは馬喰町の鈴木といって、一流の工場です」

「あんたのところでは、そういう一流の品物はできないのかい」

「……」

「小さな店には、小さな店としてのいき方があるだろうと思うんだがね。数を争うことはないじゃないか。量で太刀打ちができなければ質でいく。それくらいの意気込みがなくちゃ、いつまでたっても負けっぱなしでいるよりほかはないよ。材料はもう手許にあるんだもの、その材料を生かして、柏屋へ納めるようにするんだ。あんたも商人なら、けっして無駄を無駄におわらせちゃいけない。……ねえ棚橋さん、あんたもせっかく立派なお得意をつかんでいるんだもの、そういう気持になってくれなくちゃいけないや」

言いながら、庄兵衛は火鉢の縁へつかまるようにして、じいっと伊之吉の瞳を真正面からのぞきこんだ。「ウッチャリ拾い」から今日を築いてきた、不敵な面魂である。

(——自店《うち》の売場へ入るようになったら、今までの職方なんか蹴っ飛ばしてしまうくらいの元気でやってもらうんですね)

たとえあの折には望月という相手を眼の前にひかえていて、彼に対する牽制からではあったにしろ、伊之吉がはじめて柏屋へ訪れていった時にも、小浜の口からはそんな言葉が出ていた。今この庄兵衛の言っているところも、それとまったく一つのことであった。しかも、他人より卓れた製品を造れと言って教えた者は、この二人にばかりはかぎらない。横須賀駅前の大島の店にいて、折にふれては聞かされつづけていたところも、汐留の林田老人から教えられたところも、みんな帰するところはここにかかっていた。みずから日野屋の店を飛びでたり、俵藤を捨てて塚本の工場に住みこんだこともまた、こんにちという日に対処するための足跡であったとすれば、断じて、あれらの教訓や辛酸を徒労におわらせてしまうようなことがあってはならないのであった。

「あたしは、一文の利子もつけずに貸してあげる気なんだから、ただ心持だけでいい、あんたは、自分でそれを利のつく金だと思って働きなさい。……あたしは取るにたらない人間だが、こんな者のことを考えながら、汗みずくになって働いていてくれる人もあるかと思えば、あたしはもうそれだけで満足なんだよ。あたしは、あんたの手で造った紳士靴が柏屋の売場にならぶ日を待っている」

庄兵衛はまた、そんなふうにも言った。ありがたいのである。どんなにしてでも、それに対する感謝の心持を現わすためには、鈴木よりも卓れた製品を造るほかはないのであった。立派な製品を造って、柏屋の売場へ、土手の棚橋工場の紳士靴をならべて見せなくてはならないのである。

ひとつ町内どころか、おなじ一つの通りにおたがいの店舗を張っているのである。唐沢屋からの荷車がついて、棚橋の工場には大量の皮革が入荷したという噂は、隠そうとしても和田の耳に入っていかない筈はあるまい。そんな評判が聞こえてから後では却って出かけにくくなるだろうからといって、庄兵衛は、その金までも心配してくれたばかりか、たずねられるままに今までの事情を打ち明けると、職人たちの工賃も支払わなくてはならないだろうし、予備の金も多少の用意をしていなくては心ぼそいだろうからと、なにがしかの余裕までつけてくれるという細心ぶりであった。至れりつくせりの身に沁みるありがたさであった。

「まあ縁起だからいいだろう」

一本つけようとすすめられたのを、伊之吉はかたく辞退して家に戻った。昼間から酒気など帯びてはいられないと思ったからばかりではない。自分のところの製品が、柏屋の二階にある売場にならんでいる光景を、この眼ではっきりと見届けるまでは、断じて酒など口にするまいと心に誓ったのであった。

「……考えれば考えるほどありがたくて」

その夜、床についてからも、お秋は憶い出して繰り返した。繰り返しては瞳に涙を宿していた。

三

意地ぎたないと罵しられようが、浅ましいと嘲けられようが、喉から手が出るほどにも欲しいと望んでいた。現金を手にすることができた上に、こうして材料まで揃ったからには、ここで腕を振って伸びるだけ伸びなければ、ほんとうに男と生まれた甲斐はあるまい。

考えているより実行であった。注文が出ても、かんじんの品物ができなくては話にならなかった。今はもう三十万円の関谷庄兵衛が後楯になってくれているのだから、馬喰町の鈴木をむこうにまわして、柏屋には売りこめるだけの製品を売りこんでやろうという気になると、それから先は職人の手も二人増し、三人増すようにしていった。一日二円五十銭という損料を払う日借りではなく、中古のシンガー・ミシンも一台買い込むと、製甲の職人も雇い入れるというふうにして、徐々に準備をととのえた。——前々から引きつづいている十分な恩義もあったから、吉野橋の細川にも製品を納めつづけたいと考える。そのためにも、ますます製造には実がともなわなくてはならないわけで、そうした内容の充実に努める一方、伊之吉は相も変らず、みずから身を粉にして働くことも惜しまなかった。

第二回目の現品を納めると、柏屋からはまた追っかけ三ダースの注文を取ることができるという次第で、商売の成績も、まずまず順風満帆という言葉どおりであった。

しかも喜びは、それのみにとどまらなかった。第一回、第二回の納入にくらべて、第三回目の折には、約束の期日よりもはるかに早く納入を果したことは、みずから生産能率の上昇を雄弁に物語っている。北條からその理由をたずねられるままに、実はさるところから資金を得て、工場にも人手を増したのだと語ると、それほど力を入れているのなら、自分のほうでも品不足を感じている折だから、今までの三ダースを五ダースに変更してあげようと、いったん渡してよこした注文伝票を、あらためて切替えてもらうことができた。

おもえば横浜の居留地にかよって、テツメニスキイとのあいだに、あの華やかな取引がはじめられた最初もまた、三ダースから五ダースに増してもらったことに端を発している。北條からの注文は、あの時とまったくおなじ数量であった。

（――しめたっ）と伊之吉は、心のうちに呟いた。

川勇を出て洋服屋になりたいという希望をもらして、お前などは商人になるべき人間ではないと決めつけられた、あの時の父親の言葉が憶いだされる。商売にむく性質ではないと言われたことは、おそらく口数がすくないとの意味であったのだろう。無駄を無駄におわらせない者こそほんとうの商人だと、関谷庄兵衛も言ったのである。

（――あたしは、あんたの手で造った紳士靴が、柏屋の売場にならぶ日を待っている）

この言葉こそ、庄兵衛が自分に期待していてくれることのすべてなのだ。この時を逸してしまっては、いつまたこんな機会があろうとも考えられない。意気地なしとあわれまれるか、甲斐性のある男とたたえられるか、二つに一つの岐れ路は今なのだと思う。お秋がせっかくこの店への橋渡しをつけてくれたことに報いるのも、土手の棚橋を一流の位置に引き上げるか、これまでどおりの貧弱な町工場にとどめておくか、今こそそれが決定される時なのだと思う。小浜から受けた恩義もさることながら、伊之吉の脳裡に去来するのは、土手に開業した前後に引きつづく苦酸のかずかずにほかなかった。自分には、大島から仕込まれた技術がある。塚本ほどの大工場にいてさえ、三百人のうちから選ばれた三人のなかにかぞえられたのではなかったろうか。苦しかった少年の日々の修練を生かす時は、今こそやってきたのだと考える。

「……それぱかりじゃないんです」

と、伊之吉は思い切って言った。喋った結果が、よしんば喋りすぎになってもかまわないという心持から、思いきって口を切った。

「今じゃ、末広町の唐沢屋、ご存知でしょう、あの店から、すっかり皮まで買い込んであるんですよ。しこたま買い入れてあるんです。……お願いします、造《つく》れと一ト言仰言って下さい。カンガルーだって、パテントだって、茶利皮だって、今ではもう何でもできるように、すっかり手筈がつけてあるんです。家の二階にはぎっしりと皮が積み込んであるんです」

言い切ってしまうと、背筋を冷汗の流れていくのが感じられた。そのくせ恥かしいことを言った後のように、ぽっと頬の熱くなるのまでが、自分にもはっきりとわかった。

「……紳士靴かい」

と、北條の言葉は、案外に穏やかなものであった。

「弱るなぁ。そいつは弱るねぇ」

「……」

「何といっても、今までは鈴木一軒しか入っていなかった売場だけに、なかなかそう簡単なわけにはいかないんだよ。学生靴が、それも少々ぐらいなら、鈴木だって何も言わないだろうが、君のところから紳士靴まで入れさせることになれば、きっと黙ってはいなくなるからね」

「ええ、そりァあたしも覚悟はしています」

「いや、君が覚悟をするとかしないとかということじゃなくて、僕がつらい立場になるんだ。……君はまだこの店へ入るようになってから日が浅くて、そんな事情を知る筈はないだろうが、こういうことは今までにも何度かあって、そのたびに売場主任が何人も犠牲になってるんだ。つまりねえ、この場合に例を取って言うと、今までは鈴木が一手に品物を入れているだろう、そこへ君のところの品物が入りはじめる、これが臭いと睨まれるんだ。売場主任が鼻薬をかがされたと解釈されるんだよ。また事実、以前にはそういう例がすくなくなかったんでね」

「……」

「僕だって、自分の勤め先の悪口を言いたくはない。しかし、これは、もともと柏屋の仕入れの制度がいけないんだ。君だってすこしはわかりはじめているだろうと思うけれど、たとえば僕の受持っている靴部なら靴部がだね、どこどこの工場の品物を何足仕入れるかということは、望月さんと僕の二人だけで決めてしまうだろう。柏屋じゅうの売場という売場がみんなこの制度になっていて、仕入れには重役の承諾を取る必要がないようになってるものだから、出入りの商人たちは、むやみやたらと売場主任ばかりを大事にするような結果になった。売場主任が籠絡されるのは、当然だったんだ。……実際ひところなんぞは、コミッションを取って新規の商人ばかりを入れるようにしていた主任が、どれだけあったかしれないくらいだった。が、しかしそれもこのごろでは大掃除をされて、店の中はだいぶ綺麗になってきている。ところが、そのかわりに、僕らのような売場主任としてはもっと弱らされるような事情が今度は出入りの商人たちのあいだから起ってくるようになってしまったんだ。……大掃除があった後だけに、僕らが重役たちから色眼鏡で見られていると知った商人たちは、却ってそれを利用して、自分らの勝を制そうとしはじめた。どこかの売場に一軒でも新しい商人が出入りしはじめたなとみると、今までの商人たちが結託して、そこの売場主任に難癖をつける。それでも主任が聴き入れなければ、あの主任はコミッションを取っているという噂を撒き散らすという手を考え出してしまったんだ。……簡単なわけにはいかないと言ったのは、そのことなんだよ。そりァ幾らそんなことを言われたって、取る物さえ取っていなければいいんだし、そんな商人なんぞはつまみ出しちまえばすむかもしれないんだが、よしんばつまみ出したところで、結果は大した違いがないんだ。さっきも言ったように、もともとこの店の仕入れには重役を通すという習慣がないだろう。それだけに、主任の奴、口先ではうまいことを言ってたって、その実は何をしているかしれたものじゃないなんて、逆に僕らのほうが重役たちから疑われなくちゃならない。まことに情ない次第だが、わるい先例のほうがものをいうんだ。……もういちどこの場合に例を取って言えば、鈴木が君のほうの邪魔をしたいばっかりに、まず僕を槍玉にあげるという虞があるんだ。こういう犠牲になることは、やっぱり僕としてはたまらないだろう」

「ええ。しかし、そういうことは……」

「例のないことじゃないんだ。このほうの例なら、ごく最近も三人ほどやられている人があるんだからねぇ」

そこまで言い切られてしまっては、伊之吉として、もはや返す言葉も喪われてしまった。それを押し返してまで、自分の工場の品物を入れるようにしてくれなどとは、いかに今の場合でも、北條にむかっては言いがたかった。

せっかく切り出した言葉が徒労におわったことを嘆くのではない。いかに柏屋の内部にそんな先例があったとしても、そういう他人と他人との葛藤のために、自分の大切な行く手までがふさがれてしまうのでは、諦めようにも諦めがつかない。もうこれかぎり紳士靴を入れる道は閉ざされて、いつまでも学生靴ばかり納入させられるというのでは、あれだけの材料を買い込んでしまった引込みもつかないのである。

（――やっぱり自分はあせって、切り出す時機が早すぎたのだろうか）

三ダースの学生靴を、五ダースに増してもらえたということだけで満足していればよかったのかもしれない。それが、こちらの分には相応していたのかもしれなかった。けれども、土手のわが家には、すでにもう仕事場といわず二階の座敷にまで、皮革の山が積み上げられているのである。その山の隅にうずくまって針仕事をしている、産み月を間近に控えて、心なしか窶《やつ》れを見せたお秋の姿が、ふうっと瞼の裏に泛び上ってくる。——買い込んだ皮革の始末や、期待をかけている庄兵衛への対面などは二の次にしても、ここでこのまま引込んでしまったのでは、せっかく柏屋に入った甲斐もなくなってしまうのである。

北條自身の、語るに落ちたような言葉にもあったとおり、この店の売場主任はどこまでも大切にしなければならない人間なのではないか。今ここで相手の機嫌を損じてしまえば、かんじんの学生靴の仕入れさえ絶たれてしまうかもしれなかった。そう思えばこそ、一方にはこのまま引込んでしまおうかと諦めかかる心もないではなかったが、すでにその話には口火を切ってしまっていたのである。

北條との交渉をここまで推し進めるという程度のことなら、誰にもできぬ業ではあるまい。ここをもう一と足先に踏み出して、この交渉に成功をするかしないか、それこそが今の自分に課せられた最大なものであろう。ほんとうの商人ならば、こここそ乗り越えねばならぬのだと思った。口が重たいのは持って生まれた性質で、いまさらどうにもならないことであった。しかし、生き抜くためには、持って生まれた性質さえ、みずから造り変えねばならないのである。

伊之吉は、ともすれば緊張に硬くなろうとする自分の表情を、努めて軟らかく解きほぐすようにしながら、しずかに自分の視線を相手のほうに向けた。

「しかし、そういうことが起るのは、出入りの商人同士が対等の場合なんでしょう。……互角というほどではないまでも、こいつに割りこんでこられたんじゃ、自分のほうがかき廻されるという心配がある場合にだけ起ってくることじゃないんでしょうか」

「そうだねえ、そりァまぁ……」

と言った北條の言葉尻が、しかし、思ったよりは曖昧なものであったことに、伊之吉もようやく元気を取り戻した。言葉としての条理などは通っても通らなくても、とにかく確信を持った口調で詰め寄っていきさえすれば、案外相手の心を動かすこともできるのではないかという暗示を受けた。暗示というよりは、啓示というべきであったかもしれない。

「なにしろ鈴木さんなんぞは、あんな大どころなんですもの、大丈夫あたしのところなんか問題にする気づかいはありませんよ。あれほどの工場が、土手の棚橋あたりを相手にしてチマチマしたことを言いだしたりすれば、それこそ誰の耳に入っても物笑いの種ですからねぇ。……それればかりじゃありません、ここの売場には、平均百ダースやそこらの靴がいつだってきているんでしょ。それが次から次へと売れていって、鈴木さんが一ヵ月に納める数は大変なものじゃありませんか。そこへあたしんところの品物が、僅か五ダースや十ダースまぎれこんだからって、鈴木さんあたりにしてみれば、ほんとに屁みたいなもんです。……それに、あたしはまだお出入りの日が浅いから、様子はよくわかりませんけれど、こうして見渡したところ、だいぶん棚のあちらこちらに隙間が空いておりますじゃありませんか。あなたもさっき品不足だということを仰言っていらっしゃいましたね。棚に穴が空いているのは、それだけお店の商品がよく捌けるからには違いありませんが、売れ足に追いついていかないというのは、自分のところが一軒だけしか入っていないという安心から、知らず知らずのうちに、鈴木さんが怠けていたといって語弊があれば、気をゆるめていた証拠じゃないんでしょうか。こんな具合では、どうしたって数ばっかりじゃなく、製品のほうも落ちてくるという結果にならないじゃおりません。……いや、こんなことを言ったからといって、あたしのほうの品物が入るようになれば、鈴木さんも勉強をしはじめるだろうなんて、そんな生意気なことを言うんじゃありません。あたしなんぞは、ただもう分相応に、空いている棚の穴だけでも埋めさせていただければ本望なんで、もともと大したことは望んでいるわけじゃないんです。鈴木さんから怨まれるようなことなんぞ、けっしてする気づかいもなければ、できもしないんです」

伊之吉はそんなふうに、まず自分の工場の位置を、できるだけ卑下するところから持ちかけていった。

「鈴木さんとあたしんところじゃ、あんまり違いすぎますよ。仮に後から入れたあたしのほうの品物がよかったとしても、あれだけの看板を張っている手前、鈴木さんでは、意地だって問題になんかなさる筈はありません。……それに、そう言っちゃ何ですけれど、もともとあの工場の品物は評判のいいほうじゃござんせんでしょ」

「……うん」

「で、万一にも品物の優劣ということが問題になるとすれば、そこはあたしのほうが特別小さな工場だけに、鈴木さんとしてはよけいに自慢のできた点じゃないんですから、話はかならず引込めてしまうと思うんです」

「引込めるかわりには、きっと僕に八つ当りをするな」

「いいえ、そんなことはありません」

と伊之吉は言った。

「けっしてそんなことはありません。それは先ほども申し上げたように、あたしのところが互角の場合ならばです。対等かそれに近い場合なら、かならずしもそういう結果にならないとはかぎりません。しかし、相手はあたしんところです。……あそこの品物がわるいということは、仲間うちでの定評みたいなもので、もしも競争をしようという気になったとすれば、鈴木さんのほうではきっと数できます。数なら、どこにも負けないという気になってかかってくるに違いありません」

「そんなことは……」

「いいえ、そうです、きっと数です」

伊之吉は、きっぱりとした口調で言った。言い切った瞬間に、ふと自分でも何を言っているのか、わからなくなってしまったような錯覚を覚えたが、ここで自分の態度を崩してはならない、そんな様子などおくびにも見せてはならないのだと、心を引締めた。すると、はたして北條はその気魄に押されたらしく、ちょっと躊躇をしたようになって、

「……そうかなぁ」

と言った。心の中で、もういちど伊之吉の言葉を反芻しているような様子であった。

「それじゃ聞くけれど、君はさっき、鈴木が怠けていると言ったね」

「ええ、怠けていると言ってわるければ、気をゆるめているんじゃないかと申しましたんで」

「自分のところ一軒きりしか入っていないという安心から、気をゆるめていると言ったんだったね」

「申しました」

「さァ、それじゃ、そういうところへ、君のところの品物が割り込んできたら、どういうことになるだろう」

ようやく伊之吉の言葉に瑕瑾《かきん》を見出したらしく、北條はたたみこむように言った。けれども、伊之吉は負けていなかった。もし言葉の上で敗けても、けっして気魄の上では劣っていなかった。是が非でも、このあぶない瀬戸際を乗り越えようとする意志の烈しさが、しっかりと彼をささえていた。

「どういうことにもなりません。現に、もうあたしは入れていただいているじゃありませんか」

と、伊之吉は高飛車に言ってから、言葉の調子を落した。

「入れていただいているのに、今もって、何ということもないじゃありませんか。それが何よりもの証拠です。……ですから、鈴木さんは、今後もあたしんところなんぞ問題になさる気づかいはないと申し上げているんです」

「しかし、それはまだ日が浅いからさ。これでもし、君のところの品物がどんどん割りこんできてみたまえ、そりァとてもそんなわけにはいかないよ」

「いいえ、ですからあたしは、先ほどからあの棚の穴を埋めさせていただくだけで結構なんだと申し上げているんです。けっして鈴木さんから怨まれるようなことはいたしませんと申し上げているんです」

「……」

「いけませんでしょうか。……それでもなおあなたにご迷惑のかかるようなことがあれば、あたしは責任をもって、お店への出入りを諦めさせていただきます。涙を呑んで引き下がります。……それだけの覚悟は、あたしもしているつもりなんです」

「……」

「ねえ、いかがでしょう、それでもいけませんか。……お願いです、あそこに空いている棚の穴だけ埋めさせて下さい。それ以上のことをさせてくれとは、あたしもけっして申し上げません。せめて、買い込んでしまった材料だけでも吐きださせてやって下されば、あたしは本望なんです」

言い切って、伊之吉は静かに瞼を落した。言うだけのことを言いつくしてしまった後の、空白ができてしまったような淋しい気持で、北條の返事を待った。

しばらくの沈黙であった。

窓の外を、電車が屋根を見せて通っていく。今までは何ひとつ耳に入ってなかった周囲の喧騒が、俄かにかきたてられた思いであった。ゆるんだ緊張の穴へ、それらの音響が、一時にどっと押し寄せてきた。

「いいよ、望月さんにも話しておこう」

「えっ」

と思わず、伊之吉は耳を疑った。

「あんまり目立たないようにさえしてくれればいい。品物ができあがったら、いつからでも持ってきたまえ」

吐息をするように頷いて、北條は柔らかく伊之吉の肩を叩いた。

四

三ダースから五ダースに学生靴の数を増してもらったばかりでなく、高級な紳士靴の納入まで契約を取ることができたのである。この喜びを伝えるべく、伊之吉が柏屋からの帰途、関谷庄兵衛宅に立ち寄ったことはいうまでもあるまい。

庄兵衛夫婦は、その折もまた店先に出て新聞などひろげながら火鉢にあたっていたが、伊之吉の口からそのことがもらされるとひとしく、わが事のように相好を崩して、何度も何度もよかったよかったと繰り返した。北條との交渉のあいだも、何べんとなく庄兵衛の言葉を憶い泛べながら、我とわが心を励ましたのだと語っても、彼はただ機嫌よく笑み崩したまま、それは伊之吉の技術がかくべつに卓れていて、夜ごとの努力が報いられたのだと言うばかりであった。けっして、自分の後援をひけらかそうとはしなかった。

それではまず祝盃をと言いつつ、そういうあいだにも、庄兵衛が自分から先に立って奥座敷へ通ることをすすめられたのにもかかわらず、伊之吉は自分の態度を失礼と承知の上で、相手の好意を辞退した。振り切るようにわが家へ立ち戻ってきてしまったのは、そこに待っているお秋に、一刻も早くおなじ愉しさ、慶びを分けあたえてやりたかったからであった。お秋こそ最初に柏屋への橋渡しをつけた功労者だったからであった。

「……よくまぁ、そこまで」

頑張ってくれましたねえ、とうつむくお秋は、襟許に顎を埋めて、鼻をつまらせていた。もうあとの言葉が言えなかったのである。

何はなくてもまず一杯と、二人がようやく楽しい食膳につこうとしているところへ届けられてきたのは、関谷夫婦の好意がこめられた尾頭つきであった。届けてきたのは付近の仕出屋に働く使用人であったが、贈ってくれた人の心づくしのほどを思うだけでも、これをただ、はいそうでございますかといって受取ったまま、二人きりで食べてしまうことなど、とうてい気持が許してはくれなかった。

今からではどうかという遠慮があったので、早速お秋に都合を聞かせに走らせると、それどころではない、普段着のままで結構だから、すぐにこちらへきてくれという返事であった。料理を新六に持たせていってみると、女中の案内で奥の間へ通されて驚いた。――お秋が都合を聞きにきたのは、ちょうど自分らが箸をとったばかりのところだったのだと言ったが、庄兵衛夫婦の食卓にもおなじ尾頭つきが据えられていたのである。

「まぁ……」

と言いさしたなり、お秋は胸をつまらせて、そっと壁のほうを向いたきり顔が上げられなかった。

「いやいや、こんな晩こそ夫婦水入らずでお祝いの膳につくほうがほんとうなんだもの」

伊之吉がこれほどにしてくれたことに対する礼を述べると、先刻引き止めたことは却って自分らのほうが迂闊だったのだと言って、庄兵衛は、せっかくの好意を振り切って帰った伊之吉の先ほどの非礼を咎める様子もみられなかった。

「でも、そちらからお見えになっていただけたのは、ほんとに何よりでしたよ」

細君も脇から口を添えて、伊之吉の盃に酌をした。

その夜は久しぶりに賑やかに酒杯を重ねて、伊之吉たちが家に戻ったのは、もうかれこれ十時にちかい時刻であった。

「体をこわしちまったら、何にもならないんですもの、今夜だけはおよしなさいな」

またしても仕事着を取り出している伊之吉を見て、お秋はとめたが、彼はその晩も仕事場についた。こちらへ届けてくれたばかりか、自分たちまでも、ともどもおなじ尾頭つきを据えて祝ってくれた庄兵衛夫婦のことを思えば、たとえ一ト晩でも怠けてなどいられない。それでは冥利に尽きると思われたのだ。

翌朝になると、伊之吉は職人たちにむかって学生靴の製造を督励するいっぽう、新六には日頃から取引のある製甲職人の許へ材料を届けさせて、早速紳士靴製造の段取りにかかった。しばらくぶりに、自分のほんとうの腕を思うさま振るう折がきたのだと思えば、彼の脳裡には、ああしてこうしてと、新しい計画や仕事の先ざきに対する抱負がしきりに去来して、何かもう心落着かないほどになっていた。

仕事は計画どおりに進捗していって、第四回目の折には五ダースの学生靴とともに、伊之吉みずからの手によって造りあげた一ダースの紳士靴が、はじめて柏屋の売場に陳列されることになった。

製品を送りこめば受取ってもらえるというのに、黙って指をくわえていることなど愚かであろう。勢いづいた伊之吉はさらに二人の職人を雇い入れると、これは学生靴のほうにまわしておいて、今までいた職人のうちから選びあげた二人を紳士靴のほうへ振り向ける処置をとった。そうして、ますます紳士靴の製造にも力を入れる半面では、不足がちになってきていた道具類も増すようにして着々と工場の内容を充実していった。

そのうちには待ちに待っていた勘定日もきて、柏屋から受取った手形を関谷の許に持っていくと、自分はみせてもらっただけで満足だと言って、その場で即座に現金と換えてもらうことができたから、諸所への支払いには何らの不自由を感じるところがなかった。入ってくるだけの金は職人の工賃に支払って、残金のすべてを道具類の買いこみに充当しても、なお不足が生じれば、それは関谷の手許から立替えてもらえるという安心があるのだから、こんなやりよい商売はあるまい。

そうこうしているあいだに、歳末のあわただしさは、日に日に押し詰ってきていた。

平常の月は二十日に請求書を〆切って、翌月の五日が勘定日という規定の柏屋も、今月ばかりは支払日を繰り上げて、二十七日に勘定を渡してくれるという。しかも、今度の請求の中には紳士靴の分も入っていたから、受取勘定の額もすくないものではなかったが、庄兵衛から借用している額は、その上を越しているから、とうてい全額の返済は覚束かなかった。積り積った返済額の耳を揃えるまでには、いやでも年を越してしまうことになる。かといって、借用の、返済のといったところで、たしかに尋常の貸借ではなかったし、相手の好意も十分承知していたところで、ほかならぬ歳末のことであれば、伊之吉としてもこのまま黙っているわけにはいかなかった。

「……あんたはまた、何を言っているんだ、盆だろうが暮だろうが、あたしは中途で催促をするくらいなら、はじめから無利子でなんか貸してあげやしないよ。あんたを信用していればこそ、あたしはいまだに一枚の証文も取ろうとはしないんじゃないか。そんな心配をしちゃいけない、金はいつでもできた時でいいんだよ」

相手の挨拶は、却って心外だといわぬばかりであった。庄兵衛はどこまでもこちらの商売に加勢をしてくれる様子で、伊之吉としてはいよいよ痛み入るほかはなかった。彼がその足で柏屋に廻ってみたのは、そんな心配をするだけの暇があるなら、ちょっとでも売場の様子を見廻ってくるほうがよかろうという知恵を、やっぱり庄兵衛の口から授けられたからであった。

柏屋にいってみると、歳末のこととはいいながら、呉服売場などは芋を洗うような騒ぎで、店員たちは勿論のこと、客たちまでが眼の色を変えているほどの光景が繰りひろげられていた。それにくらべれば靴売場など、むしろ別世界のようであったが、さすがに客足の絶えることもなく、これもまた、ほとんど引きもきらぬという有様であった。——伊之吉は福引場をのぞいたり、あちらこちらの売場から売場へと、一ト通り店内を隈なくさぐり歩いてからふたたび二階まで戻ってくると、しばらくのあいだは物蔭に身をひそませるようにして、売場の様子を観察していた。

脇から眺めていると、客のうちには何度か品物を手に取っておきながら、そのまま黙って帰ってしまう者も、すくなくない。はじめから買おうという気のない素見客《ひやかし》は論外としても、十分に買う気をもっていながら、忙しさに追われている売子たちが立ち合わないのに業を煮やして帰ってしまう者もけっしてすくなくはない様子であった。

そうした光景を目にするにつけても考えさせられるのは、商品としての靴がもつ性質であった。売り台の上にさらしだされている機械製の見切り品や、ガラス張りの陳列棚に飾りつけてあるような高級な特殊靴は別として、商品としての靴は、丸帯や反物の類などとは違って、その辺へむやみにひろげられているような品物ではない。一足々々がボール函に入って、きちんと棚に納められている。売子たちは客の求めがあった場合にのみ、はじめてこれを取り出してきて相手の足に合わせてみるが、柏屋は百貨店で、店員たちはいずれも学生上りにかぎられている。客の足を見ても一ト目でサイズのわからぬところは素人の悲しさで、そのたびごとに、二足三足と棚から引きだしてこなければならぬありさまは、脇から眺めているだけでももどかしい。客自身が気軽に手にとってみることも、足に合わせることも許されない品物だけに、よほど店員のほうから積極性をもってかからないことには、みずから売れていくという種類の品物ではなかった。伊之吉はふと、あの赤門前の津幡屋の店頭を憶い泛べた。あそこで働いていた店員たちは、何とも愛想のよかったことであった。しかも、津幡屋などは専門店で、わざわざ店内に入ってくるほどの客は、はじめから十分に買おうという心をもっているのである。ところが柏屋は百貨店で、ただ通りがかりにこの売場へ立ち寄っていく客もすくなくない。それだけに、ここではいっそう売ろうとする積極性が必要となってくるに違いないのだ。

「お疲れさん、お忙しそうですね」
伊之吉がつかつかと出ていって、あたしが助けましょうと言ってみると、店員たちはもちろん大喜びであった。椅子に腰をおろして足を差《す》し出している客の前に、みずから膝をついて靴を履かせるだけでも、大学出の店員たちの身には屈辱と感じられるせいなのだろうか、次から次へと新しい客を見つけては走り寄っていく伊之吉の姿を見ても、誰一人として眉をひそめる者などなかった。

もちろんそういう場合には、自分の工場の製品ばかりを履かせて売りつけてしまうのであったが、かれこれ三時間も手伝ってから帰ろうとすると、店員たちは伊之吉の手があいているようなら、もっともっと手助けしてもらいたいと言いたげな口ぶりであった。——聞けばこの店に商品を委託している商人は、その大小にかかわらず、一店一人にかぎって売場に立つことが許可されているとのことであった。そういう規約が設けられているのならと、伊之吉もようやくその言葉に安堵して、店員たちの要求を承諾した。

柏屋にしてみれば、そうやって売場々々の繁栄をはかろうという方針に相違ないのであったが、この制度は出入り商人の立場からいっても、けっして迷惑なものではなかった。こうすれば、たしかに自分のところの商品が捌ける、これを黙って引込んでいることはないと思った。

(——よしっ、今度はこの手でいってやれ)

と、伊之吉は、思わず心のうちに快哉を叫んでいた。

そのうちに、どこかに出かけていた北條も帰ってきていたが、彼にもそうした伊之吉の様子を見て咎めるらしい気配はいささかも認められなかった。しかし、先日の折にはあんな約束がしてあっただけに、こうして自分のところの製品ばかりが目立って売れていくことになれば、きっといつかはそれに対して苦情が出るであろうと、伊之吉もさすがに後ろめたい気持があらそえなかった。北條も、それに気づいたのであろう。

「今日は、だいぶん売ったようだねぇ」

暇をみてそっと先方から近づいてくると低い声でいった。

「すいません」

伊之吉は素直に心から謝罪をするつもりであったが、北條は首を横に振った。

「鈴木の態度は、やっぱり君の見ていたとおりらしいよ。数こそ増してはいるけれど、品物はちっともよくならない。しかも、君んところの品物のほうが、率の上からいえばはるかによく捌けているんだから、客の眼も案外に正直だよ。……まぁあんまり目立ってもいけないけれど、だんだんにならきっと大丈夫だと思うね。それに、今は何といっても歳の暮で、全体からいえば、普段の三倍ちかくも売れ足がついている時だし、鈴木もだいぶん馬力をかけて品物を入れているところだから、目立ちはしないや。こんなに入れていても、まだ棚には穴が空くほどどなんだもの、春になって急に売れ足の落ちる時さえ警戒してくれれば、後はもうきっと大丈夫だよ」

「ええ」

「で、その後はどうなの。君のところにはまだストックがあるんだろう」

「ええ、かなり持っています」

ほんとうは、もうストックなど数えるほども持っていなかったが、伊之吉は言下にそう答えた。

「棚に穴の空いている分ぐらいなら……」

と、北條は謎をかけるような表情で言った。彼も、伊之吉の肚の底は看破っていたに相違ないのである。

「いつでも入れていいという約束なんだぜ」

言うなり、北條は自分の顔を見せまいとするかのように、伊之吉からついとはなれていった。

(――ありがとう存じました)

伊之吉は、その背に、膝を落として礼を言いたいものを感じていたのである。

その夕方、彼は家に戻ってくるなり、あるだけの現金を懐にすると、食事さえとらずにふたたび寒い戸外へ飛び出していった。

すききった腹を抱えている身には、ことさら冷たく歳末の夜風が身に沁みたが、伊之吉は次から次へと四、五軒の工場を歩き廻った。訪ねていった先はいずれも友人の工場であったが、何足でもいいから製品を分けてもらいたいと頼んだ。――この歳末を控えてあてのない製品を造っている者など、どこに一人いないのは当然だったが、はじめのあいだは先約を楯にとって渋っていたような相手も、現金をその場で先渡しするという彼の条件には心を動かされたとみえて、十足、二十足というふうに、あちらこちらからすこしずつ分けてくれるという約束もととのった。もとより友情のありがたさには相違なかったが、歳末の折から、現金の即時払いという威力もあらそいがたかった。

　翌朝、新六をそれらの工場に一巡させて品物が手に入ると、伊之吉は片っぱしから柏屋のマークを縫いつけて、これをまたさらに日本橋まで持たせてやった。

　午前中は友人の工場から工場へ訪ね歩くと、午後からはまた柏屋へ廻って、夜間営業の閉店時間までを売場ですごすようにして、彼はその年のうちをくる日もくる日も終日おなじようにすごしつづけていた。買い込みは実弾戦術であったし、既製品を買い取るという方法であったから、僅かのうちにばらまいた金額も、短時日のうちに相当な額にのぼってしまった。それでも、柏屋での売れ行きは素晴しい勢いであったし、年を越してから入ってくる筈の勘定を想えば、ますます伊之吉の努力は、報いられるところも大きいと予測されるに至った。

第九章

一

大正七年という一年間は、何とも起伏のはげしい月日であった。

思えば伊之吉が、これほど明るく安らかに屈託のない心持で、前途への限りない希望と抱負を身内に温めた正月を迎えるのは、ここ何年もまったくおぼえのないことであった。

明けて大正八年、お秋はいよいよ臨月を間近に迫った懐妊中の体をかかえて、家事の一切を一手に仕切っている。それも仕舞屋の暮しなどとは違って、ご飯ごしらえの膳立てはいうまでもないこと、職人たちに出す湯茶の世話までしてやらねばならない。三時には茶受の心配があった。自宅が工場も兼ねているから、生まれ出る者のための衣類を裁ったり縫ったりする合間には、製品を入れるボール函のレッテルを貼ったり、鋲や釘の類ぐらいは買いにやらされたり、何かと仕舞屋の内儀さん連にはないような、眼に見えぬ雑用も重なってくる。彼女には、伊之吉と連れ添ってからこのかた、ゆっくりと足腰を休ませた日などただの一日もなかった。彼女もまた川勇のお武のように、いや、お武以上に働く機械であることをその身に要求されて今日までをすごしてきた。それでも、彼女は何一つ不服をいうどころか、どれほどの辛酸にもめげずに生き抜こうとしている。今後とも伊之吉とはどこまでも一体になって、この商売とこの工場を盛り立てていこうとしていた。

伊之吉はそういうお秋を見るにつけ、またわが身をかえりみるにつけても、はたして自分はこの女を愛したことがあったであろうか、男女の愛情とはいかなるものであろうかと、考えずにはいられなかった。

蔵前ではじめて世帯を持った時、粥をすすりながらも、演習召集に出ていった夫の留守をまもったお秋。横寺町の家をたたむ時には泣きべそをかきながらも自分の着物を出して、工場の資金に投じたお秋。柏屋へ小浜を訪ねていって、いまの取引の糸口を作ったお秋。

――それにひきかえ、自分の愛情には、どこか欠けるものがあったのではなかろうか。あまりにも仕事を大切にしすぎて、妻を淋しがらせていたことはなかったであろうか。しかし、しかしと伊之吉は考える。自分が職人である以上、自分にいちばん大切なものは、誰が何といっても自分の仕事であった。その仕事に専念して、この今の工場を物にしていくことができれば、誰よりもそれを喜んでくれる者はお秋なのである。とすれば、仕事を大切にすることが、ひいては妻を愛する夫としての途なのではあるまいか。結婚とは、一と組の男女がともに生活をしていくことである。結婚生活とは、華やかな夢などであるべきものではない。そして、夫婦とは、地味な現実の質実さを、じっくりと二人で味わい嚙みしめながら生きていくことなのであろう。愛などということをことさら意識もせずに、お互いがお互いの魂のなかに溶けあっていってこそ、それが円満な夫婦であり、そこにこそ夫婦の愛情という形も存在しているのであろう。自分のお秋に対する態度のなかには、たしかにそのようなものがある。それは、けっして一時に得たものではないが、自分もまたいつかそうした夫になってきている。自分はお秋を愛しているのだ、これもまた一つの愛情の姿なのだと、伊之吉はわが身を見つめた。

しかもこの二人を、こうして平穏に、何の屈託もなく支えていてくれる者は、ほかならぬ関谷夫婦であった。林田老人と大島が伊之吉の技術の生涯の師であり、大島の妻女が伊之吉に母性の温かさを与え知らせてくれた最初の相手ならば、伊之吉夫婦に人の世のありがたさを贈ってくれた生涯の恩人は、庄兵衛夫婦をおいて誰があるであろう。

庄兵衛夫婦との知遇こそ、忘れてはならないものであった。もしもあの時に庄兵衛の手が差し伸ばされていなかったとすれば、この正月も大方は火の車であったろう。柏屋への出入りは継続されていたにしろ、紳士靴の納入はおろか、歳末を控えて、和田からの督促も峻厳をきわめていたに相違あるまい。素寒貧の自分がどれほど根をつめて奮闘したところで、多寡はしれていたのだ。この年の瀬など、とうてい安閑に越せなかったばかりか、下手にまごつけば夫婦が心中をしていなかったとさえ言い切れなかった。

さいわい材料には買いおきが豊富になっていたから、伊之吉は新春に入ると同時に買いこみなどの出銭を手控えるという方針に切り換えると、現金をはたいてしまって乏しくなりつつあった資金の状態にも調節をはかるいっぽう、コツコツと地味な手仕事にいそしんだ。——といっても、もちろん今までの攻勢を守勢に転じたということではない。むしろそうすることによって、徐々に第二段への攻勢を準備しはじめていた。

暇をみつけては柏屋の売場に顔を出していたことはいうまでもない。そうこうしているうちには、やがてまた二月五日の支払日もきていたし、受取った勘定は、歳末の夥しい売り上げのほかに正月に入ってから二十日間の分までが加算されていたから、年末に自分で胸算用していたよりも、その額はさらに大きくなっていた。

この手形を持参すると、庄兵衛はまたしてもそれを現金に取り換えて全額をこちらによこそうとする気配であったから、今度は二千円だけ取っておいてくださいと頼んでも、相手は容易に承知してくれなかった。いいのかい、ほんとに大丈夫なのかいと何度も確かめたあげくに、それでもようやく千円だけ納めてもらうという落着がつくまでには、何度か押問答が繰り返されたほどであった。

北條の口からも、春になって売れ足の落ちる時には特に気をつけてくれと念を押されていたのだし、伊之吉も内心ではひそかに恐れていたが、年が更《ふか》まったというのに鈴木の工場からは、苦情も、横槍も出るらしい気配は、いっこうにみられなかった。そればかりか、伊之吉と北條のあいだにあんな経緯があったとも知らぬ店員たちは、次から次へと羽根の生えたように売れていく棚橋の品物ばかりを欲しがった。鈴木の製品には見向きもしようとはしないで、もっと大量の生産をすることはできないのかというようなことまで、はっきりと口に出すようになって、売場が承る注文靴の寸法書などは、一枚残らず伊之吉のほうにばかり廻してよこそうとする傾向さえ、みられるようになっていた。

品物には十分な自信があったし、ここに知己ありとみれば、それが店員たちの自分という人間に寄せてくれる好意の形とも考えられないではなかったが、売場に働く店員たちは、柏屋に勤める月給取りであった。どちらの品物をどれだけ多く売り捌いたところで、彼ら自身には何らの損得もないのである。伊之吉もその事情に気づけばこそ、彼らが頼まれもしない注文靴の寸法書を自分の工場に廻してくれるというのは、つづまるところ一つの謎であろうと受取った。時には彼らの帰宅の途次を打合わせて食事に誘ったり、三度に一度は料亭などにも案内しなければならなかった。それを黙認していてくれると思えば、北條や望月にまで、なにがしかの附届けをする必要も生じていた。

　庄兵衛とのあいだには、毎月の五日という支払日の度ごとに三月、四月、五月と、くる月もくる月もまったく同様の状態を繰り返していったが、製品の売行きが順調になってくれば月々の二十日を期限にして柏屋へ差し出す請求書の額も大きくなっていく。いつか春も過ぎて盛夏にかかろうとする七月五日の折には、繰り返すこと六回に及んで、庄兵衛にさしもの債務をすっかり償還したばかりか、柏屋の売場では、ほとんど伊之吉の工場の製品ばかりが、その棚の大半をふさぐまでになっていた。

　家主と店子という浅い関係の上に立つものだとの意識があったからこそ、却って石に齧りついてでも返さねばならないという気になって、こうした結果が招かれたのかもしれなかった。それにしても、あの折、彼は勇吉にむかって六月には半額、歳末までには全額という条件を持ち出して、三千円が無理ならば二千円でもと言ったのである。それが、その年もようやくなかばの七月だというのに、庄兵衛からの四千円に及ぶ借財をきれいに返済してしまったばかりではなく、手許には五百円にちかい現金まで残してしまって、翌八月の勘定日には、柏屋と隣りあった山村銀行とも、生まれてはじめての当座を組むような身になっていた。

　たとえ下心があったにせよ、柏屋の店員たちからは、もっと製品の数を増やすことができないのかという言葉まで聞かされていた。しかも、せっかく面白いように売れ足がついているありさまを眼にしていながら職人の数はあくまでも七人という最小限にとどめておいて、それ以上は増そうともしなかったという一事は、たしかに伊之吉の人間的な進歩を物語っている。彼は明らかに若松町時代の向うみずな彼ではなくなっていた。

しかし、義理をわきまえて、いったん約束をしたことはどこまでも徹そうとする彼の性格は、けっしてここ数年のあいだに培かわれたものではなかった。それはもう生まれる時から遠く持ち続けてきた、生まれつきの気質であった。

店員たちからどれほど追従を言われても、水を向けられても、調子に乗って工場を拡張しなかったことも、彼が用心深くなっていたからばかりではない。むざむざ好機を逸しているのだと考えながらも、北條にむかって目立つようなことはしないと誓った、あの折の口約を守り抜こうとする心があったからであった。事業の手をひろげるよりも確実な足場の上に立とうとしたことは、まず何よりも自分自身のために違いなかったが、その半面には庄兵衛から借りた金を一刻も早く返したいという義理固さがあったからであった。製品の数に不足を感じて、歳末の折同様に他の工場から既製靴の買い込みをすることはあっても、彼はもう絶対に自分の工場には増員をしない方針を堅持して、それを崩そうとしなかった。よしんば自分自身に少々の不利や損失があっても、伊之吉は義理と約束とを忠実に守り通して、ひとすじに今日の日までを貫いてきたのであった。――しかも、そういう消極策に似た経営に従っていてさえ、彼はなおこれだけの成績をおさめることができた。次々と職人の手を増していたならどれほどの飛躍をとげていたか、その結果は、おそらく予測しがたいほどのものがもたらされていたことであったろう。北條との約束などは無視してしまって、目先の慾にのみかられて厚顔な納入をしつづけていたなら、土手の棚橋工場もどこまで発展をしていたかしれなかった。

テツメニスキイを相手にして、正当ではない品物を納めてまで利をむさぼろうとしていた若松町時代には、事業の拡大ばかりを願って、どのみち長続きのしない取引だという肚がはじめからあった。あんな危ない綱渡りでは、よしんばロシア革命などというような大事件が生じなかったとしても、取引の永続は望めなかったであろう。今の伊之吉には、あくまでも柏屋への出入りを続けて、自分の工場を堅実に育てあげていきたいという心がある。このひたすらな願いを叶えさせるためにはあらゆる無謀を避けねばならないのだと思えばこそ、彼はただ忠実に、おのれの性格どおりの行動をとった。

お秋の腹に宿されていた子供が産み落されたのは、予定日をすこし過ぎて、四月はじめのことであった。生まれた女の児にせき子と名をつけたのは、庄兵衛の関谷姓を取って、長く恩義を忘れないための心持にほかならなかった。

大島と林田老人とが生きてこの世に在るならば、今の自分を見てどのように喜んでくれることであろうかと、伊之吉の眸も遠い日の感傷にうるもうとする。成功をしたいという自覚の蔭には、何か戦い疲れたというほどの、弱々しい陰翳がひそんでいた。

手許にはなにがしかの現金を残して銀行との取引まである身になってみれば、日々の気楽さはいうまでもない。果すだけの責任を果してしまった身には、何の冒険をする必要もなければ、新たに野心の火を燃やしつづけることも不要となっている。まして仕入れ先も取引先も従前のままであれば、ただもう今までどおりの軌道を忠実にたどるだけで、十分に事は足りるのであった。

二

あれだけの借金を抱えていてさえ、何らの心労もなくすごしてくることができたのに、いよいよ今度こそ入ってくるだけのものはそっくり自分の手許に残って、気を遣わねばならぬ相手がいるわけでもなくなってしまった。ひとたび軌道にのった商売は利が利を生むのに似て、格別の努力を払うまでもなく好成績を挙げさせてくれる。考えてみればありがたすぎるような身の上で、やりやすい商売である上に真底から生き甲斐の感じられる日々であった。伊之吉は七月以降の月々を快調につぐ快調のうちに送りすごして、大正九年の新春を迎えることができた。

ここに工場を開いたのはこの前々年の盛夏のころで、実際に庄兵衛から借りたものを返済しはじめたのは、二月五日からのことであった。裸一貫から立ち上って四千円という債務は、半年の期間で償還していた。七月五日からはじまって大正八年の歳末に至る後半年のうちに、それとほぼ同様の金額を、今度は逆に自分のものとして積めたといっても、あながちその結果の大きさについては驚くまでの必要もなかった。——そして大正九年の正月、二月という二ヵ月間は、事もなく過ぎていった。俗に霜枯れといわれる二月末の諸払いをすませて、三月五日の勘定日に柏屋から受取ったものを合わせた折には、伊之吉の掌中に四千八百円という金額が残されていた。

四千八百円が、仮に三千八百円であったら、却ってそんな事態は生じなかったかもしれない。庄兵衛から借用したものが四千円で、その四千円を越す金が、今度は逆に自分の掌中におさめられたのだという意識は、根底から彼を揺り動かしてしまった。もう二百円あれば五千円に達するのだという心持も、彼の心理をグラつかせるには、何ほどかの働きをしていた。

魔がさしたのだとよりほかにいいようがあるまい。伊之吉はその金額から、ふとまた勇吉のことを憶い泛べた。勇吉への回想は、同時に蔵前の鳶職の二階へ送ってきた日のお武をありありと憶い返させずにはいられなかった。伊之吉は四千八百円という金額が三千八百円でもなければ五千円でもないという事実を目前にした時、あらためてそういう過去に思い当らされていた。

勇吉たちの内心に立ち入ってみれば、何らの意趣も含まれてはいなかったのかもしれない。彼らの心持のもう一つ奥ふかいところには、若松町の工場をウヤムヤのうちに閉鎖してしまった伊之吉の仕業ばかりが、あまりにも強く灼きつけられていたために、ふたたびあの轍を踏ませることがあってはならないと考えた結果であったかもしれないのだ。善意に解釈すれば、何ほどでも善意を汲み取ることができるのである。伊之吉こそ親のありがたみを知らぬ愚か者であったといわねばならなかったのかもしれない。

彼はたしかに何度か怒りたった。強い反発をおぼえればこそ、新婚後まもないお秋にまで苦しすぎるような日常をすごさせてきてしまった。しかし、こうして何程かの日月をすごしてきた後の現在となってみれば、伊之吉もみずからにかえりみて、あまりにも単純すぎたおのれの感情に後悔すら思わないではいられなかった。忿怒にともなう憎悪の念などは、時を経るにしたがって次第に薄れていくことこそ自然のなりゆきであろう。このごろでは勇吉たちの態度を思い返すことがあっても、非道な仕打ちだとばかり一方的に解釈していたわけではなかった。かさねがさねの逆境は、彼の性格にも何ほどかの円熟さをもたらしていたばかりでなく、大正八年という一年間の好調は、伊之吉の心にもそれだけの余裕と落着きとをあたえてくれていた。まして柏屋という取引先は、居留地の七十三番館などに比べるべきでもない。金額ばかりはドカドカと入ってきても内容の空疎であった若松町時代とではわけが違って、このまま今の経営を維持していけば、やがて万という産をなす日も遠くはないのである。

心の底から充ち足りていた筈の伊之吉が、根底からその気持をグラつかせるようになったことの原因は、そのほかにもう一つあった。前年の四月はじめに生まれたのが女の児で、その月の三日が初節句であったという偶然は、まことに皮肉なめぐり合わせであったといわねばなるまい。

おなじ店に出入りしている商人同士であれば、柏屋の売場にならんでいる商品は定価よりも割引がしてもらえたし、武者人形の武骨さなどとは違って、三月雛の華麗さにはただ通りすがりの眼にさえ惹きつけられるものがある。まして初めての子供の初めての雛祭だと思えば、内裏さまと三人官女ぐらいは買いととのえて、白酒の一つも祝ってやりたくなるのが親心で、伊之吉にしてみれば、子供の愛らしさもさることながら、それを見て喜ぶお秋のためも思ったのである。緋毛氈を敷いて、皮臭い二階の一隅にでも飾りつけてやったならば、自分たちの暮しもここまで漕ぎつけることができたのかと、それを思って嬉しい涙をためるに相違ないと考えたのであった。しかし、それを家に持ち帰って飾ってみれば、やはり何かしら物足りないものを感じる。ついには五人囃子と三人仕丁のほかに高砂まで買い足すという始末であったが、不幸はどこに落ちているかしれなかった。雛祭の日がきて、ようやく掴まり立ちのできるようになったせき子をその前に坐らせて、夫婦が一トロずつ白酒を啜った時に、まかれた不幸の種は小さな芽を吹いていた。

「……あたしたちがこうやってるところを、石切橋のお爺ちゃんにも見せてあげたいわねェ」

そう言ったお秋の言葉には、もとより何の他意も含まれている筈がなかった。せき子は勇吉にとっても初孫で、今日はその初孫の初節句だというのに、たった一人の祖父さえこの席には呼ぶこともできないわが家の不幸を、彼女はふと言葉の端に洩らしたにすぎなかったのである。

それからわずか二日目の五日が、柏屋の支払い日であった。請求書には納入をした品目と数量を記載して、それに相当する金額を書きだすことになっているが、支払いを受ける額は事実上の売上代金であるから、こちらの胸算用とは何ほどかの差異が生じることを常とする。勘定を受取るたびごとに、それを山村銀行に預けてある額と、土手の家に置いてある現金とをいちいち合算しないではいられなかったのも、長いあいだ借金に追いまくられていた身には仕方のない人情であったろう。哀しい習慣であった。伊之吉は、それが四千八百円だと気がつくと同時に、お秋の言葉を思い泛べた。お秋の言葉は、石切橋のお爺ちゃん、勇吉の名を呼び起していた。

(――よしっ、この金を一万円にしてやろう)

咄嗟にそう思うと、彼の足はもう兜町の方向にむかっていた。

一万円の金がまとまったら、それを持っていって父親の頰桁を札束でひっぱたいてやろうなど考えたのではない。おかげであたしもこれだけの身分になれましたといって、お武に当てこすろうと考えたのでもない。――資金を出してくれなかった勇吉の心に、もう一度若松町の轍を踏ませたくはないという親心があったとすれば、伊之吉の奴もこれほどまでに奮闘をしたのかと、形に現われた努力のほどを見てもらいたかった。形に現わして見せなければ何一つ理解してくれない親たちなのだと思えばこそ、彼は是が非でも一万円という金をまとめて見せたかった。風の便りにでもそうした噂を耳にしたなら、若松町の結末から自分を見限ってしまっている親たちもどれほど喜んでくれることであろうかと、伊之吉の心はむしろ殊勝《しゅしょう》なものでさえあった。

それにしても、せっかくここまで漕ぎつけておきながら、どうして伊之吉はそれほどまで焦ったのであろうか。ここにその当時の経済界の事情を知るために、一つの『年表』を繰りひろげてみる必要が生じる。

大正五年一月　株式市場活況つづく。金利騰貴の傾向。
本年　時局関係事業殷賑を極む。戦時に入って化学工業・鐵鋼機械工業の新設されるもの多し。
大正六年九月　金輸出禁止。物價調節省令公布。
本年　出超五億七千五百萬円。空前の大出超を現出す。

大正七年一月　米價暴騰につき農商務省米買占警告。大阪の正米商續々検事局に召喚さる。各地米市場立合停止。

同年四月　各地方長官に対して物價騰貴防止の農商務省訓令の通達。

同年六月　鐘紡七割、富士瓦斯紡五割の配當を可決す。

同年七月　米價奔騰熄まず。米穀仲買人の米買占に対し農商務省頻々として警告戒告を発す。

同年八月　米價空前の高値。正米一円台出現。各地に米騒動勃発して物情騒然たり。

本年　大正四年以来の出超合計十四億円に達す。

大正八年七月　三井銀行増資に當り三十萬株をプレミアム付にて公募す。正貨現在高十七億円を突破す。

同年十月　政府物價調節に関する施政方針発表。暴利取締令の断行。

同年十一月　政府投機抑制のため全國銀行貸出につき訓示す。

同年十二月　兌換券発行高十五億円突破。コール日歩三銭三厘。

本年　投機熱に煽られて一大ブームを出現す。年度末における歳入剰餘金六億三千萬円。戦時中國際貸借受取勘定合計廿七億四千萬円。貿易額四十五億円。併し既に貿易は逆転し入超を示しはじむ。

大正九年一月　投機熱衰へず、諸市場いづれも天井知らずの相場を出現す。生糸現物相場最高四、三六〇円。深川正米相場最高五五円一〇銭。大阪綿絲相場最高五九八円六七銭。鐘紡先物大引相場最高五四一円九〇銭。

まことに烈しい息づかいというよりほかはないのである。けれども、爛熟とは常に衰退の前触れである。さしもの景気さえ、すでに疲労の翳はきざしはじめていた。「世界大戦を契機とする近代産業の巨大な発展」も「急速に拡大された市場」も、もはや行き着くところに行き着いたとの観は、免れえなくなっていた。

伊之吉も柏屋の勘定を受取りにいって、そこに集まってくる出入り商人たちの口から、そろそろ景気も下火になるだろうという噂を何度か聞かされずにはいられなかった。この際、持株は「売り」に出たほうがいいだろうという言葉を小耳にはさんだのも商人仲間の口からにほかならなかった。そういう暗示をえていたからこそ伊之吉は四千八百円という金を一万円にするつもりで兜町へ出向いていったのである。

慾気と瘡《かさ》っ気のない者はないという。景気も早晩下火になるだろうとは思っていながら、眼の前の活況を見てはまだまだと思うのが人間の弱みで、誰も彼も「買い」に出ているが、騰るところまで騰ってしまった株などをいまさら僅かばかり買ってみたところで多寡は知れている。それを意表に出て「売り」と張ってみれば、時流に抗した罰はてき面にわが身にはね返ってくるかもしれない。そのかわりに、万が一にも利を得ることがあるかもしれないのだ。しかも「買い」と出て小さな利をあげる場合などとは違って、その場合の利は巨利である。投機という以上、はじめからハッタリはつき物であろう。ことに素人の投機などまるきりの博奕も同然で、株に手を出すからには巨利を夢みない者などあろう筈がないのだ。そう考えればこそ、伊之吉は「売り」意外に自分の道はないのだと心に決めて仲買店の軒をくぐった。

けれども店内に入って「売り」に出てみると、店員は小首をかしげた。伊之吉を素人と見破ったのか、ちょうど店先にきあわせていた客までが口を添えて、わるいことは言わぬ、まだ当分のあいだは「買い」の一手ですよと教えてくれた。教えてくれながら、その男自身も「買い」に出たのを見せられて、迷ってしまったのである。

投機にのぞむ者の心ほど迷いやすいものはあるまい。眼の前で「買い」と出ているところを見せられて、それにまで楯を突くだけの自信はなかった。あれほど固く心を決めて出てきたというより、売りたいと考えればこそ出てきていながら、却って彼はフラフラと「買い」に出てしまった。

それがいけなかったとはいえない。その証拠には、二日ばかり経って四円五十銭もその株は騰った。たしかに騰ったのだから「買い」と出たことはよかった。仲買店の店員にも、見知らぬ客にも、伊之吉は感謝すべきであったが、たった一度だけ騰ったその株は、もうそれきり騰らなかった。騰らなかったどころか、とんでもない事態が生じてしまったのである。
大正九年の一月には「投機熱衰へず、諸市場いづれも天井知らずの相場を出現す」と掲げられている前出の『年表』によって、そのおなじ年の三月の項を見ると、
大恐慌襲来。十五日株式市場大崩落。東株百円安、紡績株六十円安。次いで商品市場に波及し、諸商品總崩れ、惨澹たる市況を呈す。
伊之吉の工場など、ひとたまりもなく吹っ飛んでしまったことはいうまでもなかった。粒々一年半にわたる辛苦の結晶も、跡形はなかった。四千八百円の金は一朝にしてフイになったばかりか、小千円の足まで出てしまっていた。

三

同年四月　増田ビルブローカー銀行の破綻を狼火として金融恐慌勃発。米、綿絲、生絲、株式各市場さらに一斉に崩落。立合停止に次ぐに立合停止をもってす。日銀財界救済資金貸出額一億二千萬円を決定す。
ニューヨーク市場にも恐慌勃発。
同年五月　茂木合名破産、七十四銀行の休業。波紋は愈々拡大し、大瓦落は次の大瓦落を

誘起し、取引は一時杜絶の狀を呈す。
同年七月　四月以来四ヶ月間に預金の取付を受けたる銀行本支店を通じて百六十九行の多きに達す。この間操短盛んに行はれ、紡績會社、毛織氈會社の三割操短。各地機業も五月以降三ヶ月間の休機。銑鉄同業會、産銅組合、糖業聯合會等いづれも限産協定を行ひ滞貨の一掃に努む。生糸恐慌益々悪化し糸價千百円。本年當初の最高値の四分の一なり。新繭もまた暴落、養蠶家窮迫す。
同年九月　第二次帝國蠶糸會社創立。政府三千萬円を限り損失補償を決定し、蠶糸業の救済に努む。

さかさに振っても血も出ないというトコトンまでいってしまった上に、打って変った不景気がのしかかってきた。さんざん泣き尽したお秋の涙に乾く時がきても、夫婦の暗い気持には明るさの射しこんでくる様子もない。七人いた職人たちも一人残らず去っていったし、新しく背負いこんだ借財の穴を埋めるためには、せっかく揃っていた道具類までも手放すほかに方法はなかった。買い入れる時にはそれ相当の価格を持っていたものも、いざ売ろうという段になれば二束三文である。四月分の勘定として柏屋から入ってくる筈の売掛代金すら、早くも債権者によって差し押えられてしまっていた。
伊之吉が一年半のあいだ住み馴れた土手の家を去って、そこからあまり遠くない石浜町（現清川町）の路地奥に、文字どおりの裏長屋をみつけて引移っていくことにしたのは、恩を受けた庄兵衛の家作に、いつまでのうのうとおさまりこんではいられなかったからであった。

それでも礼儀は礼儀であった。受けた恩を忘れてはならないのである。合わせにくい顔を出して挨拶にいってみると、はたして庄兵衛は出てこようともしなかった。期待をしていればこそ金も貸してくれたのだし、働きぶりをみて実直そうな男だと認めればこそ利子をつけようともしなかっただけに、今度の伊之吉の行動はいっそう腹立たしく苦々しかったに違いあるまい。出てきて一ト言でも文句をいおうともしなかったことは、むしろ彼の伊之吉に対する、最後の思いやりであったかもしれない。

「けっして夢だなんて思いなさんな。……いい経験だと思いなさい、棚橋さん」

家賃の受取証と敷金を出してよこすと、皺だらけの顔を哀しそうにしかめながら、人のいい細君は気の毒そうに言った。さすがに真正面からの言葉は避けても、これに気を落してはいけないという言外の激励に、伊之吉はいっそうふかく頭を垂れ下げるほかなかった。

勘定のほうは差押えられてしまっても、柏屋への出入りまで足止めを食ったというわけではない。かといって、従来どおりの納入を続けよと命じられても、それに応じられる筈はなかったが、案ずるまでもなく世間は灯の消えたようになって、柏屋からの注文も、月に半ダースという程度になってしまっていた。ひときわ奥まった路地奥の住いであれば、古靴を下げて修繕の依頼にくる客もなかった。

金銭的な不義理こそかけてはいなかったが、またまた柏屋に寝返ったという印象をあたえている以上、まさかに吉野橋へ出かけていくわけにはいかない。仕入れのほうにしろ、庄兵衛の言葉を守って、いったん取引を断った和田の軒をくぐることもできなかった。この場合、末広町の唐沢屋へ泣きついてみるのが一番だとはわかっていても、唐沢屋はあのとおりの大問屋である。番頭や店員たちとは馴染みのない仲でなくなっているにしろ、大きな店だけに、かんじんの主人とはただの一度も顔を合わせたことがなかった。よしんば顔馴染みぐらいはできていたにしても、こちらがこういう落ち目になって、庄兵衛との手も切れた今となっては、以前の取引を楯にとって因縁をつけにきたと解されぬものでもあるまい。どう思われようと、この難関さえ切り抜けることができるなら、それも辞するところではなかったが、先方は十分にこちらの身状を知りぬいている。土手の棚橋といえば、文無しから叩き上げてまたたく間に五千ちかくのものを築いておきながら、それをまたフイにしてしまった男だと、自分の掌の筋を読むよりも明らかに知りつくされてしまっている。職人の身でありながら株に財産を蕩尽するような男を見込んで、ただの一銭でも貸してくれる者などがあれば、それこそお目にかかりたいくらいのものではないか。それも駄目だと諦めるほかはなかった。

お秋はもう不平をいうこともなかったが、お互いの口数が減ったことはあらそえなかった。

家の中が気鬱にひっそりとしてみれば、誕生日に前後するせき子の泣き声もひときわ耳についてくる。暮しの上に余裕のあった折は何よりも先に愛らしさの感じられた泣き声までが、ここまで詰ってきてみれば、切々として貧苦を訴えるもののようにさえ聞こえはじめる。

僅かに残されていた材料皮を截つと、伊之吉は張りのない手でキガタを取り上げた。カネダイにむかって力なく金槌を打った。——おなじ恥を忍ぶにしても、こういう場合にはいっそ見ず知らずの相手のほうがどれだけか心苦しさも薄いことだろうと、伊之吉は何足かの製品ができあがると風呂敷を背負って、あちらこちらと見知らぬ町の馴染みのない辻々を流し歩いた。

よしや嘆かじ叶はずとても
定めなきこそ浮世なれ

花見時の空は、雨でなければ風である。流し歩くといったところで、大道に店を開こうというのではない。どこかに得意先を見出したいと願えばこそ風呂敷を背負って家を出るのであったが、こちらの思うような相手はおいそれと待ち受けていてくれなかった。パラパラと降りかかってくれば、どこかの軒下にでも駆けこんで、雲の切れ目を待つよりほかはない。背負って出る靴は見本であると同時に商品でもあった。見ず知らずの男が店先に入ってきて、いきなり風呂敷をひろげれば盗品とでも思うのであろうか、大抵の者が気味わるがった。一足でも買い取ってくれる相手があれば見つけ物で、やれやれと胸をなでおろす。かといって一足や二足の売り上げではどうなるものでもないから、午の時刻がきても、なおその先を廻らねばならなかった。どこかの空地か物蔭を見つけては足をやすませると、腰に結びつけてきた弁当箱をひらいたが、往来端の悲しさで湯茶もない。いいあんばいに雨もこないかと思えば、ひろげた弁当の上に砂塵が舞い落ちてくることもあった。

そこまで身を落すならば、どうして縁日の夜店でも開こうという気にはならなかったのであろうか。まだまだほんとうの逼迫にまでは落ちこんでいなかったからだともいいえるであろう。或いは伊之吉の心のどこかには、なお棄てきれぬ虚栄のカスが残っていた証拠だと解されるかもしれない。その推測もまた二つながら誤ったものではなかった。けれども縁日の大道に並べる靴は古靴に限られている。新品などひろげてみたところで、散歩に出てきた通りすがりの者たちにそれだけの金の持ち合わせはなく、また、新品を買うくらいならわざわざ信用のおけぬ露天商などを選ぶまでもあるまい。——古靴を商えば一時の身すぎにはなるかもしれなかったが、自分の手許にない古靴を仕入れてまで大道に立つよりも、みずからの手で造った靴を背負って売り歩くことのほうが、まだしも伊之吉にはふさわしい。何といっても伊之吉は腕に覚えのある職人で、ぼんやりと煙草をふかしながら素見客の相手になっていることは気持が許さなかった。それでは、塚本ほどの工場にいて、三百人からの職人のうちでも群を抜いていた彼の腕が泣く。せっかくこの腕の下地をつくってくれた大島や林田に対しても申し訳がないのでである。

是が非でも、職人としてのおのれを喪うまいと思う。石に齧りついてでも、靴工としての誇りだけは貫き徹したい。その一念があればこそ伊之吉は、足が棒になっても、ふたたびどうしても坐りたくなるまで歩きつづけた。根気よく歩いて、歩きつづけた。

居まわりの浅草界隈を振り出しに下谷、本郷の一帯を廻ると、今度は方向を変えて神田から銀座、京橋のあたりを歩いてきた末に日本橋へ入った。そのあげくにようやくいきついたのが、荷船の帆柱も見え、飛ぶ鳥の翼を白くひるがえす彼岸には煙を吐く工場街の煙突も遠く望まれる大川端の近くであった。日本橋区（中央区）と対岸の深川区（江東区）とを結ぶ新大橋の橋手前で、こちらから渡ろうとすれば人形町の先になるあたりで、俗に清正公《せいしょうこう》と呼ばれている祠（浜町公園内の清正公寺）がある。そのちょうど真ん前で、中田屋という店があった。

結果はよしんばこれほど惨めなことになっても、柏屋ほどの店に喰いこんで、関谷庄兵衛という思いもかけぬ金主がついて、裸一貫から五千にちかいものを残すまでの身になったのは、すべてあの土手八丁を背景とした出来事である。土手八丁といえば、隅田川の流れからは西に直角をなした位置に当っている。自分の工場は、その通りの合力稲荷という祠の筋向いに面していた。この中田屋の店も隅田川からは西に直角をなした通りの、清正公という祠の前に面しているではないか。これほどの相似はめったにあるものではない。それに気づいたことを、何かに結びつけずにはいられなかったのが、その折の伊之吉の心持であった。

（――この店で運を開こう）

入っていくよりも先にそう決めてしまったことが、却って彼の意志を強める結果となっていたのかもしれない。朝から一足も売りはぐれて、その折は一ダースの製品を持ち歩いていたが、品物を気に入られてそっくり引取ってもらったことは、いっそう彼を元気づけた。こんな場合に柏屋の名を出すことはいかがかとも考えたが、まだ取引が絶えているわけではない。椅子をすすめて茶を出してくれたのを機会に、伊之吉はあらためて自分の名を名乗った。もしもお疑いならば、柏屋のほうを調べて下さっても結構ですとまで打ち割ってみせたところから話はいっそうはずんだ。

世間は広いようで案外せまいという。まして彼らは、おなじ製靴の業に従う同業者同士であった。語りあっていくうちには、その主人もかつては露月町の塚本工場で働いていて、靴工から身を起した人物であることなどがわかってきた。木村のことは知らなかったが、伊之吉をレマルシャンの工場から引張り出して、塚本へ橋渡しをつけてくれた加納老人とその息子とは、中田もまた一応の馴染みがあったのだということであった。

そうと知って今度は伊之吉が聞き手に廻ると、加納老人も以前には塚本の工場にいたことがあったから、中田はそのころの老人をよく知っていたとのことなのである。何年か以前には、時期こそ喰い違っても、お互いに一つ工場で働いていたことがあるというところからくる親近の情もさることながら、一人の老人を識りあっていたということも、何かと話題をつくってくれずにはおかなかった。――あの老人は、その後どうしているであろうか。伊之吉もあれきりになっていたが、中田に至ってはレマルシャンに移っていたことさえ初耳のようであった。伊之吉のほうが、それだけでもよけいに老人の消息を知っていたわけで、それがまたことのほか中田を懐かしがらせることになったのかもしれない。話もそこまで進んで、伊之吉が選ばれた三人のうちの一人に数えられて、高貴の方の製靴に当ったという過去の栄誉を語って聞かせても、もはや相手の耳にさほどのひけらかしとしては響かなかった。

「品物を見ればわかるねえ、ただの職人じゃないと見たよ」

言いながら、相手はもう一度自分の買い取った十二足の靴を、却って得意気に眺め入った。柏屋の名を出したことよりも、塚本の一件のほうが、中田の心には感じるものがあったとみえる。伊之吉が暇を告げて帰ろうとする時分には、どうやらこの次の製品も受取ってくれるらしい様子がほのめかされていた。

四

背負いこんだ借金のかたをつけるために、目ぼしいものはあらかた売り尽してしまっていたが、わずかにしろ、土手の家にいたころからの材料皮が手許に残されていたことは、不幸中の幸いというべきであった。

懐中にあったものを吐きだしてしまった上に、柏屋の売掛代金をおさえられただけでは足りなくて、仕事道具を売り払い、家財道具から衣類にまで手がついていただけに、身ぐるみ剝ぎ取られてしまったという気分の重さは、いっそうふかく伊之吉の心を支配していた。世間からもそのように見られていたし、自分自身でも文無しになってしまったと思いこんでいただけに、路地奥の裏店へ引込んできてみて、そこになお何程かの材料皮が残されていた事実に気がついてみれば、思いもかけぬ拾い物をしたという心持はあらそえなかった。

物思いにしずんで歩いているような折には、相手から自分の名を呼びかけられても気づかない場合がある。肩を叩かれてからはっと気がつく。自分の手許に材料皮があって、現にそれを使っていながら、そのことを忘れていた伊之吉の場合が、ちょうどこの例に相当していた。——彼は、使用していた七人の靴工が去っていったことに心を傷めながら、材料皮のことになれば、土手の家にいた時分の量ばかりを考えていたのである。自分一人きりになってしまえば、それほど大量の皮革が消費し切れるものではないことを失念して、手許にある皮革の量を実際以下に評価してしまっていた。過小評価ならばまだしものこと、僅かばかりしか残っていないという意識が、あたかも、ただの一枚も残されてはいないかのような錯覚をあたえていたのである。

二十日ちかくものあいだ、毎日のように歩き廻ったわりにははかばかしくない商売で、二足、三足と買い取ってもらった製品の数は、おそらく二ダースを越えていることはあるまい。それでも造って売った品物は、五円や六円というような安物の学生靴ではなかった。いずれも高級な紳士靴だったから、現金欲しさに売りあせる足許をみて値切られたとしても、一足の平均が十二、三円をくだっているとは考えられない。それを二十足しか売り捌けなかったものとみても、まず二百五十円にちかい金額が、すでに懐中へおさまっていた。仮に材料も道具も失って他の工場へ出働きにいっていたとすれば、いかに早仕事を得意とする伊之吉でも、この半分はおろか三分の一だけのものを稼ぐことさえ容易ではなかったろう。足を棒にして歩き廻ったおかげで、一ダースという品物をまとめて買ってもらえるような機会にもいきあたって、中田屋とはこれから先も取引を結んでもらえるらしい様子であった。心の暗くなっている折には眼の前にあるものすら見えなくなってしまうというのに、いったん光明が見出されてくれれば先の先の方まで見当がついてきて、手さぐりでも、そのほうへ歩いていってみようという心持が湧いてくる。

(——けっして夢だなんて思いなさんな。……いい経験だと思いなさい、棚橋さん)

そう言ってくれた関谷の細君の言葉が、あらためて憶い出される。

これまでは昼のあいだを歩きつづけて、仕事は夜分だけに限っていたが、もう家に落着いて仕事に専念しても差支えはあるまい。柏屋と中田屋とが月に二ダースずつの製品を受取ってくれればよし、二ダースがむずかしくても、二軒を合計して三ダースくらいの数量を望むことは、大した慾張りだとも考えられない。

調べてみると、材料はまだ二ダース分も残っている。既製品となって手許にあるものも六、七足はある。中田屋の軒をくぐる以前にあちらこちらで売り捌いたものが二ダースばかり、中田屋で一ダース、それに既製品としてのストックと材料皮の手持ちとを合算すれば、ともかく五、六ダースもの皮革が、土手の工場をたたんだ伊之吉の手許には残されていた。一足を最低の十円平均に売り捌くとみて、製甲職人の手に支払う工賃を差し引いてもなお、手持ちの皮が彼にもたらしてくれる収入は、まず六百円見当と見積って間違いのないところであった。

この家に引越してきてからでも、何ほどかの家計費は出ていたし、転居にともなう諸雑費もあったが、そのほうは関谷から払い戻しを受けた敷金で、あらかた片づいているであろう。すでに売ってしまった分もあれば、これから新しく造らねばならぬものもあるにしても、残っていた材料から上ってくる収入は、今までのところまったく手がついていない。その状態を、六百円の資金が残されていたのだと考えなおしてみれば、拾い物どころではなかった。庄兵衛の家作へ入った折には、その半分にちかい三百五十円の現金しか持っていなかったのに、そのうちから敷金を払い、材料皮から道具類まで買いととのえたのである。五千にちかい持ち金を底の底まではたいてしまった上に、何から何まで取り上げられてしまったことを思えば未練は残っても、あながち悲観しなければならない現状ではなかった。

いったんこうした考え方に励まされれば、仕事の手にも活気がついてくる。元気を出して仕事についている伊之吉の姿を見れば、お秋の心もはずんで、夫婦はようやく以前の明るさに近いものを取り戻すことができたのである。

伊之吉はそれからの三日間というもの、ほとんど食事の暇すら惜しむようにして仕事に精を出すと、以前から持っていた手持ちの製品にそれを合わせて、ちょうど一ダースの品物をまとめることができた。それをまた風呂敷に背負って清正公寺前へいってみると、中田ははたして今度も心持よく引取ってくれた。それから以後は、三度いっても四度いっても、けっしていやな顔をされることなどはなかった。

むろんそんなあいだには、たちまち手持ちの皮など使い切ってしまっていたから、ざっくばらんに唐沢屋との縁も切れてしまっている事情を話して、中田に皮革商への紹介を依頼すると、これがまたいっそう親近の情をふかめてくれることに役立った。――こちらからもたれかかっていけば、却って相手は頼りにされている自分がうれしいのであろうか。皮革商ばかりか附属品まで安い店を斡旋してくれて、最初の出会いから三ヵ月も経たぬあいだに、中田屋への出入りは確実なものになっていた。もちろんその一方では柏屋への納入もぬかりなくしていたから、伊之吉の立ち直りには、ようやく目鼻がついてきた思いであった。

七人の靴工にはそれぞれのいきたいところへいかせたが、ただ一人小僧の新六だけは別扱いにして、一時のあいだ友人の工場へ預けてあった。製品を届けにいくことはまだしも、こまかな附属品まで自分が買い求めに出向いているのでは、かんじんの仕事の時間が食われてしまう。お秋もせき子を背負わせてならば使いにやれないことはなかったが、新六がいればいるで、そのほかにも何かと役立つことが多い。そのための小僧なのだから、自分の仕事の能率もどれだけか上ることはわかっている。先ざきにも何ほどかの見通しがついてきてみれば、もう引き取ってもいい時分であろうと新六を友人の工場から呼び戻したのは、六月に入る早々のことであった。

世間の不況にもかかわらず、手ひどい痛手を負っていながら僅々三ヵ月足らずのあいだに、どうして伊之吉はこれほど立ち直ることができたのであろうか。それは、ある程度までいぶかしまれてもやむを得ぬことである。——事実、このころの一般小売業者や工場の経営者たちは、たしかに好調をたどっているとは言いがたい状態にあった。しかし、その中間に立ち働いていた職人たちは、却って、比較的恵まれた立場に置かれていた。材料の類はひところよりも安くなっていたし、製品の価格も低落をしていたのにもかかわらず、靴工たちの手に入る工賃は、却って上昇するという奇妙な現象をおこしていた。伊之吉は経営者である一方で自前の靴工でもあったから、製品の販路さえ見つけることができれば、その生活は却って苦痛を見ることなくすますことをえた。

吉野橋の細川とは、どこよりもいちばん古い取引であった。取引の経歴が古ければ古いなりに、細川からは、若松町閉鎖の経緯に至るまで残さず知り尽されてしまっている。それだけに、棚橋君またかいと言われる場合を想像するだけでも、伊之吉には羞恥と逡巡が先に立った。困った時ばかりくる奴だとは思われたくないという心が、何にも増して強く働いていたからであった。それでも、もう土手の店を閉じてからではどれほどかの時が経ち、今では柏屋ばかりでなく、新たに清正公寺前の中田屋という得意先もできて、材料の工面に事を欠くようなことはなくなっている。それだけは、誰しもが認めるところであろう。すくなくとも顔向けのできない状態ではなくなっているのだと考えて、伊之吉は久しぶりに吉野橋へ出かけていってみると、人のいい細川は、相も変らず眼のなくなってしまうような笑顔を見せながら、それでもよく盛り返すことができたねと喜んでくれて、今度もまた持っていった半ダースの製品を即座にに心持よく引取ってくれた。一度きっかけがついてしまえば、そこは旧くから馴染みがあるだけに、それから以後の出入りには、何の案ずるものもなくなってしまっていた。

玄関の土間を上がると三畳間があって、その奥が六畳になっている。夫婦のほかには赤児がいるばかりの三人家族であったが、新六ともども一家じゅうが寝起きをしているのはこの六畳間で、仕事場は三畳のほうを使っていた。

どのみち一人きりでは製造のほうも間に合う筈がないのだと考えて、当分のあいだはそのままの状態をどう改めていこうという心持もなかった。世間の不景気という声を聞くにつけても、職人を入れることなど考えてもみなかったが、吉野橋との取引も復活をしたことになれば、そろそろ自分一人では手がまわらなくなってくる。品物は売れていけばそれに越したことはないのだし、どんな商売にかぎらずこちらが積極的になれば、先方もはじめてそれに応えてくれるのであろう。

お秋は買物に出た折、千束町の大通りで、以前にいた職人の一人と行き遭ったところ、その男はその後のこちらの様子をたずねて、もしまた大将が旗挙げをなさるようなら、きっと三人や四人は以前の連中も帰ってきますよという意味のことを言っていたという。どうせ相手は職人なのだ。仕事場など貧弱であろうが、むさ苦しかろうが、こちらでそんなことに恥らいを感じる必要などはすこしもなかった。親方の腕を信じて、その気のある者ならば、かならずこんな裏店へでも戻ってくるであろう。こんなところだからいやだというようならば、強いて後を追う必要もないどころか、いっそきてもらわないほうがいいくらいなのだ。おなじ使うなら、以前からいた連中のほうがどれだけか気心も知れているのだと考えて、新六を使いにやってみると、その男は早速その晩のうちに顔を出した。そして、その翌々日の朝からは、弁当を持って伊之吉の仕事場へ姿を現わすようになった。

働く者が二人になれば、仕事の能率も倍になる。ということは、かならずしもその職人の腕が伊之吉の技量と同程度のものであったという意味ではない。伊之吉の技術は、あきらかに数等まさっていた。けれども、一人きりで働いていれば、何から何まで自分がやらなければならぬところも。二人になれば手分けをすることができる。これこそ大変な相違であった。

七月はじめから九月の末に至るまでのあいだを、二人でみっちり働くと、今度はもう一人の職人も伊之吉の復活の噂を聞き伝えて訪ねてきた。先方でも使ってくれというし、こちらも置きたい心持にはなっても、なにぶん三畳一ト間の仕事場きりしかないありさまでは、どうにも埒があかなかった。

「……この土間を遊ばせておいちゃ勿体ないじゃありませんか。旦那ぁここを一つ仕事場にひろげて、あたしも置いて下さいよ」

相手から言われてみると、なるほどその三和土は、三畳との続き具合もわるくない。

「そんなうまいことを言って、いよいよここを仕事場にひろげた時分にゃもう気が変ったなんて言って、逃げ出しちまうんじゃねぇのかい」

「冗談じゃありませんよ。……それくらいなら、なにもあたしだって、こうしてわざわざお訪ねする筈もないじゃありませんか」

「そうかい。じゃ、そのうちにそういうことにでもしてみるかね」

その折の、冗談とも本気ともつかぬ言葉が実現されて、仕事場も拡張された。工事とか普請といっても多寡がしれている。大工を入れてみればたった二日間の仕事で、二人目の職人も呼び寄せることになったのは、十月もまだ初旬のことであった。

品物もどんどん間に合わせるという事情が先方に通じてみれば、不景気の何のという声は聞いても、さすがに柏屋は天下の柏屋である。注文の数も増してもらえるようになれば、もともと鈴木ほどの大工場とさえ太刀打ちするだけの底力を発揮した伊之吉のことである。またしても売場で地力を現わして、失地は徐々に恢復されていった。

朝晩はずっと冷えこんで、夜になれば虫が鳴く。鍋焼きうどんの呼び声も冴え返る季節になったが、心に張りのある者にとっては秋も冬もない。伊之吉も今はまったく感傷の心など拭い去っていた。

働けば働くだけ、それに愉しさがともなうという心持は、おのれの肉体を挺して衣食の道をえる者だけが知っている唯一のものであるかもしれぬ。苦しさのなかを通り過ぎることなく得られる愉しさである筈はなかったが、その喜びを得るためならば、おのれの青春を賭けるとも、あえて惜しまれるものではなかった。あれほどの悲境に墜ちこんでもなお、そこからふたたび奮起にみちびいてくれるだけの自信をわがモノとするために、伊之吉もまた一と通りでない荊の道を分け進んできたのであった。

一年の垢を洗い落すとは誰が考えた言葉であろうか。掛取りにこられても逃げ隠れする心労のない大晦日は、心からの安らかさが感じられる。伊之吉は散髪をしてから一っ風呂浴びてくると、お秋にも久方ぶりの丸髷を結わせてやろうということを思いついた。そして、家には新六一人を留守番に置いて仲見世まで出かけると、お秋のびっくりするのもかまわず、できるだけ張り込んだ髪道具を買いあたえ、自分のためには金側の懐中時計をもとめると、せき子の玩具や新六への土産まで包ませてわが家に戻った。

その折の買物が、ざっと二百五、六十円であったというのに、手許にはなお千円にちかい金を残して、伊之吉はその年の瀬を越すことができた。

第十章

一

三畳の部屋のほかに土間を潰してしまったので、どうやら仕事場らしくはなったが、坪数にしてみれば二坪でしかない。そればかりの場所で、新六も数に入れれば四人の人間が働こうというのだから、無理なことはしれきっている。商売の状態が順調になってくれば、道具も増えてくるのが当然で、いかに貧弱な世帯でも、一家という以上、簞笥やちゃぶ台のような家財道具もある。商売であれば皮革の買い置きもしなければならなかったし、製品を入れる函も積み上げておかなくてはならないから、どうしても仕舞屋の暮しとでは一しょにならなかった。六畳一ト間で、親子三人のほかに新六までが寝起きしているのでは、せまいばかりではなくて、どうにも仕方がなかった。

自分たち夫婦の暮し方は、それでも我慢ができないではない。憂慮しなければならないのは、この家に移ってきて以来、せき子が風邪ばかりひいていることであった。

考えてみれば無理のない話で、居間と仕事場とは襖一枚で仕切られているばかりであった。ほとんど金槌の音が絶えることはないから、せき子はろくろく午睡さえできなかった。大人たちよりはどれだけか余分に睡眠をとる必要があるのならば、お秋の背に負わせて毎日一、二時間のあいだを戸外に連れ出させてやってもいいだろうが、何よりもいけないのは、この家が、いちにち陽の目というものを仰がない、ジメジメとした湿気であった。彼女がまだ胎内にいたころ、家計が火の車で、母親の体に栄養がまわっていなかったという事実は、いまさら如何ともしがたいのだ。せき子の健康は、とうていこの家の湿気に耐えられなかった。

路地奥の裏店では、体裁がわるいなどと思ったのではない。伊之吉はそういう小っぽけな虚栄心から、今はまったく超脱するようになっていた。彼ももう二十代を越えて、この正月を迎えるとともに三十歳の声を聞いていた。神田の錦町に売り物があると聞きこんで、その店を買うことに決めたのは、大正十年もようやく三月に入ったばかりのころであった。

前住者は小間物商で、小さなものにしろ飾り窓もついている。千五百円という言い値を二百円だけ負けさせて引き移っていったのは、せき子の健康を第一の理由として、仕事場の不自由さをいささかでも緩和させようという心からであった。電車通りではなかったが、付近には活動写真の小屋まである。五と十の夜には縁日の夜店も立つような通りで、飾り窓もついていれば、たとえわずかにしろ小売りもできるであろう。土地柄のわりには値の安いことも、彼の心をとらえるには十分であった。

一時に千三百円という金をはたいてしまったことは、またしても伊之吉の懐中を乏しいものにしていたが、今はもう柏屋のほかに有力な二軒の得意先をつかんで、商売の状態も順境に入っている。まして今度はこの家を自分の所有にしていたから、どれほどの捨て値で売ったところで、千円の金は握っているのも同然であった。あせらずに、じっくり落ち着いた商売をするのだと考えるにつけても、伊之吉は音のするほど強く、自分の胸を叩いてみたいような心持にさえなる。若松町、蔵前、土手と数えて、石浜町の路地奥から這いあがってきた自分が、こうして次第に都心ちかくへ進出してきたという心持も、何か充ち足りてわるからぬものであった。

開店祝いというのも大袈裟なことだが、今日は引越しの手伝いまでしてもらっている。あんな不自由な場所で働かせていたのだと思えば、二人の職人にも一杯ぐらいは飲ませてやるのが順当であろう。午は蕎麦屋から玉子丼を出前させたが、夕食には刺身などを取り寄せたのも、慰労というほどの意味であり、雑巾がけもすませて、どうやら片づいた二階に電燈をつけると、新しい夜の感じもいっそうふかまった。

「なかなかいい家じゃありませんか」

手や顔を洗ってきて畳の上に腰をおろすと、ようやく落ち着いたという心になって、職人の口からそんな言葉も出る。食膳をかこんで杯が往復するころからは、笑い声までが立つようになった。――もともとが気の置けるような顔ぶれではないから賑やかにしていると、せき子を背に負って炊事をしていたお秋が、何か弱ったような顔をしながら階段の踊り場へ顔をのぞかせて、ちょっと店に出てみてくれという。もう八時にちかい時刻であった。どうしたのかとたずねると、客がきたとのことである。飾り窓のガラス板も磨きこんで、商品の飾りつけてもすませてはあったが、内側にはカーテンがおろしてあったし、電燈も薄暗くしてあるというのに、商店街のありがたさであろう。

伊之吉が出ていこうとするのを押しとどめて気軽に立っていった職人が、ふたたび階段を上ってきたのは、十分も経たぬうちであった。

「ドイツボックスの黒のやつね、あれを十七円で売ってやりましたよ」

そう言って、十円札と五円札とにくるんできた五十銭玉を、職人は一枚々々膳の上に並べた。

「ひでぇ奴だなぁ、あれは卸値が十二円じゃないか」

「そこは商売々々ですよ」

「それにしても高すぎらぁ。十七円はボリすぎるよ」

「そうですか」

言いながら頭を掻いた。

「あんまり商売気を出しすぎさ。……家の内儀さんみたいに商売気のなさすぎるのも困るけれど……」

「そんなことを言ったって、あたしははじめてなんですもの」

ちょうどそこへまた新しい徳利を運んできたお秋は、笑いながらも口を尖らせて抗弁をした。

「おんなじはじめてでも、十二円の靴を十七円に売っちまうお手並みの人もあるんだ。お前のさっきの困ったような顔つきったらなかったぞ」

「はっははは」

「それに引き換え、この野郎の度胸のいいことったら、盲目、蛇におじず……」

売りに立たなかったほうの職人が口を入れると、言われたほうも負けていなかった。

「そんなことを言いやがって、お前なら二十円ぐらいに売ったんだろう」

「べらぼうな、冗談じゃねえや」

「じゃ、幾らだ」

「十九円九十銭だよ」

「あっはっは」

馴れぬ商売のおかしさで、一座はひとしきり笑い声が絶えなかった。

すっかり上機嫌になってしまった二人の職人が足取りも怪しく帰っていったのは、十時ごろであったろうか。附近の活動小屋がはねた時刻で、往来にはゾロゾロと人びとの足音が高かった。

せっかく湿気のない家に引き移ってきたのだからと考えて、今度は新六だけを階下へ寝かせることにすると、たとえ荷物や材料にはさまれた二階暮しであっても、親子水入らずの夜はこれもまた久しぶりのことで、静かさよりはほっとした安らかさがきた。

株に財産を搾り取られて、あげくの果てがあの路地奥に六畳一ト間の明け暮れではなかったか。こと仕事の上となれば、お秋までをその渦中に引きずりこんでおきながら、しかも夫としては、ほとんど妻との日々を無視していたような自身が、今さらコツリと突き当ってくる。夫婦でありながら、自分らの日常はまったく独身者も同然であったのだと、それに思い至れば、こうした水入らずの安らかさも、あながちせき子のためばかりではなかったのだと気づかされるのであった。

家を買ったの店を開いたのといったところで、もとよりあり余る金を持った楽な内証ではない。持っていたものをこの家に注ぎ込んでしまったのだから、これから先を食って生きていくだけのためにも、今つかまえている三軒の得意先は、一軒たりとも手放すことはできない。ましてこの店は今までのような裏店ではない。こうして小売店としての店構えもそなえていれば、また昨夜のような客が、いつ飛びこんでこないともかぎらないのだ。引越しを手伝わせたその翌日だからと、職人たちには骨休めをするように言って、新六も遊びに出させてやると、伊之吉はただ一人店を開けて、早速その翌日から新しい仕事場についた。

二

今度の店が今までと違っているところは、まず第一に店先へ古靴をぶら下げてくる客があるという点で、神田という地名を聞いて誰でも連想するのは古本屋だが、その次に多いのは下宿屋かもしれない。それがこの辺に靴を履く学生のすくなくない何よりの証拠で、修繕から上がる収入は、ともすれば既成靴の売れ行き以上であった。一足十円の靴を売るよりも、修繕で十円の収入を得るほうがはるかに利の多い仕事であることはいうまでもあるまい。この店にとっては、これがなかなかおろそかにはならない商売であった。

新六を手許へ置くようになってからでは、もはや丸三年にちかくなる。このごろでは彼も仕事場についてせっせと学生靴の修繕につとめていたが、そのほかにもう一人おなじような年恰好の小僧を雇い入れたのは、ナオシの仕事がそろそろ新六一人の手には余りはじめていたからであった。

修繕のほうは小僧の手にまかせてしまって、自分は二人の職人と、従前どおり製造の仕事に当っている。柏屋には幾らかでも近くなったが、吉野橋との距離は遠くなったので、その点がどうかと危ぶんでいたのにもかかわらず、今までのところでは格別の変化もないようであった。無理な野心をおこそうとしなければ、この店も、自分の生活も、小さければ小さいなりにだんだんと固まっていくであろう。行商までして歩いた自分も、ようやくここにたどりつくことができたのかと思えば、その静穏な安定感が、何よりもほっこりとした温かさをあたえてくれるのであった。

(――けっして夢だなんて思いなさんな。いい経験だと思いなさい、棚橋さん)

そういう時にふと彼の脳裡をかすめるものは、関谷の細君の言葉であった。あの細君は、伊之吉のために何といい言葉を与えてくれたのであろうか。あの苦い経験は、けっして夢ではなかった。あのような日々をふたたび繰り返すならば、自分は巷の小売商におわってしまってもいい。事業への志も、仕事の発展も放棄してしまって、何ら悔いるところはない。――一応はそう考えるのであったが、このままで朽ちることも伊之吉としては心外であった。大きなことは考えない、せめてもう一度、土手の時代を再現させてみたいと考えるのである。土手の盛時には及ばないまでも、あれに近いところまでは漕ぎつけてみたいと思えば、伊之吉は啼かず飛ばずでもよい、ここ一、二年のあいだは辛抱をしつづけてもかならず再起を目指すべきだと、ようやく逸りたとうとする心を自分で抑えつけていた。

「ねえ、お父さん。……お隣じゃ、とてもえらいのよ」

せき子が片言を言いはじめるようになって以来、お秋は伊之吉に対する今までの呼び方をあらためて「お父さん」とばかり呼ぶようになっている。ちょうど夕飯もすんで、二人の小僧がまた仕事場へ戻っていったところであった。職人たちはそれよりも早く、毎日夕飯のはじまる以前には仕事を切り上げて、帰宅していくことになっていた。

「どっちの……」

と伊之吉がたずねたのは、左隣が三ツ元屋という染物屋で、右隣にも煙草屋をしながらチリ紙などを売っている店があったからであった。

「三ツ元屋さんよ。……福徳貯金へね、三千円も入っているんですって」

「何年で」

「五年だとか言ってたわ」

「五年で三千円なら、五六の三十か。年に六白円として、月に五十円足らずじゃねえか」

「そりァそうですけれどさ、あたしたちのことを考えてごらんなさいな」

「……まったくなぁ」

言ったきりむっと黙りこんでしまった伊之吉の様子に気がつくと、お秋は気分でも害したと思ったのであろうか、

「……ただ、えらいと思っただけなのよ、それだけなのよ」

愁い顔になって、言葉の調子までがせきこんでいた。

「怒っちゃいねぇよ」

なだめるように言って、ごろんとそこへ寝転がると、伊之吉はすっかり考えこんでしまっていた。

三ツ元屋の主人というのは、五十ぐらいの年恰好であろうか、朝も早くから起きて、店の前を掃いている姿などを見かけることがあったが、落ち着いて品のいいところは、もうすこし歳をとっているかとも思わせた。細君がいるにはいても若い時分からの病身で、子供は持ったことがないという。めったに客の姿すら見かけないが、商売柄店の中はいつもきちんと片づけて、小僧一人を相手に小体《こてい》な商売をしている。

（――それにしても、俺なんかどうだろう）

伊之吉の考えは、知らぬ間にそこへ落ちていった。こちらは小僧ばかりでなく、りっぱに職人まで使って、朝から晩までトントンカチカチ働いているのだ。あんなに身綺麗にして、ひっそりとした商売をつづけながらも、月々五十円からのものを掛けている人間がいるというなら、

汗水垂らして働いているかぎり、自分にもそれくらいの貯金ができないという理屈はあるまい。できなくてはならないと考えさせられたのである。

「あたしがあんなことを言ったからって、そのとおりになんかしてくれなくてもいいんですよ。福徳貯金に入れれば、毎月かならず決まったものを掛けていかなくちゃならないんですもの、きっとまた苦しい月もあるわ。そんな無理はしてもらいたくないの。それよりか、すこしでも余裕ができたら、おんなじことなんですもの、それを普通の銀行へ預けることにしましょうよ。……ね、お願いだからそうしてちょうだい」

自分の言葉が原因になっているのだと思えば、お秋は懸命になって反対をしたが、もともと月掛けの貯金などというものは楽な人ばかりが掛けているのではない。豊かでない暮らしをしている人びとでも、月々定められた日がくればこそ、却ってその日までには何とかしてそれだけの金を作ろうという算段も、才覚も生じてくるのであろう。

「心配をするなよ。俺もあのとおり株じゃさんざん手を焼いた後なんだ。これが無尽なら、中途でまたどう気が変って、当たり籤を競っちまわないでもないだろうさ。大丈夫だよ。貯金じゃねえか、何とかして掛けるよ。……掛けられなくなって解約をしたって、その金がフイになっちまうというようなもんじゃねぇんだ。たまればたまっただけ自分の得になるんだから、明日にでもお前は三ツ元屋へいってこいよ。こんど福徳の人が廻ってきたら家へも寄るように言っておいてくださいって、ただそれだけ言ってくればいいんだ」

言いながら、伊之吉はまた仕事場へ立ってしまった。

お秋にしてみれば、伊之吉から聞きこんだすぐ翌日、のこのこと当てつけがましく出ていくことははばかられたのであろう。伊之吉から再三の催促を受けた後に、ようやく隣家へ話しにいったのは、それから三、四日も経ってからのことであった。――あれほど自分から進んで催促をするくらいなら、三ツ元屋に対する競争心からばかりでもあるまいと、彼女には貯蓄心などが湧いてくるようになった夫の態度が微笑ましいほどであった。

けれども、伊之吉という男は、どこまでも負けずぎらいの意地っ張りにできていたのであった。

「お隣じゃ三十円の五年掛けだってね」

半月ほどしてから、三ツ元屋さんでお聞きしてまいりましたがと言いながら、福徳貯金の外交員だという男がやってくると、彼はそんなふうに切り出していた。そして、その額を一万円に契約すると、不安を感じはじめたお秋が、

「……お父さん」

と低声に言いながら脇からそっと袂を引いているのにもかかわらず、期限のほうまで、さっさと三年掛けに取り決めてしまっていた。

「あんまりだわ、ひどいじゃないの」

外交員が帰ってしまうと、お秋は自分が騙されでもしたかのように、袂の端を眼に当ててしまっていた。こんなことになろうとは考えてもいなかったし、この家のこんな稼ぎではほじめから無理な契約だと言うのである。彼女も、無理にはほとほと懲りていたからなのであった。言われるまでもない。頭から不可能だと決めてかかれば、いかに伊之吉でも、そんな契約をする筈はなかった。かならずしも無謀な意地を張ったのではない。伊之吉には、土手の工場にいて、半年のあいだに四千円の債務を償還したという記憶がなまなましかった。それも一度こっきりならばともかく、その後の半年間には、もう一度ほぼ同額の金を積み蓄めていたのである。——なるほどあの折には、馬鹿々々しいほどの好況の時代が背景になっていて、運も手伝っていなかったとはいえまい。それに引きかえ、今は世間に不景気風が吹き渡っている。あのころとでは比較にならないのだと思えば、お秋も泣き言を並べずにはいられなかったが、一万円の金を三年のあいだに蓄めようというのである。利子を入れずに考えてみても、一年にしてみれば三千三百円ほどであるから、以前には半年間に稼いだだけのもので、りっぱに一年分の掛金がはじき出されてしまう勘定になる。しかも今度は今までとは違って、家賃も出ない暮らしをしているのだ。もともとこの分際で貯金をしようというからには、多少の無理など覚悟の上であった。

あの折には、ろくに知識を持たない株などに手を出したばかりに、ひどい手疵を負ってしまったが、せめて一万円の金もまとまらぬようでは、事業など覚束ない話であろう。それだけの金がととのえば、すこしはしたいと思うこともできるに違いあるまい。男と生まれてこの世界へ入ったからには、この世界の人間として、それだけの資金を頼りに、すこしは腕を振るってみたかったからであった。貯蓄を目的の貯蓄であったなら、彼もまた無理を無理と承知で押し通すことは避けたであろう。

（――歳をとった職人ほど惨めったらしいものがないということについては、そりァもう誰だって知っているんだが、老後にそなえるというほどの貯蓄なんていうものは、職人をしていちゃなかなかできることじゃないんだ）

嘆息をするように言った木村の言葉をまざまざと憶えていればこそ、伊之吉は何度かその忠告に従おうとして、そのたびごとに叩きつけられ、ねじ伏せられてきたのではなかったたであろうか。彼は、骨身に沁みるほど寒かった夜の赤坂見附の光景を憶い泛べながら、そっとまた心のうちでおなじその言葉を繰り返してみる。そして、自分はまだ血気の働きざかりで、これから先のある人間だと考えてみるのであった。

（――自分には将来がある）

しかし、それは、どんな将来なのであろうか。そう思った時、木村はあの言葉を、機械靴ということに関連させて話していたのではなかったかと、ようやく思い当った。それでなければ、何かあの言葉の底に漂っていた悲しげな調子が、素直には頷きかねるように考えられるのである。木村は、近い将来ではないが、日本にもかならず機械靴の時代が来るに違いないと言っていたのだ。そうなれば、自分らのような靴工は、きっと不要になってしまうと考えていたのであろう。そのための嘆息ではなかったろうか。

その時代には、おのずからその時代に対処する生き方がある。時代に追随し、迎合をするという精神は忌むべきではあるが、それに打ち負かされてしまうことは、人間としてさらに愧ずべきことであろう。伊之吉は、今こそ機械靴というものが徐々に勃興してきている事実に、目をそそがずにいられなくなっている。それに結び合わせて、自分の新しい方向、新しい将来を考えねばならぬという心になりはじめていた。

二人の小僧を数えてようやく五人きりしかいないような仕事を持っていて、月々二百六十五円の金を掛けつづけていくことは苦しかったが、貯金をはじめたのはこちらの勝手で、そのためにお前たちも精を出してくれなどとは、使用人たちの誰に向っても言えることではなかった。けれども、今度の苦しさは、借金をしていく苦しさではなかった。どうにかして自分の世帯に追いついていこうとする精いっぱいの苦しさでもない。働いて、そこから得られるものを確保していけば、それだけ安定していく愉しさであった。

ちかい将来に待ち受けている愉しさを思えばこそ、伊之吉は眠い眼をこすりながらも、朝は小僧たちと一しょに飛び起きる。めざめるなり顔を洗う間も惜しんで仕事場について、夜もおそくまで励んだ。お秋はお秋で、隣家の三ツ元屋から紹介された仕立屋に伝手をもとめて、他人の縫仕事をしながら、たとえ一銭の金でも残そうとした。小僧たちを二階に寝かせて、自分らが入れ替りに階下の座敷へ住むようになったのも、夫婦にはそうした夜なべ仕事をする必要が生じていたからであった。

手がたい商売とは言いながら、商売は水ものというべきであろう。月々の収入にムラがあることは避けがたい必然であった。製造の上でのどれほどの努力にもかかわらず、売れ行きの上下があることは不可抗力であった。もともとが無理を承知で出発した貯蓄であっただけに、いったん詰ってくれば、どうにも仕方がなくなってしまうのである。

そういう折に、五十円なり百円なりという金を融通してくれるのが、伊之吉の店とは裏隣りに住んでいた河鍋という人物であった。河鍋は伊之吉がその手から今の家を買い取った相手で、小間物屋の店をたたむなり、ちょうど空いていた裏隣りの借家に引込んでしまうと、その後は商人らしくもなく口髭などをたくわえて、ただ何ということもなくブラブラとしていた。すくなくとも表面には、甚だ気楽そうに見える日常を送っていた。

隣は何をする人ぞという生活は、あくまでも山ノ手のもので、下町に住む人間同士のあいだでもことにそれがいちじるしいのは、商人町の女房連である。食べ物にめずらしいものがあるといっては往復する。俄か雨がきたといっては、隣家の窓へ干物を取りこむように声をかけてやる。近隣の動静を語り合い伝えあうことは約束のようになっているが、いわゆる「奥さん」同士ではないために、その話題の内容というものが微に入り細を穿っていて、近所合壁の噂話がそれからそれへ伝わっていく速度は大変なものであった。四方十軒や十五軒ぐらいのことなら、嫁さんの生国から貰い猫の実家に至るまで、誰でもが知り尽している。内儀さん仲間の地獄耳は恐るべきもので、誰もその家の者が口を割らなければ、八百屋や酒屋の御用聞きたちに手をまわしてでも、相手の内情に詮索の眼を光らせてやまない。何か外聞のわるいことがあって、自分だけが口をつぐんでいても、かならず誰かがどこからか嗅ぎつけてしまうのである。

三ツ元屋が福徳貯金へ入っていると聞きこんできたのはお秋であったが、伊之吉たちに河鍋の身上を語って聞かせてくれたのは、右隣りの煙草屋の婆さんであった。河鍋の内幕に関してそれほど詳しいのなら、おそらく伊之吉の家の内情を探知して、それを河鍋の耳に入れていたのも煙草屋の口であったろう。

子供のないということは三ツ元屋とおなじであったが、河鍋は病人の細君を抱えているわけではない。伊之吉の店へ靴の注文をしたのがはじまりで、小間物商あがりの男がいったいどうしたことなのかと思っていると、洋服を着込んで出入りする姿なども眼につくようになっていた。けれども、そんな様子にさえどこか決まったところに勤めているらしい気振りはなく、時には細君と連れ立って、活動写真や寄席の昼席などにも出かけるらしく、南京錠をかっておいて留守を頼んでいくようなこともあった。気楽そうに見受けられたことこそ当然で、河鍋はそんな借家に引込んでいながら、実は五万円の現金を握っているのだという噂が、まず第一に伊之吉の耳へ入ってきた情報であった。

どこをどう調べ上げるものか、隣近所の噂話は、驚くほどの正確さで伝わってくる。掛値があるのだろうと思って聞いていた話でさえ、後になって当人に確かめる機会があると、却って噂話のほうが内輪に見積ったものだったというような例さえ見出されないではなかった。河鍋の場合の五万円という金額は信じがたい掛値であるにしたところで、すくなくとも相当にまとまったものを握っていたという事実だけはあらそえなかった。

彼は紀州の生まれで、早くに両親を喪ってしまってから、兄とともに、名古屋の市内で帽子店を営んでいた伯父の世話を受けながら成長した。東京に出てきたのは兵役をすませてから後のことであったが、やはり銀座の帽子店に勤めていたころちょっとした過失があって居づらくなり、自分から飛びでてしまって以来、数えきれぬほどの職業を転々としてきている。既に四十歳を出た彼が、現在伊之吉の入っている家に居を定めて小間物商の店を開いたのは、つい三年ほどにしかならぬ以前であったという。そして、その小間物商をはじめた折の資金が、そもそも実兄の手から出ていたのであった。

彼の兄もしばらくのあいだは名古屋に落ち着いていたが、伯父の許可を得ると、海外雄飛を志してハワイに渡っていた。単身知らぬ他国へ飛び出ていった彼も、はじめのあいだは相当苦しい生活をつづけていたらしい。マウイからオアフに転じた彼は、それきり三年あまり音信を絶っていたが、久しぶりにきた手紙では、ホノルルに店を構えて雑貨商を営んでいるという便りであった。河鍋との文通がしきりになりはじめたのはそのころからのことで、手紙を受取るたびごとに転々と住所を移り歩いている弟の様子には、遠くはなれていればこそ、いっそう兄の心痛も深かったのであろう。突然二千円という金を送ってきて、この金を元手に何でも好きな商売をはじめろ、その結果もしもお前が一ヵ所に三年のあいだ辛抱をしつづけて、二千円の金を五千円にすることができたら、俺のほうでも考えていることがあるからと、その手紙には言い添えられていた。——河鍋はそれからの三年間をここに落ち着いて、コツコツと働いた。黙々として地道に小間物商の店舗を守りつづけた。そして、伊之吉にその店を売り渡すことによって合計五千円という金をまとめることができた時、彼の手許にはあらためて五万円の金がハワイの兄から送り届けられたというのであった。

五万円という噂がよしんば一万円であったにしろ、河鍋の手に、裏店住いの身としてはふさわしくない程のものがまとまっていたことはたしかであったろう。兄は特に三年間と期限を切って、河鍋の態度を見まもっていたのである。自分の試験に合格した弟の様子を見て、ひそかな喜びを禁じられなかったに違いあるまい。兄はいよいよ近々にハワイを引き揚げて内地へ戻ってくるという。今度の送金はその前触れともいうべきもので、自分が内地の土を踏むころまでには何か適当な商売を見つけて、できることなら河鍋自身も、一ト足先にそのほうへ乗り出すようにしておけといってきていたのであった。五万円の金が彼の手許にあるというのが誰かの聞き違いであったとすれば、近々のうちに、兄のほうからそれだけの資金を持って帰るといってきていたものであろうかとも推測される。

何にしても洋行帰りの兄貴との共同事業では、まさか櫛や紅白粉を売る小間物商でもあるまい。店をたたんでしまった河鍋が目論んでいるのは、かつて転々とした生活を送っていた時分に一応の経験がある、製本屋という職業であった。洋服姿の出入りはそのためで、彼の抱いている計画や事業の進捗などについては、伊之吉もその後になってからしばしば河鍋自身を通じて聞かされるようになった。

月々の掛金が払いきれなくなるごとに、何度か伊之吉が河鍋の許へ頭を下げていくようになったのは、こうした噂話を耳に入れていたからで、出かけていってみれば先方も既にこちらの事情は知りぬいていて、言葉をついやすまでのこともなかった。すでにもう何ヵ月か掛けてある貯金ならば、いよいよという時には差し押えてしまうという手もあるわけで、河鍋はそれを担保のように考えたのかもしれない。何度でも、いうなりに融通をつけてくれていた。

三

ガマロやその他の袋物類の口金に使用されているチャック（ファスナー）も、今日でこそけっして珍しいものではなくなってしまったが、まだこの時分の市場には和製品など一つも現われていなかったし、舶来品としてもきわめて稀にしか見かけられないものであった。伊之吉にしても河鍋からそれを見せられたのが最初で、その折にはチャックの名称はおろか、何に使用するものなのか、その用途さえ知らなかった。

「……へえ、チャックねぇ」

相手からそれを渡されてみると、いかにも珍しいものだといわぬばかりに、把手のところをつまんでは何度もギイギイと開けたり閉めたりしている伊之吉の様子に、河鍋はますます得意気であった。

「何でも、これはもともとがヨットの帆だかに使われたものだそうで、二間、三間というように長いものもあるらしいんだね。それをこのごろでは盛んにカバンなんかにも使いはじめて、むこうじゃ、もうかなり流行しているらしいんだよ」

「ほう、カバンの口金にですか」

「ズックの手提カバンなんかに使っているらしい。兄貴からの手紙にはそんなことが書いてあるんだがね。……こっちのカバン屋にでも売りこんでみたらどうかといって、見本にすこし送ってきているんだ」

伊之吉は河鍋の言葉を聞きながら、なおも背を丸めて開けたり閉めたりいろいろに具合を調べていたが、彼の手にしている口金の長さはせいぜい三寸くらいのものであった。

「これじゃ出し入れに手首がつかえちまって、カバンの口金の長さにはすこし短かすぎるでしょう」

「そうだろうね、僕もそう思っていたんだ」

河鍋もさすがに小間物屋をしていただけのことはあって、伊之吉の言葉の意味をすぐに了解していた。

「みんなこの寸法ばかりなんですか」

「いま手許にきているものは、この寸法ばかりなんだよ」

「どのくらいあるんです」

「四十ダースほど」

「四十ダースねぇ。……で、お値段のほうはどんなものなんです」

「さァ、原価は僕も知らないんだけれど……」

と河鍋は言いさして、ジロリと伊之吉の顔をその瞳で舐めた。

「兄貴のほうからは一円二、三十銭に売っておけと言ってきてるんだ。品物は後から百ダースでも二百ダースでも間に合うそうだよ」

「一円二十銭として四十ダースの四百八十本では、ざっと六百円ばかりですね。一円十銭としても、ええと五百二十八円ですか。……どうです河鍋さん、四十ダースはそっくりあたしが引取らしていただきますから、五百円きっかりということにして下さいませんか」

「うん……」

と河鍋はあいまいに唸った。

「そりァ僕もこんなものが商売というわけじゃないんだし、君が欲しいと言うんならそうしてあげてもいい。……で、君が引取るっていうと、つまり、その、靴にでも使ってみようというのかい」

「やってみようと思うんです。……帆布だのカバンだのに使っているというんなら、かなり丈夫なものでしょうから」

「そうだね、あるいは靴にも使って使えないことはないかもしれないな」

河鍋も言いながら、しばらく足袋を履いた自分の足首のあちらこちらにあてがってみていた。

「じゃお値段のほうはそういうことにしていただいて、もう一つお約束をして下さい」

伊之吉は、ふたたび河鍋の手からチャックを受取ると、それをまさぐりながら言った。

「品物は、あと百ダースでも二百ダースでも間に合うと仰言るんでしょ」

「ハワイのほうへ言ってやれば、かならず送ってよこすと思うね」

「今度の分は私が思惑で買うんですから、靴に使えないからといってお返しするようなことはしませんがね、もし使えるという見込みがついたら追加をお願いすることになると思うんです。そいつはかならず他所さんへ売らないようにしていただきたいんです」

「君だけにかい」

河鍋は口髭をこね上げるようにつまみながら、しばらく考えこんでいる様子であったが、ややしばらくしてからようやく承諾した。

承諾をしたのも道理で、彼は兄のほうから、送料や関税の点なども睨み合わせた上で、一本の値段を六十銭見当につけておけと指図されていたからであった。——自分の口から一本の単価を一円二、三十銭と言いだしておきながら、伊之吉が一円十銭に計算して、合計の五百二十八円から更に尻尾の二十八円を切り捨てたのに対して、ほとんど何らの思案をすることもなく承知したのももっともといわなければならなかった。ここで五百円の取引がまとまれば、まるまる二百円以上は儲かってしまうのだから、彼としてはいささかの考慮をする余地もなかった。しかし利に敏い彼は、それでもなお考えずにはいられなかったのであろう。小首をかしげたのは、かならずしも身ぶりや芝居気からではなかった。当分のあいだ伊之吉以外にはどこにも売らないという条件を通させたものかどうかを、思案する必要があったのだ。

河鍋の口から、これがカバンの口金に使用されていると聞きこんだ時、伊之吉が咄嗟の間に想い泛べたものは、ボタン止めやビジョー止めの靴であり、同時にフカゴムのことであった。

大正十年といえば、まだアスファルトやコンクリートの舗装路が出現する以前のことである。銀座、丸ノ内を中心にする一帯には木煉瓦の舗装も行われていたが、大部分の道路はどこもかしこもむき出しの大地そのままであった。雨の日の泥濘はいうまでもあるまい。その上を荷馬車が通る、自動車が走る、さんざんこねまわしておいて大きな穴をつくるから、雨のあがってしまった後々まで、あちらこちらに水溜りができる。そこをまた相変らずの乗物が往来していくために、東京の悪道路といえば歌にまでうたわれて、一つの名物にさえなっていた。

伊之吉も、靴はそれを履いて歩く場所と用途とに応じて造られねばならぬものだと、横須賀にいた当時、しばしば大島の口から聞かされていた。この悪道路だからこそ、短靴の存在は知っていても着用する者がすくないのであろう。この時分には、まだアミアゲないしそれに準ずるフカグツが全盛をきわめていた。けれども、アミアゲは着脱のたびごとに長い紐を解いたり結んだりする手数のかかるところから、一名「さよなら三十分」などと綽名されていたくらいで、畳敷きという家屋に住む日本人のあいだでは、着用者の多いわりに不便がられていた。かといってフカゴムやビジョー止めのものはあまりにも野暮ったらしく、ボタン止めは伊達すぎて気障っぽいところから、十分に便利だとは知られていながらも、そのわりに需要は多くなかった。

過ぎたるは及ばずという。野暮や伊達にすぎるためにそれを着用する者がすくないということは、要するに採用した附属品が不適当だったためで、紐なしのフカグツそのものが不便だということの証明にはならなかった。としてみれば、これはやはり製靴業者の研究心が不足していたのだというほかあるまい。そこへこのチャックを使用してみたらどんなものだろうかと、伊之吉は考えたのであった。

(——ひょっとしたら成功するかもしれない)

おそらくまだ誰も手をつけている者がいないだけに、一朝あたったということになれば大きいのである。

「誰も上がってきちゃいけないぞ」

河鍋のところから戻ってきた伊之吉は、ちょっとした材料と道具を抱えこむなり、大急ぎで階段を駆け上がっていった。そして、しばらくのあいだは畳の上へ腹這いに寝そべったまま、さまざまに靴の絵を描いてみては、いろいろな型と様式とを考究した。

野暮すぎてもいけないし、伊達すぎてもいけないのだという考えが、彼の脳裡を急がしく去来する。このキラリと光った金属の光沢を利かして、質実な中にも優美な香気を表現するように努めねばならない。——およそ二、三十枚もそんな絵を描いてしまうと、伊之吉はその中から何枚かを抜き出して、今度は仕事場から持ってきた靴の現物にチャックをあてがってみた。

どうにも思わしくないのである。

アミアゲにしろフカゴムにしろ、全般にフカグツというものは短靴と違って、足首の部分まですっぽりと包みくるんでしまう。歩行のたびごとにツツ（筒）のあたり（アミアゲならば紐のからげられるあたり）へすこしずつ折れ癖がつけられるのは当然の結果で、そういう皺の襞が古くなるほど深まっていく弊害は何としてもまぬかれなかった。それがビジョー止めやボタン止めならば、ツツの左右の合わせ目を局部的に止めておく様式であるから、たとえ消極的にしろ、その弊害に対してはある程度の順応性をもっている。けれども、そこにチャックを使用するということになればどうであろうか。綴じ合わされながら連結している金属のどこか一ヵ所が中途からグンと盛り上がってしまうか、或いは俄かに窪んでしまう箇所が生じてくるに相違あるまい。それでは把手をつまんで動かそうとするたびごとに、かんじんのチャックは開閉の円滑さを欠いてしまう。しかも皮革の性質上、いったんついてしまった皺の癖は容易に元へ戻ることがない。

（――なにしろ靴っていう奴は、皮でできてやがるんだからなぁ）

畳の上に胡坐をかいて腕組みをしながら、落胆のあまりふと当然すぎることを呟いた伊之吉は、しかし、それと同時に、ピシッと音のするほど激しく自分の太腿を叩いていた。真偽のほどはいざしらず、彼はチャックというものが、ハワイあたりではヨットの帆布やズックの手提カバンなどに使用されていると言った河鍋の言葉を、この時になってからありありと憶い返していた。

（――ズックならいいんじゃないか。チャックを縫いつける両側のところを、ズックにしちまえばいいんだ）

河鍋からそれを見せられて、靴に使ってやろうと思いついたからこそ、伊之吉はただ一途に靴すなわち皮と考えて、皮革との接続ばかりを頭においていたのであった。一部分にでもズックを採用すれば、皮革が持つ欠点の幾分かはかならず緩和されるに違いないのである。

（――ズックならいいんだ。ズックにしちまえばいいんじゃないか）

何度もそのおなじ言葉を繰り返し呟きながら、彼は酔っぱらいのようによろめく足取りで階段を降りていった。

一万円という金をこしらえたいと志せばこそ顔を洗う時間さえ惜しみ、お秋までが夜更しをしながら働きつづけたのであった。その金に中途で手がつくのかと思えば、たとえ製品の材料を買い込むためだとはわかっていながらも、心残り以上のものが感じられてならない。まして お秋の名残惜しさは、いっそう切ないものがあるだろう。可哀そうでならなかった。しかし、現実の問題として五百円という現金をととのえるためには、福徳貯金を解約する以外に何らの方法もなかった。

泣きの涙で解約をした貯金も、七ヵ月の月数を数えてみれば、すでに千八百円を越す金額としてまとまっていた。これだけの苦労をしておいて、はじめから無かった金だなどと考えることは、たとえ仮説にしても無理な話であったが、こうした有事の際にそっくりその資金が間に合ったことは、何といっても貯金というもののありがたさであった。

伊之吉は、たしかに河鍋の手から高い材料をつかまされていた。そのことに関するかぎり、どれほど口惜しがってもよかったが、彼も別の面では、損害を被るどころか大変な利益を得ていた。――四十ダースの四百八十本を五百円で買い取ったのだから、一本は一円四銭強であっても、靴は左右が揃ってはじめて一足になる。一足に要するチャックの仕入値段は二円九銭弱であったが、伊之吉は思いきって四円五十銭という値をかけて計算をすると、いちばん早く販売成績をみられるという理由から、まず手はじめに、その製品を柏屋へ納めてみた。それで評判がわるくないようなら、さらに細川や中田屋にも出してみるつもりで、今まで十三円で納めていた製品に十七円五十銭という値をつけた。

ところがその品物を持っていってみると、北條は十七円五十銭などという馬鹿な値段はない。どうしても二十円にして納めろと言った。せっかくこれだけの新製品をあみだしておきながら、遠慮などしていることは絶対にないという。伊之吉も、先方からそうまで言われて引込んでいることはないと思ったから、黙って北條にまかせておくと、売場に並べられた品物には、二十八円という法外な正札が貼りつけられていた。若いにも似合わぬ北條の度胸には、舌を巻くほかなかった。

世の中には初物食いを喜ぶ者がすくなくないとみえて、そんな定価がつけられても、伊之吉の新製品は飛ぶように捌けていった。

試作品の実物についても研究をしつくした結果、これならばよしという見きわめをつけたからこそ、伊之吉も品物を柏屋へ持ち込んだのには違いなかったが、河鍋の手を通じて、同時にハワイのほうへ百ダースのチャックを追加注文しておいた結果には、不安をおぼえずにいられなかった。百ダースといえば、一本を一円としても千二百円の金額になる。危険だと思えば、一応の売れ行きを見てから注文をするべきであったかもしれない。そのほうが穏当であるばかりか、堅実な道だとはわかっていたが、なにぶんハワイとは遠く海をへだてているだけに、さあとなってからでは間に合う筈がない。商品には、いつの場合にもそれを売る時機があって、これを逃がしてしまえばせっかくの利益も大した成果をあげるわけにはいかない。百ダースの追加注文をしたことはまったくの思惑で、一か八かの運定めであった。

それが、いざ蓋をあけてみればこの好評であった。しかも、いったん売れ足がついてくれば二百三、四十足分やそこらのストックでは、たちまちのうちに品切れとなってしまう虞があった。やむなく、次の着荷までのあいだは、注文靴以外に仕事を受けないという態度をもって臨んだのにもかかわらず、柏屋からの注文は引きも切らなかったばかりか、こちらが要求をしたのでもないのに、先方から進んで仕入値段にも色をつけてくれるという結果であった。

もともと一足十三円という卸値でさえ十分に採算のとれていた品物である。そこへただチャックという目新しい附属品を取付けただけで、二十円にも、それ以上にも評価されたのである。まして伊之吉の売りこんだ品物の数は、五ダースや十ダースではない。柏屋に入れて好評を得た品物が細川や中田屋からも喜ばれない筈はなく、彼のおさめた利益はあだやおろそかではなかった。かてて加えて大正九年の春以来つづいていた不況の嵐も、十年の八月ごろからは景気上昇が現われはじめていたところであったし、いったん調子に乗った商売はどれだけか弾みもついてくる。貯金のほうが千八百円、家屋が千三百円としてみれば、それまでに既に動産不動産をひっくるめて三千円のものを所持していたわけで、好調に勢いを得た伊之吉は、さらに職人も三人増し、小僧も二人増して、柏屋には再度の楔を打込んだばかりか、細川や中田屋のほかにも何軒かの有力な取引先を獲得して販路をひろげた。そして、大正十一年という年を乗り越え、翌年の初夏を迎えるころまでには、待望の一万円にちかいものを蓄積してしまっていた。

彼が五人の職人と四人の小僧をともなって、神田の錦町から牛込の本村町に新しく買い入れた工場へ引移っていったのは、大正十二年の七月はじめであった。場所は陸軍士官学校（現防衛省）の前で、今までの錦町や土手の家にくらべれば、三倍以上の広さを持った工場であったが、その転居は、かならずしも人手がふえて、錦町の店では手ぜまになってきたという理由ばかりではない。それも重要な原因の一端には相違なかったが、この度の移転ということに関しては、さらにもう一つの違った意気込みが賭けられていた。

伊之吉は過去十八ヵ年間のおのれをかえりみて、みずから誇りにしてきたものが何であったろうかと考えずにはいられなかった。その時その時の蹉跌は時の運である。それを悔いる心はない。どんな悲境の中にあっても、そのたびごとに彼が自信を持って立ち直り、そのなかから生きていく甲斐を見出してきたことが事実で、彼に自信を得させてきたものは何であったろう。それこそが技術であった。みずからの技量を発揮して働くことこそ、青春を賭けてもなお惜しくないまでの愉しさを感じ、誇りを持ちつづけてきたのである。この誇りを棄てることがあってはならないのだと思う。この誇りこそ生涯を通じて貫らぬき通すべきものであって、それを放棄することはみずからに対する侮蔑でさえあるかもしれない。

伊之吉は、本村町へ移ったことを転機にして、その次にくるべきものを思っていた。それは、ほかでもない。もしもこの工場を背景にしてより以上の成功をおさめることができたなら、その時こそは新しい機械靴製造の方向へ乗り出していきたいという考えであった。――積み重ねてきた尊い経験の数かずを抹殺してしまおうというのではない。あくまで過去の体験を生かしつづけながら、まったく一新した面目の下に自分の新しい面を見出していきたいと考えたのであった。

そのためには、一万や二万の金では何としても仕方がない。慾をいえば十万から二十万という金がなくてはならなかったが、それは及ばぬ高望みとしても、さしずめ五万ぐらいのものは是が非でもまとめる必要がある。五万円という金を作り出すためには、その基礎として、まず一万円だけでは握っておきたかった。そして、どうやらその希望だけは、はかない夢でもなくなっていた。

(――五万円かぁ)

吐息のように呟いてこれまでの苦闘をかえりみれば、思っただけでも気の遠くなるような話であった。それでも、五千円の金を二倍の一万円に増す努力より、一万円の金を二万円にするほうが、どれほどたやすいかしれない。五千円と一万円とでは五千円の相違であるが、一万円と二万円とでは一万円の違いであるから、その差額は倍になってしまう。しかし、それでもなおもともとが五千円しか持っていない者と既に一万円の金を掌握している者とでは、取引上における信用その他がすべて違ったものになってくる。一万円もの金を握ってしまっている現在では、これまでよりどれだけか商売がしやすいことであった。

この金が二万円になれば三万円、三万円になれば四万円と、ともかく五万円にするまでが辛抱のしどころで、それだけのものもできないならば、彼の計画は実現される時がこないのである。一念を貫き徹すためには、遠くを見るより近くを踏みしめていかねばならないのだと、伊之吉はこの工場に移ってから後も、相変らずの手工製靴に意を注いで、徐々に工場の基礎を固めていく態度を忘れなかった。

彼が後備役として千葉県市川の連隊に演習召集の令状を受取ったのは、八月も末にちかい二十三日であった。演習召集というからには、さほど長い期間ではないとわかっているにしても、神田を引き揚げてきてからではまだようやく一ヵ月半ばかりしか経っていない折のことであった。職人もちょうどまた四人ばかり増やしたところであったし、この工場の運営については誰もが不慣れな際であった。さいわい膝下には土手の時分から使い馴れている人間が三人もいたから、仕事のほうは彼らに任せておけるにしても、事実上の采配が振れる人間は求められなかった。すぐに帰ってこられるのだとはわかっていても、開業後間もない最も大切な時だけに、得意先との連絡は一日たりともゆるがせにはしていられないのである。

伊之吉は令状を受取ってから四日間というもの、昼のあいだは得意廻りをする一方、夜は夜で半徹夜をするほかなかった。そうして留守中万端の手配をつけると、彼は、心おきなく二十七日の入隊日を迎えることができたのである。

四

新任の連隊長を迎えて、営庭で初の閲兵が行われたのは九月一日の朝であった。

空は早朝から荒れ気味で、暗鬱な雨雲が覆いかかるかと見る間に一としきり樹木の梢を鳴らす風の音もまじった。時折ぱらぱらっと驟雨を落していくかと思えば、またその雲間から弱い陽射しがジワリジワリと洩れてくる。湿気を含んでいるだけに、夜来の蒸暑さがたえがたい息苦しさであった。わけても式の終了する間際になって降りはじめた雨は軍帽を伝って頬にまで流れ落ちるほどであったが、それだけにその雨のあがった後の空気は爽やかなすがすがしささえ感じさせた。雲の吹き払われた初秋の空の色はいっそうふかく澄み渡った静かさを思わせて、ただわけもなく碧々と眩しかった。

班に戻った伊之吉たちが、ようやく高々と鳴きはじめた蟬の声を聞きながら濡れた軍服を着替えていると、間もなく食事ラッパの鳴る時刻になって、現役兵たちが配食準備をしはじめた。

ごおっというような地鳴りとともに、不気味な、陰にこもった地響きをともないながら最初の地震がきたのは、ちょうどその時であった。ありとあらゆる物体が揺すぶり動かされて、激しい震動とともに落下し、傾倒した。大地に根ざしているものはドドドドと揺り立てられて倒壊した。江戸川の鉄橋が落ちてしまったのは、二度目に襲ってきた強震の折のことで、東京と千葉県との交通は、これを限りにまったく遮断されてしまった。

東京が燃えているという情報の伝わってきたのは、二時をすこし過ぎたころであったろうか。ちょうど昼食の時間であったために、どこの家庭でも炊事の火を使用していて、その上に家屋が倒れかかってきたためかと察される。失火は八十八ヵ所から生じて、火の手はますますひろがるばかりであるという。いや、家屋という家屋が悉く潰れて東京は全滅であるという。いずれにしてもただならぬ状勢であることは、川一つへだてた市川にいても容易に感じ取ることができた。

交通は勿論のこと、電話も不通になって、通信連絡の絶えたまま不安はますます増大していく。東京に住居と家族を持つ後備兵にかぎって特に昼夜二十四時間と期限を切った帰宅が許されたのは、午後の三時を二十分ほども廻ったかと思われるころであった。

巻脚絆《まききやはん》にかたく脚を縛って五名の戦友とともに営門を出た伊之吉は倒壊した橋桁を伝わって江戸川を渡ると、それから先は油日照りに照りつける午後の街道筋を、一路亀戸の方角にむかって急ぎ足に駆け進んだ。半分倒れかかっている二階家がある。屋根瓦がズリ落ちて小山を築いているものがある。パタリと無造作に崩れている土塀がある。樹木が梢に葉をつけたまま横倒しになっている。亀裂の跡が随所にいちじるしい。どの一つを取ってみても傷ましいばかりの惨状で、その上をむごたらしいほどに燦然と、ドギツく明るい初秋の陽光がテラテラと照らしつけているのであった。

仰ぎ見る空の一角には、何物かに挑みかかるかのように、ひときわ高く巨大な入道雲が伸びあがっている。高く高くのしかかって、何という逞ましそうな入道雲なのであろうか。

「いやな雲だなぁ」

一人が言うと、誰もが相槌を打った。みんな先刻からそう思っていた者ばかりであった。

「雲じゃねぇだろう。あれは火事の煙だよ」

「それにしちゃ動かないぞ」

「煙だって、ああ高いところまで昇っちまえばもう動かないんだろう」

「何ていやな色をしてやがるんだ」

駆けつづけながらの会話であったが、モクモクと隆起した雲は、鋭い陽光を受けて妖しく金属的に光り輝いていた。

何人か連れ立っている者もあれば、たった一人きりの者もある。よろけるようにいく者もあれば、走るように急ぎ足の者もある。肩に何かしら荷を負っていない者などは数えるほどもなかったが、乳母車を押したり荷車を曳いている者もある。足に傷を負って、ありあわせの棒を杖にしながら、ただ前方ばかりを見据えるようにしていく者があるかと思えば、きょときょとと五、六歩小走っては背後を振返り、また小走っては振返るようにしていく者がある。老人に肩を貸しながら子供の手を曳いている者がある。姐さんかぶりをして尻端折りの女がいる。日本髪で、クレープの簡単服に下駄履きの者がいる。額に血の滲んだ風呂敷を縛りつけた者がいる。着物の裾が破れて片袖まで落してしまっている者がいる。麦わら帽子の上から手拭で頰冠りをした者もいる。まことにさまざまな風体のさまざまな人間たちであったが、取る物も取りあえず命からがら逃げのび、落ちのびてきた者ばかりであった。見栄もなければ外聞もない。ただ恐怖と緊張とに蔽われた姿で、必死の遁走というよりほかには何とも名状しがたい行進であった。

そういう何百何千ともしれない避難民の流れに行き遭うころから、ドス黝いような白昼の火炎の燃え立つさままでがはっきりと前方に見られるようになった。さしもの陽光も遮られるかと思われるまでに炎々と空を焦がす火災の気配が、刻一刻とみずからの眼や耳に明瞭に気取られはじめていた。

目指す亀戸は全焼中で、どれほどの困難と危険をおかしても入っていくことは不可能であるという。やむなく迂回して洲崎への方向にむかっていってみると、今度は道路いっぱいに家屋が倒れていて、そこもまた完全に通行は妨げられていた。それでも伊之吉たちの一行は何一つ荷を負っていたわけではなく、身軽な軍装だったから、崩壊した家屋を踏み越えて向う側に渡ってみると、ものの五町も進まないうちに、その辺もまたいつか火の手に襲われてきていることを感じずにいられなかった。

物の焼け焦げる臭気とともに、風に乗った火の子が夥しく頭上を舞い飛んでいく。その火の子がいつまたどんなところに落ちて、次の火災をよばないとも限ったものではない。乾いた道路を荷車の通っていくようなカランカランという音響を伝えながら、激しく町々の燃え上る不気味な気配までが次第に押し寄せてくる。突き進んでくる群衆の流れに逆行しながらも先を急ぐ伊之吉たちは、一刻も早く都心に向いたいという心一つに励まされて、なおもその道を前進していくと、今度は前方からくる避難民たちの言葉で、洲崎方面には津波の虞があると聞き知らされた。

火勢はますます募ってくる上に黄昏が迫りかかってくる。これからの暗さにむかって、津波の危険をおかしてまでこの方向に固執することは、おそらく無謀を越した暴挙の沙汰であろう。一応は引返すことにしたが、北は日暮里に至るまでいちめん火の海だと報せをもたらす者にしたところで、この混乱のさなか、どこに根拠をおいて言っているわけでもあるまい。せめて一ヵ所でも突き抜けられる道があればと念じながらあちらに走りこちらに迷いつつも次第々々に引返してくるうちに、六人の仲間さえいつか二人の姿を見失ってしまっていた。周囲はもうまったく混乱と錯雑の渦巻きであった。進んでは退き、また進んでは引返すようにして四人になってしまった一行が小岩のとある一軒の農家まで落ちのびてきたのは、やがてもう十時にちかい時刻であったろうか。晴れた夜空には赤々と燃え立つ火炎が反射して、信じがたいまでに美しい星が冴え冴えと碧くまたたいていた。

進むことができないのでは、せめてここにとどまるほかはないという心から、彼らは農家の好意で各自六箇ずつ分けてもらった握飯を頬張ると、その夜は千葉街道の路上に野宿の覚悟をかためた。しかし、伊之吉が激しい空腹を覚えながらも六箇の握飯を一箇しか口にしなかったのは、翌日のことを考えて、もしも生き残っている家族に落合うことができたなら、その時は、たとえ一つでも多く彼らに分け与えてやりたいという心があったからなのだ。とうてい助かってはいまいと思う。その半面の心では、もしかして逢えるかもしれないと一縷の望みをかける心持が棄て切れなかった。

まだ駄目だろうと言う者もあったが、二十四時間と期限を切られている身には、少々の危険を理由として引込んでいるわけにもいかなかった。夜露に濡れながら路傍に数刻をまどろんだ彼らは、またしても夜の白まないうちにそこを出発して前進をはじめた。明けやらぬ空は、なおも赤々と燃えさかっていた。

夜の明けてきたことに気づいたのは、ようやく江東橋のあたりにさしかかった時分であった。もうその辺は一面の焼野原と化して橋桁も余燼を残しながら焼け落ちてしまっていたが、飴のように垂れ下っている電車のレールに頼りながら、仲間同士たがいに励ましあいつつ及び腰の姿勢で渡っていくうちに、彼らは何度か足許の崩れかかる危険をおかさねばならなかった。あまりの臭気に、ふと薄暗い眼下の水面を窺うように覗きこんでみると、そこには焼け焦げた木材や塵芥などに混じって、棒杭のように硬直して膨れあがった屍体が、プカリプカリと幾つか浮び漂っていた。

(――ああ)

お秋やせき子は無事だろうか。石切橋の連中はどうしているであろうか。伊之吉は見るべきでないものを眼にすると同時に、腰に縛りつけてある握飯のことを思って、慄然としないではいられなかった。

(――親父さんも、今年はもう七十になっているだろう)

よしんば川勇の家は焼けていないにしたところで、もはや七十歳の老齢で敏捷に体を動かすことは覚束ないであろう。ひょっとして梁にでも押し潰されてしまったのではないかという想像が掠めていく。

(――お父ッつあん)

その瞬間に彼の肺腑を衝いて出た火のような呼吸は、生きていてくれと願い、肉親がわが血を慕う魂の絶叫であった。

川上は厩橋、吾妻橋、川下は永代橋といずれも焼け落ちてしまった中に、ここばかりは不思議に焼け残った両国橋を渡って浅草橋までくると、この辺に避難をした者たちは火あぶりになったものとみえて、随所に火ぶくれのした死屍が累々として正視しがたい惨状であった。上野に家のあるという戦友に別れてしまうと、伊之吉はただ一人になって、まだ柳原が焼けていて入れないために左方へ切れて小伝馬町を通ると、本石町から日比谷へ抜けていった。はじめて山ノ手の方面はほとんどどこも火害を被っていないとの情報に接したのは、ようやくこのあたりにきてからのことであった。

三宅坂を登り、半蔵門を通って五番町(現三番町)のあたりまでくると、めっきり往来の人影もまばらになって、偶然にも、前方からよれよれになった剝げちょろけの浴衣の裾を尻からげにしてトコトコとやってくる八百惣に行き遭った。

「ようよう、こりゃ伊之さんかい、お互いにまぁ変った姿で……」

言いながら頰冠りしていた手拭を取ると、八百惣の髪は真白になっていた。誰か知った顔に行き遭わないものかと注意ぶかく眼を見はっていたから気がついたが、変り果てた姿であった。

前日の午後市川の連隊を出てさんざん歩き廻った末に、何万というほどの人波に揉まれ歩いてきていながら、かねてからの知人にめぐり合わせたのはそれが最初であった。

「おたがいに無事で結構だったよ」

と、にこりともせずに軍服姿の伊之吉を見詰める眼には、老いの弱々しさがただよっていた。

「川勇じゃお父ッつあんもおっ母さんも無事でいるけどな、時間があったら廻ってやるがいいぜ、そりゃきっと喜ぶよ」

伊之吉父子の仲については、薄々ながらも知っている八百惣は、川勇の安否をたずねたのに対してそう答えた。そして、自分はこれから娘の嫁入り先を見舞うために隼町（現最高裁判所のあたり）までいくところだと言って、何度も何度も振り返りながら、ここばかりは信じられぬほど閑寂な桜並木のある山ノ手の電車通りを、またしてもトコトコと歩みつづけていった。彼ももう六十歳にちかくなっているのだ。以前の粗忽者の八百惣は善人らしい半面だけを残して、すっかり老いこんでしまっていた。

九段上まできてみると、神田方面はいまだに火の海であった。伊之吉はこのまま左へ折れて市ヶ谷から本村町の自宅へ帰ったものか、靖国神社の馬場を通り抜けて牛込見附から石切橋に行ったものかとためらいながら、その辺に避難している人びとにたずねてみると、どうやら本村町のほうに火の手はあがらなかった様子だとの返事であった。つい二ヵ月ほど前まで住んでいた錦町のあたりも、今は眼下に望むドス黝い《ぐろい》ような濛々たる火炎の底に呑みこまれていると思えば、本村町の家に転居をしていたということがすでに幸運のしるしであったかもしれない。かならずわが家は大丈夫だという確信に似た心が湧いた。と同時に彼はもう一度、今わかれてきたばかりの八百惣の言葉を思い返していた。

(――やっぱり行ってみるかな)

石切橋へ顔だしをするためには、どう急いでみたところで二時間がたは潰れてしまうものとみなければなるまい。時計を見ると、もう八時を少し廻っていた。午後の四時までに帰営するとすれば、余すところは八時間たらずしかなくなっている。

伊之吉はますますためらった。父親と顔を合せた折に生じるであろうさまざまな場面を想像すると、どの一つを考えても辛いような心持のされるものばかりであった。

(――どうせ喜んでくれる筈なんかないんだ)

と思う。暗い考え方である。それでもやはり彼の足は、牛込見附の方角にむかって走りはじめていた。

(――喜んでくれなくたっていいんだ)

と考えながら、睡眠不足と疲労とに重たさを感じるようになった軍靴を鳴らし鳴らし、左手では帯剣を抑えて、どっどっと乱れない歩調で走りつづけていた。

日比谷附近で聞きこんできた噂のとおり、山ノ手のこのあたりはどこにも火災の跡がなかった。それでも道路という道路には家財道具の物蔭にうずくまりながら、畳を敷いて避難する人びとの群が所せまいまでに屯《たむろ》していた。両側に簞笥を置いて、そのあわいに屋根代りの番傘や戸障子などを架け渡しているような者もある。いずれを見ても揺り返しや亀裂を怖れながら、生き残ったわが身をわずかに守ろうとしている姿であった。

無事と聞いてきた川勇の一家もまた、往来端に五、六枚の畳を持ち出して避難をしていた。「川勇」と文字の入った高張提灯を掲げ、板場や女中たちも交えた大人数の野宿であったが、それらの中にあって誰よりも先に、歩み寄っていく軍服姿の伊之吉を認めていた者は勇吉であった。彼は近づいてきた兵隊が息子だと気がつくなり、思わず、おっと叫ぶように、坐っていた半身を伸び上りかかっていた。もともと彫りのふかい顔ではあったが、眼も、頰もいっそうふかく落ち窪んだ老衰の跡が著しかった。

「軍隊へいっていたのか。……そうか、市川から来たのか、そりァ大変だった」

そういう勇吉の言葉には、言わず語らずのうちに久しく会うことのなかった息子の来訪を今か今かと待ち受けていた者の、詐りない喜びが裏書きされていた。

「お前の家のほうはどうなんだ。みんな変りはないのか」

「うん……」

真正面からたずねられては、伊之吉も言いよどんでしまうよりほかなかった。

「なんだ、そいじゃ、まだお秋のところへ寄ってやらなかったのか。……あれだって、どんなに心配しているかしれねぇじゃねえか。あきれた野郎だなあ」

言いながら、勇吉は自分が敷いていた座蒲団を取ってすすめようとする。八百惣に逢って、一応はこちらの安否を聞いておきながら誰のところよりも先に自分を見舞ってくれたという、伊之吉の心持がうれしかったのであろう。包みきれぬ喜びの色が顕著に現わされていた。今まではけっしてこんな父親ではなかったのだと、伊之吉はすっかり地のすき透るようになってしまった勇吉の坊主頭を傷ましいような心持で眺めずにいられなかった。

「小岩の百姓家で分けてもらったんだよ」

伊之吉がまだ五つ残してあった握飯の包みをほどいて差し出すと、

「お前《めえ》は食わずにかい」

「俺も食うには食ったんだよ。ただ家が焼けずに残っているとは思わなかったもんだから、一つでも余計にと思ったんだ。……でも、まあこれも無駄になって何よりだった」

「遠い道中だっていうのに、そいじゃお前こそ腹ペコだろう」

言葉だけはむかしどおりであったが、言っているうちにも勇吉の唇は固く結ばれていって、老いの眸をしばたいた。変ってしまったのである。

「じゃ、すぐにご飯にしようね」

お武も脇から言葉をはさんだが、伊之吉はそれを辞退した。そして、たずねられるままに、自分の眼にしてきた途中の光景などを語った。

「ほう、そうかね。……ふぅん」

何を語ってもいちいち頷きながら相槌を打ち、また新しい質問をするのであったが、そういうあいだにももう勇吉は早速に茶を啜りながら、ポロポロになってすえ臭いような握飯を頬張りはじめていた。せっかく伊之吉が持ってきてくれたのだからと思えば、一つでも口にせずにはいられなかったのであろう。

(――もういけねぇ、この分じゃ親父さんもあんまり長いことはねぇな)

そんな考えが、ふと掠め過ぎていくにつけても、本村町の家を後廻しにしてこちらへ廻ったことが、伊之吉はうれしかった。いきがかりや妙な気持にこだわることなく、素直にこちらへきた自分自身がうれしかったのだ。

脇にいて彼の話を聞いていた板場の男が、気をきかして、せめてお茶漬でも食べていったらどうかとたずねた。

「いや、ほんとにそうしちゃいられないんだ。四時までにはどうしても隊のほうへ還らなくちゃならないんだから」

時間のことを気にかけながらも、久しぶりだからと思えばこそ立ち上りかねていた伊之吉は、ようやくそれを時機《しお》にした。

「市川までかい。大変だねえ」

軍服の崩れを正している姿を見ると、お武は茶菓子に出した煎餅を包んでいた。

「ぽっちりだけれど、子供にね」

「家はこのとおり焼けちゃいねえんだし、米も三俵やそこらはあるからな。不自由なものがあったら小僧にでも取りによこさせるがいいぜ」

坐ったままではあったが、勇吉も言った。そして、下町の方面はまだ火がおさまっていないのだから、帰り途こそいっそう気をつけていくようにと注意することも忘れなかった。

本村町の家も、みんな無事であった。

顔を見て飛びついてきたせき子を片腕に抱き上げながら、伊之吉が石切橋の様子を語って聞かせると、お秋もいつか涙ぐんでいた。川勇の父親が無事でいたこともよかったし、舅と夫との和解ができたことはいっそう彼女としてうれしかったのである。

「じゃ、あたしは明日にでも石切橋へいってみるわ。……ね、いいでしょ」

瞼には涙を宿しながらも、伊之吉を見つめるお秋の顔には晴れやかな歓びが泛べられていた。

伊之吉がそんなお秋を相手に災害の町々の様相を語り聞かせているうちに、あのままになっている関谷庄兵衛の名を想い起し、細川の安否を気づかったのは当然のことであったろう。土手や吉野橋のあたりはきっと焼け出されているに相違ないのである。時刻を切られている身には、もはや見舞いに立ち寄ることすらかなわなかったが、こういう際であればいっそう使いの者をさしむけてでも、避難先をたずねさせることこそ自分に課せられた当然の義務であろう。使者としては、さしずめあのあたりの地理に通じている新六を出してやるとして、避難先を訊ね当てることができたなら夜具の類でも届けておくようにと命じるなり、伊之吉はまた早々のうちにわが家を後にして市川へ戻っていった。彼が帰着をした時分には本隊も砂村の方面に出動をして、もっぱら罹災民の救助に当っていた。

○

伊之吉が軍務を終えて本村町の家に戻ってきたのは、九月十五日のことであった。

市街や人心の混乱はもとよりいうまでもなかったが、災害の日から半月を経た帝都には、去りやらぬ不安と混沌とのうちにも再起復興に立ちむかおうとする気配が徐々に現われはじめていた。公園や神社の広場を求めて避難していた人びとは焼け跡に戻って、トタン板を継ぎあわせてでも自分らの住むべき家を造ろうとしている。喪われた警察権を保つためには自警団を組織した。破壊された交通機関を補おうとして荷馬車に幌をかけた乗物が出現した。トラックを改造したバスが登場した。牛めしやすいとんをこしらえて、道ゆく人びとを相手に商売をはじめた者さえある。誰も彼もが生き残ったことの歓びにふるえて、乏しさに耐えながらも何とかして焦土の中から起ち上ろうとしているのだ。心を奮いたたせてもう一度新しく自分の生きていく道をさがし求めようとしているのであった。

そういう罹災者たちの悲壮な努力を目撃するにつけても、伊之吉はしみじみとわが身の幸運を思わないではいられなかった。錦町を引払って本村町へ移り住んでいたばかりにこれほどの火害からも免かれた自分が、ここでこのまま手を束ねていては何物かに対して申し訳がない。安閑としていては、あまりにも意気地がなさすぎると思われた。

上野や飯田町の駅（現飯田橋駅）から郷里へ郷里へと引き揚げていく人びとの数は、毎日引きも切らぬありさまである。列車の屋根に乗るだけでは足りなくて、機関車の罐にまでへばりつく人びとで鈴生りになっている。瓦斯や水道はむろんのこと、電線までが切断されてしまって、東京の夜は真の闇である。この今の状態がこの後いつまでもつづくとしたならば、さしもの人口を持った東京も早晩廃墟となる日を迎えねばならないのであろう。伊之吉の耳にもそういう言葉は何度か聞えてきたが、彼は猛火に侵された焦土にあって、貧しい仮小舎を建ててもなお新しい東京の再建にいそしんでいる人びとの気魄を信じて疑わなかった。東京に生まれて東京に育った人びとには帰る故郷さえあるまい。故郷を持って災害に何人かの家族を喪いながらも、悲しみのうちから振いたって雄々しく踏みとどまる人びとの数さえけっしてすくないものではあるまいと信じるのである。

大工場といえば大半が下町方面に偏在していただけに、東京中の製靴業者は、その生産能力の点からいって九割五分も焼失してしまったといわれる。焼け残ったという幸運にばかり酔いしれて、安寧をむさぼっていてはならないのである。自分もまた罹災者の一人だという気持になって、彼らとともに生き抜いていく覚悟をかためよう。去る人は去っても、自分だけは最後まで持ちこたえて何とか活路を切り拓いていかなくてはならないのだと考える。そして、その活路ということを思った時、伊之吉はこの混乱と混沌とのさなかにあってもなおかつ職人としてのおのれに終始しなければならないとの、任務に近いものを覚えた。

震火災の被害者が家屋の再建や修理に努める一方、焼け残った土地の建造物を物色して、そこにおのれの新しい出発の足場を求めようとすることは、この資材不足の秋《とき》にあたって当然の処置であろう。日本橋で焼け出された柏屋が丸ビルの一室を借り受けることに成功して、いち早く臨時の営業所を開設することになったのは、九月もまだ二十五日のことであった。

十五日に帰宅すると、中二日おいた十八日から職人たちにも仕事場へつくことを命じるかたわら、自分は自分で四散した皮革商の消息や情報を集めることに尽力していた伊之吉は、柏屋の開店を耳にするなり心を躍り立たせた。北條の話によれば、焼け残った山ノ手一帯の繁華を予想して、柏屋は神楽坂や四谷通りにまで分店を開こうという計画をたてて交渉を進めている、近々のうちに芝の田村町にもバラック建ての仮営業所が開設される予定だとのことであった。柏屋ばかりでなく、細川や中田屋に出入りの製靴工場を数えても、火害から免かれた者などは伊之吉のところ以外にただの一軒もありはしないのだ。自分のところが製造の能率を上げていると聞きつけたなら、先方から取引を求めてくる問屋も新たに何軒かでてくるであろう。この機会こそ、断じて取り逃がしてはならないのだ。

丸ビルの営業所宛てに、以前からのストックと合せて百足余りの製品を納めると、伊之吉は現品引換に千四百余の勘定を支払ってもらうことができた。いかにこうした際とはいいながら即金とは、柏屋との取引がはじまって以来まったく前例のないことであった。

躍起になって集め歩いた消息の役立つ時はいよいよ到来した。昨日は京浜の鮫洲、今日は埼玉県の川口と、皮革商の立退先から立退先を訪ねて自転車を乗り廻す彼は一日に二十里の道を駆けめぐってものともしなかった。

この東京の復興が完了するころまでには、たとえ小規模ながらも、かねてから懸案にしている機械靴の製造に、いよいよ今度こそ乗り出していきたいと考える。それはもはや希望や抱負ではなくて、りっぱに一つの意志であった。そして、伊之吉はこのごろようやく覚えたばかりのグッドイヤーだとか、マケーだとか、スティッチ・ダウンとかいうような製靴機械の名称をくちずさみながら、爽かに澄みわたっている秋晴れの郊外の道から道へと、口笛を吹き吹きペダルを踏みしめていた。銀輪はキラキラと陽光に光った。

解　説　もう一つの明治立志伝小説――野口冨士男『巷の空』について

勝又　浩

野口冨士男の名著の一つに『私のなかの東京』（昭和五三年、文芸春秋）がある。川本三郎によれば野口版『日和下駄』（永井荷風）だということになるが、著者自身の住んだところ、遊んだところ、あるいは長年親しんできた永井荷風や徳田秋声を中心とした、文学作品への広い知見が織り込まれていて、密度の高い一書である。

今度、この本『巷の空』を読みつつ、私が真っ先に思い出し、絶えず意識し続けたのがその『私のなかの東京』だった。野口版『日和下駄』が書けるような作家だから『巷の空』も書けたのか、それとも、『巷の空』を書いたような作家だから『私のなかの東京』も生まれたのかと、何だか鶏と卵のようなことも考えた。その因果を質すのは難しいが、ただ、この二つの仕事が兄弟のように同じ血を分け合った存在であることは疑いないだろう。

その坂道をワラ坂といい、またの名を地蔵坂とも呼んでいたのは、坂上に光照寺という寺があって、そこの境内には子安地蔵尊が安置されていたからであった。当時牛込随一といわれて、中流以上の客から人気の高かった色物講談席の和良店亭は、この坂をほとんど七分がたも登ったかと思われるあたりの右側にあった。竹本小住と名乗る女義太夫の経営であったが、小住は別に一座を組織して、自分は市内の寄席を巡業していた。左側にはペンキ塗りの看板を掲げた散髪屋と精米商があって、そのほかにももう一軒煎餅屋があったが、三軒は三軒ながらにくたびれたような軒先をほそぼそと並べていた。商店街というには、あまりにも貧しすぎるもので、日野屋の店もまた、その坂をもうすこし登って、袋町の住宅地域にさしかかろうとする光照寺門前に、ささやかな店舗を張る商店の一つで、以前は、安月給取りか何かが住んでいたものだろう。

（本書P59）

長い引用になったが、主人公伊之吉が雇われて初めて一人前の住み込み靴職人として働くようになった「日野屋」のある場所を叙したところである。神楽坂は作者野口冨士男も一時住んだところだが、その周辺は私も半世紀余も通ったところでもあって、こんなところを読むとついつい引き込まれて、いろいろ思いを誘われる。たとえば、ここに出てくる「和良店亭」は夏目漱石も通った寄席だったはずだし、あるいは、これが書かれた昭和十年代にはまだなかったようだが、「光照寺」の向かいには、最近まで「日本出版クラブ」のビルがあって、私も何度も行っている、といった具合である。

しかし、それにしても、私はたまたま少しは関わりがあって知る土地でもあるから面白く読んだが、反対に神楽坂など行ったこともないというような人には、これは詳しすぎてもて余すのではないかとも思う。たとえば主人公が行ってもいない寄席、そんなもののあることはともかく、その劇場の経営者の生業にまで入り込んで書く必要があったかどうか等々と。

だが、必要も不必要もない、言うならば、この過剰にも見える細密さ、丁寧さこそが、まことに珍しいこの小説の基本的な性格、大きな特色なのだ。そして、そうした性格が最も顕著に表れているのが、本書では日本の製靴業界の歴史や実態を叙している側面である。明治に始まる日本の製靴業界の仕組み、販売や輸出入のからくり等々、よくぞここまで調べたものだと思わせるこの精密さ厳密さは、しかし先の地誌的記述と同様、この業界に多少とも関心のある読者には類例のない貴重な記録であろうが、逆に、純粋に人間を追い、小説を楽しもうという読者には却って煩いノイズにも成りかねない。この長編はそんな危うい境界を行っている。

そんなあれこれを思ううちに、私はこの『巷の空』には物語として大きく二つの性格があることにも思いいたった。その一つは、名付ければ地誌風俗小説という性格、もう一つは明治の青春立志伝小説という性格である。以下、それらを中心に辿ってみよう。

＊

『巷の空』は明治三九年の冬のある朝から書き起こされて、大正一二年九月一日の関東大震災の日の一日で閉じられている。それは主人公棚橋伊之吉一五歳から三二歳までの半生涯の物語になるが、この小説では、それは同時に彼の靴職人としての歴史とともに彼の転居転住の歴史ともなっている。まずこの主人公のかくも頻繁な引っ越しぶりに、現代の、とくに若い読者は驚かされ、奇異にさえ思うかもしれない。

この本のなかで、私の数えでは、伊之吉は一七回転居している。ということは、ほぼ一年に一度の引っ越しをしていることになる。むろん、その一七回のなかには引っ越しとは言えない住み込み職人としての働く場が変わった場合や、職場での喧嘩から、飛び出して一晩の宿を借りたような例もあるが、伊之吉結婚後の後半の六回は、間借りから借家へ、そして一軒家を買うまでという発展的な展開となっている。この小説では主人公の立身出世物語が、カタツムリの移動ではないが、彼の引っ越し物語と一体になっているわけだ。これはいったいどういうことなのか。

少し寄り道になるが、私は以前、「引っ越し小説」なる概念を提唱したことがある。気付いてみると、小説のなかで作家たちは実によく引っ越しをしているのだ。今ためしに少し名前をあげてみれば、明治では岩野泡鳴、石川啄木、宇野浩二あたりが典型だろう。大正になっては葛西善蔵、嘉村礒多、牧野信一、平林たい子、壺井繁治・栄、中原中也。昭和では林芙美子、尾崎一雄、葉山嘉樹、太宰治、田中英光。戦後でも島尾敏雄、瀬戸内寂聴等々。いくらでも挙げられそうだが、これだけでも、なるほどと思われる人は多いのではないだろうか。この伝統は近年の西村賢太にまで続いていると言ってもよいのである。日本の近代文学の中心には人生修行という一条が流れているが、その重要な要件の一つに引っ越しという現象が深くかかわっているのだ。

むろん、これらは引っ越しそのものを小説のテーマにしているわけではないが、こうした問題に気付き、自覚的に引っ越しを作品の中心に据えたのが、井伏鱒二の『引越やつれ』（昭和二三年）である。数ある井伏文学の名作の陰に隠れてあまり話題になることもない作品だが、見方を変えると、この時代の下宿文化――そう言えるほど独特な世界ができ上っている――と、そこを舞台とした一種の教養小説、つまり主人公の社会教育、人間教育を描いた成長小説なのだ。

さらにもう一編、引っ越し小説の代表と言ってよいのが佐多稲子の『私の東京地図』（昭和二四年）である。前記、野口冨士男の『私のなかの東京』にも度々言及されているが、こうした種類の小説では、早くから名作として知られた一編である。

その『私の東京地図』には、たとえばこんな一節がある。「少し歩けば小さな家なら、商品のようにあれかこれかと選って見つけられたときだ。表通りでは米屋や酒屋の軒先に貸家札が吊り下げてあったし、横丁へ入れば夏の陽に歪んで白けた二階の雨戸や、埃のたまった玄関のガラス戸に斜めに張ってある貸家札が目についた」(「道」)。これは昭和に入ってからのことだが、山の手は別として東京の下町では、明治大正でもだいたいこんな状態だったのは、前記、たくさんの作家たちの引っ越し話を思い出せば充分納得できるであろう。ここに描かれているのは早稲田高田馬場あたりのことであるが、この後にはまだ、軒を連ねた下宿屋のことなども続いている。

東京は江戸の昔から人の出入りの最も多いところだったが、近代になってからは、それまではなかった公官庁と各種学校ができて、そのための長期短期滞在者も桁違いに増えた。そうして、ちょうど四国の遍路宿の独特な文化があるように、東京には特異な下宿貸間文化が発達した。そして、そうした東京の特異な社会構造、背景があって、私の言う「引っ越し小説」も生まれてきたわけだ。

寄り道が長くなってしまったが、こんなことを考えている私は、この『巷の空』にも、大いにわが意を得た思いをしながら読んだ。言うならば、これは引っ越し小説の先駆だったのだ。むろん、作者には引っ越し小説などという意識はなかったであろうが、しかし、この小説が、主人公棚橋伊之吉の転居転住という事実を重要な要素として意識的に描かれていることは疑いないであろう。この一編は、一面では確実に、主人公の引っ越し成長物語なのだ。

先にも見たように、ここでは主人公が移住するたびにその家とその周辺地理、そして町の性格を丹念に描いている。先には町の描写の例を示したから、ここにはそれに続く彼の住む家の描写部分を引いてみよう。ここでも引用は長くなるが、実はその長くなるところをこそ見て欲しい、感じて欲しいと思うわけだ。

九尺間口の店先は、普通の民家の玄関口を取りはらって、わずかに改造しただけのもので、ガラス戸だけは入っていたが、三畳の畳は敷きつめたままで、板張りにさえなっていない。そこに本箱のような陳列棚が、たった一つだけポツンと据えられている。家人たちは、奥の間への出入りのたびごとに、この陳列棚の裏側から、体を横にして通り抜けている。これもまた、店とは名ばかりといわねばなるまい。七、八足の靴と靴墨、靴紐、刷毛、靴べらというような商品が、ほんの申し訳ばかりに並べられている。開店してからでは、まだ二年の余にしかならぬということなのに、商品という商品はすでに埃《ほこり》びて古ぼけ、裏店じみて末枯れたみすぼらしさをさらしていた。いかに第一級の工場が造った最優秀の製品でも、こんな店先に並べられてこんな取扱いを受けたのでは、たちまち三流以下の値打ちすら失ってしまうであろう。仕事場の板の間というのは、この店先の向って左側にあった。おそらく現在のように改造される以前には、そこが玄関の三和土《たたき》になっていたに相違ないのだ。仕舞屋《しもたや》の格子戸を開け放って、玄関の土間で仕事をしていれば、働いている姿が、いやでも通行人の眼に入らないでいる筈はあるまい。しかも日野屋は、ワラ坂を登ってくる正面の位置にあったのだ。（本書P60）

こんなふうに主人公の住むところ、働くところの構造的描写が詳述を極めるが、それは場所についてだけではない。後に彼が独立してからは、それが間借りか借家かをはじめ、その間代、家賃まで、むろん買ったときにはその値段を、ひとつ残らず詳細に記録している。

主人公伊之吉は、前述のように、親の家は別にして、私の数えで一七回転居転住しているが、彼が結婚して最初に間借りしたのは母親が手配した蔵前専売局裏の鳶職の家の二階、四畳半の一間だとされている。その間代が五円。次に移った牛込横寺町の一軒家は家賃が一挙に二三円と高くなるが、これはその二階の二間を間貸しして、その代金一四円が入るので実質は一九円ということになる、といった具合である。そして大事なことは、当然のことながらこうした経過のなかで主人公の人生の浮き沈みが自ずから見えてくるという事実である。

この小説は主人公棚橋伊之吉の、喧嘩や職場からの逃走、二度もの破産なども含んだ、波乱に満ちた、しかし成長成功の物語なのだ。彼は一人前の靴職人にならんとしてさまざまな店や工場を遍歴し、その道ではとうとう高貴な方の靴を作る三人の熟練工の一人に選ばれたほどの実力をつける。しかし、一方では機械を使った製品作りなど、製靴業全体の革新という理想もあって、そのために自らの工場を持つべくずっと追い続けている。それゆえに大きな失敗もすることになるが、めげず立ち直っては一歩一歩地歩を固めてゆく。文字通り成長物語であるし、まさに明治らしい少年立志の物語なのだ。上級学校に行かなかった伊之吉は「青年よ大志を抱け」などということばを聞く機会はなかったであろうが、しかし、業界の同世代のなかでは間違いなく立志伝中の人物に違いないのである。

＊

ところで、伊之吉が一五歳で靴屋奉公に入った明治三九年は、その前年に日本とロシアの「ポーツマス講和条約」が締結されたような時代だった。つまり日露戦争の、一応は勝利とされた終結の年だった。その戦勝を祝って日本中のあちこちで提灯行列などが行われたが、そうした賑わいのなかで、母親に見守られながらひっそりと死んでいった一人の小学校教員がいた。唐突なようだが、田山花袋『田舎教師』（明治四二年）の主人公林清三である。彼は、家が貧しかったために東京への進学がかなわず、田舎の小学校教員となったが、結核のために三年余で亡くなってしまった。そのとき彼は二一歳。靴職人伊之吉より六歳の年長になるが、ほぼ同時代を生きたと言ってよいであろう。まさに埼玉県熊谷の「田舎」と東京下町の「巷」、場所としてはずいぶん隔たりがあるが、そのことも含めて、明治の典型的な立志伝小説、青春小説として、みごとな対照を示していると言えよう。

今度、明治の青春小説ということをあれこれ考え、ひっくり返しているなかで、この『田舎教師』の林清三と、夏目漱石『三四郎』の主人公小川三四郎がほぼ同年齢だったという事実に気が付いた。と言っても、林清三とは違って小川三四郎の方は何年の生まれだとはっきり書いてあるわけではない。しかし、『三四郎』の新聞連載が始まった明治四一年九月に二三歳だとあるところからすれば、日露戦争の終わった三八年には二〇歳か二一歳で、林清三と同い年なのだ。もう一人いる。知られるように、この『三四郎』に刺激されて森鷗外は『青年』（明治四三〜四四年）を書いた。三四郎と同じように地方からの上京組だ。この主人公小泉純一も正確な年齢は書かれていないが、三四郎と同じように連載の始まった年を大学入学の年だと想定すれば、正確に三四郎の二年後輩ということになる。とはまた、田舎教師の林清三とも一、二年ほど下だったことになる。

日本の新時代の幕開けだった明治は、文学でも新しい時代を背負った青年たちを数多く描いてきた。そうしたなかで二葉亭四迷の『浮雲』や森鷗外の『舞姫』などをその第一世代だとすれば、今見てきた『三四郎』や『青年』、付け加えれば島崎藤村の『春』や正宗白鳥の『何処へ』などは、明治青春小説の第二世代だと言えるであろう。第一世代の人物たちが皆、実社会での自分の立場、何処に身を置くか、何によって身を立てるかに悩み苦労しているのに対して、第二世代の主人公たちは概して、でき上った学校制度のなかで悩みつつも青春を楽しんでいるふうにみえる。だが、彼らの青春は、末は博士か大臣かと言われたような、立身出世の仕組みとしての学校制度があったからこそ可能になったという面も忘れてはなるまい。だから一方には、その仕組みに入り込めない者や、仕組みから脱落した者の物語も語られるようになって、その典型の一つが、自然主義作家田山花袋の描いた『田舎教師』だった。

話が少し回り道になったかもしれない。ただ、こうした明治の青春小説群のなかに、この『巷の空』を置いて見ると、この一編の際立った性格が一層明瞭になるのではないだろうか。不幸に終わった『田舎教師』も含めて、明治の青春小説、その立志伝はみな学問、学校、でき上った教育制度のなかに絡め捕られていたが、『巷の空』だけはそれを免れている、という事実である。貧しい鰻屋の息子として、おそらく高等小学校しか出なかった伊之吉は、もとより学問によって身を立て、家を興すような立身とは無縁であった。だが、彼は学問の代わりに製靴という仕事を択んだ。それが彼の文明開化であり、明治の新時代を生きる選択だった。それが彼の、父親のような、伝統を守るだけの江戸の民からの脱却だったのだ。

国木田独歩の短編『巡査』（明治三五年）に当時の巡査の安月給ぶりが暴露的に描かれている。独歩が西園寺家の書生だったとき、実際に会った人物がモデルだとされているが、そこにこんな一節がある。「巡査をして妻子を養つて楽しみをしようなんテ、ちつと出来にくい芸ですナ、蛇の綱渡りよりか困難《むつかし》いことです」と。それで彼はどうしているかというと、半年に一足の割合で現物支給される革靴を大事に履いて一年持たせ、浮かせた一足を町の靴屋に横流しして現金化するのだ、と言っている。これは巡査用の長靴、あるいは半長靴だったかもしれないが、地方にいる巡査には買う店もないから現物支給なのだろう。革靴はそれほど、まだ履く人の限られた珍しいもの、高価なものだった。靴屋奉公することになった伊之吉自身も、それまで靴を履いたことがなかったとも書かれていた。

その伊之吉は最初は洋服屋に勤めたかったのだが、父親の反対と、決定的にはそういう伝手が無かったために諦めた、ともあった。その代わりに、鰻屋に出入りする八百屋の世話で靴屋に行くことになったが、世話をする彼も、自分にそういう親戚のあることを誇るようであったし、さらに、靴屋の主人は、そういう一行に挨拶にも来ないほど高いところにいる人だった。鰻屋の息子伊之吉が憧れて職業として選んだ「製靴」とは、そういう仕事、上級学校とは違って、庶民も入ることのできた、西洋文明だった。『巷の空』は、強調すれば、『三四郎』や『青年』の向うを張った、徹底した庶民版、明治青春立志伝小説なのだ。

解　題　七十八年ぶりに陽の目を見る

野口冨士男の「自筆年譜」昭和十八年（一九四三）には、「この年、前年末の「かどで」「戦後」「途上」をふくむ書きおろし長篇「巷の空」八百枚を擱筆して日本出版会に企画書を提出したが、不急の作品とみなされて出版不許可となる。富本憲吉の装幀も未使用のまま、未発表作として現在に至る。」とあります。「深い海の底で」（『暗い夜の私』所収）には、「八百枚の長篇を私がようやく書き上げたのは、十八年の秋ごろであった。日本出版協会から連絡があったので出かけて行ってみると、応対をした人は私の年長の知人であった。（略）もっと削れば出版が許可されるだろうと言われた。（略）「八百枚の小説を半分にしろと仰言ると、四百枚けずるんですか」（略）「わかりました。この小説はもう引っ込めましょう。」（略）私はその持ち重りのする原稿を受け取ると（略）、もう一度その人のほうを振り返って言った。「今日のことは一生わすれません」／私の言葉は相手に捨て台詞ときこえたかもしれないが、私はそう言ったことで、自分が負け犬であることをはっきり意識していた。」

野口にとって最後になった短編集『しあわせ』（平成二年十一月講談社刊）の「あとがき」に「本書の装画だが、（略）戦後それをおぼえていてくれた人があって、関西系の一書肆から出版されることになったとき、私は学生時代から友人として親近していた今は亡き富本陽（筆名・陽子）さんを通じて彼女のご尊父富本憲吉氏にご染筆をお願いしてご快諾を得られた。が、不幸な作品には不運がともなう。そのとき出版される予定だった長篇は三十ページほどゲラが出たところで版元が倒産してしまったため、私自身も発表の意欲をうしなって今日に至った。そのご装画を、年齢的にも、健康上からも、自身の死があまり遠いとは思われぬこんにち、あらためて別の著書に活用させていただくことがかなえられたのはよろこびにたえない。」と書いています。

雑誌に発表したのは、初出順に記すと、昭和十七年（以下、昭和を省略）四月号「新創作」、五月号「新文学」、同月「現代文学」、六月号「新文学」昭和十八年二月号から四月号まで三ヵ月「新文学」に計七回発表しています。

本書の順に従えば、「新文学」十七年五月号「かどで」が、本書第一章に該当します、江戸川橋近くの石切橋に店を構える主人公棚橋伊之吉の実家、うなぎ屋「川勇」の地誌、主人の勇吉、その妻のお武、勇吉が蕩尽していたころ外にできた伊之吉、お武の兄の遺児仙助の紹介。伊之吉の少年時代、いわゆるガキ大将で何も怖がらなかった伊之吉が家業の教えを受けたにもかかわらず、これを嫌がり、店の客（洋服屋）の弟子にならないかと勧められたものの勇吉は反対して、出入りの八百惣の紹介で津幡屋（八百惣の妻の実兄の店）に入ります。

「新文学」十七年六月号の「習練・途上　長篇第二回」は、津幡屋に奉公して修業にあたるところまでですが、これは、第一章四節までで、半人前でも靴を造れるようになったところで、神楽坂の藁店にある日野屋にスカウトされ働きはじめたところまでです。

「新文学」十八年二月号「途上（承前）」日野屋の主人夫婦があまりにグウタラで、ほかの工場に移ろうかと考え、実家に行って相談しようとしても追い返されてしまいます、こんな折、皮革問屋の早瀬という番頭から聞いた、横須賀の林田工場へ逃げるようにして、腕を磨くため訪問しますが、工場主の林田から、彼の弟子だった大島靴店を紹介され、そこで働くうち大いに腕を上げていきますが、主人の大島が肺病に倒れ、伊之吉は大島を助けるため、戦艦に出稼ぎに行ったりもしますが、病は重く故郷の佐倉に戻ることになり林田工場に移ります。本書の二章から三章に当たります。

「新文学」十八年三月号「途上（承前）」林田工場でいじめにあい、同僚の立川を金槌で殴り逗子へ逃げ、林田の紹介で渋沢老人宅に泊まるまでが書かれています。本書三章二節の終りまでです。

「新文学」十八年四月号「途上（終篇）」逗子に林田が迎えに来て、実家の川勇にいったん戻ります。林田から紹介された銀座に店をもつ俵藤に移りますが、勇吉が言った言葉のせいで、腕を上げていた伊之吉だったにもかかわらず、徒弟工なみの賃金しか受け取れず、日本に革靴を広めたと言われるレマルシャンに移ります。ここで一緒に働いていた加納老人から腕を磨きあげるなら、日本一といわれる塚本商会に移ったらと勧められ、ここでめきめき腕をあげ、三百人いる職人のなかからたった三人だけが選ばれて高貴な方の靴造りにあたることになるうち、二十歳を迎え、横須賀の海軍重砲連隊へ召集され、第一次世界大戦中の青島へ出征するところで終っています、本書第三章の終りまでです。

「現代文学」五月号「戦後」は本書第四章に該当します。青島から帰還し、木村（塚本の先輩）を訪ね、ハルビンのロシア人女性が履くメトーについて聞き、再びレマルシャンで働いているうち、自分で工場をもつことを考え、勇吉から七百円の元手を出してもらって若松町に工場をもちますが、資金不足だったため、最初の奉公先津幡屋が靴を納品していた仲買人の細川に皮革を貸してもらうような苦しい工場経営のなかで、横浜のユダヤ系ロシア人テツメニスキイとメトーの取引がはじまります。

「新創作」十七年四月号「転生」は本書第七章から八章にあたります。若松町の工場が軌道にのりはじめていた折、テツメニスキイに収めた靴の代金をもらいに行ったとき、入れ違いになって代金を受け取れず、やむなく勇吉から借金しますが、翌日、返済に行ったものの勇吉と入れ違いで直接返済ができず、勇吉を待つうちお武にこぼし話をしたことが、勇吉の心を傷つけ、怒鳴り込まれた伊之吉は自暴自棄に陥り、神奈川の料亭にいつづけ、結果的に工場をたたみ、自宅に戻ったものの、うなぎ屋と職人では仕事の時間が違いすぎ、俎板橋の松元で働きはじめます。そんな折、伯父の與作の世話でお秋と結婚し、二度目の工場を持とうとして、父親に元手を出してもらうよう頼んだが断られ、松元時代に馴染みがあった質屋に一切合切を叩き売り、吉原に近い土手八丁に店を構え、少しばかり形が整いはじめたとき、お秋が昔勤めていた料亭に来ていた赤木屋杉本さん（本書では小浜さんの勤務先柏屋＝旧白木屋、現・コレド日本橋）の出入り商になり、学生靴を納品できるようになります。大家の関谷が後ろ盾になってくれるようになります。これらの雑誌に発表のつど野口は「長篇の一節だが、これはこれとして読んでもらえる」と断り書きしています。

雑誌の初出順からみれば、本書の上では一番最後になる「転生」が最初になったのは、ここまで下書きができていることを表明しておきたい、という気持があったのではと推測できないではありませんが、これはあくまでも推測の域をでません。

時代背景をみてみますと、昭和十七年二月に全国の同人雑誌がたった八誌に集約された時期で、紙の配給問題もあったのではとも考えられます。

これに先立つ、昭和十六年十二月には太平洋戦争が勃発し、花柳小説や恋愛小説が制限を受けるようになっていましたから、これにあたらないテーマを探していたのではないかと推測されます。証拠といってはいいすぎかもしれませんが、本書『巷の空』の聞き書きノートが残っているのですが、「大正七年、二十七のとき、結婚問題、平井K次郎（野口の本姓平井の縁戚関係者）がたずねてきて、帰ってこいという」というメモがあります、そこからの推測ですが、K次郎の紹介を受けて、本書棚橋伊之吉に聞き取りをおこなって（走り書きのノートがありま す）、更に肉付けのため、野口の「考証癖」ともいうべき「製靴」の歴史を調べた原稿用紙二十五枚も残っています。雑誌初出時には、製靴史もかなり多く取り入れていますが、本書ではその部分はかなり省略されています。第一章末尾の靴のスケッチも野口のものです。

さて冒頭に述べた『しあわせ』の「あとがき」の問題ですが、「野口日記」を調べてみると、昭和二十一年三月二十三日　御影文庫の安居氏と短編集と『巷の空』出版契約。三月二十七日から『巷の空』添削。四月十六日に十二章修正を終り、同月二十二日に原稿を渡したものの、なかなか進展がみられなかった九月十二日に丸ビルに安居氏訪問、装幀を富本憲吉氏に依頼と決め、十六日には、祖師谷の富本憲吉氏を訪問し装幀を依頼。十月十日、成田氏（富本陽子の夫）を通じ装幀画を受領し、十四日に装幀画を御影文庫に届けたものの、校正が出たのは、十一月十九日で、「巷の空」Ｐ1～33を校正。十二月三日には、御影文庫井口氏来訪、『巷の空』上梓は来年夏八月と聞く。とあり、十二月段階で上梓をあきらめたと思われますが、問題は『巷の空』がこの段階では、十二章の構成になっていたことです。

「野口日記」を調べると、昭和三十年の元旦から七月三十一日までは毎日書かれていますが、突然「日記」が途絶えます。その理由は、八月の一ヵ月間、不眠症根治のため十返肇さんが保証人になって入院していたからです。三十一年二月四日、新潮社へ原稿を託す。五月十二日、巷の空（新潮社より返送）とあります。三十二年には、船山馨さんの紹介があったり、三十四年には和田芳恵さんが仲介して上梓に画策すると同時に、二月二十一日から四月末まで書き直しをしていますが完成はしていません。以上のことを総合的に判断して、昭和三十年末に書かれたと断定し、旧かなは新かなに、旧字体などについては『風の系譜』などに倣いました。

次に、第一次世界大戦で青島に出征して帰還したあとの戦争に対する思いなどですが、初出は「伊之吉の眼底には、沿道に日の丸の小旗をうちふって出むかえて群衆の顔さえも、ひとりのこらず昔からの顔なじみであったかのようにおもわれてならなかった。」の二二〇字ほどが削られています。また、塚本商会時代の先輩木村を訪ねた折、青島での戦闘の模様を話した時、木村は「無理にも一笛《ママ》の英雄に仕立てあげてしまおうとするのだ。」ほか一ヵ所が削除され、「平和でさえあればこれほど事もなく暮らしていられる筈の人びとを、どうしてあのような戦慄の中に投じられたのであろうかという、疑いの心に通じていくものであった。」と改稿しています。

最後になりますが、本書は昭和十八年から七十八年目に陽の目をみることができました。刊行にあたり富本憲吉氏の装幀画の著作権継承者の海藤隆吉さんから、装幀画のみならず、富本憲吉氏のご署名、印章の使用をご快諾いただけたのは望外の喜びでした。お忙しいなか、越谷市立図書館内「野口冨士男文庫」運営委員の勝又浩さんは「解説」を書いてくださいました。「野口文庫」運営委員会のみなさんのご支援、「野口文庫」担当のみなさん、すべての頁のコピーをとってくださった宮野真理恵さん、靴皮の名称や特徴・制作技術についてご教示くださった東京都台東区皮革技術センター・専門技術指導員の中島健さん、本作を読んで田畑書店を紹介してくださった寺西直裕さん、刊行をお引受けくださった田畑書店の大槻慎二さんに厚く御礼申し上げます。これで父野口冨士男の心残りが晴れてくれることを願っています。

七月四日の野口冨士男・生誕一一〇年を前に

平井一麥

田畑書店

巷の空

2021年6月30日　第1刷印刷
2021年7月　4日　第1刷発行

野口冨士男

発行人　大槻慎二
発行所　株式会社 田畑書店
〒102-0074　東京都千代田区九段南3-2-2　森ビル5階
tel03-6272-5718　fax03-3261-2263

装幀・本文組版　田畑書店デザイン室
印刷・製本　モリモト印刷株式会社

ISBN978-4-8038-0385-3 C0093
定価はカバーに印刷してあります。
落丁・乱丁本はお取り替えいたします。